A pequena confeitaria de Paris

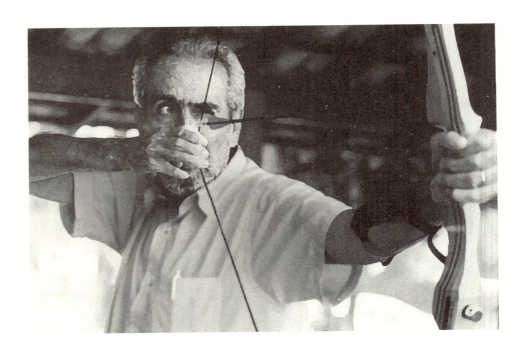

O Arqueiro

GERALDO JORDÃO PEREIRA (1938-2008) começou sua carreira aos 17 anos, quando foi trabalhar com seu pai, o célebre editor José Olympio, publicando obras marcantes como *O menino do dedo verde*, de Maurice Druon, e *Minha vida*, de Charles Chaplin.

Em 1976, fundou a Editora Salamandra com o propósito de formar uma nova geração de leitores e acabou criando um dos catálogos infantis mais premiados do Brasil. Em 1992, fugindo de sua linha editorial, lançou *Muitas vidas, muitos mestres*, de Brian Weiss, livro que deu origem à Editora Sextante.

Fã de histórias de suspense, Geraldo descobriu *O Código Da Vinci* antes mesmo de ele ser lançado nos Estados Unidos. A aposta em ficção, que não era o foco da Sextante, foi certeira: o título se transformou em um dos maiores fenômenos editoriais de todos os tempos.

Mas não foi só aos livros que se dedicou. Com seu desejo de ajudar o próximo, Geraldo desenvolveu diversos projetos sociais que se tornaram sua grande paixão.

Com a missão de publicar histórias empolgantes, tornar os livros cada vez mais acessíveis e despertar o amor pela leitura, a Editora Arqueiro é uma homenagem a esta figura extraordinária, capaz de enxergar mais além, mirar nas coisas verdadeiramente importantes e não perder o idealismo e a esperança diante dos desafios e contratempos da vida.

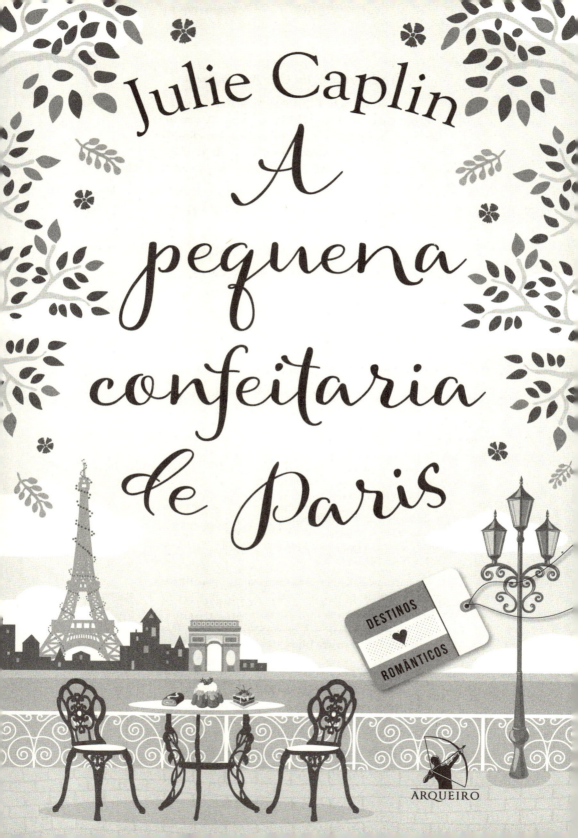

Título original: *The Little Paris Patisserie*

Copyright © 2018 por Julie Caplin

Copyright da tradução © 2023 por Editora Arqueiro Ltda.

Julie Caplin tem seus direitos morais assegurados para ser reconhecida como autora da obra.

Publicado originalmente na Grã-Bretanha pela HarperCollins Publishers.

Todos os direitos reservados. Nenhuma parte deste livro pode ser utilizada ou reproduzida sob quaisquer meios existentes sem autorização por escrito dos editores.

tradução: Carolina Rodrigues

preparo de originais: Karen Alvares

revisão: Pedro Staite e Rachel Rimas

diagramação: Ana Paula Daudt Brandão

capa: © Harper Collins Publishers

adaptação de capa: Gustavo Cardozo

imagem de capa: © Shutterstock.com

impressão e acabamento: Cromosete Gráfica e Editora Ltda.

CIP-BRASIL. CATALOGAÇÃO NA PUBLICAÇÃO
SINDICATO NACIONAL DOS EDITORES DE LIVROS, RJ

C242p

Caplin, Julie

  A pequena confeitaria de Paris / Julie Caplin ; [tradução Carolina Rodrigues]. - 1. ed. - São Paulo : Arqueiro, 2023.

  352 p. ; 23 cm. (Destinos românticos ; 3)

  Tradução de: The little Paris patisserie
  Sequência de: A pequena padaria do Brooklyn
  Continua com: A pequena pousada da Islândia
  ISBN 978-65-5565-545-2

  1. Romance inglês. I. Rodrigues, Carolina. II. Título. III. Série.

23-84847 CDD: 823
          CDU: 82-31(410.1)

Gabriela Faray Ferreira Lopes - Bibliotecária - CRB-7/6643

Todos os direitos reservados, no Brasil, por
Editora Arqueiro Ltda.
Rua Artur de Azevedo, 1.767 – Conj. 177 – Pinheiros
05404-014 – São Paulo – SP
Tel.: (11) 2894-4987
E-mail: atendimento@editoraarqueiro.com.br
www.editoraarqueiro.com.br

Para Alison, melhor amiga do escritório,
líder de torcida não oficial
e um espécime maravilhoso de ser humano

Capítulo 1

Nina pisava sem parar no chão de cascalho, tentando aquecer um pouco os pés doloridos e cansados. Era a nonagésima quinta vez em dez minutos que olhava para o celular, quase o deixando cair. Onde Nick tinha se enfiado? Ele já estava quinze minutos atrasado, e parecia que os dedos dela iam congelar, o que aumentava ainda mais sua infelicidade. Ali, na porta dos fundos da cozinha, no estacionamento dos funcionários, não havia muita proteção contra o vento penetrante que açoitava a mansão de arenito e, sem dúvida, nenhuma proteção contra seus pensamentos desolados.

– Ei, Nina, tem certeza que não quer uma carona? – perguntou Marcela, uma das outras garçonetes, com seu sotaque forte, baixando a janela do carro enquanto dava ré depressa ao sair da vaga.

– Tenho. – Nina balançou a cabeça. – Tá tudo bem, valeu. Meu irmão tá vindo.

Ou, ao menos, era melhor que estivesse. Nina desejou com todas as forças estar naquele carrinho de vidros embaçados com Marcela e mais dois membros da equipe, e quase riu da incômoda ironia. A mãe insistira que Nick fosse buscá-la para ter certeza de que a filha estaria em segurança, e lá estava Nina, no breu de um estacionamento, prestes a ficar completamente sozinha.

– Então beleza. Vejo você daqui a dois meses.

– Rá! – exclamou alguém.

A voz melancólica com sotaque do Leste Europeu que vinha do banco de trás pertencia a Tomas, o sommelier, um pessimista nato.

– Vocês acham que os empreiteiros vão terminar no prazo – ironizou ele.

Um coro bem-humorado fez Tomas se calar.

– A gente se vê logo, logo, Nina.

Todos acenaram e gritaram em despedida, e Marcela fechou a janela do velho Polo assim que o carro se afastou rugindo, como se a amiga mal pudesse esperar o fim do turno para dar no pé. E era exatamente o que Nina planejava fazer se o irmão chegasse em algum momento.

Enfim avistou os faróis se aproximando. Só podia ser Nick. Quase todo mundo já tinha ido embora. Fazendo uma curva veloz e esmagando o cascalho, o carro parou na frente de Nina.

Ela abriu a porta, exasperada.

– Oi, maninha. Tá esperando há muito tempo? Foi mal, tive uma emergência com uma ovelha.

– Estou – rebateu Nina, entrando rápido, grata pelo ar quente no interior do veículo. – Tá um frio insuportável. Vou ficar bem feliz quando meu carro estiver pronto.

– Nem me fala. Levei o caminho todo até aqui pra conseguir me aquecer. Maldita ovelha. Ficou presa no arame da cerca lá na estrada da charneca, e eu tive que parar pra ajudar aquela criatura burra.

Será que era muito mesquinho pensar que pelo menos a ovelha tinha um ótimo casaco de lã enquanto ela estava ali de saia e meia-calça numa noite gelada de inverno?

– E aí, como foi a última noite? – perguntou Nick, se inclinando para desligar o rádio, que vinha emitindo comentários sobre futebol no volume máximo. – E a despedida da sua amiga? Foi boa?

– Foi legal. Um pouco triste, porque todo mundo vai ficar sem se ver por um tempo por causa da reforma. E a Sukie vai pra Nova York.

– Nova York. É uma baita mudança.

– Ela é uma chef genial. Vai fazer sucesso.

– Com certeza. E em Nova York. Os outros vão fazer o quê?

– A equipe fixa vai ser realocada e passar por vários treinamentos.

– Parece meio injusto. E você não vai por quê?

– Deve ser porque meu contrato é temporário.

– Bom, tenho certeza que a gente consegue um extra pra você na mercearia e no café. E o Dan pode te arrumar um bico na cervejaria. A irmã da Gail talvez te pague pra ficar como babá, e o George pode perguntar no posto de gasolina, estão sempre precisando de gente lá. Se bem que o horário é muito tarde, então talvez seja melhor não.

Ela fechou os olhos. Tinha certeza de que todos na família dariam um jeito de encontrar algo para a "coitada da Nina" enquanto o restaurante Bodenbroke Manor estivesse fechado para reforma, quer ela gostasse da ajuda ou não. Não que fosse ingrata, eles tinham boas intenções, mas Nina era adulta e perfeitamente capaz de arrumar um emprego sem os longos tentáculos da rede de contatos familiar se mobilizando em prol dela. Nina amava loucamente a família, amava mesmo, mas...

– Por que você tá bufando? – perguntou Nick, se virando para a irmã.

– Por nada – respondeu Nina, fechando os olhos. – Minha nossa, tô cansada. Parece que um elefante sentou nos meus pés.

– Fracote – provocou Nick.

– Tô de pé desde as nove da manhã – falou Nina. – E o restaurante anda uma loucura. Nem almocei.

– Isso não tá certo. Você devia falar alguma coisa.

– Não é tão fácil. Todo mundo tá ocupado. Não dava pra fazer um intervalo de verdade.

– Então você não comeu nada hoje?

Nina deu de ombros. Tinha saído correndo sem tomar café da manhã, deixando a mãe muito preocupada.

– Comi um pouquinho.

A barriga dela roncou na mesma hora, inconveniente, como se para desmentir sua resposta. Era óbvio que seu estômago não achava que um pãozinho e uma fatia de queijo eram o suficiente.

Nick fez uma cara muito feia.

– Mesmo assim. Quer que eu fale com o gerente quando eles reabrirem?

– Não, tá tudo bem. Vamos jantar quando chegarmos em casa.

– Bom, isso não...

– Você não trabalha aqui, então não entende.

A voz de Nina subiu para um tom mais acalorado. Era a cara de Nick presumir que sabia o que era melhor para ela.

– Não preciso entender. Existem leis trabalhistas. Você tem direito a intervalos. É...

O que quer que Nick estivesse prestes a dizer foi interrompido bem a tempo pelo toque de corneta de seu celular, zunindo pelo som do rádio configurado para o viva-voz.

– Nick Hadley – disse o irmão, apertando no painel o botão de "aceitar a ligação".

Nina afundou no assento, aliviada pela interrupção. Isso lhe dava a oportunidade perfeita de se desligar e fingir que estava dormindo pelo resto da viagem.

– E aí, Pas, como tá essa força?

Nina ficou tensa, cada músculo se enrijecendo ao som daquela familiar voz zombeteira. Seu irmão costumava ser chamado pelos amigos de Pas, uma abreviação de "pastor".

– Tudo certo – respondeu Nick. – Como você tá, Homem das Facas? Ainda com aquela desculpinha de merda pra defender um time de rúgbi?

"Homem das Facas" não era um apelido lá muito genial para um chef. Ainda mais para um chef arrogante e presunçoso como aquele.

– Sem comentários, cara. Eles jogaram mal pra cacete contra a França. E paguei uma nota pelo ingresso.

– O quê? Você foi ao Stade de France? Sortudo de uma figa.

– Não tão sortudo, já que os infelizes perderam.

– Quer vir pra Copa Calcutá? É melhor não ficar tanto tempo na França. Vai acabar criando maus hábitos.

– Tô com um probleminha aqui.

– Que probleminha? – perguntou Nick.

– Estou de cama. Por isso liguei.

Nina comprimiu os lábios no que se poderia chamar de sorrisinho sarcástico. Era óbvio que Sebastian não tinha ideia de que ela estava no carro, e nem ela queria que soubesse. Quem ouvisse aquela conversa ridícula jamais saberia que ela se desenrolava entre dois adultos, e não uma dupla de adolescentes. Nina com certeza não queria se lembrar de Sebastian na adolescência nem de ter bancado a completa otária por causa dele. Infelizmente, ser a fim do melhor amigo do irmão era a pior coisa que alguém podia fazer, porque dez anos depois ainda ia ter gente na família trazendo o assunto à tona de vez em quando.

– O que houve?

– Quebrei a perna.

– Que merda, cara. Quando?

– Uns dias atrás. Fui derrubado por um daqueles babacas que andam com malas de rodinhas por aí. Caí de mau jeito.

– Ai. Você tá bem?

– Não – falou Sebastian, com um grunhido. – Foi tudo por água abaixo. Acontece que um dos lugares novos que comprei em Paris só vai estar liberado daqui a uns dois meses. O dono anterior dava aulas de confeitaria e se esqueceu de me contar que vai rolar um curso de sete semanas que já está todo programado e pago.

– Não dá pra cancelar? – perguntou Nick, dando seta e virando o carro para sair da estrada principal e seguir na direção da cidadezinha.

– Infelizmente, já me comprometi. Achei que seria uma boa, porque posso colocar meus empreiteiros franceses para começar a trabalhar em outros dois lugares primeiro, e eles vão precisar de alguns meses, então dava pra eu ir levando. E teria dado certo se eu não tivesse quebrado a porcaria da perna.

No escuro, Nina comprimiu os lábios. Em geral, não desejava mal a ninguém, mas, de alguma forma, Sebastian a irritava. Não era do sucesso dele que ela se ressentia. Era inegável o quanto ele tinha trabalhado para se tornar um chef renomado com uma pequena cadeia própria de restaurantes. Trabalhado até demais, na opinião dela. O que a irritava de verdade era a atitude superior e desdenhosa dele. Nos últimos dez anos, toda vez que o encontrava, Nina sempre parecia estar em desvantagem. E a última vez fora uma verdadeira humilhação.

– Não consegue outra pessoa pra fazer isso?

– Não sei se vou encontrar alguém em tão pouco tempo. O curso começa semana que vem. Além disso, preciso de um par de pernas extras nas próximas seis semanas. Até tirar esse gesso.

– A Nina pode ajudar. Ela acabou de ser dispensada do restaurante em que trabalhava.

Nina pulou no assento, semicerrando os olhos para o irmão incrivelmente burro. Ele só podia estar delirando. Percebendo o movimento no carro, Nick se virou, e Nina viu o branco dos dentes dele no escuro quando ele abriu um sorriso de orelha a orelha.

– Com todo o respeito, Nick, sua irmã é a última pessoa no mundo que eu ia querer pra me ajudar.

O sorriso de Nick desapareceu. O silêncio se prolongou no carro. Então, Sebastian murmurou:

– Ah, que merda, ela tá aí, né?

Com um sorriso gélido, Nina se empertigou.

– Ah, que merda, pois é. Mas não se preocupe. Com todo o respeito, Sebastian, prefiro castrar os cordeiros da fazenda com os dentes a ajudar *você*.

E, com isso, ela se inclinou para a frente e encerrou a ligação.

Capítulo 2

A cozinha da família parecia uma colmeia em plena atividade. A mãe de Nina estava agitada, as mãos enfiadas em luvas de forno com estampa floral. A mesa enorme fora posta para oito pessoas e havia várias panelas fumegando e borbulhando no enorme fogão.

– Nina, Nick. Bem na hora.

– Que cheiro bom – elogiou Nick, jogando a chave do carro na cômoda, junto com outras coisas que pareciam se acumular ali todos os dias, não importava quantas vezes a mãe arrumasse tudo.

Apesar de os quatro filhos adultos já terem saído de casa em diversos momentos da vida, eles continuavam a tratar a cozinha como se fosse deles, o que a mãe de Nina adorava. Nenhum de seus rebentos tinha se distanciado muito. Nick, dois anos mais velho que a irmã, morava na casa de campo do outro lado do quintal e ajudava o pai com a fazenda e as ovelhas. Ainda era solteiro e parecia não ter pressa para encontrar uma esposa, aproveitando para testar candidatas em potencial.

– Sentem aí. Vocês devem estar morrendo de fome. Cadê o Dan e a Gail? Era para eles já terem chegado.

– Mãe, você conhece o Dan. Ele com certeza vai chegar atrasado até no próprio enterro – falou Nick, dando um beijinho no rosto dela enquanto desenrolava seu cachecol.

A mãe estremeceu.

– Não diga uma coisa dessas. Eles estavam muito ocupados na cervejaria e no mercadinho hoje. Chegou uma excursão de North Wales. Coitada da Cath.

Lynda, a mãe de Nina, lançou um olhar solidário para a nora, sentada à mesa e debruçada sobre uma xícara de café. Cath, que era casada com Jonathon, um dos gêmeos e o segundo irmão mais velho de Nina, ergueu a cabeça loira e deu à cunhada um breve aceno resignado.

– Foi uma loucura. Ficamos sem broinhas, sem café e sem bolo de nozes. Sinceramente, esses velhinhos aposentados parecem uns sacos sem fundo. Quem olha até acha que não fazem uma refeição decente há dias. A despensa ficou vazia.

A mãe abriu um meio sorriso preocupado para Nina, que gemeu ao tirar o casaco.

– Não se preocupe, assim que eu jantar, posso preparar uma fornada de broas e fazer um bolo rápido. Faço o creme de manteiga de manhã.

– Ah, meu amor, você acabou de chegar do trabalho. Deve estar exausta. Tenho certeza que a Cath pode aguentar um dia.

Nina viu o breve revirar de olhos de Cath.

– Mãe, é coisa rápida.

– Se você tem certeza, meu bem…

Por sorte, Dan, seu irmão mais velho por cinco minutos, entrou correndo na cozinha, puxando a esposa, Gail, pela mão, e deixando a porta balançando sem parar nas dobradiças enquanto os dois riam.

– Oi, gente, o filho favorito chegou – anunciou Dan.

A esposa lhe deu um leve cutucão.

De repente, o barulho na cozinha aumentou dez vezes quando Jonathon e o pai surgiram no corredor. Cadeiras foram arrastadas pelo chão de lajota, um punhado de garrafas de cerveja tilintaram ao serem retiradas da geladeira, as tampinhas rapidamente descartadas com um giro firme, bambeando de lado, enquanto o pai se punha a trabalhar com um saca-rolha até todos ouvirem o estalo satisfatório da garrafa de vinho tinto sendo aberta. Sem cerimônia, ocuparam seus assentos, diversas conversas irrompendo pela mesa. Nina deslizou para seu lugar, perto da mãe, na cabeceira.

– Você vai conseguir mesmo fazer os bolos? – perguntou Lynda. – Posso acordar cedo e preparar uma fornada de broas pra ajudar a Cath.

– Mãe, sério, tá tudo bem.

Ela captou a rápida troca de olhares entre as cunhadas, e então Gail piscou para ela.

– Assim que eu terminar de jantar, vou recuperar as forças – assegurou Nina.

Eram só alguns bolos, pelo amor de Deus, e isso lhe daria uma excelente desculpa para escapar do caos de sempre e ficar na paz e no sossego de seu pequeno apartamento em cima do antigo estábulo, sem ninguém se preocupando com ela.

A mãe comprimiu os lábios e voltou a atenção para as caçarolas na mesa.

– Jonathon, está deixando a colher pingar pela mesa toda.

– Poxa, Jonathon! – ecoou Dan, aproveitando no mesmo instante a chance de provocar seu gêmeo.

O resto dos homens se juntou a ele.

– Dan, você não quer mais um pouquinho? – perguntou Lynda.

– Viu? Filho favorito.

Jonathon apontou a colher na direção do irmão e logo foi repreendido pela esposa.

Como sempre, parecia que era hora do almoço no zoológico, mas Nina estava aliviada, pois a atenção não estava mais voltada para ela. Conseguiu ficar fora do radar até que a última caçarola grande fosse raspada, enquanto Dan e Jonathon discutiam sobre quem ficaria com o último pedaço de cordeiro.

– Então, qual é o problema do seu carro, meu amor? – perguntou o pai dela.

– Ainda tá na oficina. Não conseguiram a peça, mas acham que vai chegar amanhã.

A mãe dela estremeceu.

– Vai ser preciso mais do que uma peça só pra consertar aquela coisa. É uma lata-velha mortal.

Nina murmurou bem baixinho, mas ninguém ouviu, porque já estavam dando os próprios pitacos sobre o carro. Não havia nada de errado com seu pequeno Fiat.

– Mãe, não precisa se preocupar com a Nina naquela coisa. Ela dirige tão devagar que os riscos são quase zero – provocou Nick.

– Uma máquina de costura tem mais potência – alfinetou Dan.

– Eu queria muito que você tivesse um desses carros mais robustos – disse Lynda. – Minha preocupação é você ser esmagada por um carro maior.

15

– Mãe, não precisa se preocupar, o carro do Nick já faria isso sem problemas.

Dan, depois de ganhar a batalha pelo cordeiro, largou a faca e o garfo no prato com um estrondo.

A mãe estremeceu outra vez.

– Isso é pior ainda.

– Eu adoro meu carro, deixem ele em paz – afirmou Nina.

Seu Fiat fazia uma falta danada, já que, no momento, ela dependia da carona dos outros.

– A esposa do Tom, do pub, está vendendo o carro dela. Posso dar uma olhada pra você, se quiser – sugeriu o pai. – É um Ford. São carros bons e confiáveis. Rodam muito com pouco.

E são um pé no saco, pensou Nina.

– Ah, que boa ideia, meu amor – disse a mãe dela.

Nina poderia dizer algo tranquilo e sensato como "Já que ainda preciso pagar pelo conserto, provavelmente não é a melhor hora de pensar em comprar outro carro", mas estava farta de todos acharem que sabiam o que era melhor para ela. Sério, eles ainda a consideravam o bebê da família. Então, levantou em um pulo, olhou com raiva ao redor da mesa e gritou:

– Eu gosto do meu carro do jeito que ele é e ponto-final!

Então pegou seu casaco e saiu como um furacão pela porta dos fundos, rumo ao seu apartamento.

Ela ficou bem satisfeita com o silêncio que reverberou pela mesa.

Ao ouvir a batida suave na porta, enquanto quatro pães de ló esfriavam na prateleira, Nina teve certeza de que era Nick. Apesar de ser o irmão que menos a importunava, era o mais protetor de todos. Parte dela queria ignorá-lo e fingir que já estava dormindo, mas ela sabia que sua explosão atípica devia ter causado uma comoção, e, se não atendesse, ele continuaria insistindo.

– Oi?

Ela abriu a porta um pouquinho de nada, deixando claro que não queria companhia.

– Passando só pra saber se você tá bem.

O sorrisinho alegre de Nick tinha um quê de tensão.

Ela se sentiu culpada e deixou o irmão entrar.

– Estou bem.

– Só bem?

O apartamento de Nina era um estúdio em conceito aberto. Ela fechou a porta e suspirou.

– É, só bem. Quer um chá ou alguma outra coisa?

Ele ergueu uma sobrancelha em provocação.

– Que outra coisa? Você por acaso tem um estoque de conhaque ou uísque escondido aí e eu não sei?

– Ah, pelo amor de Deus, faz diferença se tenho ou não?

Ela não aguentava mais as pessoas pegando no pé dela e não fez nenhuma questão de esconder sua impaciência.

– Caso não tenha notado, sou adulta. Foi só jeito de falar. Você vai ficar aliviado em saber que minha despensa infeliz abriga apenas algumas caixas de chá.

– Vixe, alguém acordou com o pé esquerdo hoje... ou será que foi uma certa ligação mais cedo?

Nick cruzou os braços e se recostou na parede.

– Não tem absolutamente nada a ver com o esquentadinho do Sebastian Finlay – retrucou Nina. – Tô cansada da família inteira me tratando feito um bebê. Tenho quase 30 anos, porr... – Ela hesitou quando o irmão franziu a testa; se soltasse um palavrão, ele ia surtar. – Porcaria. A mãe e o pai fazem um estardalhaço, e o Jonathon e o Dan também entram na deles. A Cath e a Gail acham ridículo vocês todos se preocupando por qualquer coisinha. E você é o pior de todos, vindo dar uma de irmão mais velho. Não preciso disso.

Nina não cedeu e o encarou com raiva, as mãos fechadas ao lado do corpo. Embora fosse tentador sair batendo o pé pela sala e se jogar no sofá, ia parecer um mero chilique infantil, e ela precisava que Nick soubesse que a família estava deixando seus nervos à flor da pele. Talvez estivesse um pouco mais alterada naquele dia, talvez um pouco cansada, mas esse incômodo vinha fermentando fazia alguns meses.

– É só porque nos importamos com você – explicou Nick.

– Eu sei. Entendo, mesmo.

– Mas?

– Eu... sinto que...

O problema era que ela não sabia como se sentia de verdade. Frustrada. Irritada. Fraca. Sem rumo. Sobrevivendo. Sukie, sua colega de trabalho, a confeiteira, tinha ido para Nova York. A carreira dela estava decolando. Nina mal tinha uma carreira, que dirá a chance de decolar, de ter qualificações ou credenciais como cozinheira para se candidatar ao cargo de Sukie. Nem Nick nem o resto da família entenderiam. Estavam todos satisfeitos e felizes, embora ela às vezes suspeitasse que Nick teria gostado de ir embora da fazenda e ampliado mais seus horizontes. Apenas Toby, quatro anos mais velho que Nina, tinha se mudado para longe quando fora para Bristol a fim de cursar veterinária e, agora que tinha voltado, estava a apenas 80 quilômetros dali, embora isso pelo menos o deixasse de fora do escrutínio diário.

– Sei que é difícil ser a caçula e a única mulher, e nossos pais se preocupam porque seu começo de vida foi muito difícil e...

Nina ergueu uma das mãos.

– Não ouse mencionar isso!

– O quê? Que você quase morreu quando nasceu? Mas é verdade.

Nina enfiou o rosto entre as mãos.

– Sim, e isso ficou no passado. Quem olha até pensa que estive à beira da morte a vida toda. Além da apendicite, as tosses, os resfriados de sempre e a catapora, nunca fiquei doente de verdade.

Nick não disse nada.

– Fiquei? – indagou ela.

– Não – admitiu ele, dando um sorriso relutante. – Então, ainda vou tomar um chá ou alguma coisa?

– Ah, tenha dó.

Dessa vez, Nina saiu pisando firme, passando pela cozinha para pôr a chaleira no fogo. De qualquer forma, não podia mesmo ir dormir, porque ainda estava esperando os pães de ló esfriarem para juntá-los com o creme de café e as nozes.

– Ei.

Ela bateu nos dedos do irmão com uma colher quando ele afanou um dos *scones* recém-assados e deu uma mordida rápida.

– Hummm, tá uma delícia.

Ela o ignorou enquanto preparava um bule de chá. Havia certa tranquilidade em fazer aquilo direito, e sem dúvida era uma ótima tática para evitar assuntos espinhosos.

Nina levou o bule e uma caneca, assim como um de seus conjuntos de xícara e pires vintage favoritos, e os colocou em uma mesa de jantar redonda, à esquerda da cozinha. O conceito aberto da área de estar era perfeito para uma pessoa, e ela mantinha o mínimo de assentos ao redor da mesa de propósito. Aquele era seu refúgio, e ela garantira que fosse um espaço só seu. Usara tons pastel nas paredes e comprara um tecido delicado e bonito com estampa floral para fazer as cortinas e as almofadas, dando ao lugar um pouco de sua personalidade. Ter vivido cercada por quatro irmãos a vida inteira sem dúvida nenhuma tinha influenciado seu gosto por decoração. Crescer em uma fazenda significava que a maioria das coisas precisavam ser práticas e robustas. Cores não constavam como um aspecto importante. A ideia que Jonathon e Dan faziam de design de interiores fora pintar as paredes do quarto com listras pretas e brancas, as cores do time do coração, o Newcastle United.

– Aqui está.

Ela empurrou a caneca de chá na direção do irmão.

– Então… o que trouxe tudo isso à tona? – perguntou Nick, a expressão se suavizando com empatia.

– Já vem acontecendo há um tempo. Eu me sinto meio empacada. Como se nunca fosse a lugar nenhum nem fosse fazer nada.

– O que você quer fazer?

Nina brincou com a borda do pires. Era uma ideia ridícula. Afinal, já tinha tentado uma vez e estragado tudo.

De todos os irmãos, ela era mais próxima de Nick. Talvez porque os dois estivessem no mesmo barco.

– Você às vezes não tem vontade de ir embora daqui? Viver por conta própria?

Nick retorceu a boca.

– É raro, mas às vezes fico me perguntando se perdi alguma coisa. Não é muito fácil conhecer gente nova por aqui, mas amo o trabalho no campo, e não dá pra empacotar tudo e levar a fazenda comigo. Aí subo a colina e olho pro vale lá embaixo, seguindo a curva dos muros de pedra solta que estão ali há séculos, e sinto que pertenço a esse lugar. É algo perene.

Nina ergueu os olhos para ele com um sorriso meigo. Nick sempre fora seu herói, não que fosse contar isso para o irmão um dia. Tirando as provocações e brincadeiras infantis, ele era uma boa pessoa que sabia seu lugar no mundo.

Ela suspirou, sem querer parecer ingrata.

– Pelo menos você se sente útil. Tem um propósito e um trabalho de verdade.

– O que você quer fazer?

Com uma careta, ela passou o dedo pela borda do pires de novo.

– Ir embora por um tempo. Ser eu mesma. Descobrir quem eu sou de verdade.

Nick franziu o cenho, parecendo confuso.

– Agora há pouco, não falei um palavrão porque sabia que você não ia gostar – tentou explicar Nina.

Ele pareceu mais confuso ainda.

– É como se eu estivesse só sobrevivendo. Eu quero... quero cozinhar de verdade. Não só fazer bolos e outras coisas do tipo.

– Você quer ser chef? Mas você já tentou isso. Sabe, o negócio da carne crua. O, hã, lance de surtar, ter um ataque de pânico. Você não vomitou também?

– Obrigada por me lembrar, mas o que não percebi na época foi que há outras especialidades que não envolvem manusear carne crua. Eu poderia ser confeiteira. Sukie, que foi pra Nova York, é incrível. Ela me inspirou. Você tinha que ver as coisas que ela fazia. Eu... Eu...

Nina parou. Vinha tentando algumas coisas em casa, sendo bem-sucedida aqui e ali. Tinha sido difícil passar tanto tempo no trabalho observando a ex-colega quando deveria estar servindo mesas, embora Sukie sempre estivesse disposta a deixar Nina ficar por perto. Ela precisava de treinamento, entrar em um curso de confeitaria.

Desde a ligação de Sebastian, Nina não parava de pensar no anúncio que ele fizera sobre o curso de confeitaria que ia dar. Sebastian precisava de pernas. Ela tinha sete semanas livres, ou quase livres. E sem dúvida a mãe e Cath poderiam encontrar outra pessoa para fazer bolos durante umas semanas.

Era a coisa mais fortuita que já tinha acontecido em toda a sua vida.

Seria maluca se não corresse atrás disso. Ainda que Sebastian estivesse no meio da história, aquela era a oportunidade perfeita para mostrar a todo mundo como era apaixonada por confeitaria. Provar a todos que finalmente tinha se encontrado.

– Você falaria com ele por mim?

– Com quem? – perguntou Nick, confuso.

– Sebastian.

Capítulo 3

Ao descer do trem na Gare du Nord, Nina conteve a vontade de se beliscar, achando muito maravilhoso e incrível estar em *outro* país e ter passado por baixo do canal a toda a velocidade. Duas horas antes, estava na estação St. Pancras, em Londres, e agora chegara a Paris. Paris! Por conta própria. Longe da família. Era como se tivesse se livrado de um edredom de penas muito pesado que a impedia de se mover. Mesmo quando entrou no carro com o pai para ir até a estação, a mãe tinha enfiado um punhado de euros em sua mão e murmurara:

– Para o táxi quando você chegar lá. Pra não ter que se preocupar em pegar o metrô com todas as malas.

Então, o pai fizera a mesmíssima coisa ao deixá-la na estação. Muito fofos. Nina não era ingrata, mas sério! Ela era perfeitamente capaz de pegar o metrô por conta própria.

Apesar de ter ficado ouvindo francês num aplicativo durante a viagem no Eurostar, Nina se sentiu um pouquinho decepcionada ao perceber que ainda não conseguia entender uma única frase da fala acelerada, que parecia ter mil palavras por segundo, do homem no estande de informações. Infelizmente, ele estava determinado a não falar nada em inglês, e a única palavra consensual entre eles foi "táxi". Lá se ia sua primeira incursão independente! Pelo menos a mãe e o pai ficariam felizes.

O táxi a levou até uma avenida ampla, margeada por árvores que forneciam sombra para pequenos cafés com suas mesinhas e cadeiras de bistrô. Prédios de cinco ou seis andares se espalhavam ao longo da avenida, com suas sacadas fofas de ferro trabalhado e portas robustas com um ar de imponência na entrada.

Apesar das paredes antigas de pedra e da decoração de madeira pesada, a porta do prédio se abriu com um ruído eletrônico e ela se viu em um hall de entrada austero com uma escada estreita de ladrilhos que subia em curva. Sebastian estava hospedado em um hotel, já que não tinha elevador no bloco onde ficava seu apartamento. Com um suspiro, Nina encarou a ampla escada. Como ia subir com uma mala grande, uma sacola de lona pesada e sua bolsa de mão até o último andar? *Isso é independência. Lembre-se: era o que você queria.* Mesmo assim, ela olhou ao redor, quase na esperança de que alguém pudesse se materializar para lhe dar uma mãozinha. Mas, ao contrário dos filmes, nenhum cavalheiro bonitão apareceu se oferecendo para carregar suas malas. Com um gemido de desânimo, colocou a bolsa mensageiro trespassada, ajeitou a sacola mais para cima no ombro, pegou a mala e começou a subir.

Seguindo as instruções que Sebastian mandara por mensagem, Nina tocou a campainha do apartamento 44b e quase imediatamente a porta se abriu, dando-lhe um baita susto.

Uma mulher esguia surgiu. Seu cabelo loiro muito liso tinha sido preso em um rabo de cavalo sofisticado, emoldurando sua face e evidenciando as maçãs do rosto e o queixo firme. Ela devia ser perita no quesito elegância e no sangue-frio altivo, considerando sua expressão de indiferença, os scarpins lustrosos, a pantalona creme e a blusa de seda azul-clara com gola alta. Tudo isso fez Nina se sentir calorenta e suada.

– *Bonjour, je suis Nina. Je suis ici pour les clés de Sebastian.*

As palavras escapuliram no desespero e, a julgar pelo sorrisinho mal disfarçado no rosto da mulher elegante, Nina não tinha se saído muito bem.

– *Bonjour*, Nina. Ouvi você subindo a escada.

Ela sentiu a desaprovação da mulher.

– Meu nome é Valerie du…

Nina não entendeu bem o sobrenome, já que Valerie parecia ter engolido todas as sílabas.

– Aqui estão as chaves – continuou ela, esticando o braço para entregá-las, como se quisesse impor uma distância majestosa, mantendo-se longe do contato com plebeus. – Quando vir Sebastian, por favor, mande lembranças. Vou sentir falta dele, é uma excelente companhia – acrescentou Valerie, com um olhar astuto e malicioso.

O inglês impecável dela e o sotaque charmoso aguçaram em Nina a sensação de estar malvestida e suja. Ela engoliu em seco.

– Pode deixar. Hã, obrigada.

Valerie parecia pelo menos uns quinze anos mais velha que Sebastian. Sem mais delongas, a mulher fechou a porta.

– Bem-vinda a Paris – murmurou Nina. – Espero que tenha tido uma boa viagem. Se precisar de alguma coisa, por favor, não hesite em pedir, já que está em um apartamento desconhecido, num país estrangeiro, e não conhece absolutamente ninguém por aqui.

Enquanto se esforçava para passar pela porta, arrastando as malas, o celular de Nina apitou com uma notificação.

Suponho que tenha chegado. Preciso que traga algumas coisas do meu apartamento aqui para mim no hotel. Me liga para eu te dizer do que estou precisando. Podemos fazer uma reunião para ver o que você vai ter que fazer. Sugiro que seja por volta das três da tarde. Sebastian.

Nina deu uma leve murchada diante do texto estritamente profissional. Será que ele não podia ter esperado um pouco? Ela estava na cidade havia menos de uma hora e não fazia ideia de onde ficava o hotel e de como chegar lá. No momento, sua prioridade era encontrar uma chaleira e café, além de vasculhar o armário para encontrar algo para comer. Ele não podia ao menos ter lhe dado a chance de se acomodar?

Sebastian só estava sendo muito pedante, concluiu Nina ao puxar a mala de rodinhas de cima do armário no corredor. Certamente seria mais fácil transportar tudo ali dentro em vez de usar a bolsa de viagem que ele pedira.

Ela optou, então, por usar a mala de rodinhas, que mais parecia um besouro prateado gigante com travas laterais.

Depois de uma rápida conversa, na qual ele lhe dera o endereço do hotel, Nina rabiscou a lista dos itens que ele queria. Primeiro, o notebook e os documentos, que ela pegou na mesa no lounge. Depois foi até o quarto. Cinco camisas, como solicitado, dobradas e guardadas, a nécessaire já com itens do banheiro e da penteadeira, incluindo uma loção pós-barba em específico que ele pedira – e não, ela não fizera aquela coisa de cheirar o frasco, ainda que imaginasse que cheiro teria. Em seguida, roupas íntimas. Hesitante, Nina abriu a gaveta de cima. É, gaveta das cuecas. Ela deveria ter imaginado que ele seria o tipo de homem que usa cueca boxer. E da Calvin Klein, não de uma loja de departamentos qualquer. Nina já tinha visto várias cuecas, claro, mas… aquilo ali tinha algo de muito pessoal. Pensar em Sebastian usando uma delas. Não, Nina não ia tomar esse caminho. Ele era só um cara. Amigo do Nick. Que já fora um garoto besta. Ela o conhecia desde sempre. Dizendo a si mesma para ir em frente e parar de ser boba, pegou um punhado de cuecas e acabou esbarrando em uma caixa de papelão. Merda. Aquilo ali era completamente diferente. Estremecendo, olhou para a caixa. Camisinhas. Um pacote com doze. Do tipo mais fino. Aberto.

Não olhe lá dentro. Não olhe.

Com um baque, ela se sentou na cama.

Faltavam quatro. Sebastian. Fazia sexo. Faz sexo. Está fazendo sexo.

E isso não era nem um pouco da conta dela. Não tinha nada a ver com Nina. Não olharia a data de validade no pacote. E não havia razão alguma para que seu coração bobo, burro e ridículo sentisse aquela pontada.

Sebastian era um cara bonito, isso não era nenhum segredo. É claro que ele saía com mulheres. A última vez que o encontrara, ele estava com uma namorada. E na vez antes dessa também. Namoradas diferentes. Ele namorava. Nina sabia disso. Não era nem um pouco surpreendente e não significava nada para ela.

Ah, droga. Então o que deveria fazer? Ignorar? Fingir que não tinha visto? Mas ele sabia que as camisinhas estavam ali. Saberia que ela tinha visto. Ou talvez ele tivesse esquecido. Se Nina as colocasse na mala, isso mostraria que não estava nem aí para as camisinhas na gaveta e que era adulta e experiente no assunto. Se bem que, caso Sebastian precisasse de uma, como ia manuseá-la com a perna quebrada? Seria interessante ver isso. E de onde tinha vindo esse pensamento? Ela enfiou as camisinhas na mala de qualquer jeito. Era a coisa responsável a fazer, não era?

Infelizmente, houve um contratempo no metrô que atrasou Nina, e, ao sair na rua, ela viu que tinha começado a garoar. Mas é claro. Só para que seu corte de cabelo perfeito, que deveria ser a representação de seu eu mais novo e maduro, ficasse levemente ondulado. Os saltos altos dos scarpins, exibindo a sofisticação parisiense, a estavam matando, e a meia-calça transparente caríssima tinha respingos de lama. E, no fim das contas, a caminhada de cinco minutos até o hotel estaria tecnicamente correta se você fosse um tal de Sr. Usain Bolt.

Quando chegou ao último degrau da escada do hotel, cambaleando nos saltos com todo o entusiasmo de Tony Curtis em *Quanto mais quente melhor*, já eram quase cinco da tarde. O *concierge* abriu a porta para Nina, e ela conseguiu dar um breve sorrisinho, que logo se desfez quando os sapatos molhados escorregaram. Segurando-se antes de cair, sacrificou a mala de rodinhas, que prontamente se abriu em uma explosão colorida de roupas e tecidos. Óbvio que a porcaria da caixa com as camisinhas tinha que sair deslizando pelo chão antes de parar ao lado de sapatos marrons engraxadíssimos, usados por um sósia alto e de cabelos pretos de Gregory Fitoussi.

Pela lei de Murphy, era lógico que o homem tinha que se abaixar, pegar a caixa e entregá-la para Nina, mais vermelha que um tomate.

– *Merci* – gaguejou ela, tentando dar um sorriso indiferente.

Com calma, pegou a caixa da mão do sujeito, como se esse tipo de coisa fosse corriqueira para ela, e não era nada de mais mesmo, ela não estava nem um pouco constrangida ou morrendo lentamente por dentro.

O homem abriu um sorriso charmoso, assentiu, falou algo em um francês rápido e incompreensível e foi embora, desviando-se de uma cueca.

Ciente de que se tornara uma espécie de atração na entrada cheia de gente – não que alguém estivesse correndo para ajudá-la –, Nina catou depressa as roupas espalhadas, enfiou-as de qualquer jeito de volta na mala, fechou-a e, ajeitando o cabelo, foi até a mesa da recepção. Sebastian lhe instruíra a perguntar por ele ali, assim lhe dariam a chave do quarto dele.

Só Deus sabia o que estavam pensando dela com uma mala cheia de camisinhas e roupas masculinas. Sem dúvida alguma, o olhar que a recepcionista lhe lançou foi glacial. Provavelmente estavam todos achando que ela era uma acompanhante à disposição, o que não estava tão longe da verdade, já que, pelas próximas semanas, estaria às ordens de Sebastian.

Capítulo 4

Sebastian estava no nono andar, e seu quarto ficava praticamente ao lado do elevador. Nina deu várias batidas altas e firmes antes de inserir o cartão na fechadura. Três tentativas depois, a luzinha finalmente ficou verde. Ela empurrou a porta, o coração tão disparado que estava prestes a sair pela boca. Que ridículo.

– Nina.

A voz dele chamou do outro lado de uma porta no pequeno corredor escuro.

– É, sou eu.

A voz dela soou fraca e esganiçada. Nina respirou bem fundo. Já fazia dez anos. Ambos eram mais velhos e mais sábios.

– Você tá atrasada.

Suspirando, Nina mordeu o lábio e abriu a porta de dentro.

Ela não o viu logo de cara e levou alguns segundos para olhar ao redor do local incrivelmente amplo. Era covardia, sabia disso, mas suas pernas tinham ficado bambas, não muito diferente de um novilho recém-nascido da fazenda. Foi dominada por uma onda de saudade de casa e o desejo de voltar no tempo, na época em que Sebastian era o melhor amigo de seu irmão.

– Sim, é uma suíte – disse a voz seca de Sebastian, vinda do sofá em frente, a cabeça dele surgindo acima do encosto.

Aquilo não tinha nada a ver com o que ela imaginara que fosse ser a primeira conversa deles, embora tivesse sido difícil imaginar qualquer coisa nesse sentido.

– Sem dúvida, é – respondeu ela, refugiando-se na grandeza do cômodo, em vez de encarar os olhos semicerrados de Sebastian.

Era um lugar suntuoso, com o dobro do tamanho do pequeno apartamento onde ela morava. Havia dois sofás, um de frente para o outro, uma série de portas envidraçadas que davam para três sacadas e uma TV monstruosa. Os móveis com aparência antiga estavam alinhados nas paredes de cada lado, com duas portas duplas se abrindo para o que ela supunha que fossem os quartos.

– Tudo isso só pra você.

– Tenho amigos úteis – respondeu Sebastian, com a voz rouca e um tom aborrecido. – E era mais perto do elevador.

Nina finalmente olhou para baixo, onde ele estava no sofá, recostado contra o braço do móvel cheio de travesseiros, o azul vibrante e escandaloso do gesso contrastando de forma horrível com o amarelo-limão pálido das almofadas de seda adamascada.

– Você está...

Ela interrompeu a frase a tempo. Dizer a Sebastian que ele estava com uma aparência horrível provavelmente não pegaria bem. Por dentro, alguma garotinha atrevida e menos caridosa gritou: eba! Sebastian Finlay está horrível. Sujo. Nojento. Sem graça nenhuma. A pele dele parecia muito pálida, e o cabelo estava oleoso e, sim, eca, grudado no couro cabeludo. Os olhos estavam fundos, e a barba por fazer despontava pelo rosto. A camisa branca parecia encardida, e ele usava uma cueca samba-canção. Sebastian de cueca. Nina retorceu a boca. Queria fazer uma daquelas dancinhas da vitória dos jogadores de futebol, correndo pelo campo com a camisa presa na cabeça.

– Obrigado – respondeu ele secamente, adivinhando o resto da frase dela. – Desculpe por não levantar.

– Parece... desconfortável – comentou ela, de repente percebendo que seu comportamento não estava nem um pouco normal e tentando não olhar para a parte de cima do gesso, na fronteira com a samba-canção.

Qual era o problema dela, pelo amor de Deus?

A boca de Sebastian se estreitou, mas ele não disse nada sobre o comentário dela.

– Eu, hã... suas coisas. Eu trouxe. Onde quer que eu coloque a mala?

Sebastian respirou fundo, como se estivesse conjurando um pouco de paciência, e então olhou para a perna quebrada.

– Foi mal, você precisa que eu desfaça a mala pra você – falou Nina.

– Ajudaria muito – respondeu ele, com sarcasmo na voz. – Trouxe meu notebook? O carregador do celular? Pode me entregar isso primeiro?

Nina levou a mala até o segundo sofá e abriu.

– Meu Deus, Nina. – Sebastian franziu a testa. – Por que você enfiou tudo aí dentro? Essas camisas estavam passadinhas. Agora parece que foram usadas como pano de chão.

Ele tinha razão, e as camisas meio que tinham cumprido esse papel, mas, antes que ela pudesse se desculpar ou explicar, ele continuou:

– Se você for fazer birra cada vez que eu te pedir algo que não queira fazer, isso não vai dar certo. Preciso de alguém pra me ajudar, não uma diva mimada que joga os brinquedos pra fora do carrinho quando as coisas não saem do jeito dela. Eu sabia que isso era um erro.

Ele apoiou o braço no rosto.

Nina se virou, sentindo o nariz arder. Provavelmente, era sua característica menos atraente, mas só acontecia quando estava furiosa. E, no momento, ela estava muito, muito furiosa.

– Fico grata por você me ter em tão alta conta, Sr. Ela-é-a-última-pessoa-que-eu-queria-pra-me-ajudar, mas não sou tão mesquinha assim. Não fiz de propósito. Essa porcaria de mala fica abrindo sozinha.

– Primeiro, não era pra você ter ouvido aquele comentário, e sinto muito, não foi nada delicado. E segundo, sim, essa mala faz isso, e foi especificamente por essa razão que te falei pra trazer a bolsa.

– Então só porque não era pra eu ouvir o comentário, tá tudo bem dizer aquilo? – perguntou Nina, rangendo os dentes. – E segundo, não sei se você foi tão específico assim.

– Como ser mais específico do que dizer pra se lembrar de trazer a bolsa de couro em cima do armário? A que tem... – O rosto dele se contraiu, e Sebastian estreitou os olhos. – Nina. Isso nunca vai dar certo. É melhor você arrumar as malas e voltar pra casa.

Nina ficou parada por um instante, fechando as mãos com força e sentindo-se constrangida e idiota. Não era assim que deveria ser. Era para ser ela mostrando a todo mundo que podia se virar sozinha.

– Olha, foi mal, é meu primeiro dia aqui. Eu estava numa correria danada. Posso levar suas camisas de volta pra lavar. Não é o fim do mundo.

– Não, não é – concordou ele, ficando tenso. – É inconveniente. Significa que vou ter que pedir ao serviço de quarto que faça isso, e já estou pedindo favores demais pro meu amigo Alex, que é o gerente geral daqui.

– Ele deve ser um ótimo amigo. Isso aqui parece bem caro.

– Como já falei, ele tá me fazendo um favor. Ele fica de olho em mim, senão eu teria que ficar no hospital, então não quero abusar. Alex é muito ocupado, precisa administrar esse lugar todo. Falei pra ele que a cavalaria estava a caminho, e é por isso que eu estava ansioso pra você chegar logo.

Sebastian lançou um olhar incisivo para o relógio. Depois dessa, Nina estava se sentindo mal.

– Desculpa. Você ficou sozinho o dia todo? Quando foi a última vez que você comeu ou bebeu alguma coisa?

– Ontem à noite – respondeu ele, bruscamente. – Mas tá tudo bem, o problema é fazer xixi.

Ah, isso explicava o mau humor. Com isso, Nina podia lidar. Ela sabia como homens famintos ficavam irritados.

– Eu podia dormir sem essa – retrucou Nina, com rispidez. – Mas você provavelmente precisa comer alguma coisa pra manter as forças. – Ela pegou o cardápio do serviço de quarto. – O que quer comer?

– Me surpreenda. Pra mim, tanto faz. Não aguento mais comida de hotel.

O suspiro de desânimo que Sebastian deu fez Nina parar e analisá-lo com mais atenção. Ele não parecia nada, nada bem.

Ela se sentou no sofá em frente com o cardápio na mão e, mesmo a distância, dava para sentir um leve odor de falta de banho. Uma parte dela poderia estar se deliciando por ver Sebastian em uma situação tão ruim ao menos uma vez na vida, mas sua parte boa falou mais alto que a mesquinha e rancorosa.

– Você precisa comer – disse ela, com um tom de voz mais suave. – Sei que provavelmente não quer e não tenho nenhum treinamento médico, mas acho mesmo que vai ajudar. Que tal uma sopa de cebola? É bem leve.

– Não preciso de uma enfermeira – rebateu ele, o abatimento desaparecendo em segundos. – Preciso de ajuda prática. Não estou com tanta fome, mas você pode pedir comida, embora ajudasse mais se pudesse desfazer a mala pra mim.

***

– Uau, isso aqui parece ótimo – falou Nina, analisando os painéis semânticos dispostos em dois cavaletes, aliviada por encontrar um assunto neutro.

Ela desfizera as malas de Sebastian o mais rápido que pôde, pendurando as camisas amarrotadas e torcendo para que os vincos diminuíssem um pouco.

Olhou mais de perto os vários designs para o interior dos restaurantes.

– Os dois primeiros já estão em andamento. – Sebastian fez uma careta. – Mas ainda não chegamos aonde queremos com o bistrô que vou colocar na área da confeitaria.

– Parece bem chique e moderno.

Não era bem a praia dela, mas, a julgar pelo sucesso dos restaurantes dele na Inglaterra, Sebastian sabia o que estava fazendo.

– Essa é a ideia.

Nina assentiu e ficou aliviada por ouvir a batida na porta anunciando o serviço de quarto.

Ela pegou a bandeja com o garçom e percebeu, sem graça, que precisava dar uma gorjeta ao sujeito, que se demorou um pouco mais ali. Deixando a bandeja na mesa de café, pegou a bolsa e puxou alguns euros, entregando-os ao rapaz. Quando se virou, Sebastian se contorcia como uma minhoca em um anzol, tentando alcançar a bandeja, mas infelizmente tinha escorregado demais nas almofadas para conseguir se içar para cima de novo.

– Aqui, deixa eu ajudar – disse ela, sem conseguir aguentar vê-lo se esforçando daquele jeito por mais tempo.

– Já falei, não preciso de ajuda nenhuma – respondeu ele, limpando o suor na testa.

Nina o ignorou, dando a volta no sofá e enganchando os braços por baixo dos dele, passando-os ao redor do peito de Sebastian para ajudá-lo a se sentar direito de novo. Assim que o tocou, seu coração deu um solavanco desconfortável e uma onda de memórias inundou sua mente, deixando-a com uma conhecida sensação à qual era impossível resistir. Parecia que

Sebastian ainda tinha o poder físico de afetá-la. Ela trincou os dentes. No futuro, iria se certificar de manter distância.

Apesar dos protestos dele, dizendo que não estava com fome, a sopa desapareceu bem rápido. Logo que colocou a tigela de lado, pegou o notebook e os documentos que ela trouxera.

– Bom. Podemos começar. Tem papel e caneta? – disparou ele.

– Não, cheguei hoje. Você falou que eu só trabalharia duas vezes na semana. O curso só começa quarta. Achei que hoje fosse só para trazer suas coisas.

Sebastian fechou a boca como se estivesse pensando melhor no que ia dizer.

– Considere isso o começo. Pegue um desses. – Ele apontou com o queixo para um bloco de notas. – Há muita coisa pra fazer antes do curso começar e, infelizmente, ando ocupado com os planos pros dois primeiros restaurantes, então ainda não fiz nada... – Ele indicou o gesso com uma expressão de desagrado. – Você vai ter que começar do zero. É um curso de sete semanas, toda quarta-feira, em período integral, mas vou precisar que trabalhe no dia anterior pra deixar tudo pronto. Durante as sete semanas, vamos analisar diferentes massas e técnicas... só que ainda estou pensando no último dia. Devo fazer algo um pouco diferente.

Nina fez anotações frenéticas pela meia hora seguinte, com o coração pesado. Não era bem isso que tinha imaginado. Em sua mente, ela era a enfermeira do centro cirúrgico de um médico inteligente, entregando a ele seu bisturi e o tubo de sucção no momento exato, demonstrando como era eficiente e prestativa enquanto absorvia as habilidades geniais dele. Nenhum de seus devaneios envolvia o equivalente a preparar o paciente, arrumar a cama, desinfetar o centro cirúrgico ou fazer a faxina nas enfermarias.

– Alô, Nina. Tá ouvindo?

Assentindo com fervor, ela se endireitou no assento. *Se concentra, Nina.*

– Vou pedir aos meus fornecedores de sempre que entreguem ingredientes frescos, ovos, manteiga e nata, mas já deve ter o bastante do básico na cozinha: farinha, açúcar de confeiteiro, açúcar refinado. Você vai precisar comprar itens mais específicos de um atacadista que eu conheço. Não vamos precisar deles no primeiro dia, já que vamos falar do básico. Vou te passar os detalhes da conta. Mais pra frente vamos precisar de coisas como pétalas de rosa, extrato de baunilha, violetas cristalizadas, pasta de pista-che, pedaços de morango desidratado congelado e manga em pó.

Nina ficou mais animada. Isso, sim. Essa era a parte boa. Cozinhar para o mercadinho da fazenda não era lá muito desafiador, já que ela conseguia fazer um pão de ló inglês ou um bolo de café e nozes de olhos fechados. Dava para fazer coisas incríveis com os ingredientes que Sebastian tinha listado.

– Hã, olá. Você ainda tá aqui?

A voz irritada de Sebastian a tirou de seus devaneios.

– Desculpa, é que... – começou ela, mordendo o lábio outra vez. – Quando o assunto é confeitaria, é tipo falar sacanagem. Mal posso esperar pra ver o que você vai fazer com todos esses ingredientes.

Nina observara a confeiteira no restaurante por meses, intrigada e en-cantada com as criações dela, mas tímida demais para fazer várias pergun-tas sobre como se fazia aquilo tudo.

– É como se fossem feitiços secretos que precisam ser dominados. Você tem que ser um feiticeiro com açúcar, um bruxo com chocolate e um mago com sabores e recheios.

– É só ciência – respondeu Sebastian, franzindo a testa, confuso.

– Não, não é – retrucou Nina, primeiro achando que era só provocação dele, percebendo depois que Sebastian estava com uma expressão séria. – É magia. Preparar maravilhosas poções doces com açúcar e todas essas coisas gostosas. É como uma alquimia confeiteira, fazendo o açúcar virar uma beleza comestível.

– Ainda no mundo da fantasia, hein, Nina – alfinetou Sebastian, voltan-do-se para o notebook. – Pra ser bem específico, como a maioria das coisas em uma cozinha, a confeitaria no fim das contas é reação química, em que combinações precisas de uma ou duas substâncias reagem juntas para se tornarem outra.

Nina parou e o encarou.

– Mas...

Aos 18 anos, fora inspirada pela paixão dele, as descrições das comidas que queria cozinhar e suas peregrinações até novos fornecedores, na busca por aqueles ingredientes únicos e especiais.

– Então, de onde vem o súbito interesse em confeitaria? – perguntou ele, seu olhar se aguçando.

– Eu... quero aprender confeitaria de verdade. Passei um tempo observando a confeiteira do meu trabalho e... Bom, ela é maravilhosa, e eu amo cozinhar, então achei que...

Sebastian balançou a cabeça com uma risada de escárnio e tristeza.

– Nina... Você tá vivendo no mundo da lua. Sete semanas aqui me auxiliando não vão ser um treinamento. Leva anos pra se tornar um confeiteiro. Você precisa de um treinamento adequado.

Nina sentiu o rubor se espalhar pelo rosto.

– Eu sei disso – rebateu ela, em uma tentativa de esconder a onda de vergonha. – Não sou burra. Mas quero aprender... e isso é... um começo.

– O quê? E você está pensando em treinar? Ou isso é mais uma...

Nina queria perguntar "mais uma o quê?", mas tinha uma boa ideia do que ele ia dizer. Para Sebastian, estava tudo certo, ele sempre soube o que queria fazer. Fora obstinado desde o primeiro dia e tivera que lutar contra a desaprovação dos pais para ir atrás de seu objetivo, enquanto os pais dela sempre a apoiaram, não importasse o que Nina fizesse. E tinha que admitir, fizera muitas coisas. Trabalhou em um centro de jardinagem quando achou que pudesse ser paisagista, entrou no banco quando cogitou tentar uma carreira "séria", ajudou na creche quando quis ser professora. Não que não trabalhasse duro ou não estivesse preparada para se esforçar, era só que nada daquilo tinha se mostrado o que ela havia esperado. Mas ela queria muito aprender a cozinhar os doces incríveis que vira Sukie fazer no último ano.

– Certo, melhor a gente começar – disse Sebastian. – Tem muita coisa pra fazer. Vou te dar um molho de chaves, embora o Marcel, o administrador, vá estar lá. É um sujeito infeliz, é só ignorar.

– Deve ser porque ele está prestes a perder o emprego.

– Quando o novo bistrô abrir, ele vai ter trabalho. Vou precisar de garçons. Bom, se faltar alguma coisa ou quando algum estoque em particular estiver baixo, você vai precisar sair pra comprar. Pode usar o cartão de crédito da empresa.

Ele se esticou para pegar uma carteira de couro puída na mesa.

– Ainda estou trabalhando nas listas e receitas, vou mandar tudo pra você por e-mail. Dá uma olhada se a cozinha tem todos os equipamentos certos e o suficiente para as três pessoas no curso – orientou ele, olhando para o notebook no colo. – Se faltar alguma coisa, você vai precisar sair e comprar.

Graças a Deus, são só três pessoas. Com sorte, uns dois vão desistir, e então vou poder cancelar o curso. Aqui está a lista de compras do básico.

Nina arqueou as sobrancelhas, surpresa.

– Você quer que eu vá às compras?

– Algum problema?

– Não, mas tem muito mais coisa pra fazer do que pensei.

Nina mordeu o lábio.

– Fala agora se achar que não está à altura do trabalho – contrapôs Sebastian.

– Claro que estou. Só não tinha entendido que teria tanta coisa pra fazer.

– Não tô te pagando pra você ficar à toa. Você quis vir, não vai ser moleza. Espero que trabalhe, e muito.

Nina se endireitou. Ignorando a onda de fúria que sentiu, respondeu com calma:

– Não tenho medo de trabalhar muito.

Ele se contorceu outra vez, enfiando um dedo por baixo do gesso, antes de voltar às anotações.

– Ótimo. Acho que isso é tudo, então. Vou te pagar um dia a mais nessa semana, já que tem mais coisa pra fazer do que imaginei no começo. Hoje é quinta. Você tem quatro dias pra se organizar e providenciar as coisas. Te vejo na terça, vamos na confeitaria e repassamos tudo pra nos prepararmos para o curso que começa na quarta.

Sebastian empurrou a tigela de sopa para o lado dela da mesa e colocou suas anotações ali em cima.

– Pode colocar os pratos de volta na bandeja e deixar do lado de fora quando sair.

– Você quer que eu... Bom, quer mais alguma ajuda?

Ela indicou com o queixo a borda do gesso, que estava perigosamente próxima à virilha dele. Percebendo o que poderia ter dado a entender, corou ridiculamente.

– Parece que você tá com coceira – comentou ela. – Mas eu quis dizer, tipo, ajuda pra lavar o cabelo ou algo assim.

O olhar de ira dele poderia ter congelado Nina.

– Contratei uma assistente, não uma cuidadora. – Houve uma pausa prolongada. – E o que tem de errado com o meu cabelo?

Nina arregalou os olhos com inocência.

– Nada.

Ele empurrou o computador para os joelhos e começou a digitar.

– Acho que estou dispensada, então – falou ela, incapaz de continuar a conter o sarcasmo.

Sebastian apertou os lábios. Se usasse óculos, daria a Nina um daqueles olhares por cima da armação.

– Isso – confirmou ele.

Ela pegou a bolsa, deu um aceno animado e foi até a porta.

– Tchau.

– Tchau, Nina. Até terça.

Andando pelo corredor, aliviada por escapar dali, balançou a cabeça. Já tinha mesmo superado a queda que tinha por ele.

Capítulo 5

Nina quase passou direto pela Confeitaria C. Era ali mesmo? Ela disfarçou a decepção tentando encontrar algo de bom para dizer sobre a parte externa da fachada simétrica. Era uma tarefa difícil, dado o estado deplorável do tom berrante de turquesa, que já estava craquelando, as camadas caindo aos pedaços ao redor das molduras de madeira, fazendo o exterior da loja parecer uma senhora que tinha exagerado na maquiagem. O batente da porta estava arqueado de um jeito esquisito, e o vidro turvo nas janelas merecia uma boa limpeza.

Espiando através delas, viu um café que era até funcional e não tinha nada a ver com o interior tradicional, antigo e com adornos dourados que ela imaginara. Cadeiras Bentwood que já tinham visto dias melhores estavam ao redor de mesinhas de bistrô dispostas em fileiras uniformes e austeras, mais parecendo uma prisão do que um lugar para se ter o prazer de saborear um café com bolo. Na verdade, parecia que o prazer não era uma opção no cardápio.

Nina não pretendera entrar na confeitaria, já que era só um dia para se situar, mas, como o tempo estava muito ruim, decidiu se aquecer com uma rápida xícara de café antes de voltar para o apartamento.

Hesitante, empurrou a porta para adentrar o interior taciturno. Só tinha uma cliente, uma senhora sentada em uma das mesas, e um homem atrás de balcões de vidro, que exibiam uma pequena seleção de bombas de chocolate, tortinhas de frutas e macarons, todos dispostos em um único gabinete central, como se tivessem sido colocados ali para fazer companhia uns para os outros. O gabinete fazia um zumbido bem alto, numa espécie de esforço para se manter funcionando. O homem não se dignou a erguer os olhos, apenas continuou esfregando o copo que tinha nas mãos.

– *Bonjour.*

Nina abriu um sorriso hesitante, o intenso cenho franzido do homem lhe dizendo que ele não era do tipo que apreciava um contato inicial amigável. O sujeito taciturno andava meio encurvado, no estilo "repelir fregueses a qualquer custo", como se estivesse tentando esconder o rosto do mundo.

– Como posso ajudar?

Ele ergueu a cabeça com a mesma lentidão de uma tartaruga octogenária.

– Você fala inglês? – perguntou ela. Que alívio. – Como sabia que eu era inglesa?

O olhar do homem transmitiu a mensagem com mais potência do que um alto-falante, e, para insultá-la mais um pouco, ele incluiu um revirar de olhos que dizia: "Você é uma completa ignorante, mas vou te aturar porque preciso."

Sério? Tudo isso só por causa de um *bonjour*?

– Eu sou a Nina. Vou… trabalhar pro Sebastian – explicou ela, tentando soar confiante, o que não era lá muito fácil diante da completa falta de interesse do homem.

Se ela achava que Sebastian era intimidante, a indiferença gélida daquele homem fez Nina questionar se deveria mesmo estar ali.

O encontro com Sebastian no dia anterior a afetara mais do que ela gostaria de admitir, além de destruir sua visão cor-de-rosa de, num passe de mágica, se tornar uma confeiteira incrível. Nos poucos dias antes de chegar ali, Nina se imaginou observando-o no trabalho, absorvendo tudo como uma esponja enquanto picava coisas, treinando suas habilidades sob a tutela dele e sendo sua não tão glamourosa assistente. Sem dúvida, não tinha lhe ocorrido que estaria muito envolvida no trabalho braçal, fazendo os preparos, comprando coisas ou sendo deixada à própria sorte.

– Sebastian? – perguntou o homem.

Seria possível aquela boca se curvar ainda mais?

– Sebastian Finlay, ele comprou a confeitaria.

– Ah. – Ou teria sido um "argh"? – O novo chefe.

– Isso. Ele me mandou passar aqui pra ver os ingredientes pra semana que vem e dar uma olhada na cozinha.

– Fique à vontade. – Com um floreio da mão, o homem acenou na direção dos fundos da loja. – Você não vai incomodar ninguém. Talvez um ou outro fantasma de confeiteiros que estão se revirando loucamente no túmulo. Bistrô!

O homem balançou a cabeça, e um fio do cabelo penteado para trás se desprendeu para um lado. Ele o jogou de lado com impaciência, os olhos reluzindo de indignação.

– Seu inglês é muito bom – comentou Nina.

– Morei em Londres. Fui maître no Savoy por alguns anos.

Ao dizer isso, ele se empertigou com um sorriso todo pomposo. Nina imaginou que, atrás do balcão, os pés dele haviam se juntado.

– Uau.

Nina o olhou com respeito renovado. O maître do Bodenbroke era uma mistura de galinha mãe, sargento-mor e cão pastor, acalmando, bajulando e organizando tudo em seu devido lugar enquanto conciliava as necessidades da clientela e da equipe no restaurante com uma autoridade tranquila e impassível.

– Meu nome é Marcel. O gerente geral da Confeitaria C. – Ele fez uma pausa. – Por enquanto...

Tomando uma rápida decisão, Nina estendeu a mão.

– Nina. Muito prazer em conhecê-lo, Marcel.

Como era aquele ditado? Mantenha os amigos por perto e os inimigos mais perto ainda. Fazer amizade com Marcel parecia uma atitude inteligente.

Ele ignorou a mão estendida de Nina e continuou a esfregar o copo que segurava.

Inabalável, ela abriu um sorriso agradável.

– Talvez você pudesse me mostrar o lugar, quando for possível, mas, nesse meio-tempo, eu gostaria de tomar um café e pegar uma dessas bombas de chocolate que parecem uma delícia. Tudo bem se eu sentar ali?

Ela apontou para uma das mesas ao lado da janela. Havia mentido, as bombas de chocolate pareciam tristes e desoladas. E, pior de tudo, o lábio de Marcel se curvou como se dissesse: "Se acha isso, então você é ainda mais desprezível do que imaginei."

– Como quiser.

Nina estremeceu. Aquilo ia ser muito divertido. Claro que ia.

Ela foi até a mesinha e, ao passar, a única pessoa da outra mesa cutucou seu braço e, com um sorrisinho conspirador, disse bem alto:

– Não se preocupe, daqui a pouco ele se anima.

Marcel lançou às duas um olhar zangado que sugeria que "daqui a pouco" era um conceito relativo.

– Meu nome é Marguerite. É muito bom ter você aqui.

– Opa, beleza... hã, quer dizer, olá.

Marguerite não parecia o tipo de pessoa que falava "opa, beleza", embora parecesse muito simpática.

– Como vai? A senhora é a dona? Quer dizer, a antiga dona. Quer dizer, não antiga, anterior.

Nina se embolava com as palavras, ciente da curiosidade da mulher mais velha, que estava arrumada e impecável.

A mulher soltou uma gargalhada contagiante erguendo o queixo e direcionando os olhos cor de violeta para Nina.

– *Alors*, não, minha querida. Estou acostumada a ser a única cliente aqui. Acho que penso mesmo que esse lugar faz parte do meu mundinho. E o que a traz aqui?

– Vou trabalhar pro novo proprietário. Só pelas próximas semanas. Vou ajudar com o curso de confeitaria que ele vai dar.

– Ah, você é confeiteira. É um talento maravilhoso.

Nina olhou ao redor e baixou a voz. Havia algo no olhar inquisitivo da mulher que a encorajava a falar a verdade.

– Na verdade, sou assistente, mas não conte ao Marcel, não sei se ele aprovaria. Não sou nem uma chef de verdade. É uma oportunidade de aprender mais. Devo ficar só por sete semanas.

A observação mordaz que Sebastian fizera sobre levar anos para uma pessoa se tornar uma confeiteira ainda a angustiava. Ela sabia disso, claro que sabia.

– Eu adoraria trabalhar com confeitaria.

– Eu também – disse Nina, com um sorriso de pesar, antes de acrescentar, com educação: – A senhora deveria fazer o curso.

A mulher a fitou com um olhar solene.

– Na verdade, acho que é uma sugestão muito boa.

– Ah – disse Nina, perplexa, lembrando-se de repente que Sebastian estava bem satisfeito por ter apenas três pessoas no curso.

– A não ser que você ache que eu não deva fazer – comentou Marguerite, com um tom austero.

– De forma alguma – respondeu Nina. Uma pessoa a mais não faria tanta diferença para Sebastian. – Acho uma excelente ideia. Nunca se é velho demais pra aprender novas habilidades... mas é claro que a senhora não é velha.

– Minha querida, não estou caducando, mas sim em pleno uso de minhas faculdades mentais. Também tenho um espelho em casa, um espelho bem sincero.

A expressão de Marguerite se suavizou, e ela sorriu.

– Bom, a senhora está com uma aparência ótima – falou Nina.

– Ah, acho que vou gostar muito de você.

Nina deu um sorrisinho.

– Posso inscrevê-la no curso, se quiser.

– Ótimo. E você ainda não me disse seu nome.

– É Nina.

– Como falei antes, meu nome é Marguerite. Marguerite du Fourge, moro bem perto daqui. Gostaria de se juntar a mim?

Ela acenou com a cabeça na direção da cadeira vaga.

Nina se sentou, de repente sem saber onde colocar as mãos. Marguerite era uma daquelas senhoras bem elegantes, com o mesmo ar de superioridade e independência que Valerie exibira. Será que era uma coisa parisiense? O cabelo grisalho estava penteado em ondas prateadas perfeitas – não havia outra palavra para isso –, e a maquiagem era discreta, com uma fina camada de pó que suavizava as rugas ao redor dos olhos. Com sua saia longa rodada marrom-avermelhada e uma blusa azul-petróleo vibrante, ela fazia Nina, em seu jeans preto, blusa de moletom preta e sapatilha, se sentir um pardal sem graça ao lado de um pavão.

Marcel trouxe o café e a bomba de chocolate, enchendo a xícara de Marguerite em seguida sem que ela pedisse.

– *Merci*, Marcel.

Ela assentiu, e o comportamento do homem mudou por completo quando ele respondeu algo em um francês rápido.

– É um bom homem – comentou Marguerite, enquanto ele se afastava como um pinguim imponente. – Ele esconde isso muito bem.

– A senhora costuma vir muito aqui? – perguntou Nina, mais uma vez intrigada.

Não parecia o tipo de estabelecimento que uma pessoa como Marguerite fosse frequentar. Sem dúvida, havia lugares muito mais elegantes ao redor, não?

– É prático – respondeu a mulher, quase lendo a mente de Nina. – E acho que tenho a lembrança de como costumava ser. – Ela deu um sorriso melancólico que suavizou sua altivez e de repente a fez parecer bem menos intimidante. – E você? Mora em Paris?

– Vou morar por algumas semanas. Cheguei anteontem. É uma longa história.

– Tenho bastante tempo e adoro uma boa história.

Os olhos de Marguerite brilharam com malícia outra vez, transformando a matriarca idosa em uma fadinha levada, e Nina se viu contando a ela a história toda, omitindo, é claro, a parte em que Sebastian dizia que ela era a última pessoa no mundo de quem ele queria ajuda. Não porque quisesse poupá-lo e fazer Marguerite tê-lo em alta conta, mas porque isso levaria a muitas outras perguntas.

No final, as duas conversaram por mais de uma hora. Toda vez que Nina achava que o assunto tinha acabado, Marguerite perguntava outra coisa ou lhe dizia algo sobre uma parte de Paris que Nina deveria visitar. Ela quase desejou ter levado um bloquinho para anotar tudo. Quando enfim se levantou e disse que precisava trabalhar um pouco, Marguerite já sabia tudo sobre sua família e que estava hospedada no apartamento de Sebastian. Por sua vez, Nina sabia onde ficava a melhor padaria perto de onde morava, o melhor restaurante e o único supermercado que deveria frequentar se precisasse.

Marguerite se levantou, e Marcel correu para ajudá-la a vestir o casaco, acompanhando a senhora até a porta, abrindo-a para ela e conduzindo-a até o lado de fora.

Nina terminou a segunda xícara de café e decidiu ser útil, levando-a até o balcão para poupar Marcel. Apesar de ela estar bem à sua frente, o gerente continuou a colocar com estrépito as xícaras de café sujas no pequeno lava-louças embaixo do balcão. Nina esperou até que ele finalmente erguesse o olhar e notasse sua presença.

– Você ainda está aqui.

– Estou – concordou ela com um sorriso, que foi difícil de manter diante do olhar severo dele. – E eu gostaria de ver a cozinha.

– Fique à vontade – disse ele, voltando às suas xícaras de café.

A música de *A Bela e a Fera* começou a tocar em sua mente, apesar de Marcel estar longe de ser tão receptivo quanto um candelabro cantante.

Por algum motivo, ela começou a cantarolar a melodia baixinho.

Marcel ergueu a cabeça, seu rosto assumindo uma máscara inexpressiva, e apontou para os fundos da loja. Depois, voltou-se mais uma vez para o que estava fazendo.

Então era assim que ia ser?

Ao entrar na cozinha, ela se sentiu uma intrusa no castelo da Fera. Ah, droga. O lugar era austero. E imundo. Nina estremeceu ao se dirigir até o centro do ambiente amplo. A maioria das superfícies estava coberta por uma camada de poeira, e ela tinha certeza de que, se abrisse as torneiras, a água demoraria para sair pelos canos, fazendo barulho e esguichando. Levaria horas para limpar o lugar, algo que Sebastian não se lembrara de avisar.

O chão parecia engordurado sob seus pés enquanto ela andava pela superfície levemente escorregadia e colocava a bolsa em cima de uma das bancadas industriais de aço inoxidável. Pelo tamanho do lugar, era evidente que, um dia, a cozinha produzira todos os produtos de padaria vendidos na confeitaria. Lá ainda estavam os fornos na parede oposta, assim como grandes geladeiras na outra.

Nina abriu uma das gavetas das bancadas, as corrediças rígidas soltando um rangido metálico, a miscelânea de utensílios pipocando e tentando se libertar feito um palhaço numa caixa-surpresa, como se tivessem sido guardados às pressas. O conteúdo não parecia ter lógica alguma: *fouets*, colheres de pau, espátulas e rolos de massa. Até mesmo réguas de cozinha? Nenhum utensílio parecia muito limpo. Havia vestígios de massa e creme velhos em alguns itens. Uma segunda gaveta guardava mais do mesmo, e uma terceira também.

As prateleiras sob as bancadas exibiam diversos copos, tigelas, cerâmicas e utensílios de inox em uma quantidade impressionante de tamanhos, todos uns em cima dos outros de qualquer jeito. Panelas sauté, caçarolas com fundo grosso e frigideiras tinham sido empilhadas formando uma Torre de Pisa, com cabos apontando para várias direções, como as pernas distorcidas de uma aranha.

Como é que ela ia conseguir aprontar tudo aquilo a tempo?

Não havia nem como contar com a compaixão de Marcel. Nina nem sabia se o gerente tinha noção do que era isso. Deixara bem claro que ela fazia parte do lado do inimigo. Nina estava por conta própria.

Completamente por conta própria. Não havia a quem pedir ajuda.

Por um minuto, o pânico ameaçou dominá-la.

Não, ela dava conta. Precisava fazer listas, estabelecer prioridades e colocar etiquetas para identificar todos os itens em prateleiras e gavetas, a fim de guardá-los em um espaço apropriado.

Quando voltou ao café, o local ainda estava um deserto. Marcel nem se dignou a olhar para ela. Nina perguntou, por puro atrevimento:

– A Marguerite é sua única freguesa?

– Damas como Madame du Fourge são raras por aqui. Ela é dos velhos tempos de Paris. Refinada. Elegante. Vem todo dia.

– Vem?

Mais uma vez, Nina franziu a testa.

– Isso aqui não foi sempre assim – rebateu Marcel.

– Desculpa, eu não quis dizer...

Os olhos de Marcel cintilaram com uma emoção repentina.

– Quis, sim. Aqui já foi uma das melhores confeitarias de Paris. – Ele fez um gesto desdenhoso com a mão na direção de painéis pintados de azul-claro sob um rodameio pintado de rosa. – Quando eu era pequeno, morava a quatro quarteirões daqui. Costumávamos vir nas manhãs de sábado para comer um docinho. Eles faziam o melhor mil-folhas da região. Era a especialidade da casa.

Ele fez uma pausa e continuou:

– Mas o proprietário passou a loja para os filhos. Eles não eram confeiteiros. As coisas mudaram. Paramos de fazer doces de confeitaria aqui na cozinha. É tudo terceirizado agora. Não é a mesma coisa. E em breve vamos fechar, e seu *monsieur* Finlay vai abrir o bistrô dele.

Marcel fechou os olhos com pesar.

– Acho que, se a confeitaria não está mais dando lucro… – disse Nina, dando de ombros e tentando ser compreensiva.

Marcel a fuzilou com o olhar.

– Se fosse administrada do jeito certo, poderia dar lucro. Ninguém deu a mínima durante quinze anos. – Com um súbito biquinho petulante, ele acrescentou: – Então por que eu deveria me importar?

Então saiu para limpar uma mesa que nem parecia ter sido usada.

Nina franziu a testa. Por que ele estava trabalhando ali, afinal? Era óbvio que Marcel vivera seu auge no passado.

Com um suspiro, ela olhou seu relógio e decidiu que voltaria no dia seguinte. Tinha alguns dias para se preparar e, com sorte, Marcel estaria mais animado, embora ela não estivesse contando com isso.

Capítulo 6

– Então, como é o apartamento do Sebastian? – perguntou a mãe no quarto dia de Nina em Paris.

– É legal – respondeu ela, erguendo os olhos da tela em que fazia uma chamada de vídeo e dando uma rápida olhada no local.

– "Legal". Isso não me diz nada – reclamou a mãe, franzindo a testa, de bom humor.

– Tá bem, é muito legal. Melhorou?

Nina olhou para as portas envidraçadas altas com cortinas de voil esvoaçando à leve brisa. Para além delas, havia uma sacada pequena que dava para a ampla avenida lá embaixo. O apartamento de canto no último andar oferecia duas paisagens diferentes, ambas com belas vistas, uma delas da Torre Eiffel, com a qual Nina já estava bem familiarizada. Estar sozinha ali era bem mais intimidante na vida real. Ainda bem que precisara passar muito tempo na cozinha da confeitaria aprontando tudo. Marcel recusara-se categoricamente a ajudar. Todo dia, Nina dizia a si mesma que tinha sete semanas inteiras para explorar a cidade e que não havia necessidade de pressa.

– Gosto de poder imaginar onde você está, meu bem.

O sorriso tristonho da mãe fez Nina se sentir culpada. Era lógico que tinha causado esse efeito. Aperfeiçoada pelos anos de experiência e cinco filhos, aquela era sua arma não tão secreta. Virando o celular, Nina foi direto até a sacada.

– Que vista linda! – exclamou a mãe. – E que dia ensolarado maravilhoso. O que você está fazendo dentro de casa?

– Falando com a minha mãe – respondeu Nina.

– Você deveria estar na rua. O dia está lindo.

– Estou pensando em sair pra bater perna por aí mais tarde.

Nina não queria admitir que bater perna por aí até agora consistira basicamente em perambular pelos arredores do apartamento de Sebastian e fazer um bico como faxineira na confeitaria, onde acabava esfregando e limpando a cozinha, além de organizar metodicamente os utensílios e as gavetas.

– Bom, toma cuidado. Ouvi dizer que os batedores de carteira em Paris são terríveis. Você deveria usar a bolsa cruzada. Se bem que também já ouvi falar que às vezes eles usam facas para cortar as alças.

– Mãe, eu vou ficar bem.

Se esse era o incentivo da mãe para que Nina fosse passear, ela não estava fazendo um bom trabalho.

– Bom, não se esqueça de...

– Aqui, esse é o lounge.

Nina fez uma volta inteira bem devagar.

– Ah, meu bem, é maravilhoso. Que ótimo! É uma graça. Você é uma danadinha.

Nina deu um sorriso travesso para a mãe ao virar a tela para vê-la.

– É bem luxuoso. Acho que esse é o sofá mais elegante que já vi. – Ela acariciou a superfície de veludo cinza-claro e deu tapinhas nas almofadas azul-petróleo feitas de lã. – Acho que o Sebastian deve ter chamado um decorador de interiores. É tudo muito tranquilo, com cores frias.

– Bem a cara do verão – falou a mãe, que era uma grande fã de análise cromática e de descobrir as próprias cores. – E a cozinha?

Com um suspiro, sabendo que a mãe não se daria por satisfeita enquanto não fizessem um tour por cada cômodo, Nina foi até o outro lado da sala para mostrar a cozinha.

– Minha nossa! Nina, é uma graça.

Nina tinha que admitir que o cômodo amplo, com vista para a Torre Eiffel toda iluminada à noite, era muito maravilhoso. A cozinha moderna tinha armários reluzentes sem pegadores e todos os utensílios já vistos no mundo.

– Me mostra aquela cafeteira. Ah, John, John! Vem ver isso aqui.

Nina ouviu os pais cochichando sobre a máquina de aço inoxidável embutida, conjecturando onde poderiam colocar uma dessas e quanto custaria.

Ela seguiu em frente, mostrando à mãe o amplo corredor com sua iluminação suave e chão de ardósia, além do banheiro e seu chuveiro imenso e lindos ladrilhos azul-piscina.

– É tudo tão bonito, meu amor. Você não vai querer voltar pra casa.

– Não se preocupe, mãe, o Sebastian vai querer o apartamento de volta assim que conseguir andar direito de novo.

– E como está o rapaz? Você vai dizer que mandei um beijo pra ele, não vai? Sentimos saudade. Ele praticamente morava aqui. – Nina fechou os olhos, sabendo exatamente o que viria em seguida. – E então... bem, não sei por que ele parou de vir do nada. É uma pena não o encontrarmos mais vezes.

– Talvez porque ele foi pra universidade, que era distante, e então foi fazer gastronomia – sugeriu Nina pelo que pareceu a milésima vez em todos aqueles anos.

– Ele podia ter vindo nas férias.

Nina respirou fundo, grata pelo fato de a câmera ainda estar virada para o chuveiro de última geração e cheio de frescura.

– Bom, e esse foi o tour – concluiu ela. – Então, como estão os cordeiros e...

– Você ainda não mostrou o quarto. Ah, vamos lá.

– É só um quarto. Tem uma cama e...

– Mas é tão interessante ver as coisas em outros países, não acha?

Nina parou em frente à porta do quarto. Não havia motivo algum para não mostrar o cômodo para a mãe, mas, mesmo assim...

Ela abriu a porta, vendo o lugar pela primeira vez de novo e tendo a mesma sensação desconfortável de vouyerismo, de estar invadindo a vida de alguém. Sentia isso com mais intensidade ali do que nos outros ambientes, talvez porque no quarto houvesse mais itens pessoais.

– Aaah, gostei do edredom, é muito bonito. Masculino, mas de bom gosto. O Sebastian sempre teve bom gosto. Lindas luminárias. E o que ele está lendo?

Nina engoliu em seco. A seriedade da capa cinza, azul-clara e preta era um lembrete constante de que ela estava dormindo na cama de Sebastian, e o livro aberto de cabeça para baixo de David Baldacci reforçava a sensação desconfortável de que o dono da casa só tinha dado uma saída e voltaria a qualquer momento.

A intenção dela sempre tinha sido passar o mínimo de tempo possível no quarto, pelo menos enquanto estivesse acordada. A presença de Sebastian era muito forte ali.

– Vamos dar uma olhada nessas fotos – disse a mãe.

Cansada, Nina foi até a parede de frente para a cama, com o porta-retratos multifotos com uma seleção de imagens de várias épocas. Não prestara muita atenção nisso antes, já que havia algumas repetidas de Sebastian com Nick e os outros irmãos dela.

– Ah, olha, sou eu! – exclamou a mãe. – Eu me lembro desse dia. Foi quando ele ganhou a primeira competição de culinária. Sebastian veio direto me contar e mostrar o troféu. Seu pai tirou essa foto.

Nina se lembrava dos acontecimentos antes da competição. Eles foram cobaias de Sebastian por semanas. Ainda bem que a família toda gostava de carne de porco.

– Que bom, uma dele com os pais – falou a mãe dela, um quê evidente de empatia na voz.

Nina, ainda segurando o celular, ficou olhando para a fotografia de Sebastian no dia da formatura dele, parado entre os pais, parecendo tenso e desconfortável. Ostentava o diploma apenas para agradá-los, apesar de querer seguir um caminho diferente. Uma semana depois da formatura, ele se inscreveu na faculdade de gastronomia.

– Ah, tem uma linda sua.

– Eu!

A voz de Nina saiu esganiçada, e ela se inclinou para olhar de perto a foto no canto que não tinha visto até então. Não tinha nada de linda; era um registro tenebroso. Ela sorria como uma lunática, o branco dos dentes e dos olhos cintilando no meio do rosto todo enlameado, segurando uma medalha que ganhara no campeonato de cross country. Chocada, observou a alegria que reluzia em seu rosto e sentiu o coração dar um daqueles solavancos, quase como um eco do passado. Por um segundo, lágrimas encheram seus olhos. Ela quase explodira de felicidade naquele dia. Não porque chegara em primeiro. Não porque batera o próprio recorde. Nem mesmo porque fora classificada para o campeonato nacional. Tinha ficado feliz daquele jeito porque Sebastian a aguardava na linha de chegada. Porque ele a abraçara bem apertado. Porque ela achou que os lábios dele talvez tivessem lhe dado um beijo leve na cabeça. Porque os olhos dele brilhavam de orgulho e alegria quando a encarou. Examinando a foto outra vez, ali, no meio de tantos outros acontecimentos importantes da vida de Sebastian, Nina franziu o cenho. Não conseguia acreditar que ele tinha uma foto dela, que dirá justo aquela. Não podia deixar de se perguntar por quê.

Um pombo rechonchudo bicava ao redor dos pés de Nina para aproveitar as várias migalhas do croissant no qual ela dava a última mordida. Ela se sentia bem orgulhosa por ter saído de casa e passado numa padaria ali perto, exatamente o que dissera à mãe que ia fazer quando encerrassem a chamada. Ela tomou o restinho do café e se levantou de um dos bancos verdes do parque que margeavam o caminho que dava na Torre Eiffel. A luz do sol aquecia sua pele, e foi isso que a tinha deixado tentada a sair. O tempo estava mesmo muito agradável para ficar dentro de casa, e conversar com a mãe a fez se lembrar do motivo para estar ali, com ou sem batedores de carteira. Estava tirando sua folga naquele dia. Acabara de limpar e organizar a cozinha e sentia-se muito satisfeita com todas as prateleiras bem identificadas, além das gavetas que finalmente, no que lhe dizia respeito, exibiam todos os itens nos lugares certos.

Com uma energia inquestionável, Nina segurou bem a alça da bolsa mensageiro e se dirigiu à imensa e icônica torre, parando para tirar e enviar fotos no grupo de WhatsApp da família, os Poderosos Hadleys. Sério, não havia como fugir. Balançou a cabeça. A ligação da mãe naquela manhã era só a ponta do iceberg. O restante da família estava igualmente ávido por notícias, exigindo constantes atualizações. Se não era Nick mandando mensagens para saber como ela estava, então era Dan enviando um e-mail ou Toby com uma mensagem direta pelo Twitter. Nina cogitava seriamente perder o celular.

Sem se arriscar e querendo adquirir uma noção da geografia da cidade, passou a manhã andando em um ritmo lento, cruzando a ponte desde a

Torre Eiffel até o Trocadéro, ciente do trânsito bem assustador. Parecia que, para os motoristas, os pedestres eram algo irritante que, caso colocassem apenas um pé na rua, se tornavam alvos fáceis. Ninguém parecia prestar atenção aos cruzamentos indicados ou aos sinais vermelhos, enquanto motoristas e motociclistas avançavam, amontoando-se, e corriam para ocupar espaços livres como leões em busca da presa.

Nina pegara um mapa emprestado no apartamento de Sebastian e, consultando-o, caminhou pela margem esquerda, ou Rive Gauche – que para ela era o nome de um perfume –, e continuou andando pelo trecho amplo e aberto do Sena, antes de virar à esquerda, rumo à Champs-Élysées, para dar uma olhada no Arco do Triunfo. O monumento era muito maior do que esperava, e, ao redor dele, o tráfego era mais apavorante ainda. Sua reputação de ser a rotatória mais insana da Europa não era à toa.

Aproveitando a sensação de liberdade e de não ter que dar satisfação a ninguém, escolheu almoçar em um dos restaurantes da Champs-Élysées só porque podia. Seu irmão Nick teria se recusado a ir e sugeriria na hora que evitassem a principal atração turística da cidade, já que ali seria muito caro. Dan e Gail estariam procurando recomendações da área no TripAdvisor, e a mãe teria ficado séculos examinando minuciosamente o cardápio do lado de fora antes de permitir que qualquer uma de suas crias passasse pela soleira.

Sentindo-se espontânea e independente, escolheu um restaurante de que gostou e entrou.

Os mexilhões que pedira estavam uma delícia, e ela curtiu cada gotinha da taça de vinho que decidira se dar de presente depois de ver que a maioria dos franceses ali pedira a bebida no almoço. Embora estivesse aproveitando muito sua refeição, sentia-se um pouquinho acanhada por estar sozinha no restaurante cheio. Acabara ficando em uma mesa no canto, perto dos banheiros. Para não se sentir tão sem amigos, ficou mexendo no celular e quase o derrubou quando o aparelho começou a tocar de repente.

– Sebastian, oi.

– Nina, temos um problema. Precisei que meus fornecedores fizessem um trabalho de última hora para o outro restaurante. O novo chef queria fazer uns testes de receita. Isso significa que eles não podem entregar os ingredientes frescos na confeitaria hoje. Você vai ter que ir às compras.

– Hoje? – Ela olhou para o relógio. – Eles não podem entregar amanhã?

– É melhor hoje. Não gosto de deixar as coisas pra última hora. A não ser, é claro, que seja um incômodo muito grande pra você.

Nina rangeu os dentes. Ah, aquele homem sabia ser sarcástico.

– Entendo, mas...

Nina não tinha a menor ideia de onde fazer as compras. Paris não era exatamente um lugar cheio de mercados gigantes como os de casa. Será que havia algum lugar perto da confeitaria? Ela não perguntaria isso a ele nem por decreto.

– Algum problema? – perguntou Sebastian.

– Não – respondeu Nina. – Nenhum.

– Ótimo, vejo você amanhã. Lembre-se de vir me buscar no hotel. Pedi que o *concierge* marcasse um táxi pras oito e meia. O trânsito de Paris é horroroso, então esteja aqui na hora marcada.

Capítulo 7

Nina pediu um cartão para o quarto de Sebastian, e o mesmo recepcionista da última vez lhe lançou um olhar como se dissesse: "Você de novo?"

Ela bateu na porta para não pegar Sebastian de surpresa, mas, antes que pudesse colocar o cartão na fechadura, alguém a abriu, fazendo-a pular de susto.

– Você não é o Sebastian! – exclamou ela, dando um passo para trás e encarando os olhos castanho-escuros do homem. – Ah, é você!

Era o sujeito bonitão parecido com um ator francês que ela tinha encontrado no saguão do hotel quando a mala abrira.

– Ah, a moça da mala desobediente e as...

– Elas não eram minhas. Aquilo era coisa do Sebastian. Eu estava trazendo pra ele.

Uma covinha fofa apareceu na bochecha do sujeito enquanto ele tentava conter o riso.

– Tenho certeza de que serão úteis no atual estado dele.

O inesperado sotaque escocês do homem, com vários "erres" puxados, por sorte a distraiu.

– Ah, você é escocês – comentou ela.

O sujeito parecia um francês dos pés à cabeça.

– E deixei o kilt em casa hoje – provocou ele, com um sorriso caloroso e amigável que o fazia parecer muito mais acessível e menos astro de cinema.

Era impossível não sorrir também.

– Desculpa, achei que você fosse francês. Deve ser o amigo do Sebastian, o gerente.

Apesar do terno formal de três peças, Alex não parecia muito um gestor, ainda mais sorrindo para ela daquela maneira. Com aquele jeito travesso e a facilidade de achar graça em tudo, parecia mais um estudante levado que crescera demais.

– Sou eu, sim. E não conte pra minha mãe que você achou que eu fosse francês, ela ficaria furiosa. Já é bem ruim trabalhar aqui e não em uma cidade boa e refinada como Edimburgo, que fica a apenas cinco minutos da casa dela.

– Ah, ela é igualzinha à minha mãe. Sou a Nina. A nova... braço direito do Sebastian.

– Ah, a caçula – disse ele, os olhos brilhando com um divertimento repentino. – Já ouvi falar muito de você.

– Nada de bom, tenho certeza – respondeu ela, a boca se contorcendo em um sorriso tristonho.

– Não esquenta – falou Alex, com um sorrisinho tranquilizador, e ela se sentiu aquecida pelo lampejo de preocupação nos olhos dele. – Não acredito em tudo que ele fala.

– Não me sinto nem um pouco melhor com isso.

O sorriso de Alex vacilou.

– Ei, ele está mal-humorado com todo mundo no momento. Conheço o Sebastian há um bom tempo e me considero um de seus melhores amigos, e ele está um porre. Mas é sempre um estresse inaugurar um empreendimento novo. Se bem que – disse ele, os olhos reluzindo com um brilho de malícia –, se esse abusado não tomar cuidado, vai acabar indo parar na vala.

Nina segurou a risada. Havia gostado da resposta alegre e objetiva de Alex. Ele lembrava os irmãos dela.

– É besteira perguntar se o abusado tá aí dentro.

Alex riu.

– Ele está, e excepcionalmente rabugento. Talvez você queira receber um adicional por insalubridade para entrar. Ele botou na cabeça que queria lavar o cabelo esta manhã e insistiu que eu o ajudasse de madrugada. Tentar mantê-lo de pé no banheiro debruçado na pia foi tipo ajudar o Bambi no gelo. Aí o pentelho decidiu que queria tomar banho. Acho que a gente gastou um rolo industrial inteiro de plástico PVC.

Nina sorriu diante da expressão cômica de Alex.

– Parece que foi um evento e tanto.

– Pode-se dizer que sim. Ele está descansando desde então. Vim agora pra ver se ainda estava vivo.

O rosto de Alex ficou mais sério, e ele baixou a voz, olhando para trás, como se Sebastian pudesse aparecer a qualquer momento.

– Cá entre nós, acho que...

Um walkie-talkie no quadril dele chiou.

– Alex, temos um problema.

– Isso vai entrar no meu epitáfio. – Fechando a cara, ele pegou o aparelho. – Chego em cinco minutos. Bem, preciso ir. Tenho um hotel pra gerenciar. Foi bom te conhecer, Nina. Tenho certeza que a gente vai se ver de novo. – Ele se virou e gritou: – Vou nessa, Bas, venho ver o inválido amanhã, mas Florence Nightingale veio me substituir.

Com um aceno alegre, Alex passou por ela e seguiu pelo corredor.

Sebastian estava se levantando sozinho quando Nina entrou.

– Você está atrasada.

– Desculpa, eu...

– Me poupa. Precisamos ir logo.

As palavras secas de Sebastian deixaram claro que ele não estava para brincadeira.

Nina abriu seu sorriso mais agradável, aquele que esticava suas bochechas e fazia com que doessem um pouco. Ela não ia deixar que ele a tirasse do sério. Seria um amor, uma fofa. Aprenderia tudo que podia e engoliria todos os sapos.

– Poderia levar meu laptop e a papelada?

Sebastian fez um gesto com as muletas, indicando que não conseguiria levar tudo.

Antes que ela pudesse dizer qualquer coisa, ele já tinha disparado como um cavalo de corrida na largada. Saindo do elevador, Sebastian demonstrou um progresso surpreendentemente rápido, equilibrando-se nas muletas, cravando-as no chão com rapidez e abrindo caminho pelo saguão como um homem firme em seu propósito, pegando a rampa do hotel que dava na calçada.

O *concierge* chamara um táxi que já os aguardava e abriu a porta de trás para Nina. Ela estava prestes a entrar quando Sebastian resmungou em voz alta:

– Você vai ter que ir na frente.

Ele deu uns pulinhos sem jeito, virando-se para entrar de costas no carro.

– Ah, desculpa. É claro. Deixa eu te ajudar.

Às pressas, Nina deixou a bolsa com o notebook no banco da frente e correu para pegar as muletas.

Sebastian deslizou pelo banco de trás, com as pernas estendidas sobre ele.

O motorista se virou e soltou uma torrente de palavras em francês, gesticulando com urgência.

– Tá, tá. Vou colocar – falou Sebastian, virando-se para puxar o cinto.

Depois de algumas tentativas, ficou muito claro que ele estava em um ângulo esquisito demais para executar a tarefa.

O motorista cruzou os braços. Eles não iam a lugar algum enquanto o cinto não estivesse afivelado.

Quando Sebastian soltou um suspiro alto e exasperado, Nina largou as muletas no chão ao lado dele e se inclinou para ajudar. Infelizmente, não era muito fácil e não havia o que fazer a não ser apoiar um dos joelhos entre as pernas dele, o que seria tranquilo se ela não tivesse se desequilibrado de leve e colocado a mão na virilha dele para se apoiar.

– Ai, desculpa! – guinchou ela.

Nina tentou evitar olhar para ele, ser prática e ir direto ao ponto. Esticou o braço por trás dos ombros dele para pegar o cinto, o que só piorou as coisas, porque ficou com o rosto colado ao seu peito. As mãos de Sebastian se fecharam ao redor dos braços dela para firmá-la, e, chocada, ela o encarou. E esse foi seu maior erro. Havia floquinhos marrom-avermelhados naqueles olhos castanho-escuros, que a observavam com cautela. A respiração dela ficou presa no peito de repente. Dava para ver a quase indistinta cicatriz em forma de S acima da maçã do rosto e os cílios incrivelmente cheios de Sebastian. Os batimentos dela martelavam em seu ouvido e, então, por algum motivo bizarro, ela soltou:

– Você está muito mais cheiroso.

Sebastian ergueu uma das sobrancelhas, ridiculamente elegantes para um homem, e a encarou.

Nina engoliu em seco e deu de ombros, incapaz de desviar o olhar.

– Quer dizer...

A voz dela foi morrendo. Por alguns segundos, se perdeu no olhar firme dele, o coração batendo descompassado.

Era impossível decifrar qualquer coisa no rosto de Sebastian. Os olhos permaneciam atentos, sem piscar, embora Nina tenha percebido que sua mandíbula estava retesada e que ele ainda parecia um pouco pálido e tenso. Que conste nos autos, fazia muito tempo que aquela tensão estava ali. Sebastian sempre parecia sério quando ela estava por perto, provavelmente com medo de que ela entendesse tudo errado de novo.

Nina abaixou a cabeça; a simples lembrança ainda tinha o poder de deixá-la vermelha. Deu mais um puxão no cinto e conseguiu passá-lo ao redor de Sebastian, mas não o suficiente para ser capaz de afivelá-lo.

– Obrigado. Eu assumo daqui.

A voz cáustica de Sebastian a tirou de seus pensamentos, e ele pegou o cinto das mãos dela. Nina deu uma piscada rápida, e esse foi o único indício de consciência que a perpassou, fazendo suas terminações nervosas pularem com súbita alegria. Ela afastou as mãos, horrorizada pelo fato de que um mero toque impessoal ainda causasse tamanho impacto nela.

Capítulo 8

Trabalhar para Sebastian, concluiu Nina, não ia ser lá muito divertido. Com seus resmungos e rosnados rabugentos, ele era o mau humor em pessoa. Não era de admirar que Marcel estivesse fora de vista, se aproveitando da inacessibilidade da fachada da loja. O táxi os levou até a porta dos fundos da cozinha, que não tinha degraus, e Sebastian, ao que parecia, não queria se aventurar muito mais e encarar o pequeno lance de escada no corredor que dava para a loja.

– Aí não, Nina – corrigiu Sebastian, enquanto ela movia uma das bancadas. – Bota ali, eu quero em formato de "U". Aí você pode espalhar todas as balanças.

Nina apertou os lábios com força, ficando de costas enquanto levantava o canto de uma mesa pesada e a manobrava para colocá-la no lugar, soltando alguns guinchos.

– Meu Deus, você precisa mesmo fazer esse barulho?

Ela fez de novo só para irritá-lo. A mesa era pesadíssima. O que Sebastian queria, afinal? Ela não tinha se candidatado para fazer a remoção de móveis de grandes proporções. Por fim, Nina arrumou tudo do jeito que ele queria.

– Muito bem, eu gostaria que você preparasse a estação de trabalho para cada aluno. Agora estamos com quatro pessoas. Apareceu uma inscrição que eu poderia ter passado sem.

Nina olhou para os pés, pensando em Marguerite.

– Vamos organizar todos os utensílios de que eles vão precisar. A primeira coisa a preparar amanhã vai ser massa choux, então vamos precisar de...

Sebastian recitou uma lista de cabeça. Ele fez Nina correr pela cozinha toda, pegando *fouets*, panelas, copos medidores, peneiras, tigelas e colheres de pau, enquanto ele se aboletava em um banco, apoiando o gesso azul em outro banquinho. Ficou olhando o celular, soltando exclamações de vez em quando, murmurando para si mesmo e olhando para ela com uma carranca.

Nina se sentiu bem orgulhosa por ter conseguido se lembrar de tudo que ele dissera e organizado todas as coisas com precisão. Ela deu um passo atrás para inspecionar a cozinha.

Sebastian se levantou e foi mancando até um dos conjuntos organizados.

– Não se esqueça de que precisamos de um desses conjuntos, ou melhor, você precisa. Vou ficar te instruindo com as coisas básicas e então vou fazer demonstrações quando chegarmos à parte técnica mesmo.

Com isso, Nina não se importava. Esperava aprender muito com ele.

Estavam quase terminando quando ele deu tapinhas em uma das balanças de vidro e franziu o cenho.

– Você verificou a bateria de todas elas, não é?

– Hã... – Nina arregalou os olhos, em pânico. – Er...

– Ah, pelo amor de Deus, você tinha que ter verificado se todas estavam funcionando.

Nina levantou as mãos, desolada.

– Bom... Eu... Eu...

Sebastian já tinha virado uma das balanças e tirado a pequena bateria redonda de lítio.

– Vai lá ver com o Marcel se ele sabe onde tem pra comprar dessa aqui, rápido.

– Desculpa, eu não...

– Não pensou nisso, Nina? Como você achou que todos iam medir as quantidades de ingredientes? E onde estão os ovos? Não estou vendo em lugar nenhum. E você chegou a ver o estoque na despensa?

Nina estava apavorada. Ela se esquecera por completo das duas coisas. Tinha ficado tão ocupada com manteiga e creme no dia anterior quando fora comprar as coisas que não se atreveu a carregar ovos também. Além disso, não conseguiu encontrá-los no supermercado, e a palavra francesa *"ouefs"* lhe fugira por completo. E, quando voltara para a loja, tinha colocado tudo na geladeira e se esquecido totalmente de dar uma olhada na despensa.

– Eu... Eu... – Por que ela se reduzia a balbucios quando Sebastian estava por perto? – Onde é a despensa? Vou olhar agora.

Sebastian não chegou a revirar os olhos, mas era como se tivesse feito isso.

– Fica no alto da escada, no meio do corredor. Que lugar ridículo pra se colocar uma despensa. É por isso que essa construção precisa ser totalmente remodelada. Depois disso, vê com o Marcel se tem algum lugar aqui perto pra comprar as baterias. Compra os ovos e volta pra cá imediatamente.

Lá estava, a familiar expressão de tensão e insatisfação de Sebastian.

Nina deu de cara com Marcel, cuja testa parecia ter ficado franzida para sempre – por acaso, bem parecida com a de Sebastian –, espiando pelo corredor.

– Preciso dar uma olhada na despensa.
– Eu não perderia meu tempo – disse Marcel. – Está vazia.
– Vazia?
– Sim. O proprietário anterior vendeu tudo.
– Tudinho?

Nina estava começando a parecer um papagaio abobado.

– Para uma mulher que está abrindo uma escola de confeitaria em Lille. Ela veio com o furgão e levou tudo.

Nina sentiu o coração pesar e passou pelas portas que davam na despensa, acendendo a luz. As prateleiras empoeiradas estavam vazias e abandonadas. Só sobrara o contorno do que estivera ali antes, em cima das superfícies com restos de farinha. Virando-se, abriu o freezer de porta dupla. As prateleiras vazias zombavam dela.

– Que saco!

Nina torcia para que houvesse o básico lá, assim como Sebastian tinha presumido. Ele ia ficar furioso. A lista de compras só aumentava, e ela não fazia ideia de como ia conseguir carregar tudo. Não tinha como pedir ajuda a ele, e Marcel, mesmo que estivesse minimamente disposto, tinha que ficar na loja. Não havia a quem pedir socorro. Mordendo o lábio, Nina de repente desejou que sua família prestativa não estivesse tão longe.

Ela fechou as portas devagar, frustrada.

– Talvez isso aqui possa ter alguma utilidade.

Do canto da despensa, Marcel puxou um daqueles carrinhos de compras supercoloridos que as pessoas mais velhas costumavam usar.

Nina levou um instante para respirar fundo algumas vezes, engolir o choro que ameaçava vir com tudo e então voltar à cozinha.

– Vou dar uma saída para comprar ovos e baterias – avisou ela a Sebastian, mantendo o tom de voz animado e alegre.

– O Marcel não pode ir? – perguntou ele, erguendo o olhar do notebook.

– Ele precisa ficar na confeitaria.

– Pra quê? Não vai me dizer que tem mesmo algum cliente lá? Fico surpreso por este lugar ainda não ter fechado de vez.

– Hã... sim, tem alguns – mentiu ela.

– Bom, anda logo, eu não tinha intenção de ficar tanto tempo aqui – disse ele, olhando para o relógio. – Ainda bem que trouxe meu laptop, dá pra trabalhar no que é importante de verdade.

Ele já estava puxando o celular e digitando alguma coisa, ignorando Nina.

– Oi, Mike. As luminárias já foram entregues? Os eletricistas marcaram de ir amanhã?

Aquilo foi ótimo, porque significava que ela não precisava contar a Sebastian a verdade sobre as prateleiras vazias. Seria mais uma coisa contra ela, o que era bem injusto. Ele não fazia ideia do estado em que a cozinha se encontrava e como Nina tinha trabalhado duro para colocar tudo em ordem. Sebastian era um cretino. Um completo babaca, insensível, que não tinha nenhuma qualidade que o redimisse.

Será que ela precisava mesmo disso? Valia a pena? A ideia era que a temporada em Paris fosse uma forma de alcançar um objetivo, mas agora não tinha tanta certeza, principalmente depois da observação mordaz que ele fizera sobre levar anos para uma pessoa se tornar confeiteira. Nina não era totalmente ingênua, estava ciente disso, mas esperava que estar ali já fosse um começo. De repente, não sabia mais se ter ido para a França tinha sido mesmo uma boa ideia.

Ainda bem que existia Doris, nome que Nina atribuiu ao carrinho de vovó que Marcel lhe dera, oficialmente sua melhor amiga, salvadora e heroína, apesar da rodinha levemente frouxa. Diante da despensa mais vazia que balão murcho, Nina decidiu dobrar a quantidade que Sebastian colocara na lista. Sentia-se muito satisfeita por sua eficiência, ainda que isso significasse que a pobre Doris estava sem dúvida rangendo sob o peso do que pareciam toneladas de farinha, açúcar refinado, açúcar de confeiteiro, manteiga e ovos. (Por sorte, em um raro momento de solidariedade, Marcel tinha arrumado as baterias para ela.)

Maldito Sebastian. Ele estava com o computador e o celular, podia continuar trabalhando na cozinha. E Nina se permitiu aproveitar o sol e ficar longe do estresse daquele lugar enquanto caminhava pela rua, seguindo na direção que levava à confeitaria. Ela se demorou olhando vitrines de lojas ali perto: um pet shop, um armarinho com uma vitrine impressionante exibindo três lindos pulôveres tricotados, uma bicicletaria e uma floricultura.

O expositor de flores coloridas a fez parar e sorrir. Flores amarelas e cor-de-rosa foram arrumadas em lindos buquês. Havia vasinhos prateados cheios de jacinto-uva, decorados com laços lilás, e baldes cheios da astromélia favorita dela, nas cores rosa-claro, vermelho-escuro e roxo. Nina se deteve alguns passos depois da floricultura e então se virou. Alguns buquês de flores dariam muito mais vida à cozinha e à confeitaria, mas não havia possibilidade de conseguir carregar as flores e levar o carrinho. Contudo, daria para levar os vasinhos prateados, e eles ficariam uma gracinha nas mesas. E, se ninguém gostasse, ela gostava. Como estava limitado à área da cozinha, Sebastian nunca ficaria sabendo. Com seis vasos comprados e meio equilibrados em cima do carrinho, Nina seguiu em frente.

Foi quando a rodinha frouxa decidiu virar para um lado enquanto Nina o puxava para o outro que ela percebeu que tinha passado dos limites com um vaso de flores a mais. Lutar com o carrinho a desequilibrou de leve e, com uma inevitabilidade terrível, um dos vasos prateados começou a cair de cabeça para baixo, bem quando ela já estava no cruzamento que ficava literalmente do outro lado da rua da confeitaria. Droga. Nina saltou para a frente, apanhando o vaso com a precisão de uma goleira, o que faria qualquer um dos irmãos urrar de orgulho, mas soltou o carrinho, que começou a tombar, desequilibrado pelo peso extra na frente.

– Eita!

Uma mulher jovem surgiu do nada e segurou o carrinho, que estava prestes a aterrissar no chão. Com um floreio triunfante, ela o puxou de volta para cima, abrindo um sorriso.

– Minha nossa, o que é que tem aí dentro? Metade de uma pedreira? – perguntou ela, com um sotaque bem forte de Birmingham.

– Com as pedras e tudo mais, sim – respondeu Nina, rindo e se esforçando para pegar as flores. – Você é inglesa.

– Só um pouquinho. Mas achei que com essa boina eu disfarçaria bem.

Ela deu batidinhas no chapéu vermelho-vivo sobre os cachos escuros.

A mulher era rechonchuda e usava um sobretudo fechado e sapatos que chamaram a atenção de Nina.

– Acho que os Crocs podem ter te entregado – disse ela, séria, achando graça.

A outra caiu na gargalhada.

– São muito ingleses, né? Nenhuma mulher francesa que se dê ao respeito usaria algo tão prático assim.

Nina achava que os sapatos talvez fossem de uma marca da Austrália ou dos Estados Unidos, mas, pelo que vira das mulheres francesas, estava inclinada a concordar. Não conseguia imaginar nem Marguerite nem Valerie serem vistas usando calçados daquele tipo.

– Eu bati com o dedinho do pé, acho que devo ter quebrado o infeliz. Esse sapato é a única coisa que consigo usar. Fiquei torcendo pra que o visual Audrey Hepburn na parte de cima impedisse as pessoas de olharem pra baixo.

Nina se esforçou para manter o rosto sério.

– Também não estou entregando um visual muito Audrey Hepburn, né? – perguntou a mulher.

Nina balançou a cabeça bem devagar, como se isso pudesse amenizar a ofensa.

– Desculpa. Não está, não. Mas obrigada pela ajuda. Você não faz ideia do desastre que poderia ter acontecido. Estou com três dúzias de ovos aí dentro.

Elas fizeram a mesma expressão de "eita".

– Imagina só – disse Nina.

– Ah! Ovos mexidos!

A mulher balançou a cabeça, com os cachos escuros ondulando para cima e para baixo como filhotinhos empolgados, e as duas riram.

– E isso, junto com a farinha, o açúcar refinado e o açúcar de confeiteiro, daria uma perfeita receita pro desastre.

– Bolo instantâneo – brincou ela. – E quem não gosta de bolo?

– Humm, e desemprego imediato pra mim. Obrigada, você me salvou.

– Tranquilo. Aliás, meu nome é Maddie.

– Nina.

– Está indo pra muito longe?

Nina balançou a cabeça.

– É logo ali.

Ela apontou para a confeitaria do outro lado da rua.

– Ah, estou querendo ir lá. É legal?

– Pra ser sincera, não sei, mas não conte a ninguém que eu disse isso.

– Deixa eu te ajudar. Vou carregando as flores e deixo os ovos com você. Então você trabalha ali?

– Meio que sim.

Nina explicou a história toda e falou sobre o curso de confeitaria enquanto caminhavam juntas.

– Que legal. Sou uma péssima cozinheira. Faço mais o tipo ensopados fartos e sobremesas infantis.

– Você deveria fazer o curso – falou Nina, puxando o carrinho, pensando em quanto tempo levaria para descarregar aquilo tudo.

– Que ideia genial!

– Ah, não, eu não estava falando sério.

Era melhor parar de sugerir aquilo às pessoas. Tinha falado sem pensar. Nina vinha recrutando candidatos com uma frequência inacreditável. Sebastian não ia ficar nada feliz.

– Começa amanhã, provavelmente está um pouco…

– Perfeito, não tenho aula amanhã. Ah, e quer saber? Isso ia deixar minha mãe bem impressionada. Eu posso fazer o bolo de aniversário semestral dela.

Nina ergueu as sobrancelhas diante dessa declaração curiosa.

Maddie riu.

– A gente comemora aniversários semestrais. Gostamos de bolo lá em casa. Se bem que eles costumam ser comprados no supermercado. Uma vez, tentei fazer uma torta de maçã. Vamos dizer que as palavras "queimada", "irrevogavelmente pulverizada" e "destruída" se aplicavam à fôrma no fim do processo. Tive que jogar fora.

Enquanto Nina erguia o carrinho pelo degrau até a confeitaria com a ajuda de Maddie, a jovem já estava imaginando em voz alta que tipo de bolo faria quando fosse para casa.

– Talvez seja um pouco tarde para entrar na turma – falou Nina.

– Ah, não tem problema – respondeu Maddie.

Nina deixou escapar um pequeno suspiro de alívio. Só Deus sabia a reação de Sebastian ao saber que teria um aluno a mais, em especial se soubesse que tinha sido sugestão de Nina.

– Venho amanhã de manhã e, se não tiver vaga, tudo bem.

Capítulo 9

– A gente vai sair em cinco minutos, tá pronta? – perguntou Sebastian.

Ele mal desviou o olhar do notebook quando Nina voltou para a cozinha, ainda tentando manusear o carrinho instável, que sem dúvida tinha vontade própria. Com uma perna apoiada em uma cadeira e trabalhando na bancada, ele parecia bastante desconfortável.

– Na verdade – disse Nina, ocupando-se em tirar os ovos do carrinho, grata por ele parecer absorto no trabalho –, preciso... hã... talvez montar mais uma estação de trabalho, sabe... no caso de mais alguém aparecer.

Um silêncio pesado se instaurou, e ela pensou por um momento que talvez tivesse se safado. Ledo engano. Sebastian parou e a observou, desconfiado.

– Repete.

– Bom, sabe...

– Não.

Nina arriscou erguer a cabeça, encontrando o olhar furioso de Sebastian. Sentindo-se constrangida, coçou a batata da perna com o outro pé, fazendo o melhor para não parecer evasiva.

– Ah, pelo amor de Deus, Nina!

Ela se encolheu.

– Não fiz de propósito, eu... bom, mencionei o curso para uma moça inglesa que conheci, e ela ficou realmente interessada e...

– E você não pensou em dizer a ela que o curso já estava lotado ou algo assim – rosnou ele de um jeito tão intenso que Nina não conseguiu pensar em nenhuma resposta decente. Mas tudo bem, não tinha problema. – Porra, que inferno – estourou ele, pegando as muletas. – Já deu pra mim. Chama um táxi. Vou ficar lá fora.

Assim que Sebastian saiu, ela piscou com força. Não, não ia chorar. Ele não valia a pena, era um babaca, mas não ia fazer Nina chorar. Ela o odiava. Como é que um dia tinha achado que estava apaixonada por um canalha arrogante, grosso, ranzinza, rabugento, grosso, convencido, grosso, cabeça-dura, grosso daquele jeito?

A volta de táxi para o hotel transcorreu num silêncio sepulcral, com Sebastian no banco de trás outra vez. Nina passou os 45 minutos da viagem com um olhar fixo, virado para a janela, mentalmente fazendo as malas. Ela não precisava daquilo. Assim que ajudasse Sebastian a subir para o quarto, ela se mandaria para o apartamento dele e daria o fora dali. Ele podia arrumar outra assistente.

Nina sentiu o ombro doer com as constantes freadas do carro devido ao trânsito horroroso, jogando-a contra o cinto de segurança. Era oficial: o trânsito parisiense era mesmo tenebroso. O tempo passado dentro do carro, que dava a sensação de correr mais devagar que o normal, parecia ter propagado ainda mais o desconforto entre ela e Sebastian, e tudo só ficava pior com as manobras radicais do motorista, enquanto ele avançava para aproveitar cada espaço que se abria, pisando no freio a centímetros de bater no para-choque da frente. Foi um alívio quando ele parou de repente em frente ao hotel, depois de cruzar três pistas em uma guinada rápida e repentina.

Sebastian entregou uma nota de 50 euros e saiu do carro cheio de dor e bem devagar enquanto Nina o esperava com as muletas. O motorista soltou várias frases em francês enquanto Sebastian saltitava até o hotel.

– Não quer o troco? – perguntou Nina, percebendo que o taxista ainda gritava que não tinha troco suficiente.

– Não – grunhiu Sebastian, sem sequer se virar.

Nina deu de ombros para o homem, pegando a bolsa com o notebook de Sebastian e o seguindo, fuzilando as costas dele e murmurando bem baixinho. Ela ia dar o fora dali, com certeza. Desgraçado, grosseiro, nem para esperar por ela. Sebastian já estava a meio caminho do elevador.

Sebastian derrubou uma muleta ao se enrolar para apertar o botão do elevador e xingou sem parar. Nina suspirou, impressionada ao ver que ele estava mais rabugento ainda.

Quando ela pegou a muleta e lhe entregou, Sebastian quase a tomou de sua mão. Nina rangeu os dentes e manteve o rosto impassível. Só mais dez minutos. Dez minutos antes de sair de lá e nunca mais ter que vê-lo. Só precisava acompanhá-lo no elevador, abrir a porta para ele, entregar o laptop, dizer adeus e ir embora. Estava farta de Sebastian. Ele ia ficar por conta própria dali para a frente.

Assim que as portas do elevador se abriram, ele saiu, as muletas chacoalhando conforme se dirigia com dificuldade direto para o quarto, de cabeça baixa, esperando Nina alcançá-lo e colocar o cartão na fechadura.

– Obrigado – grunhiu ele. – Até amanhã.

E entrou sem nem olhar para trás.

Por um momento, Nina ficou ali, furiosa. Como ele tinha a audácia de tratá-la assim? Verme ingrato. Sim, ela tinha cometido alguns erros naquele dia, mas ninguém tinha morrido e estava tudo pronto para o dia seguinte. Podia não ter sido perfeita, mas merecia mais do que isso e não ia engolir aquilo calada. Uma ira incandescente começou a borbulhar dentro dela. Era preciso muita coisa para deixá-la naquele estado. Nina não gostava de confrontos, mas... dessa vez, não tinha nada a perder. Dane-se.

Nina marchou pelo corredor da suíte e foi até o lounge. Não havia sinal de Sebastian, mas a raiva a fez seguir até o quarto dele, onde ouviu uma das muletas cair no chão.

Abrindo a porta com um movimento rápido e impaciente, estava prestes a chamá-lo quando parou de repente, perplexa.

Sebastian estava jogado na cama, deitado na diagonal, um dos braços cobrindo o rosto. Ela parou ao ouvi-lo gemer baixinho. Todo o ódio borbulhante que ameaçava explodir desapareceu na hora. Que homenzinho besta, besta, besta. Naquele momento, Nina via a palidez em seu rosto, a mandíbula retesada, os dentes trincados, o movimento relutante da parte inferior do corpo.

– Sebastian?

Ele ficou tenso.

– Você está...? – começou Nina.

– Vai embora.

A voz dele estava rouca, e seu rosto permanecia escondido embaixo do braço.

Ah, tá, como se Nina fosse deixá-lo naquele estado. Ela foi até a mesa de cabeceira, onde viu algumas caixas de comprimidos.

Nina estreitou os olhos e analisou Sebastian com mais atenção. Ele estava bem quieto e sem dúvida tinha ficado ainda mais cinza. O babaca estava tentando ser corajoso. Não tinha lhe ocorrido que ele ainda estivesse com dor, já que Nina nunca tinha quebrado nenhuma parte do corpo.

– Você está sentindo muita dor? – perguntou.

O silêncio foi resposta suficiente.

– Sebastian? – chamou ela, com a voz suave.

– O que é?

Ele ergueu o braço e olhou para ela, receoso como um garotinho pego na mentira com os olhos brilhando com o que pareciam lágrimas.

Por um instante, Nina se sentiu devastada pela culpa. Sebastian estava abatido e vulnerável. Era bem desconcertante, já que ele nunca parecera nada menos que invencível.

– Quando foi a última vez que você tomou o analgésico?

De vez em quando, ter irmãos valia a pena. Todos os quatro tinham jogado rúgbi e nunca tomavam analgésicos, essas bobeiras de homem. Jonathon tinha quebrado a perna uma vez e reclamava sem parar de como o gesso lhe dava coceira até a mãe lhe entregar uma agulha de tricô.

Sebastian ergueu o queixo, com um ar de rebeldia.

– Um tempo atrás.

Só então ela viu a brancura ao redor dos lábios dele e toda a tensão em seu corpo.

– São esses aqui?

Ele assentiu, estremecendo ao fazer isso.

– Qual foi a última vez que você tomou um comprimido? – insistiu Nina.

– No café da manhã.

– Ah, pelo amor de Deus. – Ela disfarçou a preocupação no tom de reprimenda, pegando uma cartela de remédio. – Quantos você pode tomar?

– Dois a cada quatro ou seis horas, mas eles são muito fortes. Eu acabo passando mal.

– E sentir dor é melhor? – rebateu Nina, furiosa com ele.

Não era de admirar que ele estivesse tão rabugento o dia todo.

Sebastian não respondeu nada, mas balançou a cabeça, sem forças e de olhos fechados, e de repente Nina percebeu como ele estava totalmente indefeso e o tanto de dor que devia estar sentindo. Pegando dois comprimidos da cartela, foi até o banheiro buscar água e deu a si mesma um olhar amargo pelo espelho. Era muito mais fácil lidar com um Sebastian entregue, mas não era bom vê-lo desse jeito, e Nina sabia que ele também não queria ser digno de pena.

– O que o hospital falou sobre o tratamento em casa? – perguntou ela, colocando o copo de água e os comprimidos na mesa.

Precisava que ele estivesse sentado para lhe dar o remédio.

– Descanso. Manter a perna pra cima.

O tom entediado sugeria que Sebastian sabia que fora burro e não precisava que ela reforçasse a ideia.

– Muito bem. Posso te ajudar a ficar mais confortável? Se você se sentar, posso arrumar os travesseiros e depois colocar alguns embaixo da sua perna para ela ficar um pouco mais alta. E depois te dou o remédio.

Sebastian dirigiu a ela um olhar desolado, e a linha rígida em seus lábios tremeu. Quando piscou, com um fraco aceno de cabeça, como se estivesse exausto demais para falar, ela se inclinou para a frente e começou a arrumar os travesseiros.

– Acha que consegue se levantar? – perguntou ela.

– Me dá só um minuto. Desculpa, a viagem de carro...

Nina não disse o óbvio: *e ficar a tarde toda de pé e não tomar nenhum remédio.*

Depois que ele estava aninhado nos travesseiros e já tinha tomado o analgésico, Nina voltou a falar. Estava tentando manter as coisas estritamente impessoais, mas queria deixá-lo confortável.

– Quer que eu tire seu sapato?

Ele a encarou com um olhar maligno. Nina ignorou.

– Sebastian, aceita que você precisa de ajuda.

Então, dando a volta na cama, ela desamarrou e tirou os sapatos dele.

– Viu? Não foi tão difícil assim, né? Estou aqui. Disponível e de boa vontade. Não tenho nenhum plano pro resto da noite. Por que não dorme um pouco? E aí mais tarde eu peço serviço de quarto.

Sebastian assentiu e fechou os olhos, o que ela encarou como uma pequena vitória. Pelo menos ele estava sendo racional, embora ela suspeitasse que ele só tivesse desistido de tentar lutar contra a dor. Por um instante, ficou acima dele, reprimindo o impulso de acariciar seu cabelo, tirá-lo da testa, e uma insistência esquisita de dar um beijo ali.

Com um sobressalto, Nina sentiu a mão dele deslizar pela sua, mas Sebastian não abriu os olhos. Com um aperto suave, ele sussurrou:

– Obrigado, Nina.

Ela fechou a porta do quarto e o deixou descansar. Não tinha como abandoná-lo agora. Nina quis dar um soco em si mesma por não ter percebido como ele estava se sentindo mal. Não era de admirar que estivesse tão irritado. Apesar de dizer que não precisava de uma cuidadora, Sebastian claramente não podia ficar sozinho.

Apreensiva, Nina pegou as anotações que ele tinha preparado para o dia seguinte. De acordo com as receitas, iam fazer uma massa choux, creme de confeiteiro, carolinas de chocolate e éclairs de café. Nina sentiu a boca ficar cheia d'água, lembrando que não comia nada havia um bom tempo, mas achou melhor esperar mais uma hora antes de pedir qualquer coisa. E, quando chegasse, ela o acordaria.

A batida discreta na porta indicou que o serviço de quarto chegara. Nina tinha preferido não arriscar e pedira hambúrguer e batata frita para os dois. Deu uma espiada em Sebastian quando foi abrir a porta e viu que ele ainda dormia pesado. Ela o observou por um momento. Dormindo, o rosto de Sebastian ficava mais suave, com o cabelo preto caído na testa e a boca relaxada. Parecia muito mais jovem, mais como o Sebastian de que se lembrava, e ela ficou horrorizada com o inesperado aperto no peito. Nina se virou depressa e seguiu até a porta, abrindo-a quase com um puxão.

– Tem gente com fome – provocou alguém com uma risada e um sotaque escocês.

– Alex, oi. Você faz serviço de quarto?

Ele deu um sorriso.

– Em geral, não, mas a equipe está instruída a me avisar se Sebastian precisar de algo e, se eu estiver por perto, dou um pulo aqui. Como ele tá?

Com uma careta, Nina recuou para deixar que ele entrasse com a bandeja.

– Pra ser sincera, não muito bem. O tonto fez coisa demais hoje.

– Bem a cara dele. Um total viciado em trabalho.

Nina ergueu uma sobrancelha.

– E você é um preguiçoso?

– Não sou como ele. Ele é obstinado. – Alex deu de ombros. – Eu trabalho muito – continuou, e covinhas surgiram em suas bochechas –, e trabalho duro, mas, cara, ele é supermotivado. Está determinado a provar que o pai está errado.

Nina franziu o cenho ao seguir Alex quarto adentro, onde ele colocou a bandeja na mesa de jantar com vista para a janela e puxou as cortinas para ver as luzes de Paris brilhando no escuro.

– Não me lembro do pai dele – comentou Nina –, não sei nem se o conheci, mas não é de se admirar. O Sebastian praticamente passava o tempo todo na nossa casa. Minha mãe deu total liberdade pra ele usar nossa cozinha quando percebeu que ele cozinhava melhor do que ela. Foi sempre meio desafiador pra ela, que achava tedioso cozinhar pra quatro lixeiras humanas com um paladar indiferente. Nessa idade, meus irmãos eram totalmente enjoados com comida, e quantidade era mais importante que qualidade.

– O pai do Sebastian... – Alex parou de falar de repente. – Bas! Trouxe o jantar pra você, seu canalha preguiçoso. Ouvi dizer que está dormindo em serviço.

– Queria ver você tentando andar de muletas por aí. É cansativo demais.

Nina se virou. Sebastian estava na porta, parecendo um pouco melhor, mas só um pouco mesmo.

– O que tem pro jantar?

– Hambúrguer e batata frita. – Nina deu de ombros, sem graça. – Eu não sabia o que você ia querer.

– Perfeito. Obrigado.

Nina percebeu que ele se movimentava bem devagar ao atravessar o cômodo, como se tivesse usado todas as forças mais cedo e ainda não estivesse completamente recuperado. O que ele ia achar se ela sugerisse que comesse e voltasse a dormir? Nina viu o olhar de Alex, que franziu o cenho ao observar o progresso difícil de Sebastian.

– Meu Deus, parece que estou vendo um zumbi. Ainda bem que incrementei sua comida.

Nina percebeu que, apesar das piadas, Alex ajudava Sebastian discretamente a se sentar e segurava as muletas. Ela pegou a bandeja, tirou seu prato e deixou-a no colo de Sebastian.

– Mais batata é a última coisa de que preciso – disse Sebastian. – Você vai poder me usar como bola quando eu voltar a jogar futsal de novo.

– Tudo bem, a gente bota você no gol – falou Alex, roubando uma batata e jogando o corpo magro no sofá oposto.

Ele tinha a aparência de quem podia passar o dia inteiro comendo batata frita sem problema nenhum.

Nina revirou os olhos ao sentar ao lado dele, equilibrando o prato no colo.

– Eu vi isso – falou Alex, tirando os sapatos, roubando mais uma batata e se acomodando.

– Você dois parecem meus irmãos – disse Nina. – Humm, isso aqui tá uma delícia.

Ela mastigou com vontade uma batata, percebendo que estava morrendo de fome.

– Rá! Só que o Nick não conseguiria chutar uma bola direito nem se a vida dele dependesse disso! – exclamou Sebastian, dando um raro sorrisinho. – Os irmãos da Nina são do rúgbi.

– Eu lembro que você jogava de um jeito bem cruel – falou Nina, respondendo sem pensar.

Ela logo deu uma mordida no hambúrguer, torcendo para que o leve rubor em seu rosto não ficasse tão evidente enquanto se lembrava daquelas partidas a que assistia com o pretexto de ir ver os irmãos jogarem, ficando por perto como uma groupie apaixonada. Meu Deus, ela tinha mesmo feito papel de boba.

Sebastian deu um suspiro, e uma expressão de arrependimento passou por seu rosto.

– Isso foi há muito tempo, mas sinto saudade.

– Então por que desistiu? – perguntou Nina, intrigada.

Sebastian não era o tipo de pessoa que recuava diante de um desafio ou deixava de fazer algo que queria. Era uma pena, porque ele era bom. Nina precisou esperar enquanto ele engolia um monte de batatas. Apesar dos protestos, parecia estar gostando muito delas.

– Infelizmente, trabalhar no turno do almoço de domingo como se estivesse sendo colocado em um liquidificador cansa bem rápido. E trabalhar sete dias por semana não ajudava.

– Trabalhar muito e se divertir pouco deixa o Bas chato – brincou Alex, roubando uma batata de Nina dessa vez. – Se bem que aquela loira… Katrin, da empresa de design de interiores, parece que está curtindo misturar negócios e prazer. O que tá rolando com ela?

– Ainda está no começo – respondeu Sebastian, de repente muito interessado em um remendo no gesso, o qual começou a esfregar, fazendo sua bandeja sacolejar. – Ela viaja muito. Vamos ver. – Ele ergueu a cabeça e olhou para Nina. – E você? Namorando alguém? O que aconteceu com aquele cara, o Joe, com quem você estava saindo?

As perguntas concisas faziam aquilo parecer um interrogatório, uma missão à procura de fatos, sem interesse real na vida dela.

Nina desenterrou um sorriso sem compromisso.

– Você tá desatualizado. Joe e eu paramos de sair uns quatro anos atrás, e ele acabou de se casar. Fui madrinha, inclusive.

– Ai – disse Alex, fazendo uma careta e mudando de posição no sofá, virando-se para ela num reflexo, como se para apoiá-la. – Deve ter sido estranho.

Apesar das palavras bruscas, a empatia reluzia em seus olhos, e Nina conseguiu olhar para ele em vez de Sebastian ao responder:

– Não, fui eu que apresentei a Ali pra ele, é uma boa amiga.

As palavras saíram em um tom blasé e despreocupado. Ela tinha ficado feliz de verdade pelos dois, mas nunca admitiria que o relacionamento deles amenizava a culpa que sentia por nunca ter amado Joe do jeito que ele queria que ela o amasse. O coração de Nina já tinha dono.

– Eu não podia ter ficado mais feliz, principalmente porque Joe e eu sempre fomos mais amigos do que qualquer outra coisa.

Nina rezou para que sua expressão não entregasse nada.

– Então você não está saindo com ninguém no momento? – pressionou Sebastian.

Nina balançou a cabeça.

– Ando muito ocupada – disse ela, categórica e irritada por ele ter que enfatizar que ela estava definitivamente encalhada. Era óbvio que Sebastian estava sendo cruel.

– Bom, você deve ter algum tempinho de folga enquanto está em Paris – comentou Alex, com uma estridência súbita e alegre. – O Sebastian sabe ser um carrasco. Não deixa ele te explorar. Você tem que conhecer um pouco da cidade. Na verdade, conheço uns lugares ótimos. – Ele procurou algo no bolso da camisa. – Aqui, fica com o meu cartão. Nunca me lembro do número do meu celular.

Sebastian o fuzilou com o olhar.

– A Nina está aqui a trabalho! Preciso que ela tenha flexibilidade conforme as demandas forem aparecendo.

Alex deu de ombros de um jeito alegre e deu uma piscadela discreta para ela.

– Me avisa se ele estiver sendo um chefe horrível. Posso diminuir a comida dele.

Nina sorriu para Alex, que prontamente se serviu de mais uma das batatas dela.

– Ótima ideia.

Sebastian parecia tenso. Nina se sentiu um pouquinho culpada por irritá-lo, mas ele tinha sido um babaca tão rabugento a tarde toda que era bom contar com a leveza e o alívio que o bom humor jovial de Alex trazia.

Quando terminaram de comer, Sebastian bocejou de um jeito bem barulhento.

– Beleza, Nina, vejo você amanhã. Não se atrase. Você tem que fazer a apresentação na loja.

– Eu?

– Não vou me arriscar naquela escada, e você é mais do que capaz. Você tem o nome de todo mundo e... claramente já conheceu um deles – acrescentou ele, com uma expressão aborrecida. – Só precisa esperar todos chegarem e depois levar o pessoal até a cozinha.

– Beleza. – Nina assentiu e pegou suas coisas. – Até mais. Boa noite, Alex.

Para sua surpresa, Alex se levantou num pulo e juntou os pratos com rapidez, pegando a bandeja do colo de Sebastian e indo até ela.

– Eu te levo lá fora e deixo isso aqui no corredor.

– Alex – disse Sebastian na mesma hora. – Preciso falar com você.

– Já volto – respondeu ele, ignorando o pedido implícito para que ficasse ali.

Sebastian fechou ainda mais a cara. Nina ficou imaginando de novo como era humanamente possível que a expressão dele se tornasse ainda mais sombria.

Na porta, depois de deixar a bandeja no chão do lado de fora do quarto, Alex parou.

– Sinto muito por ele estar tão mandão. Nunca vi o Sebastian tão estressado. Não deixa ele pegar no seu pé. Ignora, e, se quiser dar uma aliviada, eu estava falando sério quando ofereci um passeio turístico por Paris. Você tem meu cartão. Me manda seu número por mensagem... E, bom... – Ele corou. – Se você quiser, quero dizer.

– Obrigada, Alex. Seria muito legal.

Nina abriu um sorriso alegre, mas seu coração pesava um pouquinho. Ele era um amor... simpático, gentil, um antídoto perfeito para Sebastian e – ela sentiu vergonha por até mesmo pensar nisso – bem parecido com Joe. Ficar enrolada em uma amizade na qual uma parte desejava mais era algo que Nina queria evitar a todo custo. E olha só que ironia: Sebastian também a evitava a todo custo.

– Alex! – Veio um berro do outro aposento. – Não tenho o dia todo, e a Nina tem mais o que fazer.

– Tem alguma coisa incomodando o Sebastian de verdade – sussurrou Alex. – Melhor eu ir. A gente se vê.

Capítulo 10

– Oi, Nina.

Maddie entrou na confeitaria balançando a cabeça e manchando o chão com gotas de chuva, trazendo consigo o vento frio da primavera.

– Bom dia. Você é a primeira a chegar.

Ao vê-la, Nina se sentiu na mesma hora mais animada, principalmente porque, pela última meia hora, tivera que se submeter à ajuda apática de Marcel enquanto montava uma estação de café em uma das mesas, aguardando a chegada de todos. Marcel claramente decidira trabalhar em um ritmo lento – na verdade, se fosse mais devagar, ele andaria para trás. E, como se não bastasse tudo isso, Sebastian ainda não tinha dado sinal de vida nem respondido à última mensagem dela.

– Sempre chego mais cedo. É o que acontece quando se tem uma família grande. Tentar fazer todo mundo sair de casa é sempre uma tarefa hercúlea.

– Sei como é. Meu pai costumava ameaçar a gente dizendo que ia botar um dos cães de pastoreio pra juntar todo mundo. Fique à vontade pra pegar café e se sentar. Vamos esperar todos chegarem e depois vamos pra cozinha. Volto num instante.

Nina desceu correndo a escada, ignorando o olhar impenetrável de Marcel quando passou por ele.

A cozinha estava toda montada, mas onde estava Sebastian? Ela deu uma olhada no relógio, ansiosa, se juntando a Maddie e se deparando com Marguerite, que chegava bem naquele momento com um casal de meia-idade logo atrás.

– *Bonjour*, Nina, olha quem encontrei vindo pra cá. Monsieur e Madame Ashman.

Os dois deram sorrisos tímidos.

– Eles se casaram três semanas atrás e estão aqui em uma lua de mel prolongada.

Marguerite deslizou para dentro do lugar, conduzindo-os à frente como um cisne sereno.

– Oi, meu nome é Peter, e esta é Jane.

Eles ainda estavam de mãos dadas, como se não aguentassem ficar separados, o que Nina achou muito fofo. Peter pegou o guarda-chuva com Jane, ajudou a esposa a tirar o casaco e então tirou o dele também.

– Não está muito legal lá fora – comentou ele.

– Não, está horrível, mas venha e pegue um café. Sou a Nina. Estamos esperando mais uma pessoa e então vamos para a cozinha encontrar o Sebastian, que será o professor de vocês no curso hoje. Aí faremos todas as apresentações direitinho.

– Posso pegar seus casacos?

Nina ergueu a cabeça de repente ao ouvir a voz de Marcel. O gerente parecia consternado, como se não quisesse mesmo se juntar aos outros, mas não pudesse suportar ver um cliente não ser tratado do jeito certo. Nina sorriu para ele e recebeu em resposta um olhar esnobe e um nariz empinado enquanto ele colocava os casacos em um dos braços e os levava até o antiquado cabideiro de madeira curvada que ficava no canto.

– Estou no lugar certo? – retumbou uma voz alta com um inquestionável sotaque do norte.

– Você deve ser o Bill – falou Nina, assentindo e consultando brevemente outro bolo de anotações de Sebastian, enquanto o homem alto e robusto avançava pela loja.

– Isso mesmo, Bill Sykes. – Ele fez um cumprimento geral para todos, com dois dedos na testa. – E não precisam dizer nada, já ouvi de tudo.

Marguerite pareceu não entender, enquanto Maddie e Nina seguraram um sorriso.

Depois que tomaram café, Nina levou todos até a cozinha. Sem dúvida, àquela altura, Sebastian já estaria lá. Provavelmente não ia se arriscar a subir o pequeno lance de escada que levava da cozinha até o corredor que dava na confeitaria.

Nina sentiu o coração afundar. Droga, ainda não havia sinal dele.

Todos se reuniram ali, um grupo com um ar meio hesitante, e Nina sentiu o peso da responsabilidade.

Ela conjurou um sorriso alegre e rezou para que a voz cheia de entusiasmo parecesse respeitável e confiante.

– Muito bem, pessoal. Obrigada por virem hoje. Como sabem, sou a Nina e eu, hã... – Qual era exatamente sua função? Ela e Sebastian não tinham discutido isso. – Vou cuidar de vocês. Sebastian, o chef, está a caminho.

Ao menos, ela esperava que sim. Nina olhou para o relógio pelo que pareceu a centésima vez, sentindo-se ressentida ao se lembrar das palavras dele: "Não se atrase."

– Acredito que o Sebastian esteja preso no trânsito a caminho daqui, mas ele vai chegar logo, logo, tenho certeza – concluiu ela. – Ela deu mais um sorriso. – É isso, ele vai chegar a qualquer minuto.

Mas e se Sebastian não chegasse? O que mais ela poderia dizer aos presentes para preencher o silêncio cada vez mais desconfortável enquanto todos a observavam como se Nina tivesse todas as respostas? Com uma rápida espiada em outra das listas de Sebastian na bancada em frente, Nina buscou na memória o que ele dissera no dia anterior, mas só veio um branco. Uma gota de suor nas costas a fez se contorcer por um instante, nervosa.

– Olhem só. – Ela buscou as palavras. – Poderia ser legal se... vocês se apresentassem. E talvez contassem pra todos um pouco mais sobre sua experiência na cozinha e por que querem desvendar o mundo da confeitaria.

Todos se entreolharam, meio retraídos, e Nina engoliu em seco, torcendo para que alguém quebrasse o gelo. Até Maddie se esquivou e ficou encarando as próprias unhas.

– Então, sou a Nina e, hã... sou a assistente do Sebastian. Eu... – Maddie lhe deu um sorriso de incentivo. – Não sou treinada. Mas cozinho bastante e sou fascinada por confeitaria. Então me ofereci pra ajudar... hã, talvez eu deva contar pra vocês... O Sebastian quebrou a perna, então estou dando uma mãozinha e torcendo para aprender ao mesmo tempo.

A voz de Nina começou a se perder conforme ela olhava ao redor. Todos pareciam meio inseguros. A última coisa que Nina queria era que qualquer pessoa ali ficasse decepcionada, principalmente depois de ter sugerido o curso para duas delas.

– Mas – prosseguiu ela, com firmeza – semanas de preparação se transformaram no curso que vai garantir que todos vocês aprendam os fundamentos básicos da confeitaria. O Sebastian é um excelente professor e um chef muito refinado. Ele treinou em diversos restaurantes com estrela Michelin, incluindo o Le Manoir, em Oxfordshire, além de ter trabalhado na cozinha de alguns dos maiores chefs. Ele administra a própria rede de restaurantes e está prestes a abrir mais dois aqui em Paris. – Ela achou melhor não mencionar os planos dele de transformar a confeitaria em um bistrô. – Posso garantir que vocês estão em ótimas mãos.

– Só as pernas é que têm sido um problema – brincou Maddie, dando risada.

Isso foi o suficiente para quebrar o gelo, e todos os alunos trocaram sorrisos tímidos.

– Meu nome é Maddie Ashcroft, sou estudante. Estou passando um ano aqui em Paris. Achei que poderia dar uma chance a... – Ela parou, dando uma risada autodepreciativa. – Não sei cozinhar, nem se minha vida dependesse disso, então vai ser muito bom se eu for pra casa e impressionar minha família com alguma coisa incrível. Estou torcendo pra que o Sebastian faça milagres.

Todos riram de novo, e Nina estava feliz de verdade por ter topado com Maddie na rua.

Dando de ombros, ela continuou:

– E, pra ser sincera, parece uma boa maneira de passar a manhã de uma quarta-feira sem nada pra fazer.

– Concordo. Quando se tem a minha idade, os dias podem ser monótonos. Meu nome é Marguerite, e sei cozinhar – contou ela, lançando um sorriso compadecido para Maddie –, mas não tenho para quem cozinhar. Minhas netas chegam no verão, e eu... eu... – A voz dela tremeu, e a mulher, sempre tão elegante, de repente pareceu um pouco frágil e emotiva. – Não as vejo há muitos anos. Quero que seja uma visita muito especial.

Então a voz dela ganhou força, e a altivez confiante voltou.

– Elas moram na Inglaterra, então quero mostrar a elas como é a confeitaria na França. Dar-lhes um gostinho do que é ser francesa e mostrar algumas das receitas tradicionais.

– Parece maravilhoso – falou Nina, com um sorriso caloroso, percebendo que aquela senhora chique era muito mais frágil e insegura do que aparentava. – Tenho certeza de que suas netas vão se divertir muito.

– Sou Bill Sykes... e, apesar do nome de vilão, sou um bom sujeito. Bem, pelo menos acho que sou. Nunca me disseram o contrário. – Ele falava rápido, como se quisesse acabar logo com aquilo. – Fui chef no Exército por dez anos, mas... – Ele parou e deu um sorrisinho torto, então relaxou e ficou mais confiante. – Como dá pra imaginar, lá não tem muita necessidade de fazer coisas elaboradas. Sou um confeiteiro frustrado e, depois de deixar o Exército ano passado, queria muito aprender uma nova habilidade. Estou na casa de um amigo para ajudá-lo a reformar uma casa em Paris. Atualmente sou empreiteiro, eletricista e faz-tudo, então não sei bem se vou saber ser muito delicado.

Nina balançou a cabeça.

– Tenho certeza de que você vai se sair bem – assegurou ela, tentando não comparar os dedos gorduchos do homem com os dedos elegantes e compridos de Sebastian.

Ela se virou para o casal e acenou com a cabeça, convidando os dois a falarem.

– Sou Peter Ashman, e esta é Jane, minha amada esposa. Somos recém-casados e adoramos cozinhar, então vamos passar três meses em um Airbnb aqui em Paris, para que a gente possa fazer compras nos mercados parisienses. E também pra fugir da desaprovação das nossas famílias por um tempo. Ouvimos falar do curso e quisemos vir.

Jane o cutucou com um brilho maroto no olhar.

– E... conte a eles.

Com um sorriso envergonhado, ele explicou:

– É que, em um dos nossos primeiros encontros, tentei fazer profiteroles para a Jane, mas foi um desastre. Foram três tentativas, e todos saíam achatados como panquecas. Escrevi no livro de receitas em letras maiúsculas: "NUNCA MAIS TENTE FAZER DE NOVO!!!"

Todos caíram na risada, mas então uma voz seca os interrompeu.

– Massa choux demanda precisão absoluta. É fácil quando se sabe fazer e é um dos fundamentos básicos da confeitaria. No fim do dia, garanto que você vai fazer profiteroles até dormindo.

Nina se virou e observou Sebastian se aproximar com suas muletas e parar diante do grupo, capturando no mesmo instante a atenção de todos. Uau, ele parecia melhor. Bem melhor. Nina mal podia acreditar na diferença. Não era só a aparência que estava diferente, ainda que não pudesse negar que aquele visual de pirata bonitão estava bom até demais, mas lá estava aquele carisma, um algo a mais que fazia todo mundo olhar na sua direção e desejar a atenção dele.

– Bom dia. Sou Sebastian Finlay e vou ensinar a vocês um pouco da confeitaria francesa. Vocês terão que me perdoar por conta de certa imobilidade. Tive um atrito com uma mala de rodinhas e, como podem ver, ela saiu vitoriosa.

Foi mancando até o banco que Nina reservara para ele, colocando as muletas de lado com cuidado.

Todos riram com educação, mas Nina viu que estavam todos instantaneamente encantados.

– Porém, pra minha sorte, tenho uma assistente muito eficiente, a Nina, que gentilmente apareceu pra me ajudar pelas próximas semanas.

Nina corou com o sorriso afetuoso e inesperado que Sebastian lhe deu. Percebeu que era só interpretação para os alunos, mas era a primeira vez que ele sorria de verdade para ela em muito tempo. Observando-o com mais atenção, Nina se deu conta de que o homem irritadiço, abatido e cansado do dia anterior tinha sido substituído. Naquele dia, com uma camiseta preta mais justa no peitoral que realçava seus ombros largos, dos quais ela tinha se esquecido, a pele amarronzada dele reluzia e os olhos brilhavam, iluminados, enquanto Sebastian dava à sua plateia enfeitiçada um sorriso de boas-vindas. Na verdade, ele parecia bem bonito – se ninguém olhasse para baixo. Ela abriu um sorriso afetado. Aquela calça preta larga, pelo menos um ou três tamanhos maior, não beneficiava Sebastian em nada.

Ela logo apresentou todos de novo.

– Hoje vamos começar com choux, que, como eu disse, é a base para vários dos doces mais notáveis, como Paris-Brest, torta Saint-Honoré, éclairs, religieuse e, é claro, profiterole. – Ele deu um breve sorrisinho para Peter. – Vou ficar de olho em você e, se tudo der certo, vamos resolver seu problema.

– Aleluia – comemorou Peter. – Vou dar o meu melhor.

Nina não conseguia tirar os olhos daquele homem descontraído e encantador que de repente tinha se materializado ali. Respeitável e sereno, Sebastian emanava a aura de que todos estavam em boas mãos. Ele sabia exatamente o que estava fazendo.

– Bem, então vamos nessa. Arrumem um espaço para cada um nas bancadas. Vocês vão encontrar uma receita perto dos seus utensílios. Os ingredientes já estão todos aqui além das balanças.

Houve uma agitação deliciosa, uma sensação de expectativa, enquanto todos assumiam seus lugares nas bancadas que formavam um U e ficavam de frente para a mesa de trabalho de Sebastian. Marguerite e Bill pegaram a receita na mesma hora para ler.

Sebastian acabou se mostrando um professor muito melhor do que Nina imaginara, e ela viu vestígios do garoto gentil e paciente que ele fora quando adolescente. Ele era bem-humorado e didático, com uma simpatia serena e discreta sempre que alguém tinha um problema. Marguerite não teve pressa em misturar os ovos, e Nina viu Sebastian apoiar as muletas na bancada para bater a mistura até a consistência certa, sempre incentivando-a e rechaçando seus comentários de que ela era uma porcaria. Depois que o saco de confeitar estava cheio, Marguerite fez um trabalho bem decente ao modelar as bombas de maneira uniforme.

Nina olhou para o outro lado. A pobre Maddie, com a língua de fora, estava em apuros. Suas bombas variavam entre caroços grandes desfigurados e vermes finos e debilitados sem espaço entre eles. De frente para ela, as bombas de Peter também eram todas rechonchudas, enquanto Jane fazia o exato oposto, criando listras finas, o que Nina achava bem engraçado. O empenho dos dois, se combinado, teria sido perfeito. Parecia uma analogia adequada ao companheirismo deles.

– Meu Deus, esse aqui parece um pepino-do-mar teimoso. – Maddie riu. – Por que isso é mais difícil do que você faz parecer? – Ela apertou com tanta força que a bomba seguinte saiu em formato de onda. – Sou um lixo nisso.

Em seguida, Maddie suspirou e revirou os olhos.

– Ah, querida – disse Marguerite, se compadecendo.

Claramente já tinha usado um saco de confeiteiro antes. As cinco bombas que fizera até então foram modeladas com precisão.

– Por que as suas parecem tão perfeitas? – Maddie baixou seu saco de confeiteiro e foi até a estação de Marguerite. – A minha desculpa é que nunca fiz nada parecido com isso na vida. Você já tinha feito? E olha quantas o Bill fez.

– Isso é por ter servido no Exército – justificou Bill, segurando o saco de confeiteiro, que parecia muito menor nas suas mãos enormes.

A bandeja dele já estava cheia e, embora não tivesse a habilidade de Sebastian, suas bombas também estavam uniformes.

– Vá lá, termine o serviço – incentivou ele.

Sebastian deu uma olhada na bandeja de Bill e assentiu, satisfeito.

– Se você fosse mais devagar, ficariam ainda melhores. Mas está ótimo pra uma primeira tentativa.

Ele seguiu em frente e então parou, balançando a cabeça.

– Maddie! – exclamou, os olhos brilhando com uma súbita malícia –, alguém já te falou pra não apertar com tanta força? Você precisa manter uma pressão suave.

Maddie deu uma gargalhada.

– Ainda estamos falando de éclairs?

Mas Sebastian já tinha seguido em frente.

– Muito bem, Marguerite – murmurou ele. Então, continuou, dirigindo-se à turma: – Pessoal, não se preocupem. Vocês só precisam de um pouco de prática, e não se esqueçam de que esta manhã é só o começo. Temos sete semanas para aperfeiçoar a técnica de vocês. Vejo que alguns nunca devem ter usado um saco de confeiteiro antes, mas hoje a ideia é chegar à consistência certa da massa.

Depois que as bombas tinham sido modeladas e Nina escrevera o nome de todos no papel-manteiga antes de levar as bandejas ao forno, eles fizeram uma pausa para um café. Ela mal podia acreditar que já eram onze e meia. Enquanto todos saíam, Nina pegou um dos sacos de confeiteiro que Sebastian tinha descartado e o encheu outra vez, aproveitando a oportunidade para tentar também. Sebastian estava absorto no notebook, que ele ligara assim que os outros saíram.

Uma bolha grande explodiu na ponta do saco de confeiteiro, fazendo barulho.

– Opa! – exclamou Nina, dando um passo para trás e apertando ainda mais o saco, o que só piorou a situação.

A mistura vazou pela ponta, formando uma trilha grande e farta pela beirada da bandeja, como uma minhoca em fuga. Aquilo era mais difícil do que parecia, e agora ela não podia largar o saco de confeiteiro sem fazer uma bagunça ainda maior. Nina ficou ali por um segundo, sentindo-se incompetente, enquanto Sebastian ia até ela.

– Aqui.

Sebastian parou atrás dela e, em vez de pegar o saco de confeiteiro volumoso, pousou a mão sobre a dela e a deslizou para baixo.

– Use a mão esquerda pra segurar o saco de confeiteiro com delicadeza, não esprema.

Aquele tom suave de incentivo com um toque de chocolate trouxe à tona lembranças. Ela sempre amara a voz de Sebastian. Às vezes, quando ele falava baixinho, a voz saía com um timbre que percorria sua pele como uma corrente elétrica.

O ombro de Sebastian roçou no dela quando ele se inclinou para a frente e segurou sua mão direita, deixando-a consciente da proximidade entre os dois. Uma onda súbita de calor percorreu seu corpo. Ela estava ciente do corpo dele junto ao seu, dos braços fortes e dos pelos macios que fizeram cócegas em seu pulso; do calor que emanava do toque dele.

Nina percebeu que estava imóvel e tentou respirar fundo e se recompor. Os dedos de Sebastian puxaram os dela com delicadeza para cima pelo saco de confeiteiro, o toque muito leve enviando palpitações para lugares onde não havia palpitação.

– Aqui, segura bem aqui pra empurrar a mistura pra baixo em vez de espremê-la.

Um formigamento subiu pelo braço de Nina enquanto Sebastian apertava sua mão com delicadeza para demonstrar como era o movimento. Talvez tivesse ficado tudo bem se ela continuasse de cabeça baixa, ignorando tudo e fingindo que era só... alguma coisa e nada, mas não, ela tinha que olhar para ele. Sebastian a observava cheio de atenção, com um olhar solene, e por um momento os dois ficaram se encarando. Nina sentiu os lábios se separarem e queria se dar um soco pelo movimento inconsciente. Os olhos dele desceram até os lábios dela, que se abriram pelo mais ínfimo dos segundos. Ele abriu a boca.

– Continue...

A voz de Sebastian estava rouca, então ele parou, como se as palavras tivessem ficado presas. Nina sentia o coração martelando milhões de batidas por segundo.

– Você precisa manter – explicou ele, engolindo em seco, e ela viu o movimento de sua garganta – um aperto suave e consistente.

Ele apertou a mão de Nina, e ela olhou para baixo, ouvindo Sebastian expirar de repente.

– Agora é a sua vez.

As palavras saíram tão rápido quanto o passo que ele deu para trás.

Nina se concentrou no saco de confeiteiro que tinha em mãos, curvando os ombros enquanto se debruçava por cima da bandeja, de costas para Sebastian. Com cuidado, modelou uma bomba perfeita.

– Maravilha – elogiou Sebastian, com a voz alta e empolgada demais por uma única bombinha.

Ele já estava voltando para o notebook. Nina ouviu o som de passos e das muletas enquanto Sebastian se afastava.

Fingindo que nada tinha acontecido, ela fez com cuidado mais seis linhas de massa choux até que a mistura no saco de confeiteiro acabasse. Àquela altura, seus batimentos já haviam voltado ao normal, e Sebastian estava ocupado digitando. Por um segundo, ela o observou. Não tinha como ele não ter percebido a eletricidade entre eles segundos antes... Ou será que ele só estava determinado a ignorar o que tinha acontecido?

Capítulo 11

Quando se juntou ao pequeno grupo reunido ao redor da mesa na confeitaria, Nina ficou mais animada ao escutar as conversas ali. Todos pareciam estar se dando muito bem. Maddie e Bill conversavam animados depois de descobrirem que tinham morado na mesma área no entorno de Salisbury em algum momento. Marguerite estava absorta em uma conversa com Peter e Jane, perguntando tudo sobre o casamento deles e seus filhos adultos, já que os dois haviam passado por casamentos anteriores. Marcel, que servia café e oferecia aos convidados a limitada seleção de doces, não chegava a exibir um sorriso, mas parecia feliz de verdade por ter a quem servir.

Era uma pena que Sebastian não tivesse se esforçado e saído da cozinha. Pelo menos poderia ter melhorado sua relação com Marcel. Nina se perguntou se ele aceitaria um trabalho ali depois que o bistrô abrisse. Seria uma pena se não topasse. Marcel era ótimo com os clientes.

– Você não comentou que o Sebastian era bem interessante – falou Maddie, com um cutucão nada sutil.

Constrangida até o último fio de cabelo, Nina corou.

– Ah... – disse Maddie, juntando dois mais dois e chegando ao resultado.

– Não – protestou Nina. – Não é nada disso. Eu conheço o Sebastian desde sempre. Ele é o melhor amigo do meu irmão mais velho.

– E...? – perguntou Maddie em um tom malicioso que fez Nina corar de novo.

– E nada.

Maddie ergueu uma sobrancelha provocadora.

– Não somos nem amigos. Na maior parte do tempo mal nos falamos. Ele só concordou em me aceitar como assistente porque estava desesperado, e eu vim porque queria muito aprender mais sobre confeitaria.

Nina se concentrou em pegar um café tentando escapar do olhar de Maddie, que era perspicaz e persistente demais.

– Tenho que levar algo pra ele beber.

Nina fugiu para a cozinha com uma tortinha de morango e uma xícara de café.

Seu tênis de sola macia, uma escolha pensada para enfrentar o que viesse durante o dia, disfarçou seus passos quando ela desceu o pequeno lance de escada para a cozinha. Sebastian estava com a cabeça jogada para trás, os olhos fechados e os lábios tensos.

– Trouxe café – falou Nina baixinho, sem querer assustá-lo. – Quer um copo d'água também?

Ele assentiu, a dor gravada no rosto, e então abriu um sorriso irônico.

– Sim, enfermeira Nina.

Ela olhou para o relógio.

– Se não estou enganada, você provavelmente deveria tomar outro analgésico agorinha mesmo.

– Ainda faltam nove minutos e 36 segundos – respondeu ele, olhando para o relógio.

– Garanto que as fadinhas do alívio da dor vão abrir uma exceção – rebateu ela.

A boca de Sebastian se curvou, como se ele fosse dar um sorriso.

– Fadinhas do alívio da dor?

– Nunca ouviu falar? – Algo fez Nina dar uma piscadela atrevida para ele ao entregar o café. – Não sei se você ainda bota açúcar ou não. Coloquei uma colher. E, sim, elas são anjos da guarda das pessoas que quebram feio a perna.

– E também são anjos da guarda? Quem diria. E quem falou que eu quebrei feio? – Ele hesitou e deu um gole no café. – E, sim, nunca consegui me livrar do hábito de pôr açúcar. Em dias muito ruins, coloco até duas.

– O Alex falou que você fez uma cirurgia.

Nina ignorou o comentário sobre o açúcar, desejando não ter tocado no assunto. Isso trouxe à tona lembranças de si mesma correndo para fazer café para ele e Nick quando estavam em casa, em uma de suas tentativas desesperadas de fazer com que ele reparasse nela. Meu Deus, ela tinha sido tão óbvia que era constrangedor.

– Ele anda te contando tudo, hein? É, quem diria que aquela mala de rodinhas inocente pudesse causar tanto estrago... Eles colocaram uma placa e alguns parafusos.

Nina estremeceu. Não costumava se impressionar com tanta facilidade. Com quatro irmãos que jogavam rúgbi, tivera sua cota de dedos deslocados, olhos roxos, lábios cortados e costelas quebradas, mas nada que envolvesse placas de metal internas. Parecia algo que não era natural, mas de um jeito horrível e muito doloroso. Pior ainda era imaginar ficar no hospital sozinho e sem o apoio da família.

– Quanto tempo você ficou no hospital?

– Cinco dias. Eles não queriam me dar alta, mas aí falei que podia ficar com o Alex.

– Ficar com o Alex? Isso é um uso muito abrangente do significado de "ficar com alguém".

– Odeio hospital. Estava desesperado pra sair.

– Mesmo que provavelmente fosse melhor ficar lá?

O rosto de Sebastian ficou mais sério.

– Você sabe quanto tempo minha mãe passou neles. Visitá-la era... você sabe. Não era a melhor coisa. Eu... tenho verdadeiro...

Ele interrompeu a frase de repente, como se já tivesse falado demais.

– Não te culpo – disse Nina depressa, dando tapinhas no braço dele.

Devido à doença crônica da mãe e aos interesses comerciais do pai, Sebastian praticamente morara na casa de Nina dos 14 anos até ir para a universidade. A vida em hospitais e a constante ameaça de morte à espreita não poderiam mesmo ter sido boas companhias para um adolescente.

– Como está sua mãe?

– Bem, na medida do possível. Ela precisa carregar um cilindro de oxigênio pra lá e pra cá, mas não reclama.

– E o seu pai?

Ele deu de ombros e tomou um longo gole de café, fechando os olhos outra vez.

– Tá do jeito que o médico recomendou. Obrigado, Nina.

Ele abriu um sorriso melancólico e genuíno, que a atingiu em cheio. Como uma flecha acertando bem no meio do alvo, aquilo a fez se sentir... bem, maravilhosa. Era como se Sebastian estivesse sendo ele mesmo sem se preocupar em incentivá-la ou tentar mantê-la a distância. Pela primeira vez em muito tempo, ela se sentiu em pé de igualdade, uma colega de trabalho, uma amiga. Sem facetas ou nuances ocultas com as quais se preocupar.

– Tranquilo. – Ela se virou. – Vou limpar logo essa parte.

– Obrigado. Desculpa. Não pensei direito nisso tudo. Deveria ter arrumado mais ajuda. Esqueci a parte da limpeza e essas coisas. Estava tão concentrado na preparação do curso que deixei de lado as coisas práticas.

– Tenho certeza de que consigo dar um jeito. Além do mais – disse ela, olhando por cima do ombro para ele –, sempre podemos convencer o Marcel.

Sebastian soltou uma risada pelo nariz.

– Você acha?

– Não – respondeu ela, tentando ficar séria.

Os dois caíram na gargalhada ao mesmo tempo.

Com um suspiro profundo, Sebastian balançou a cabeça.

– Não faço ideia do que vou fazer com ele. Depois que o bistrô abrir e estiver funcionando, não sei onde ele vai se encaixar. Ele é muito bom pra ser garçom.

– Ele não pode ser maître?

– O Marcel? Acho que ser um gerente metido a besta de uma confeitaria não o qualifica pra tanto.

Nina franziu a testa.

– Sabia que ele trabalhou no Savoy?

– Quem, o Marcel?

– É. Ele foi maître de lá.

– Tá de brincadeira. – Agora era Sebastian que estava de cenho franzido. – Por que eu não sabia disso?

Nina se conteve para não revirar os olhos e só deu de ombros.

– Então o que ele tá fazendo aqui? – indagou Sebastian.

– Não faço ideia, mas ele com certeza sabe cuidar dos fregueses.

Sebastian mordeu o lábio, o rosto tomado pelo ceticismo.

– Estou falando sério. Você devia ver o Marcel lá fora, zanzando de um lado pra outro como uma galinha-mãe. Ele simplesmente idolatra a Marguerite.

Sebastian ficou absorto em pensamentos, e Nina continuou a limpar tudo. Era um trabalho fácil, e ela lavou rapidamente as tigelas, os *fouets* e as panelas sujas enquanto os outros voltavam para a cozinha.

Capítulo 12

Nina ouviu o gemido baixinho quando Sebastian se sentou no banco. A segunda parte do dia tinha sido muito mais cheia, já que ele ensinara a fazer creme de confeiteiro, com níveis diferentes de êxito por parte dos aprendizes. Apenas Marguerite conseguira alcançar uma finalização macia e cremosa de verdade. O de Bill não estava ruim, e o de Jane tinha alguns grumos, mas Maddie e Peter competiam para ver quem tinha feito o mais parecido com ovos mexidos.

– Não se preocupem – assegurara Sebastian, no fim do dia. – Confeitaria se resume aos fatores tempo e química. Hoje foi só o primeiro dia. E, como dizem, a confeitaria não foi feita em um dia só.

Nina achou graça ao ver Maddie, Peter e Bill suspirarem em uníssono, e Marguerite trocar um sorrisinho com Jane quando ela fez um som suave de desaprovação. Sebastian tinha sido muito bom com todos eles, mas devia estar exausto. Ficara de pé por tempo demais.

– Por que não chama um táxi agora? – perguntou Nina com gentileza, ciente de que ele provavelmente precisava tomar mais um analgésico.

– Porque ainda tem muita coisa pra fazer – respondeu Sebastian, olhando para a bagunça do lugar, apreensivo.

– Só tem louça pra lavar. E posso vir amanhã e arrumar tudo direitinho. – Nina lançou um breve olhar, tentando avaliar o humor dele. – E pensei em praticar mais o preparo de massa choux e melhorar minha habilidade de confeitar, caso você não se incomode.

Ele deu de ombros.

– Por mim, tudo bem, se é o que você quer mesmo.

Sebastian pareceu completamente desinteressado e se levantou para pegar uma das tigelas sujas, encolhendo-se ao tentar se mexer com uma das muletas.

– Ah, pelo amor de Deus, deixa isso aí, eu limpo tudo.

Será que a criatura estava tentando provar que era um super-humano ou coisa assim?

– Você precisa tomar mais analgésicos e botar essa perna pra cima.

Ele largou a tigela com um barulho e a fuzilou com os olhos, mas então assentiu.

– Sim, enfermeira.

Ao ver que ele se rendera com muita facilidade, ela se conteve e não acrescentou: "Que bom que estamos de acordo." Era óbvio que ele estava sentindo mais dor do que deixava transparecer.

Depois que Sebastian foi andando com dificuldade até o táxi, com a bolsa do laptop pendurada no pescoço (escolha dele, era mais fácil, dissera), parecendo um cachorrinho com uma coleira de identificação grande demais, Nina finalmente parou e se jogou em um dos bancos. Maldito Sebastian. Por que não podia seguir as ordens do médico?

Minha nossa, parecia que tinha passado um tornado de açúcar de confeiteiro pela cozinha. Apesar do tênis confortável, seus pés latejavam, e a pilha de louça suja que a encarava fez Nina se sentir como a Cinderela. Cansada, ela se levantou, decidindo que, se ao menos limpasse todas as bancadas e começasse a lavar a louça, dava para voltar no dia seguinte pela manhã, terminar tudo e tirar as manchas grudentas do chão.

– Aí está você, Nina. – Maddie enfiou a cabeça pela porta. – Venha se sentar um minutinho, tomar um café. Você, mais do que ninguém, merece descansar. E pode julgar quem fez a melhor bomba.

– Não posso ir – disse Nina, fingindo pavor.

– Claro que pode. Vem.

Nina lançou um rápido olhar para a louça e tirou o avental – uma coisa de plástico tenebrosa que Sebastian tinha entregado a todos no começo da aula –, jogando-o no lixo mais próximo e indo atrás de Maddie.

Ao aparecer, foi recebida por aplausos empolgados.

– Muito bem, Nina! – gritou Bill. – Você trabalhou duro hoje. É uma soldadinha de verdade. Eu aceitaria você na minha unidade.

As bochechas de Nina ficaram rosadas.

Eles tinham juntado duas mesas, Maddie e Bill ao redor de uma, Peter, Jane e Marguerite em volta da outra.

– Você foi maravilhosa – elogiou Marguerite, dando tapinhas na cadeira vaga a seu lado. – Venha se sentar. Você merece um café e um descanso.

– Merece mesmo. Se bem que provavelmente um drinque de verdade cairia bem. Não sei se só um café é o suficiente – falou Peter, dando um gole em sua xícara.

– Com certeza não é o suficiente pra mim – comentou Bill, dando uma gargalhada e batendo na barriga.

– Ótima ideia, Peter – concordou Marguerite. – Marcel. Champanhe, por favor.

– Champanhe? – Maddie pareceu preocupada. – Não com a minha bolsa de estudo.

– Não se preocupe, querida. É por minha conta. O Marcel sempre guarda algumas garrafas para mim.

Em um instante, Marcel arrumou uma bandeja com taças e levou-as até a mesa, junto com uma garrafa com um lacre dourado.

– Que gentileza, Marguerite, eu adoro champanhe – disse Jane, com seu sorriso discreto.

– Gosta mesmo – falou Peter, abraçando a esposa. – Se pudesse, ela tomaria banho com isso.

Jane riu.

– Seria bem caro.

– Mas você vale cada centavo.

Ele piscou para ela.

– Ah, você...

Ela apertou o joelho de Peter.

Marguerite sorriu para os dois.

– E acho que nosso primeiro brinde deveria ser para os recém-casados. É lindo ver a relação de vocês.

Marcel tirou o arame, puxou a tampa com um estampido e serviu o champanhe sem derramar nem uma gota do líquido borbulhante até a borda das taças. Com uma eficiência natural, ele serviu sete taças e ofereceu-as enquanto Nina se sentava à mesa.

– A Peter e Jane! – exclamou Marguerite. – Que vocês tenham um casamento duradouro e feliz como tive com meu marido Henri. – Todos ergueram as taças. – E a Nina, por ser uma anfitriã maravilhosa hoje e por ter trabalhado tão duro.

– Isso aí – apoiou Bill.

– Foi um dia maravilhoso mesmo – falou Jane, encostando-se no marido. – E Peter agora pode fazer profiteroles pra mim todos os dias pelo resto da vida.

Maddie parecia um pouco desolada e soltou um suspiro profundo.

– Não se preocupe, meu bem. – Bill deu tapinhas no braço dela. – O Sebastian falou que vamos fazer massa choux várias vezes nas próximas semanas.

Ela espiou dentro de sua caixa.

– Mas ficou... horrível. Eles parecem... – Ela deu de ombros, uma expressão de decepção no rosto. – Parecem zumbis. Acho que meu novo lema pode ser "cozinhando no apocalipse, comida pra quem não tem mais salvação".

– Você vai melhorar – assegurou Nina. – Pensa só: em sete semanas, você já vai estar muito melhor.

– Humm, isso é o som de unicórnios com pelagem de arco-íris galopando no horizonte? – perguntou Maddie, dando uma última olhada desesperada para suas bombas.

Aos poucos, todos começaram a ir embora. Jane se ofereceu para acompanhar Marguerite, já que era caminho, e Peter e Bill, que de um jeito meio bizarro descobriram um amor mútuo por hóquei, decidiram sair para tomar uma cerveja e ver o jogo entre Canadá e Rússia.

– Muito bem – falou Maddie, arregaçando as mangas. – Melhor se jogar logo nessa louça então.

Nina a encarou, horrorizada.

– Você não pode fazer isso. É uma aluna e pagou pelo curso.

– Não seja boba. Não vou deixar você aqui com isso tudo.

– Estou sendo paga pra isso.

Maddie deu de ombros.
– E daí?

Estava começando a escurecer, e Nina secava a última tigela. Com a ajuda de Maddie, elas riram e brincaram durante a limpeza das louças grudentas, *fouets* cobertos de creme e facas lambuzadas de chocolate.

– Nem dá pra acreditar como o dia de hoje foi divertido – falou Maddie, pegando a última tigela.

– Foi bem legal.

Era surpreendente como aquele grupo tão diverso se dera tão bem. Já estavam a caminho de se tornarem bons amigos em apenas um dia.

– Amei como a Marguerite acolheu a Jane. As duas são tão gentis.

– E eu adorei você e o Bill sendo supercompetitivos. – Nina riu. – E como a Marguerite é refinada... mesmo quando soltava um palavrão. Você não tem que ir pra casa, tem? – perguntou, com um sorriso, enquanto Maddie pegava a vassoura e começava a varrer o chão.

Nina ansiava por colocar os pés para cima e descansar no sofá largo de Sebastian, embora fosse bom saber que no dia seguinte teria algo para fazer. Ainda não reunira coragem para explorar a cidade por conta própria.

– Na verdade, não.

Maddie suspirou e começou a varrer com passadas vigorosas da vassoura.

– Ah... – falou Nina, meio sem jeito.

– Bom, até tenho, mas... demorei a me inscrever, então fiquei em um estúdio por conta própria.

A vassoura bateu com um clangor na perna de aço de uma das bancadas.

– Acontece que não nasci pra ser solitária. – Ela ergueu os olhos e lançou um olhar de infelicidade para Nina. – Olha, eu deveria ser grata. É só que todo mundo no quarteirão está em um apartamento pra seis pessoas. Qualquer um ia achar que, depois de dividir quarto com a minha irmã desde sempre e ficar tropeçando nas porcarias dos meus irmãos o tempo todo, eu ia curtir a novidade. – Ela fez uma careta. – Quem diria que eu ia sentir falta de... colocar a chaleira no fogo sabendo que ia ter companhia para um chá, aqueles indícios de gente morando ali, um casaco pendendo de um suporte no corredor, tropeçar nos sapatos do Brendan, a bolsa de compras da minha mãe pendurada e a maquiagem da Theresa espalhada por todos os cantos da casa. Quando não tinha ninguém em casa, eu sabia que um deles ia entrar pela porta a qualquer momento. Sinto falta disso.

Maddie contorceu o rosto e deu algo entre um meio soluço e um meio suspiro que foi engraçado.

– Agora, quando fecho a porta do estúdio, sei que é só isso até que eu saia de novo no dia seguinte. Me dá uma dorzinha, sabe? Uma tristeza, uma sensação de esperar por nada. – Ela apoiou o queixo na ponta do cabo da vassoura. – Patética, né? Hoje foi um dos melhores dias desde que vim pra Paris.

– Ah, Maddie.

Nina largou seu pano de prato e foi até o outro lado para dar um abraço nela.

– Que boba, né? – murmurou Maddie.

Nina a abraçou mais apertado e olhou para cima. Maddie era uns bons centímetros mais alta.

– Não, nem um pouco. Ficar sozinha é horrível. Você não tem que pedir desculpa.

– É, mas você veio pra cá sozinha. Você tá se virando.

– Rá! Isso é o que você pensa.

Nina sabia que podia ser sincera com Maddie, sem medo de julgamentos.

– Tenho visto Netflix até demais.

– Netflix nunca é demais – respondeu Maddie com firmeza.

– É demais, sim, se você está assistindo numa tacada só às três primeiras temporadas de *Once Upon a Time*.

– Credo... essa não tem zilhões de episódios por temporada?

– Um pouquinho menos que isso só.

– Menina, você precisa muito sair.

Maddie se sentou numa das bancadas, que meia hora antes estivera coberta de farinha.

Nina levou as mãos às bochechas, com uma expressão de pesar.

– É... preciso, né? Posso colocar a culpa no tempo?

– Não, ainda que esteja uma droga. Não sei de onde tiraram que Paris na primavera é incrível. Mas não te culpo. Está com saudade da família?

– Rá! Tá louca, né? – Nina revirou os olhos. – Eles nunca me deixam em paz. Se eu não der sinal de vida a cada hora, eles ameaçam alertar a Interpol. São um pesadelo.

Maddie deu uma risadinha e balançou as pernas para a frente e para trás.

– Família, hein? Ruim com eles, pior sem eles.

– Eu consigo viver sem a minha, pode ter certeza – declarou Nina, inflexível. – Eles adoram se meter na minha vida. Achei que vir pra Paris fosse me dar algum espaço.

– Já o meu pessoal provavelmente está comemorando todo dia, felizes por eu não estar lá reclamando por eles não fazerem o dever de casa, não ajudarem nossa mãe o suficiente e deixarem a porcaria dos sapatos no meio da sala.

– Tô achando que tem treta aí nesse lance do sapato – provocou Nina, em resposta à irritação exagerada de Maddie, que revirou os olhos.

– Sério, o Brendan é uma versão infernal da Imelda Marcos. Aquele garoto tem mais pares de tênis do que qualquer loja esportiva.

– Ai, meu Deus! – exclamou Nina com veemência, pensando em seus irmãos e nos conjuntos esportivos suados deles. – Tomara que não sejam tão fedidos quantos os tênis dos gêmeos. A gente precisa de uma máscara pra entrar no quarto deles.

As duas sorriram.

– Obrigada, Nina – disse Maddie. – Você me animou.

– Olha só, por que a gente não se encontra um dia desses na semana se você não tiver aula? Eu não vi quase nada de Paris.

– E todo aquele *Once Upon a Time*, como você vai largar isso?

– Vou sobreviver.

– Beleza. Mas tem que ser na semana que vem. Tenho que entregar um trabalho e ainda nem comecei. Aonde você gostaria de ir? Ver a *Mona Lisa*, no Louvre? É uma doideira. Ficar vendo trens na Gare du Nord? Caçar os impressionistas no Museu d'Orsay? Incrível. Comprar perfume nas Galeries Lafayette? Aliás, tem um terraço incrível. Notre Dame? É legal. Les Invalides? Interessante. Ou só beber vinho tinto num bar a tarde toda?

O entusiasmo de Maddie fez Nina rir de novo.

– Escolhe você. É muita coisa. Tenho andado... sabe... atordoada, sem saber aonde ir primeiro, e não conheço muito de arte e essas coisas, mas quero ver tudo.

– Esse é um pedido complicado, mas vamos ver como o clima vai ficar. Me passa seu celular, e eu te mando mensagem.

Capítulo 13

O celular de Nina tocou enquanto ela tentava trocar seus euros por uma sacola de maçãs. Ela fez malabarismos com a bolsa e a compra e, achando que fosse Sebastian, atendeu rápido. Não sabia dele desde a primeira aula do curso, dias atrás, e esperava que ele ligasse a qualquer momento antes do próximo encontro naquela semana.

– Alô?

– Oi, Nina. É o Alex.

– Ah, oi. – Ela se endireitou, surpresa e meio lisonjeada. – Como você tá?

Ela tinha gostado do senso de humor dele logo de cara quando o conheceu, e Alex era mesmo um bom antídoto para Sebastian, que parecia terrivelmente sério nos últimos dias.

– Bem. Eu estava... – Houve uma pausa bem na hora que um vendedor gritou de repente, cumprimentando um casal que passava pela barraca. – Onde você tá? Parece bem barulhento aí.

– Estou no Saxe-Breteuil. – Ela enrolou a língua nas palavras francesas, sentindo-se bastante autêntica. – Estou no mercado e acabei de comprar as maçãs mais lindas do mundo, um queijo fabuloso e o pão mais divino de todos.

Aliás, o cheiro estava fazendo Nina lembrar que não comia desde o café da manhã. Ela já decidira voltar a uma barraca que vendia pães árabes com tabule, tomilho e gergelim.

Nos últimos dias, finalmente tinha começado a explorar a área, aproveitando o sol da primavera sentada nos cafés nas calçadas e vendo o mundo passar. Observar as pessoas em Paris era fascinante: sempre tinha um drama acontecendo, um personagem interessante para ficar olhando e imaginando a história de vida ou um cachorrinho para admirar. Ao que parecia, os franceses adoravam cães pequenos.

– Ah, já se tornou nativa, né?

Dava para ouvir o tom de diversão na voz dele, e ela visualizou seu rosto bonito e sorridente.

– Bem, foi algo necessário. A geladeira prometia a possibilidade de inanição se eu não *toute suir a la marché*. Precisava de tudo do mercado. Estou começando a achar que o Sebastian virou um vampiro, porque não tem nenhuma comida na casa dele.

Nina planejava abastecer o lugar, mas se deixou levar um pouco pela pura tentação ao seu redor: cortes de carne que não fazia ideia de como preparar, mesmo que conseguisse se obrigar a tocá-los, uma seleção de charcutaria que tornava impossível escolher um item só, peixes e frutos do mar frescos que a deixavam com vontade de cozinhar. Também ficara encantada com a cesta de vime que tinha encontrado na cozinha de Sebastian, que lhe dava uma sensação acolhedora e agora estava repleta de uma mistura eclética de itens.

– Seu francês é horroroso – comentou Alex, rindo e lembrando-a de seu irmão Dan, que nunca perdia uma chance de provocá-la.

– Obrigada, tenho treinado.

– Ótimo trabalho, então.

– Também acho. Se bem que não sei se os vendedores daqui dão o devido valor. A maioria deles finge que não consegue entender uma palavra do que estou dizendo. *Deux pommes de terre* é bem direto ao ponto, não é?

– Humm, é, mas você não acabou de dizer que comprou maçãs?

– Isso. *Pommes de terre* – falou Nina, ainda irritada com a atitude grosseira do francês que revirara os olhos e arrancara as maçãs da mão dela para colocá-las em uma sacola de papel.

Deu para ouvir a risada de Alex do outro lado da ligação.

– Você sabe que a tradução literal é maçãs da terra.

– E daí?

– Batatas. *Pommes de terre* são batatas.

– Ah, droga... é claro. Não admira que ele tenha me olhado como se eu fosse uma completa ignorante. Ai, meu Deus, é melhor eu evitar esse homem na próxima. Ainda bem que tem muitas barracas aqui. Com sorte, não vou mais fazer papel de boba e sair de mãos abanando antes de ir pra casa.

– Tem o mercado da Bastilha. É no domingo e é muito bom. Gigante.

– Esse aqui é bem incrível – falou Nina.

Os olhos dela foram capturados pela belíssima composição formada por vagens verdinhas espalhadas em uma caixa de madeira com tomates escarlates em volta e o delicioso toque de laranjas e limões ainda com as folhas.

– Não temos essas coisas lá em casa. Dá vontade de cozinhar.

Ela acabara de passar por uma barraca que vendia uma enorme variedade de folhas de alface, todas dispostas em caixas individuais, alfaces-de-cordeiro e chicórias de um verde brilhante, junto do vermelho-escuro bem forte da alface-romana, alface roxa crespa e o verde-escuro do espinafre. Trazendo um contraste brilhante, havia uma caixa de tomates-cereja nas cores vermelha, amarela e roxa. Parecia um self-service supersaudável que a deixava com água na boca.

– Se você diz... Vou te contar um segredo, sou mais do tipo comida simples e gostosa.

– Você não cozinha? – perguntou Nina, horrorizada, o olhar atraído pela seleção de pães do outro lado.

Como alguém não iria querer cozinhar com tudo isso disponível? *Fougasse olive et lardons, flute tradition, grand campagne, cramique.* Ela estava encantada com as focaccias à francesa, recheadas com azeitona e bacon, as baguetes, os pãezinhos redondos e os brioches doces com passas. Tudo aquilo parecia tão francês que ela queria enrolar a língua ao redor das palavras assim como queria experimentar todos os pães rústicos.

– Aversão profissional. Um, eu realmente não tenho tempo... e dois, não tem necessidade no fim das contas, pra ser sincero. Eu trabalho no hotel, então sempre tem comida pronta. E é sempre chique, então, de vez em quando... – disse ele, com um suspiro profundo e ridículo – sinto falta de uma comida simples e de um pouquinho de *haggis.*

Nina soltou uma gargalhada diante do tom de lamentação dele.

– *Haggis?* Bucho de ovelha? Sério? Tá de brincadeira.

– As duas coisas – disse ele, num tom animado. – Mas sinto falta dessa coisa de comida caseira todo dia.

– É, eu entendo.

Talvez isso explicasse por que os armários de Sebastian estavam tão vazios. Isso estava atormentando Nina desde que chegara ao mercado, com todos aqueles queijos incríveis, os vegetais frescos com terra ainda presa nas raízes, montes imensos de alecrim e salsinha. É claro que ele não tinha necessidade de cozinhar em casa. E ela ficara preocupada por ele poder ter perdido a manha de cozinhar. Uma de suas lembranças favoritas era de Sebastian em frente à geladeira de casa, sendo desafiado pela mãe dela, desesperada e cansada de cozinhar a mesma coisa todo dia, pedindo que ele inventasse algo diferente.

– Nina, alô?

Ops. Ela percebeu que não estava prestando atenção.

– Desculpa, não ouvi, o sinal ficou…

Ela deixou as palavras no ar para que a frase mentisse por si mesma.

– Eu… bem, falei que ainda gostaria de sair para… jantar. Especialmente se eu conseguisse convencer uma linda mulher a vir comigo.

– Ah – respondeu Nina, lisonjeada e desacostumada com aquele tipo de charme tão assertivo. – Quem você tinha em mente?

– O ideal seria a Kylie Minogue, mas, como ela está fora do país no momento, talvez você pudesse vir no lugar dela.

Nina sorriu. Ele se daria muito bem com os irmãos dela.

– Vou checar minha agenda, ela anda meio cheia. Você vai ter que entrar na fila depois do Chris Hemsworth, que vem me perturbando pra sair com ele há semanas. Você sabe como é ser muito popular.

– E se eu te disser que trabalho como paparazzi de graça?

– Ah, você devia ter avisado logo. Isso com certeza te coloca na frente de todo mundo.

– Que tal um almoço?

– Eu…

Nina estava prestes a recusar, mais por hábito que qualquer outra coisa, mas estava farta de comparar todo mundo com Sebastian. Por que não aproveitar uma companhia agradável e divertida, para variar?

– Seria ótimo – respondeu ela, por fim.

E seria mesmo. Estava cansada de companhias mal-humoradas e rabugentas.

Depois de encerrar a ligação, ela perambulou, voltando pelo mercado, rumo a uma barraca que tinha visto mais cedo. Abriu um sorriso ao encontrar a barraca de flores no fim da fileira. Sentindo-se muito mais feliz, decidiu se mimar com um buquê.

– Ah, que coisa linda! – exclamou Marguerite quando Nina entrou na confeitaria, sentindo-se muito francesa e romântica com sua cesta de vime e uma enorme quantidade de astromélias de hastes longas, bem mais do que o único ramo que pretendia levar.

– Você parece a Chapeuzinho Vermelho depois de invadir uma estufa – falou Maddie.

– Ah, droga – respondeu Nina, encantada por ver as duas na mesa favorita de Marguerite no canto da janela, enquanto largava os buquês de flores vermelhas, rosa-claras e em tons de creme. – Esperava parecer mais uma Audrey no mercado francês, cheia de entusiasmo e estilo.

– Você vai precisar da minha boina – brincou Maddie, dando um sorrisinho. – Mas as flores são lindas.

Nina riu.

– Minha ideia era comprar só um buquê, mas o mercado estava fechando e algumas estavam um pouco danificadas, e aí o moço me deu tudo. Coisa demais pra mim, então pensei em trazer pra cá.

– E elas são um acréscimo muito bem-vindo, tão vivas e alegres – comentou Marguerite. – Que ideia maravilhosa. Quando eu era pequena e vinha aqui, toda semana havia flores frescas. Faziam uma exibição magnífica em um vaso de mármore maravilhoso. Ele costumava ficar ali. – Ela apontou para um nicho espelhado na parede oposta. – Me pergunto onde é que ele foi parar.

Nina observou o local, mas, antes que pudesse dizer qualquer coisa, Maddie falou:

– Meu Deus, é exatamente onde as flores têm que ficar. Vai deixar esse lugar muito mais bonito. Menos hor… opa. – Os olhos dela brilharam com malícia. – Eu falo demais de vez em quando.

Nina riu.

– Você tem razão. Ele é um pouco...

Marguerite sorriu com serenidade.

– Já teve dias melhores, não é, Marcel?

Ele grunhiu ao colocar uma xícara de café recém-passado na mesa diante de Maddie.

– Ah, exatamente o que eu queria – falou ela. – Toma um café comigo, Nina? É só o segundo do dia, e o primeiro me despertou. Movida a cafeína e queijo, essa pessoa sou eu.

Marguerite achou graça da cena.

– Bom, um café pela manhã é o suficiente para mim. Tenho hora marcada no salão. – Com um aceno discreto, ela sinalizou para Marcel levar a conta. – Foi ótimo ficar com você, Maddie, e adorei ver você, Nina. Vejo vocês aqui talvez em outro café matinal ou na próxima aula.

Ela se virou para Marcel e falou algo em um francês rápido. Ele a acompanhou até a porta, e Marguerite lhe deu um cumprimento majestoso e partiu.

Era muito fácil conversar com Maddie, e elas ficaram de papo por uma meia hora bem agradável até Nina lembrar que precisava colocar as flores na água.

– Marcel, tem algo onde a gente possa colocar essas flores?

Ele deu uma olhada no buquê com sua típica expressão mal-humorada.

– Acho que elas podem dar uma animada no lugar – acrescentou ela.

– É necessário mais do que flores. – A boca de Marcel fez seu biquinho de sempre. – Deve haver algo adequado nos depósitos lá em cima.

Com um dedo ossudo, ele apontou para uma porta na qual Nina ainda não tinha reparado. Decorada com o mesmo rodameio rosa e a tinta azul, ficava bem camuflada. Olhando melhor, Nina viu uma escadaria que dava no salão atrás do balcão. O espaço fora usado de um jeito inteligente com uma parede oposta espelhada e prateleiras de vidro para criar um expositor, embora as únicas coisas dispostas ali fossem alguns cadáveres de moscas.

– Ah! Uma passagem secreta. Bem Enid Blyton – falou Maddie. – Vamos? Ou é melhor fazer um estoque de cerveja antes de continuarmos?

– Estou curiosa demais pra esperar pelas provisões – falou Nina, já ávida pela exploração.

Provavelmente aquele era o resultado de ter lido muito *Os Cinco* quando criança. O livro fora uma boa fuga em uma casa confusa e turbulenta.

– Uau, um tesouro! – exclamou Nina, ao mesmo tempo que Maddie dizia, em um tom decepcionado:

– Uau, que zona.

As duas riram ao examinar o primeiro cômodo onde se encontravam, no topo da escada.

Maddie apontou para a variedade de móveis aqui e ali.

– Parece que a maioria deles já teve dias melhores.

– Eles só precisam de um pouco de amor e carinho.

Nina passou a mão por uma das mesas, formando uma névoa de pó que tremulou à luz do sol que entrava pela janela aberta.

– Olha o detalhe dos pés. É linda – comentou ela.

Perto da mesa, havia uma pilha de jornais amarelados e páginas de revista se desfazendo. Curiosa, Nina pegou um exemplar da *Paris Match*, tirou a camada de poeira e olhou a data: 1986.

– Eu nem era nascida – comentou ela, deixando-a escapar por entre os dedos e olhando perplexa para o cômodo ao redor. – Você acha que tudo isso tá aqui esse tempo todo?

– Acho que sim – respondeu Maddie, agachando-se diante de um quadro encostado na parede, soprando para tentar tirar o pó.

Enquanto a amiga estudava o quadro, Nina foi até uma das caixas. Sem ligar para o chão sujo, ela se ajoelhou e desfez os laços que tinham sido feitos para mantê-las fechadas, os dedos deixando marcas na poeira. Sentindo uma onda de empolgação, ela puxou o jornal ao redor da caixa.

– É como no Natal, quando a gente começa a desembrulhar as decorações para enfeitar a árvore e não lembra o que tem lá dentro – comentou Nina.

Ela passou a desenrolar os pacotes com formatos esquisitos, puxando as folhas amassadas de jornal como se fossem as camadas de um repolho.

– Ah, não é lindo? – exclamou, segurando um bule de porcelana pintado de um jeito belíssimo e vasculhando ainda mais a caixa. – E isso aqui é lindo também – acrescentou, encontrando xícaras de porcelana delicada de um tom de rosa-claro com bordas douradas.

As duas investigaram várias caixas, de vez em quando erguendo a descoberta mais recente com o entusiasmo de arqueólogas em busca de antiguidades egípcias, desenterrando vários conjuntos de xícaras e pires, pratos de porcelana, diversos garfos de prata – ou pelo menos Nina achava que eram de prata –, jarras, açucareiros, uma caixa com pequeninas pinças prateadas para cubos de açúcar e algumas boleiras lindas, a belíssima porcelana com um padrão floral e de renda encimada por um laço dourado.

– Uau, adoro essas coisas vintage – comentou Nina, os olhos reluzindo ao se levantar para espanar a poeira dos joelhos. – Acho que tudo isso pertence ao Sebastian agora.

Maddie franziu a testa.

– Acha que ele vai querer usar essas coisas?

– Rá! Difícil. Ele vai transformar esse lugar num bistrô, um lugar supermoderno e clássico. Tudo em bandejas de ardósia e porcelana branca.

– Faz sentido. Aqui não anda movimentado, e a seleção da confeitaria não oferece muitas opções em relação a outros lugares. E essas coisas não são nada práticas. Lá em casa, iam durar uns cinco minutos – ponderou Maddie.

– Na minha também. Tenho quatro irmãos mais velhos. Na verdade – disse Nina, pensando nos irmãos corpulentos e ignorando a leve pontada de melancolia –, acho que essas coisas nem chegariam lá em casa. Seriam vetadas.

– Quatro irmãos. Ah, não! Eu tenho dois, e já é bem ruim. Pelo menos tenho duas irmãs pra equilibrar. É por isso que você não sente saudade da sua família.

– E você é qual irmã?

– Sou a mais velha – respondeu Maddie, com uma expressão de pesar. – E é por isso que sou tão mandona.

– Rá! Eu devia ter adivinhado – provocou Nina. – Sou a caçula. Todos acham que podem me dizer o que fazer e tentam mandar em mim o tempo todo.

– E é por isso que você é direta quando precisa ser – concluiu Maddie, dando um sorrisinho. – Você sabe que eles só agem assim porque se preocupam. Já passaram por isso.

Nina revirou os olhos, rindo.

– Sim, mas não quero passar pelas mesmas coisas que meus irmãos.

– Justo – respondeu Maddie.

Nina examinou a pilha de itens.

– Ainda não vi nenhum vaso, mas acho que vou levar algumas coisinhas lá pra baixo – disse ela, levantando uma das lindas boleiras. – O Marcel talvez queira colocar uma dessas na loja, e seria legal ter algumas na cozinha, pra que todo mundo possa exibir seus doces no final da aula. Nunca se sabe, o Sebastian pode ficar impressionado com a qualidade da porcelana e decidir manter algumas.

Elas colocaram as boleiras em um lado, e Nina continuou a mexer nas últimas caixas.

– Eba! Olha!

Com a mão trêmula, Nina segurava um vaso de cristal pesado e de boca larga. Era muito pesado.

– Isso é perfeito e…

Ela precisou soltá-lo às pressas, mas então apontou para uma peça de mobília aninhada no canto.

– Parece que era exatamente disso que a Marguerite estava falando. O vaso vai ficar perfeito aí em cima. O que me lembra de que preciso mesmo colocar aquelas flores na água.

– E eu preciso continuar meu trabalho – falou Maddie. – Mas adoraria saber o que tem no resto dos cômodos.

– Outro dia – falou Nina, ficando de pé.

– Você tem que me esperar, hein? Quero saber o que mais tem aqui em cima.

– Hã, olá, Sra. Aqui-só-tem-coisa-velha-é-tudo-lixo.

– As pessoas mudam de ideia – retrucou Maddie. – Agora, você quer ou não uma mãozinha pra descer a escada com aquele suporte de planta?

No fim, elas fizeram algumas viagens pela escada, já que Nina não aguentou deixar as xícaras, os pratos e os bules lá em cima. Tiveram que deixar o suporte de mármore no corredor estreito atrás da porta para buscá-lo outro dia. Na última descida, quando surgiram pela porta carregando uma caixa cada, Marcel deu a Nina um olhar distinto de "nem pense em deixar isso aqui", então foram direto para a cozinha e colocaram seus prêmios ainda encaixotados embaixo da pia.

– É um ingrato – murmurou Nina. – Não sei se ele merece flores na loja. Não vai saber apreciá-las.

No entanto, ficou feliz ao ver que estava errada quando o rosto dele se contorceu no que poderia ter sido quase um sorriso.

– Pode colocá-las ali – decretou ele, apontando para o nicho onde, magicamente, o suporte de mármore tinha sido colocado enquanto elas estavam na cozinha.

Capítulo 14

– Sebastian, que surpresa. Que bom saber de você. Até que enfim.

Será que ele perceberia que Nina estava de cara feia ao telefone?

– Eu te mandei um e-mail.

Um comentário no assunto do e-mail, um anexo com uma longa lista e nada no corpo da mensagem não contavam. Fora isso, eles não se falavam desde que Sebastian entrara no táxi quase uma semana antes.

– Você chama isso de dar sinal de vida?

Ser sarcástica era a melhor maneira de disfarçar sua decepção diante do silêncio dele e refrear a reação superanimada que seu corpo tinha ao ouvir sua voz. Quando é que seu coração, ou qualquer parte que estivesse no comando daquela tolice (sem dúvida, não era o cérebro dela), ia finalmente ter bom senso e entender a mensagem de que aquele navio já tinha zarpado havia muito tempo?

– Muito engraçadinha. Estive ocupado. Onde você está?

– No seu apartamento.

Nina se levantou da mesa onde estava tomando um café da manhã tardio e preguiçoso e foi até a janela admirar a vista da Torre Eiffel. Todo dia, quando ia até a cozinha, aquele era um bom lembrete de por que escolhera ir para Paris, um símbolo de sua independência, algo que ajudava a amenizar a solidão de seu café da manhã silencioso e sem pressa. Ninguém em sã consciência sentiria falta do caos orquestrado da família Hadley pelas manhãs, com xícaras apressadas de chá bem forte, dando esbarrões uns nos outros enquanto torradas eram apanhadas e braços enfiados em casacos, pacotes de lanches afanados ao som da Radio Two, o bacon sendo frito em uma frigideira aos gritos de "alguém viu as chaves do meu carro/meu celular/carregador do celular?".

Nina percebeu que Sebastian também ficara calado. Será que ele estava imaginando a cozinha dele e sentindo falta daquela vista incrível?

– Você queria alguma coisa? – perguntou ela.

É claro que queria, não ia ligar só para bater um papo amigável. Na prática, ela era empregada dele. A relação dos dois se baseava nisso.

– Na verdade, quero. Você pode levar meus dólmãs de chef quando for pra confeitaria amanhã? Eu devia ter usado isso semana passada. Açúcar de confeiteiro não combina com preto.

Nina se permitiu um sorrisinho. Ela discordava. Aquela camisa preta se moldava ao peito e aos ombros dele muito bem. Sem dúvida, os músculos dele estavam todos em seus devidos lugares. Ele tinha bíceps surpreendentemente bem definidos. E a calça feia, que deveria ter mantido a distância quaisquer pensamentos proibidos, ficava escorregando e revelava uma barriga definida e uma trilha de pelos escuros. Sério, aquela beleza toda era uma covardia.

– Pode deixar. Onde estão?

– Hã... quer saber? Não tenho muita certeza. Devem estar no fundo de uma cômoda ou em cima do armário ou, se não estiverem num desses lugares, em uma das caixas na área de serviço. Devo ter trazido pra França quando me mudei, mas não consigo lembrar onde coloquei.

Nina ficou perplexa.

– Você não usa mais essas peças?

– Estou muito ocupado pra ficar tanto na cozinha. Agora, tá tudo pronto pra amanhã?

– Não – respondeu Nina, revirando os olhos, ainda que ele não pudesse ver.

– Como assim, não?

A voz de Sebastian subiu um tom, e Nina refreou o sorriso travesso, deixando o silêncio falar por si só por um momento. Sério, ele achava mesmo que ela ia deixá-lo na mão de propósito?

– É claro que está. Eu sei ler – disse Nina, com um tom severo nas palavras, deixando que ele soubesse que aquele único e-mail no dia anterior a irritara mais do que não ter recebido nenhuma notícia dele desde o primeiro dia do curso.

– Sério, Nina, tem gente que está ocupada. Às vezes, o e-mail é a forma mais eficaz de comunicação. Estou administrando um negócio. Caso tenha esquecido, estou tentando montar dois restaurantes novos, assim como o bistrô, além de gerenciar alguns na Inglaterra. Até onde sei, eu te empreguei pra que você administrasse as coisas da confeitaria pra eu não ter que me preocupar com isso. A única coisa que preciso fazer é aparecer no dia certo e dar aula. O resto é por sua conta.

Nina se endireitou, surpresa por ele estar disposto a abrir mão da confeitaria daquele jeito.

– Vou manter isso em mente.

– Então, tudo certo?

– Sim, já fiz todas as compras. Já montei todas as estações também.

– Você encontrou direitinho os atacadistas?

– Humm – respondeu Nina, culpada e ainda fascinada, pensando naquele lugar como um quase paraíso confeiteiro.

– E você usou a conta lá, né?

– Ah, usei, sim.

Tinha sido uma loucura com os atacadistas. Ela nunca vira uma variedade tão grande de ingredientes especiais em toda a sua vida.

– Eu te dei uma lista.

– Deu, sim.

– Por favor, me diz que você se ateve a ela. Sei como é fácil se deixar levar naquele lugar.

– Talvez eu tenha comprado algumas coisinhas extras, mas não gastei tanto quanto poderia.

– E acho que devo ficar grato por isso.

– Muito – respondeu Nina, com uma risada convencida.

Ela tinha escapado por pouco. A folha de ouro parecera tão interessante, assim como a cobertura de chocolate e, é claro, o molho de praliné. Nina não tinha conseguido resistir a nenhum deles e cruzara os dedos ao assinar a conta, torcendo para que, quem sabe, Sebastian não decidisse analisar seus gastos mais de perto. Quem ela queria enganar? Tinha ficado muito confusa com a incrível seleção de equipamentos altamente especializados para comprar qualquer ferramenta de pasta de açúcar, fôrmas de silicone de infinitos modelos, fôrmas de bolo ou qualquer um dos diversos cortadores com diferentes tamanhos.

– Fico aliviado em saber.

Por um momento, Nina podia jurar ter ouvido um tom de divertimento irônico na voz dele.

Na manhã seguinte, ela foi andando rápido para a confeitaria, levando os dólmãs de chef de Sebastian, grata porque a promessa de chuva ainda não se concretizara. Àquela hora do dia, a ampla rua arborizada estava tranquila e sem pedestres, a calmaria interrompida por uma scooter de vez em quando. Nina levara muito tempo para encontrar os dólmãs com o nome de Sebastian bordado no peito em itálico e letras vermelhas. Ela o xingara bastante até finalmente encontrar as malditas peças, soterradas no fundo de uma caixa na área de serviço, junto com uma bolsa de água quente e um pacote fechado de meias pretas confortáveis, do tipo que as mães dão de presente.

Nina estava ansiosa para encontrar todo mundo de novo. Todo mundo. Não só Sebastian. Aquele grupo era formado por pessoas muito queridas, e ela gostara muito de ter encontrado Maddie na semana anterior. Até Marcel parecia um pouco mais acessível, embora isso fosse relativo.

No entanto, como sempre, lá estava aquela antiga parte dela que formigava um pouquinho diante da possibilidade de encontrar Sebastian, com a mesma velha expectativa que percorria suas veias e fazia seu corpo estremecer, apesar dos sermões rígidos que dava a si mesma. Se ao menos, ao ouvir a voz de Sebastian, sentisse o mesmo de quando falara com Alex, por exemplo… Ainda que o conhecesse havia pouco tempo, ele parecia um cara legal, e não havia dúvida quanto à sua beleza e ao seu charme. Por que não se sentia formigar perto dele?

– Bom dia, Nina.

O tapinha gentil no ombro que Jane lhe deu fez Nina perceber tardiamente que a mulher e o marido a tinham cumprimentado. Ela parou no meio da rua.

– Ah, desculpa. Bom dia. Eu estava distraída. Vocês chegaram bem cedo. Como estão? Tiveram uma boa semana?

Peter segurou a mão de Jane.

– Foi uma semana maravilhosa. Ninguém das nossas famílias nos perturbou. Fomos só nós dois, passeando por Paris, fazendo compras, cozinhando.

– E comendo demais – falou Jane, passando a mão pela cintura fina. – Tem sido uma bênção. – Ela e Peter trocaram um sorriso cúmplice. – E com certeza valeu muito a pena ter vindo pra Paris.

Nina sentiu que havia algo mais por trás daquelas palavras, mas não quis ser enxerida.

– Estão animados pra segunda aula?

Os três começaram a andar um pouco mais juntos para desviar das árvores que margeavam a rua larga.

– Sim, mal posso esperar pra colocar a mão na massa. Depois que o Sebastian disse que tem tudo a ver com ciência, de repente começou a fazer muito mais sentido pra mim.

Jane deixou escapar um pequeno suspiro bem-humorado.

– Não há um pingo de romance neste homem. Um engenheiro de corpo e alma. Veja só o que tenho que aguentar.

– Romance, meu amor, é meu sobrenome.

Ele enfiou a mão de Jane sob o braço e lhe deu tapinhas.

Ao chegarem à confeitaria, parecia que todos tinham madrugado ou, talvez, pensou Nina, enquanto os observava se cumprimentarem como velhos amigos, estivessem ansiosos para se encontrarem de novo. Maddie e Marguerite se abraçaram e Jane e Marguerite trocaram beijos rápidos nas bochechas, enquanto Bill e Peter deram um aperto de mão com entusiasmo sincero. Até Marcel deu um sorriso e um aceno de cabeça para Peter enquanto todos confraternizavam ao redor do balcão, pedindo café.

Com tempo de sobra antes do começo da aula, todos se sentaram e começaram a conversar com uma facilidade invejável. Nina, entre Maddie e Jane, ria tanto do sotaque escocês tenebroso de Maddie imitando um personagem de *Gavin & Stacey* que não ouviu o celular tocar até que fosse tarde demais. Ops, eram cinco para as dez, e Sebastian tinha enviado uma mensagem cinco minutos antes dizendo *Cadê você?*.

Nina levou mais cinco minutos para juntar todo mundo e acompanhá-los até o fim do salão. Quando desceu o pequeno lance de escada até a cozinha, estava se sentindo um cão pastor incompetente. Eles ainda conversavam enquanto se espalhavam ao redor de Sebastian em suas estações, as mesmas que tinham assumido na aula anterior. Isolada ao pé da escada, Nina viu a expressão contida de Sebastian, o que a fez pensar em uma criança abandonada, excluída e impossibilitada de brincar com os outros.

Antes que pudesse formular uma desculpa, ele se inclinou na direção dela e sibilou:

– Quero meu dólmã antes de começarmos.

– Desculpa, topei com Jane e Peter no caminho, e aí todo mundo já estava aqui, e havia...

– Me poupa das desculpas. – Sebastian suspirou e, com uma leve mudança de expressão, virou-se para os outros. – Bom dia, pessoal. Espero que o começo do dia tenha sido bom. Então, hoje vamos preparar um dos meus doces favoritos. Mil-folhas.

E lá foi ele, explicando a história das massas e das diferentes formas de recheá-las e apresentá-las. A aula do dia trataria mais de técnica e habilidades práticas, o que deixou Nina em uma posição muito melhor. Massas eram sua praia. Nada chique, mas ela sabia o que estava fazendo. Mãos frias, mínimo contato; Nina conhecia as regras.

Ao longo da manhã, enquanto Sebastian ensinava a fazer massa folhada, Nina corria para lá e para cá, pegando tigelas, limpando farinha e agrupando utensílios, mas também ajudou a guiar as mãos de Jane no rolo quando a massa da mulher ameaçou desaparecer pela borda da bancada, mostrou a Peter como juntar com mais delicadeza a manteiga na farinha e demonstrou a Maddie como colocar uma camada generosa de farinha no rolo para evitar que grudasse na massa. Em alguns momentos, o olhar de Sebastian encontrou o dela enquanto Nina ajudava alguém, e ele assentia de leve, como se dissesse "bom trabalho". Apesar do esforço, ele ainda era lento; andar pela cozinha era complicado, e ele não conseguia chegar até as pessoas para ajudar antes que a massa delas assumisse o formato errado. Deixando isso com Nina, ele se concentrou em Bill e Marguerite, e os dois pareciam ter uma boa noção do que estavam fazendo. Ambos já tinham experiência.

– Bom trabalho, Nina – falou Sebastian, quando os outros seguiram para fazer a pausa do almoço.

– Valeu – respondeu ela, ainda zangada pela aspereza dele mais cedo.

Afastando-se, começou a encher a pia de água quente com sabão.

– Eu te devo um pedido de desculpas. E eu devia ter agradecido por cuidar de mim na outra noite, quando você voltou para o hotel comigo.

Nina deu de ombros, mas não se virou.

– Nina, por favor, olha pra mim – insistiu Sebastian.

Com um suspiro de desagrado e fechando a cara, ela se virou devagar e cruzou os braços.

– Me desculpa, fui uma pessoa difícil hoje de manhã – disse ele.

– Sabe de uma coisa? Às vezes, pedir desculpa não basta. – Era mesmo ela falando? Mas, ah, sim, ela estava farta dele descontando seu péssimo humor nela. – E "difícil" não chega nem perto. Entendo que esteja frustrado, que a sua perna te incomode, tudo bem. Mas você consegue ser cordial com todo mundo.

Sebastian teve a decência de ficar constrangido.

– Antes de você se irritar de novo comigo – começou ele –, eu estava prestes a dizer que você foi ótima hoje de manhã. Antecipando as coisas e realmente me salvando de ter que andar muito por aqui. Esqueci quantas coisas podem dar errado com massa e amadores.

– Acho que tem um elogio em algum lugar aí – falou Nina, tentando filtrar o que ele queria dizer.

Precisava admitir que ele era um ótimo professor, explicando tudo com muita paciência e nunca deixando que alguém se sentisse estúpido ao tirar alguma dúvida, até mesmo ela.

– Eu não estava brincando – continuou Sebastian. – Faz muito tempo desde que fiz massa folhada, mas ainda é algo natural pra mim. Então, quando alguém esfrega demais a gordura ou acrescenta muita água, preciso de um segundo pra entender o que está acontecendo, mas você já sabe o que deu errado.

– Anos de incompetência serviram para alguma coisa – falou Nina, sem expressão.

– Você consegue levar a mal o que eu falo tantas vezes que fico achando que é de propósito.

– Talvez porque você me subestime tantas vezes – rebateu Nina, se arrependendo na mesma hora ao perceber que deixara transparecer seu ressentimento.

– Eu nunca te subestimei – refutou Sebastian, parecendo um pouco perplexo.

Nina o encarou.

– Quer dizer que você não pensa mais em mim como a irmã caçula do Nick?

Sebastian pareceu angustiado por um breve instante, antes de murmurar:

– Eu tento muito não pensar.

Sebastian e Nina ficaram de um lado da cozinha enquanto os outros tinham se juntado ao redor de uma das bancadas, onde o último mil-folhas a ser finalizado havia sido colocado em uma boleira para uma sessão oficial de degustação ao fim do dia. Marcel trouxera café e tinha sido convidado para experimentar o primeiro pedaço.

– Muito bom – disse ele, com seu ar polido de sempre, examinando todos com cuidado antes de selecionar um no meio da bancada. – Quem fez este?

Todos riram, e Maddie disse:

– É claro que esse é do Sebastian.

Ela revirou os olhos.

A boca de Marcel se contorceu, quase dava para ver um sorriso. Sebastian deu um passo adiante e pegou uma pequena tigela, abrindo um sorriso encantador e então recuando.

– Eu queria mesmo perguntar, de onde vieram as boleiras? Elas dão um belo toque.

– Eu encontrei em uma das salas lá em cima – respondeu Nina. – Tem um montão de coisa lá. Porcelana, faqueiros, móveis. É tudo...

– Vai tudo pro lixo. Esqueci que tinham todas essas tralhas lá em cima.

– Mas algumas são lindas.

– E sem utilidade pra mim.

– Mas você gostou das boleiras.

– Só porque foram úteis hoje.

– Mas você não pode jogar aquilo tudo fora.

– Posso se não for usado nunca. Mexer em tudo aquilo não é aproveitar bem o tempo. Tenho negócios pra administrar. Se eu fosse da área de restauração, aí sim teria mexido nisso.

Ignorando a expressão desolada de Nina, Sebastian foi andando com dificuldade até o grupo e pegou um pouco de café.

O homem era um robô dos negócios. Como ele sequer podia pensar em se livrar de toda aquela porcelana linda? Nina balançou a cabeça e pegou uma vassoura para começar a varrer a duna de farinha mais próxima. Ao passar pela porta dos fundos, viu que ela estava aberta e que uma mulher loira muito esbelta tinha entrado.

– *Bonjour* – disse ela, antes de soltar uma sequência de palavras em um francês bem rápido.

A única palavra que Nina discerniu foi "Sebastian", mas é claro que fora pronunciada de um jeito bem sexy, como se tivesse dez letras "n" no final do nome dele.

– Ele tá ali.

Nina indicou com a cabeça, caso a mulher não falasse inglês.

– *Ah, bon. Merci.*

A mulher lhe deu um sorriso poderoso e saiu batendo os saltos elegantíssimos, que deixavam as pernas dela, já maravilhosas, ainda mais incríveis.

– Sebastian, *chéri* – chamou ela, enquanto, sem constrangimento algum, andou com sensualidade até Sebastian e colou os lábios carnudos pintados nos dele.

– Katrin. – Ele olhou para o relógio. – Você está adiantada.

Ela deu de ombros. O movimento lânguido era de algum jeito chique e natural, com uma leve ondulação subindo pelo corpo dela.

– Pessoal, essa é a Katrin. Desculpe, vou levar só um minuto.

– Olá, pessoal, prazer em conhecê-los.

De repente, ela estava falando em um inglês impecável e sorrindo para Bill e Peter, que pareciam levemente hipnotizados.

Sebastian terminou tudo e despediu-se dos outros. Katrin se postou na porta dos fundos, parecendo um segurança, claramente ávida por tirá-lo dali.

Nina nunca havia se sentido em tamanha desvantagem em toda a vida. Cabelo escorrido, cheia de açúcar e suada, ela observou o vestido da mulher, de linho fúcsia e imaculado, a bolsinha de mão de couro preto da

Chanel pendurada no pulso e as joias discretas e caras que adornavam o braço e as orelhas.

– Você deve ser a irmã caçula do Nick – disse Katrin de repente, ao captar o olhar curioso de Nina. – Ouvi falar muito de você.

O sorriso dela era largo e cativante, exibindo dentes perfeitos, emoldurados por lábios com um gloss também fúcsia.

– Ah.

Nina lançou um olhar para Sebastian, surpresa.

Katrin deu uma risadinha dissimulada, a palavra de que Nina menos gostava, mas tão adequada àquele momento.

Bom, quase não ouvi falar de você. Infelizmente, como não tinha entrado na fila da mesquinhez, Nina não conseguiu dizer isso em voz alta.

– Sim, eu estava lá quando seu irmão, como é que se diz... implorou para o Sebastian te dar esse emprego. – A mulher balançou a cabeça, como se tivesse achado aquilo muito engraçado. – Ele não queria mesmo. Acho que não gosta muito de você.

O sorriso e o olhar radiantes dela não tiraram o peso das palavras. Não que Nina pudesse achar em algum momento que a intenção de Katrin tinha sido essa.

– O Sebastian é amigo do meu irmão, não meu – respondeu Nina, segurando a vassoura com força, sentindo-se terrivelmente como a Cinderela, enquanto Sebastian vinha mancando na direção delas com suas muletas.

– É claro. Ah, Sebastian, *chéri*, vamos. Vou levar você para jantar num restaurante divino. Você vai amar. É muito exclusivo.

Alisando o próprio vestido, Katrin não viu o suspiro que Sebastian deu, mas Nina reparou. O homem estava exausto. A última coisa de que precisava era sair para jantar. E ele se movia com mais lentidão, um sinal óbvio de que sua perna estava doendo. Ela deu um passo adiante, incapaz de se conter.

– Você está bem? – perguntou ela, antes de acrescentar, em um tom jocoso: – Está tomando seus analgésicos?

Sebastian deu um sorriso desanimado para ela.

– Me pegou, enfermeira Nina.

– Analgésicos? – falou Katrin, fazendo beicinho. – Ah, querido, por que não me disse? – Ela mordeu o lábio. – Não sei se consigo outra reserva pra esse restaurante.

– Não se preocupe, vou ficar bem. – Ele deu a ela um aceno de cabeça tranquilizador. – Vou tomar um agora e ficar tinindo.

Ela deu tapinhas no braço dele.

– *Oui, mon chéri*. Um homem como você não é de criar caso.

Katrin lançou um olhar severo para Nina, que o interpretou como "rá, você não sabe de nada".

Nina deu de ombros e viu Sebastian puxar a cartela de comprimidos e colocar dois na palma da mão, olhando em seguida para a pia do outro lado do cômodo, onde o resto do grupo enxaguava suas xícaras de café. Nina pegou a vassoura e voltou a varrer e, ao passar por Sebastian, disse:

– Eu me ofereceria para pegar água pra você, mas sei que você não é de criar caso.

Com um olhar resignado, ele pegou as muletas e cambaleou até a pia. Nina ignorou a leve pontada de culpa. Se ele precisasse de ajuda, Katrin poderia fazer as honras.

Capítulo 15

– *Bonjour*.

Marcel correu para ajudar Nina com o guarda-chuva ensopado.

– *Bonjour*. Argh, essa chuva é um horror. Parece até lá em casa. O que aconteceu com Paris na primavera?

– Essa é Paris na primavera, não estamos tão longe de Londres. O que você esperava? Leslie Caron dançando pelas ruas?

Nina piscou, perplexa.

– Não sei quem é Leslie Caron.

– Uma dançarina. Do filme *Sinfonia de Paris* – respondeu Marcel, com um suspiro profundo e uma expressão de pesar. – Como posso te ajudar esta manhã?

– Eu, hã... é... Pensei em cozinhar alguma coisa.

Felizmente, Marcel não viu nada de estranho nisso e apenas assentiu.

– Café?

– Sim, por favor, *au lait*.

– Eu sei como você prefere. – Ele se virou, e Nina hesitou por um instante. – Trago já.

– Obrigada.

Sentindo-se dispensada, Nina foi correndo na direção da cozinha. Dias atrás, depois da aula, tinha decidido que iria praticar sua massa choux e preparar bombas.

Era muito bom ter a cozinha só para si e, com o treinamento de Sebastian ainda fresco na cabeça (assim como suas críticas), fez sua primeira fornada de choux bem rápido, mas prestando muita atenção, observando ansiosa pelo exato momento de ebulição antes de adicionar a farinha. Bater os ovos com a mistura escorregadia pareceu um pouco mais fácil e, dessa vez, ao lidar com o saco de confeiteiro, não ficou com a impressão de estar tentando dominar uma cobra rebelde, embora ela não soubesse ao certo se as duas dúzias de bombas que modelara estavam de alguma forma dentro dos padrões profissionais. Mas já era um começo, disse a si mesma. Sem se arriscar, enquanto elas assavam no forno, Nina preparou uma porção de creme de café para usar como recheio e cobertura de café.

– Mais café?

Carregando uma pequena xícara no pires e colocando-a na bancada de trabalho da cozinha ao lado dela, Nina concluiu que a pergunta de Marcel era sem dúvida retórica, e, a julgar pela expressão dele, a repentina gentileza do homem tinha mais a ver com pura curiosidade.

– O que está fazendo?

– Estou tentando fazer bombas, mas não fique muito esperançoso. – Ela inclinou a cabeça na direção do forno. – É minha primeira vez sozinha, então não estou esperando muita coisa, só queria praticar.

– Pelo menos a cozinha está sendo usada. – Marcel olhou ao redor. – Antigamente, esta cozinha ficava cheia de gente trabalhando desde a meia-noite para preparar os doces e baguetes do dia.

– Faziam tudo aqui?

– Sim. E agora é tudo entregue por uma van saindo de uma unidade fabril no entorno de Paris. – Marcel curvou os lábios. – Eu preferia do jeito antigo. Não surpreende que a gente não tenha clientes.

Nina pensou que a fachada negligenciada e pouco convidativa também tinha sua parcela de culpa nisso.

– E o que tem aqui? – perguntou ele, cutucando a maior das duas caixas que Nina tirara de baixo da pia.

– Um faqueiro velho e porcelana. Olha, não são bonitos?

Ela tirou um prato e um conjunto de xícara e pires. O rosto de Marcel se iluminou, e ele acariciou o prato com reverência.

– Esses eram usados quando minha esposa e eu costumávamos vir aqui.

– Bom, se o Sebastian decidir se livrar deles, talvez sua esposa queira ficar com algum, como lembrança – sugeriu Nina.

Os olhos do homem ficaram opacos e vazios.

– Ela faleceu.

Ele puxou a mão para longe do prato como se tivesse se queimado e, com uma volta abrupta, quase juntando os calcanhares, deixou a cozinha.

Beleza, as bombas não iam receber nenhum prêmio, mas Nina estava bem satisfeita com elas e, modéstia à parte, o recheio de creme de café levemente amargo combinado com a cobertura de doce de café era um belo de um combo.

Arrumando as melhores em uma das boleiras de porcelana, ela as levou até a confeitaria para mostrar a Marcel, que, apesar da atitude desinteressada, tinha aparecido várias vezes na cozinha para ver como ela estava se saindo. Nina achou que ele tinha uma queda por doces e queria experimentar um.

– Aqui está, Marcel – anunciou ela, saindo da cozinha e chegando à parte da frente da loja.

Ele arregalou os olhos e abriu um sorriso largo e orgulhoso que iluminou seu rosto.

– Oi, Nina. – A voz de Maddie veio do canto, onde ela estava com Marguerite. – Como você tá? E o que está fazendo aqui? O delicioso Sebastian veio com você?

– Oi, Maddie – respondeu Nina, rindo. – Não, ele deve estar ocupado com a – ela baixou a voz para um sussurro – Katrin.

– Meu Deus, e aqueles cílios? Eles tinham vida própria.

– Pois é, mas ela é bem bonita. Perfeita pro Sebastian. Ele gosta desse tipo glamouroso.

Marguerite deixou escapar uma risadinha muito elegante.

– Não sei bem se o Sebastian sabe o que quer ou, mais importante, do que precisa. Não vejo a Katrin, ainda que muito bonita, como alguém ideal para o Sebastian. Ele precisa de alguém que o apoie e se interesse pelas necessidades dele.

– Ah, acho que ela estava bem disposta a atender às necessidades dele – falou Maddie, erguendo as sobrancelhas. – O jeito como ela acariciava o peito dele! Mas não sei como ela acha que ele vai conseguir levantar a perna com aquele gesso.

Nina torceu o nariz, pensando no pacote meio usado de camisinhas, e então desejou não ter se lembrado disso.

– Achei que você tinha um trabalho para fazer – falou Nina de repente para Maddie, mudando de assunto.

Maddie sorriu.

– Tenho sim. Isso aqui é procrastinação da mais alta classe. Trouxe meu notebook comigo e pensei em trabalhar um pouco, mas Marguerite estava aqui e agora você também. Muito melhor do que ficar no estúdio sozinha.

– É uma boa ideia. E eu vim sozinha. Sem o Sebastian. Pensei em dar uma olhada em algumas coisas. -- Seus olhos encontraram os de Maddie. – E estava meio sem saco pra *Once Upon a Time*.

As duas sorriram, unidas pela percepção de que aquela confeitaria um tanto bagunçada era o único lugar aonde as duas tinham pensado em ir. De alguma forma, havia uma sensação de que ali era um lar mais do que qualquer outro lugar no momento, e era reconfortante ver os rostos amigáveis de Marguerite, Maddie e Marcel – não que ele tivesse parecido muito amistoso até então. Ela foi até a mesa das duas, passando pelo gerente, que sibilava algo para ela discretamente.

Nina olhou para ele, intrigada.

– Espere – repetiu Marcel.

– Uau, isso está com uma cara ótima. Acho que mesmo que eu pratique todo dia pelo resto da vida, minhas bombas nunca vão ficar desse jeito. – Com um sorrisinho torto e debochado, Maddie estreitou os olhos. – Foi você que fez?

– Foi! – Nina assentiu. – Sua danadinha. O que acha, Marguerite?

– Elas parecem mesmo maravilhosas – respondeu a mulher, com um aceno de cabeça majestoso.

– Eu não diria que é pra tanto. Gostaria de provar? – perguntou Nina, de repente se sentindo orgulhosa de suas bombas um pouquinho disformes. – Direto da cozinha.

– Aah, sim, por favor – falou Maddie. – Parecem tão gostosas.

– Não sei, não – respondeu Nina. – Mas espero que sejam razoáveis.

Dando vários passinhos rápidos, Marcel saiu de trás do balcão com uma presunção ágil que lembrava a de Manuel, de *Fawlty Towers*.

– *Excusez-moi. Un moment, s'il vous plaît.*

Sem mais delongas, ele tirou o prato da mão dela e o levou embora, desaparecendo na cozinha.

As três trocaram olhares confusos.

– Vocês acham que eu o ofendi ou algo assim? Sei que não estão tão boas quanto as do Sebastian – falou Nina.

– Sim, mas parecem um milhão de vezes melhores do que qualquer uma das nossas na aula. E, como dizem, só provando pra saber.

– O que a gente talvez nunca consiga fazer se ele não trouxer as bombas de volta. O que ele tá aprontando?

Ouviu-se um grito súbito atrás de Nina.

Franzindo o cenho, ela se virou, olhando para onde Marcel agora reaparecia de repente, fazendo muito barulho.

– *Voilà!*

Com um chacoalhar de porcelana e colheres, como num passe de mágica, Marcel parou na frente delas com uma bandeja montada às pressas.

– Permita-me – disse ele, carregando-a com orgulho até a mesa.

Nina sorriu ao ver os pratos de porcelana e os garfos de prata que tinha resgatado do andar de cima, agora dispostos na bandeja com guardanapos de tecido damasco perfeitamente passados. Com imenso requinte e o cuidado de colocar tudo na ordem certa, Marcel dispôs os pratos e os garfos diante de Marguerite e Maddie, antes de colocar mais dois nos lugares vagos. Ele puxou uma das cadeiras para Nina se sentar.

– Com licença.

Com uma ínfima reverência precisa, ele se curvou e então correu até a porta, que trancou de cima a baixo, e então, todo empertigado, voltou à mesa e se sentou.

– Isto deve ser feito da maneira adequada. Estes são os primeiros doces a serem assados e degustados aqui em mais de dez anos. A ocasião merece ser especial. Pode não se repetir nunca mais.

– É uma pena mesmo que este lugar vá fechar – falou Maddie. – Eu meio que gosto de vir aqui. Assim, não tem nada de especial, mas... tem uma sensação de lar. Tem mesmo que fechar?

Nina de repente sentiu a necessidade de defender Sebastian.

– Acho que o lugar não está mais dando lucro.

Marguerite ergueu uma sobrancelha, mas nada disse. Nina engoliu em seco, reconhecendo-a como o tipo de pessoa que costumava deixar que o silêncio falasse por si só, criando um constrangimento tão grande que a pessoa se via na posição de se oferecer para fazer algo ou concordar em realizar uma doação para a causa.

Depois de uma pausa, em que Nina teve certeza de que Marguerite estava organizando sua estratégia, houve um farfalhar quando a mulher finalmente pegou o guardanapo.

– Bem, isso parece maravilhoso – disse ela, enquanto Marcel erguia-se num salto.

– Permita-me, madame.

Ele pegou o guardanapo dela e o abriu, colocando-o sobre o colo de Marguerite com a dramaticidade de um toureiro e sua capa.

– Nina, como confeiteira, gostaria de fazer as honras? – perguntou Marcel.

O gerente entregou a ela um par de garfos.

Enquanto Nina servia as bombas, Marcel oferecia o café de uma cafeteira de vidro levemente lascada.

– *Bon appétit* – disse ele, pegando um dos garfos, e todas fizeram o mesmo.

O clangor do metal contra a porcelana ressoou, e então houve alguns segundos de silêncio.

– Humm.

– Excelente.

– *Très bien*. – Marcel assentiu e fechou os olhos.

– Minha nossa, Nina. Isso tá divino! – exclamou Maddie.

– Está muito bom, minha querida – falou Marguerite. – Um equilíbrio suave entre amargo e doce. Este creme de café é excelente e a cobertura não é muito doce. E a massa choux está leve e deliciosa.

Nina assentiu.

– Acho que as bombas deram certo. Na próxima, preciso deixá-las mais bonitas.

– Estão com uma aparência boa – comentou Maddie com lealdade, enquanto Marguerite e Marcel sorriam.

– Acho que não dá pra vendê-las com essa aparência – argumentou Nina.

– É uma questão de prática, só isso – assegurou Marguerite. – O gosto é o mais importante.

Duas xícaras de café viraram três antes que o barulho da porta os pertur-
basse, bem no meio de uma história de Maddie sobre uma aula fascinante
que tivera sobre a história da guilhotina e seu uso em Paris.

Marcel soltou um de seus suspiros.

– Acho que preciso deixar essas pessoas entrarem.

Sem disfarçar a má vontade, ele marchou até a porta, abriu os ferrolhos
e escancarou-a. Então, sem dizer nada, voltou para sua posição de sempre
atrás do balcão.

– Acha que está aberto? – perguntou uma voz desconfiada em um sotaque dos Estados Unidos.

– Amor, o homem abriu a porta, não foi?

– Sim, mas ele não parece muito satisfeito com isso.

– Não se preocupem com ele – falou Marguerite com um aceno majestoso. – Ele é sempre assim.

O casal de meia-idade, usando suas calças confortáveis de caminhada e
tênis, dobraram os mapas que carregavam, como se um não confiasse no
outro para não deixar passar nada. Eles assentiram e sorriram para Marguerite com aquela hesitação de "não sei se ela está brincando" e se sentaram em uma mesa do outro lado do local.

Quase imediatamente, um casal um pouco mais jovem entrou atrás deles e pegou outra mesa.

– Meu Deus, é muita gente. Nunca vi isso aqui – disse Nina. – Se bem
que ainda tá chovendo. Provavelmente querem se abrigar da chuva.

– Bom, este lugar tinha uma boa reputação em sua época de ouro. Eu
encontrava muitos turistas que haviam sido enviados por amigos ou parentes que tinham vindo dez anos antes. – Os olhos de Marguerite ficaram
mais pesarosos. – Era uma pena vê-los decepcionados. Aqui costumava ser
um lugar maravilhoso.

Ela deu tapinhas na boleira de porcelana.

– Por muito tempo, fiquei sem ver esses aqui sendo usados da forma
adequada. Lembro-me de vir aqui quando meu filho era pequeno. Meu
marido lhe dava alguns francos para que pudesse me trazer aqui para tomar um café e comer doces. Era sempre um grande evento, e passávamos

muito tempo escolhendo. – Ela apontou para o balcão de vidro comprido, que estava vazio, a não ser pela parte da frente, que exibia uma seleção limitada de bolos sem graça, tortinhas de frutas e croissants. – O balcão todo ficava tomado por Paris-Brest, macarons, mil-folhas, babás ao rum e muito mais. Era lindo e tão alegre.

Ela suspirou e continuou:

– Mattieu amava o candelabro. Costumava ter um suspenso, enorme, bem ali. – Ela olhou para cima, na direção do gesso rosa no meio da sala. – Ele achava que se parecia com diamantes. Era um garotinho tão feliz. – Os lábios dela tremeram, e Nina quis colocar a mão sobre a dela. – E agora ele mora na Inglaterra.

– A senhora o vê com frequência? – perguntou Nina.

– Não o vejo há dois anos. Ele e a esposa estão se divorciando. Têm duas filhas, Emile e Agatha, mas, por ainda estarem brigando por causa da custódia, ele não tem permissão para tirar as crianças do país e é claro que quer passar todos os feriados com elas.

– Ah, que pena. Sua ex-nora não deixa a senhora ver as meninas?

Marguerite ergueu os ombros em um desespero elegante.

– Não sei. Costumávamos nos dar muito bem. Não falo com ela desde que Mattieu saiu de casa. – Marguerite se recompôs. – Ele é um tolo. Não me importo de não encontrá-lo.

Maddie e Nina ficaram impressionadas.

– Não é só porque ele é meu filho que não reconheço as burradas que cometeu. Ah, não, o tonto saiu de casa para ficar com a secretária. Tudo bem, mas seja discreto se for fazer esse tipo de coisa e não faça se houver filhos no meio da história. Ele sempre foi ganancioso. O que foi? Parece que vocês duas não me acham muito maternal. É das meninas que sinto falta. E de Sara, a esposa. Ela era uma jovem adorável.

– Já tentou falar com ela? – perguntou Maddie. – Se dissesse a ela que acha seu filho um idiota, provavelmente ela ia amar a senhora.

Marguerite balançou a cabeça.

– A princípio, não achei boa ideia, não queria interferir, e agora já se passou muito tempo. Não sei... mas sinto falta das meninas. Estou tão ansiosa para vê-las no verão, mas tenho medo de que não se lembrem mais de mim.

– A senhora pode falar com elas por Skype – sugeriu Nina, sentindo-se culpada, já que evitava fazer isso com a própria mãe. – Eu falava direto com o meu irmão quando ele estava na Austrália ano passado. Acho que sua nora ia ficar feliz de saber da senhora.

Ela então se deu conta de que Marguerite já devia estar na casa dos 70 anos e talvez não tivesse dispositivos tecnológicos.

– A senhora tem um computador ou um tablet?

– Tenho um notebook que meu filho comprou para mim para que eu pudesse jogar bridge on-line – disse ela, um tanto orgulhosa, acrescentando: – Mas ele está sempre reclamando que não respondo aos e-mails dele. Não ouso admitir que não consigo lembrar onde ficam.

– Gostaria de ajuda? – perguntou Nina. – Não que eu seja um gênio da computação, mas sei o básico.

– Seria muita gentileza da sua parte. Mas ele é muito pesado, você se incomodaria em ir até o meu apartamento?

– Nem um pouco. Se não se importar.

– Bom, não posso prometer doces caseiros, mas talvez você queira vir almoçar no sábado. Vocês duas.

– Sou estudante – falou Maddie. – Nunca recuso comida de graça. Sim, por favor. E preciso de algo pra me deixar mais forte, tenho que entregar um trabalho em três dias e nem comecei.

– Isso seria incrível, mas... – Nina lançou um olhar rápido para Maddie, sem querer privá-la de uma refeição gratuita, mas também sem querer tirar vantagem da idosa. – Não precisa fazer isso. Não quero dar trabalho.

– Estraga-prazeres – resmungou Maddie, com um grunhido bem--humorado.

– Não tem problema algum, e vai ser uma mudança bem-vinda ter a companhia de duas jovens. – Os olhos de Marguerite cintilaram. – Quase todos os meus vizinhos estão praticamente mortos ou são bem chatos.

De repente, enquanto terminavam de organizar os detalhes da Operação Skype, Marcel apareceu e pegou a boleira. Nina o observou levá-la até a mesa do casal dos Estados Unidos, servindo uma bomba para cada um.

– Ele não vai fazer isso – sussurrou ela, horrorizada, colocando as mãos no rosto.

– Ele acabou de fazer – disse Maddie com uma risada.

– Mas elas não estão...

– Não estão o quê? Adequadas para consumo humano? – brincou Maddie. – Estavam bem deliciosas, na minha opinião.

Nina mordeu o lábio.

– Mas... eu não sou... sabe, qualificada ou profissional.

Marguerite deu tapinhas na mão de Nina.

– Eu não me preocuparia, *n'est-ce pas*. O Marcel é bem rigoroso. Se ele não achasse que estão boas para consumo, não as serviria.

– Mas...

E agora o gerente levava a boleira até o outro casal! O que ele estava fazendo? Talvez estivesse oferecendo por conta da casa. Sim, isso seria tranquilo. Ele não poderia cobrar de verdade pelas bombas.

Foi só quando ela se despediu de Marguerite e Maddie e terminou de arrumar a cozinha que descobriu que não só Marcel cobrara pelas bombas dos fregueses, como também tinha vendido todas e estava insistindo para que Nina voltasse no dia seguinte para preparar uma nova fornada.

Capítulo 16

Marguerite a cumprimentou pelo interfone, que ficava ao lado das belas portas duplas de madeira que separavam a rua de um maravilhoso pátio cheio de árvores e trilhas de cascalho, que mais parecia um jardim secreto, a paisagem meticulosa em um contraste elegante com o amplo bulevar mais além.

Seguindo as instruções, Nina passou por um segundo jardim e por outra porta dupla de madeira, onde a anfitriã a aguardava.

– Bom dia, Nina. Entre.

– Obrigada. Aqui é uma graça. – Nina apontou para o pátio. – Olhando de fora, eu jamais desconfiaria que aqui dentro é assim. É lindo.

– Obrigada.

Marguerite inclinou a cabeça e guiou a jovem até a casa, andando depressa com seus elegantes sapatos de salto baixo, o cabelo grisalho em um tom azulado perfeitamente arrumado.

– Cuidado com a cadeira de rodas. Tive um deslocamento de bacia ano passado e ainda não me livrei dessa coisa terrível. Me recuso a usá-la.

Se é que era possível, ela se empertigou ainda mais, deixando bem claro seu desdém por aquele item ofensivo.

Apesar de estar em casa, Marguerite estava impecável como sempre, usando um vestido de seda azul com um casaco mais curto e largo com gola, um estilo vintage clássico que poderia ter saído das vitrines da Chanel. Nina estava feliz por ter se esforçado um pouquinho e vestido uma calça preta elegante em vez do jeans de sempre. As duas andavam por um corredor amplo e levemente perfumado por rosas em vasos brancos e compridos de porcelana que ficavam sobre mesinhas de ônix, de frente para largos espelhos com moldura dourada. Marguerite passou por mais uma porta dupla majestosa e entrou em uma sala com pé-direito alto. Livros e revistas estavam espalhados na mesa, uma peça de crochê jazia abandonada em um dos sofás e havia diversas fotos de família em molduras prateadas sobre uma mesa larga, redonda e bem polida, em um nicho no canto da parede. Muitas eram de Marguerite e de um homem belíssimo e outras de um garoto bonito em várias fases de crescimento. As fotos mais recentes, na frente da mesa, eram mais escassas. O garoto tinha se tornado um homem e aparecia ao lado de uma noiva. Havia algumas fotos de bebês e então duas crianças com dentinhos faltando no que claramente eram fotos escolares, com o familiar fundo azul com nuvens, que parecia ser algo universal.

– É a sua família nessas fotos? – perguntou Nina, atraída logo de cara pela mesa, pensando na imensa coleção de fotos em casa, da qual a mãe era uma cuidadosa curadora, garantindo que, apesar dos constantes acréscimos, sempre houvesse a representação fiel de décadas de vida em família.

– Este era meu marido, Henri, e meu filho, Mattieu. Henri faleceu seis anos atrás.

– Sinto muito. Foram casados por quanto tempo?

Os olhos de Marguerite ficaram marejados.

– Mais de quarenta anos.

– A senhora deve sentir a falta dele – falou Nina, incapaz de imaginar como devia ser aquela perda.

Viver por conta própria já era bem estranho e um tanto libertador no momento, mas – e ela se deu conta disso com uma sensação de alívio – era algo finito. Como seria a vida se alguém que você amasse nunca mais fosse voltar?

– Eu sinto – respondeu Marguerite. – Mas não consigo me imaginar dividindo minha vida com mais ninguém.

– A senhora tem mais algum parente? – perguntou Nina.

– Não, minha irmã morreu antes do meu marido. Ela tinha duas filhas. Uma mora na Suíça, e a outra, nos Estados Unidos.

– Então não tem parentes na França?

Marguerite lhe deu um sorriso cheio de coragem.

– *Non*. Triste, não é? Você tem família?

Nina assentiu.

– Uma família grande, barulhenta e enxerida. Eu amo todos, mas é bom estar longe deles. Pra poder ser eu mesma.

Marguerite assentiu com um sorriso sereno.

– Ah, nunca estamos satisfeitos. Eu gostaria muito de ter uma família à minha volta.

Nina balançou a cabeça.

– E eu quero fugir da minha. Mas hoje vamos tentar conectar a senhora de volta com a sua. Então, cadê esse notebook?

Quando Maddie chegou em um redemoinho de echarpes e camadas, pedindo mil desculpas, Nina já tinha ajudado Marguerite a fazer a conta no Skype, baixado o aplicativo para o computador e entrado em seu e-mail.

– Bom, isso merece um almoço – falou Marguerite.

– Posso ajudar? – perguntou Nina.

– Na verdade, eu queria que você fizesse uma coisa para mim.

Um breve sorriso pairou nos lábios da mulher mais velha.

Nina observou intrigada enquanto Marguerite pegava um caderno e uma caneta-tinteiro do aparador atrás de si e o abria. Em uma caligrafia fluida e lindíssima, escreveu depressa uma lista com cinco nomes.

– Enquanto eu ligo para a Sara, minha nora, pelo telefone, você poderia ver se consegue encontrar esses lugares na...

Ela acenou com a mão na direção do computador.

– Na internet – complementou Maddie, solícita.

Marguerite assentiu e saiu da sala.

– Não consigo me decidir se me sinto intimidada ou não por ela.

– Nem eu – respondeu Nina –, mas acho que ela é um amor... Só é muito das antigas. Está sozinha há muito tempo e provavelmente está acostumada a dizer o que pensa. As coisas sempre parecem mais diretas em outra língua, não acha?

Nina precisou atualizar o navegador de Marguerite, que estava várias versões defasado. Então, digitou o primeiro nome no buscador.

– Ladurée, já ouvi falar desse lugar – comentou Maddie. – Fica na Rue

Royale, subindo pela Place de la Concord. Tem sempre uma fila na porta. É bem chique.

– E famosa por seus itens de confeitaria – acrescentou Nina. – Meu Deus, olha isso.

A tela estava tomada por imagens de bolos incríveis. De repente, Nina sentiu que suas bombas eram terrivelmente amadoras.

– Ah, meu Deus, não acredito que o Marcel vendeu de verdade minhas bombas ontem. Eu não tinha a menor ideia. Olha só pra essas bombas de chocolate. Fazem as minhas parecerem um Fusca perto de uma Ferrari.

– Deixa de graça – falou Maddie. – Elas estavam uma delícia.

– Além disso, meu bem, você equilibrou os sabores – disse Marguerite, reaparecendo na sala. – Confeitaria é mais o casamento dos sabores, o equilíbrio suave. Tem que ser muito hábil para conseguir fazer isso direito.

Nina sentiu um calor súbito subir pelo rosto. Ela fizera várias provas do recheio de creme e ficou satisfeita com o resultado. Era bom ouvir outra pessoa elogiar o "equilíbrio suave", embora achasse que o creme talvez pudesse ter um pouquinho mais de gosto de café.

Nina ficou feliz por Maddie estar com ela, do contrário talvez não tivesse ficado tão à vontade. Ainda que estivessem almoçando na cozinha, a mesa parecia ter saído de um ensaio de revista no estilo "Verão em Provença". A toalha xadrez combinava com o jogo americano e os guardanapos em argolas de porcelana e grandes tigelas largas de cerâmica. Os talheres no estilo rústico eram brilhantes e coloridos, como se um raio de sol brincasse pela mesa, e o clima bucólico era ainda maior devido à tigela de louça com azeitonas grandes e uma cesta com uma baguete fatiada.

– Isso está maravilhoso, Marguerite – elogiou Maddie. – Podemos ajudar em alguma coisa?

– Não – respondeu Marguerite, com firmeza. – Vocês são convidadas. Mas espero muito que nenhuma de vocês seja vegetariana ou coisa assim. Nem pensei em perguntar.

– Eu como qualquer coisa – declarou Maddie. – É o que dá vir de uma família grande.

– Eu também – disse Nina, dando risadinhas. – Todos os meus irmãos têm um apetite de leão. Você tem que ser rápida. Se bobear um minutinho, já era.

– Nem fala. Meu irmão fica roubando o último pedaço de pão do meu prato.

– Ou a última almôndega que você fica guardando pro final.

– Ou aquele pedaço especial de torresmo.

– Muuuito chatos!

As duas caíram na gargalhada. De repente, Nina teve um flashback: Sebastian praticando uma de suas receitas na casa deles e impedindo os garotos de roubarem os últimos pedaços de linguiça dela.

– Ouço essas histórias e fico feliz por ter tido apenas um filho – disse Marguerite, trazendo uma imensa caçarola Le Creuset azul, as mãos protegidas por luvas de forno.

– Nossa, que cheiro delicioso! – falou Maddie quando Marguerite tirou a tampa. – O que é?

– É um cassoulet tradicional. Vocês se importam de se servirem enquanto pego o vinho?

Enquanto Nina servia com uma concha o feijão quente e o ensopado de pato nas tigelas, Marguerite foi até o outro lado da cozinha para pegar uma garrafa de vinho. Ao abri-la, usando o saca-rolhas com perfeita destreza, Maddie comentou:

– Ah, é por isso que eu amo a França. Beber na hora do almoço sem culpa. Em casa, sempre parece uma coisa errada. Aqui, é perfeitamente normal.

– Acho melhor beber uma taça na hora do almoço e, se for para tomar algo mais à noite, fico com uma tacinha de champanhe – falou Marguerite ao se sentar. – E hoje tenho o que celebrar.

Marguerite não havia comentado nada sobre a ligação que fizera, e Nina não queria perguntar, caso as coisas não tivessem ido bem. Por sorte, Maddie não tinha essas reservas e, com um gritinho, foi direto ao assunto.

– Falou com a sua nora?

– Falei.

Marguerite assentiu com frieza, mergulhando a colher em sua tigela cheia daquele ensopado cheiroso e delicioso.

Maddie revirou os olhos.

– E aí?

Sua resposta impaciente fez o rosto sereno – e, verdade seja dita, um tanto esnobe – de Marguerite relaxar e exibir um largo sorriso, e talvez até tivesse uma lágrima ou outra naqueles olhos azuis penetrantes.

Sem comer, ela largou a colher de volta na tigela.

– Foi… *três*… maravilhoso. A Sara ficou muito feliz por eu ligar. Ela vai fazer uma conta no Skype hoje. Quando as crianças chegarem da escola, depois de tomarem banho à noite, vamos nos falar.

– Isso é fantástico!

Pelas frases ditas com uma rapidez incomum para Marguerite, Nina notou como ela estava empolgada e feliz.

– *Bon appétit.*

– Parece uma delícia, obrigada – disse Nina. – É muita gentileza sua ter esse trabalho todo.

– Trabalho algum. Eu gosto de cozinhar. – Marguerite pareceu, por um instante, estranhamente melancólica. – Mas é bom ter uma plateia grata, para variar. Não foi bom ontem?

Seu olhar intenso fez Nina se sentir desconfortável, como se estivesse sendo analisada em um microscópio.

– O quê?

– Aquelas pessoas comendo suas éclairs. E o Marcel oferecendo para a clientela.

– Sim, mas eu não queria que ele tivesse feito isso. Elas não estavam…

– Estavam, sim – afirmou Maddie, assentindo com impaciência. – Fala sério.

– Ainda preciso melhorar. Eu… uma vez, comecei um treinamento pra ser chef.

– Foi? – perguntou Maddie. – Você nunca me contou isso.

– Na verdade, me inspirei no Sebastian. Ele era muito apaixonado por culinária e por cozinhar na época. Ele é o melhor amigo de um dos meus irmãos. Eles são dois anos mais velhos do que eu e entraram juntos no maternal. Ele vivia lá em casa desde sempre. E minha mãe o amava, principalmente quando ele ficou mais velho e começou a cozinhar. Ele costumava usar nossa cozinha e fazer a gente de cobaia. E os meninos, bom, eles comiam qualquer coisa, mas Sebastian sempre foi muito bom.

– Você não concluiu o curso? – perguntou Marguerite, com uma leve suspeita do que poderia ter acontecido.

– Não. Não durei nem um mês. Eu... não suportava tocar em carne crua. Tenho meio que uma fobia com isso.

Maddie riu.

– Sério?

Nina assentiu.

– Sério.

– Ah, meu Deus, me desculpa! – exclamou Maddie, levando as mãos ao rosto e apertando as bochechas com um horror repentino. – Você tem mesmo.

Nina assentiu, consciente do olhar de compaixão de Marguerite.

– Lá em casa isso também foi motivo de chacota. Não paravam de me sacan... de zombar de mim, por muito tempo. Até hoje falam disso.

– Deve ter sido muito frustrante.

Nina deu de ombros.

– Acontece.

Naquela época, a principal decepção de Nina foi saber que não poderia ter isso em comum com Sebastian. Cheia de alegria, havia imaginado os dois conversando por horas, sem a interrupção boba dos irmãos, e ele escutaria a opinião dela enquanto os dois trocavam conselhos e dicas.

– Acho que é por isso que gosto de confeitaria. Não tem chance de entrar em contato com carne crua. Bem mais seguro.

– Então você vai treinar para ser uma chef confeiteira? – perguntou Marguerite, seus olhos azuis parecendo enxergar mais do que deveriam.

Nina deu de ombros.

– Ah, não. Nunca vou ser muito boa nisso. Eu só... bom, eu queria... tentar. Faço muitos bolos pra loja da fazenda da família. Queria tentar algo diferente, mas não pra fazer carreira ou algo assim. Quer dizer, olha só as bombas feias que fiz ontem. Ainda não acredito que o Marcel vendeu aquilo. Depois de ver aquele site, nunca vou ser tão boa assim.

– Acho que tem um ditado inglês que diz: a prática leva à perfeição.

Nina pegou depressa uma colher cheia de cassoulet, murmurando:

– Só estou ajudando até que o Sebastian volte a ficar bem.

De boca cheia, decidiu não confessar que planejava praticar um pouquinho na cozinha pelas próximas semanas. Queria privacidade para fazer testes e não deixar que Marcel ou qualquer outra pessoa chegasse perto dos resultados.

Ter a cozinha só para si era um bônus inesperado. Ela poderia brincar com os ingredientes e assar o que seu coração mandasse sem ser criticada. Era para isso que tinha ido a Paris, para mergulhar de cabeça na confeitaria, aprimorar sua técnica e... precisava admitir, talvez um dia poder impressionar Sebastian, só um pouquinho.

Capítulo 17

De repente, na terça-feira, depois de mais uma semana de absoluta ausência, Nina recebeu uma enxurrada de mensagens de Sebastian, pedindo que ela verificasse os ingredientes para o dia seguinte.

Ele só não fazia ideia de que ela passara os últimos dias na cozinha praticando suas bombas. No domingo e na segunda, tinha preparado várias fornadas de massa choux e, com um cuidado excessivo, moldara-as no papel-manteiga em linhas paralelas precisas, treinando para atingir um acabamento perfeito. Depois, tinha estocado os tubos assados em caixas herméticas, prontos para serem recheados naquele dia.

Lá pela segunda fornada, já tinham uma aparência bem mais profissional, e a terceira e a quarta quase valiam a pena vender, ainda que ela não tivesse essa intenção. Em vez disso, mandou uma mensagem para Maddie e sugeriu que ela distribuísse as bombas pelos corredores do prédio onde morava, para quebrar o gelo e conhecer mais pessoas lá.

Naquele dia, Nina estava fazendo testes com alguns sabores de cremes e coberturas e tinha preparado uma de café com chocolate com a qual ficara bem satisfeita, assim como uma bomba um pouquinho mais ambiciosa de avelã e chocolate, que lembrava o sabor de Nutella. Também tinha aprimorado suas habilidades de apresentação. Vinha vasculhando a internet atrás de ideias e, depois de uma rápida ida aos atacadistas na segunda-feira, tinha voltado com uma folha de ouro bem cara e pedacinhos de avelã para usar na decoração.

– Café?

Marcel apareceu na porta com uma xícara fumegante, bem quando ela escrevia uma longa mensagem para Sebastian, garantindo que tudo estava pronto para a manhã seguinte.

Seguindo seu olfato, Nina foi até o cheirinho delicioso e deu um suspiro. Vinha recheando as bombas e aplicando a cobertura nas últimas três horas e estava mais do que pronta para uma pausa. Tinha disposto algumas em uma das boleiras, mais para o próprio prazer do que qualquer coisa, só para ver como ficavam. Ainda estavam um pouco desajeitadas e disformes, mas sem dúvida ela estava melhorando.

– Muito obrigada, Marcel.

Apesar de ter lá seus defeitos, Marcel fazia um café maravilhoso e era muito bom em trazer injeções de cafeínas regularmente. Nina contava que bloquearia o acesso dele às bombas, mas assim que ela pegou a xícara de café, Marcel deu a volta como um garotinho travesso.

– Marcel, não!

– Mas estão com uma cara ainda melhor que as últimas.

– Não estão… Bem, talvez um pouco.

– Excelente.

Ele pegou a boleira.

– Não! Você não pode vender. Prometi essas pra Maddie, para os outros estudantes.

– Por que não? Você prepara as éclairs, e as pessoas querem comê-las. Elas pagam por isso.

– Não são tão boas assim.

Marcel deu uma rápida mordida e fechou os olhos, extasiado.

– *Délicieux.* Ah, está muito, muito bom. – Ele lhe lançou um olhar de aprovação. – Isso está muito bom mesmo. Chocolate e café. E parecem perfeitas. Você se saiu muito bem.

Vindo dele, aquele era de fato um elogio do mais alto nível.

Uma pequenina espiral de felicidade aqueceu o peito de Nina.

– Você acha?

– Tenho certeza. – Ele deu mais uma mordida, fechando os olhos novamente. – Sim, sabores muito bons. O amargor do café e do chocolate amargo com uma doçura no final. Você tem o dom.

– Ainda assim, você não deveria vender – insistiu ela, meio insegura. – Eu ia dar pra Maddie distribuir pro pessoal da faculdade.

– Pfff, isso aqui é bom demais. Por que não vender?

Ela olhou para ele de soslaio, com um ar conspiratório.

– Porque o Sebastian não sabe.

– Pfff – repetiu Marcel, com óbvio escárnio. – Ele não está nem aí.

– Mas eu tô só praticando, elas não estão à venda.

– Mas os clientes querem comprar.

– Que clientes?

– O casal dos Estados Unidos voltou só por isso, e os dois recomendaram para as pessoas do hotel deles, aqui na esquina. Está dando o que falar.

– Menos. Acho que quatro pessoas não são bem a definição de sucesso.

Dando de ombros do seu jeito bem francês, Marcel passou por ela e dispôs a última fornada de Nina em outro suporte de porcelana e, quando voltou para pegar a segunda boleira, ela não o impediu, resignada. Já bastava ter que lidar com a bagunça após ter cozinhado aquilo tudo.

No meio da limpeza, seu celular tocou.

– Preciso que você veja se temos termômetros para calda e se estão todos funcionando.

– Oi? Bom dia, Sebastian, tudo bom? Como está a perna?

Ele bufou.

– Termômetros para calda. Pode procurar, por favor? O ideal é ter os digitais, são mais fáceis de usar.

– Não me lembro de ter visto nenhum.

Não que ela tivesse alguma noção do que estava procurando.

– Vamos fazer macarons, e é essencial que o xarope de açúcar esteja na temperatura exata. Se não encontrar nenhum, vai ter que sair pra comprar.

– Beleza. Porque tenho tempo pra isso. O curso é amanhã.

– Você tem a tarde toda, ou tem outros planos? Engraçado, achei que estivesse trabalhando pra mim.

– Vou levar séculos pra limpar a cozinha antes mesmo de começar a preparar tudo pra amanhã – disse ela, olhando para o estado das bancadas, cobertas de farinha e creme depois de todos os testes dela.

– Por quê?

Nina mordeu o lábio. Ops. É claro que ele não tinha a menor ideia de que a pia estava lotada de panelas e tigelas ou de que havia várias cascas de ovos espalhadas na bancada. Preparar uma massa choux era um processo caótico, em especial sem um superior meticuloso atrás de você.

– É... sabe. Pensei em passar lá e fazer uma boa limpeza.

– Bom, agora você não precisa mais fazer isso, pode ir comprar os termômetros. Vejo você de manhã.

Antes que Nina pudesse dizer qualquer coisa, ele já tinha desligado.

– Maldito – murmurou ela para si mesma.

Capítulo 18

A porta se abriu com uma batida, depois um estrondo e então o barulho de muletas caindo. Nina correu e encontrou Sebastian se segurando no batente, a bolsa com o laptop cruzada no peito e as muletas no chão.

– Inferno de muletas – grunhiu ele, saltitando pela porta e na mesma hora se recostando na bancada mais próxima. – Pode pegar essas porcarias pra mim?

– Bom dia, Sebastian – cantarolou ela, alegre de propósito e recebendo um olhar feio em troca.

Credo, ia ser um dia daqueles, não ia? Nina pegou as muletas e as entregou para ele.

– Nina – rosnou ele, colocando-as debaixo dos braços e mancando até a frente da cozinha. – Você deixou tudo pronto? Os ovos separados? Os ingredientes pesados? Açúcar e água na panela?

– Deixei – resmungou ela, tentada a acrescentar "Eu sei ler, sabia?". Em vez disso, falou: – Fiz tudo que estava na lista.

Nina deu uma olhada na cozinha. Ele tinha chegado mais cedo do que o esperado, mas ela tinha fé de que havia eliminado todos os traços de seus esforços nos últimos dias. De alguma forma, sentia que seria mais uma coisa para Sebastian desaprovar, e não tinha certeza de que suas bombas variadas passariam pelo crivo profissional dele.

Sem mais uma palavra, ele passou a bolsa do laptop pela cabeça e a pôs de lado antes de inspecionar as bancadas, que Nina já havia deixado preparadas.

– Então você arranjou alguns – disse ele, inclinando a cabeça na direção de termômetros para calda recém-comprados. – Digitais. Muito bem.

Nem uma palavra de agradecimento, claro. Em vez disso, ele andou com dificuldade pela cozinha, como um cão territorialista, checando a preparação de cada área, que deveria estar arrumada do jeito dele. Era impossível para ele não mexer na angulação de uma colher de pau ou alinhar uma faca em paralelo com um *fouet*. A meticulosidade em pessoa.

– São quase nove e meia. Não acha melhor ir ver os alunos de hoje e se certificar de que estejam todos aqui? Não quero ninguém reclamando de não estar recebendo pelo que pagou.

– São todos uns amores, não imagino nenhum deles fazendo isso.

Sebastian franziu o cenho diante da rápida defesa de Nina. Ela se virou e saiu da cozinha fria.

Imediatamente foi atingida pelo calor e pelo bate-papo na confeitaria ao seguir na direção da loja.

Todos estavam conversando como velhos amigos, em grande parte sobre a drástica diferença que Marcel causara ao mover os equipamentos pelo local.

– Ficou muito melhor – disse Maddie, entusiasmada.

– Sim – concordou Marcel, sem o menor indício de falsa modéstia. – E vai ficar ainda melhor quando eu mudar a cafeteira de lugar também.

– Vai dar um trabalhão – falou Bill.

– *Exactement.*

Um sorriso surgiu nos lábios de Marcel quando ele fincou o olhar em Peter e Bill.

– E você quer que a gente ajude – adivinhou Peter.

Marcel assentiu.

– Na hora do almoço, se puderem, ou no fim do dia.

– O que te fez mudar as coisas de lugar? – perguntou Maddie.

Marcel olhou para Nina, e ela balançou um pouquinho a cabeça. Não queria que aquilo chegasse aos ouvidos de Sebastian. Se ele não soubesse de nada, não ficaria chateado, e ela só estaria ali por mais algumas semanas.

Nina estava na verdade bem orgulhosa. Quando Marcel colocou as bombas na vitrine, todas foram vendidas.

Ciente do tempo passando e do temperamento instável de Sebastian, Nina decidiu juntar todo mundo e conduzi-los até a cozinha.

Todos foram direto para aqueles que tinham se tornado seus lugares na organização que formava um U, de frente para Sebastian, sentado diante do notebook aberto e com um caderno ao lado.

– Bom dia, pessoal. Bom rever todos vocês. Esta semana, vamos aprender a fazer um clássico francês. – Ele fez uma breve pausa, como se a qualquer momento fossem rufar os tambores. – Macarons. Eles se tornaram um clássico da França desde que foram popularizados pela famosa confeitaria Ladurée, em meados do século XIX. Vocês vão ver muitas pirâmides deles nas vitrines das confeitarias mais luxuosas de Paris. Não são muito difíceis de fazer e...

– Ah, pra você é fácil falar – interrompeu Maddie, com um sorriso malicioso.

– ... contanto que sigam as regras de ouro da confeitaria, é uma ciência exata – continuou Sebastian, sem se deixar distrair, mas dando um sorrisinho largo e divertido para Maddie.

Nina sentiu o coração dar um pequeno solavanco. Era o Sebastian de que ela se lembrava. Então veio uma pontada dolorosa de arrependimento. Fazia muito tempo desde que vira aquela expressão aberta e confortável no rosto de Sebastian quando ela estava por perto. Atualmente, os sorrisos que recebia eram contidos e avarentos, como se ele estivesse se segurando para o caso de um ou outro escapar e ela entender tudo errado.

Aquilo a magoava, percebeu Nina. Esse pisar em ovos quando estavam perto um do outro. Pelo amor de Deus, quando ele ia se dar conta de que fazia quase dez anos? Ela não era mais aquela adolescente. Será que tinha cometido um erro terrível ao ir para Paris? Será que mentira para si mesma? Naquele segundo, soube que sim. Queria tanto... se redimir com Sebastian, mostrar que não sentia nada por ele e que podiam ser amigos... e agora não sabia nem ao menos se iam conseguir isso.

– E, na ciência, é sempre bom ter uma engenhoca. – Sebastian pegou um dos novos termômetros para calda. – Alguém sabe o que é isso?

– Não sei se quero saber, amigão – brincou Bill, encolhendo-se dramaticamente.

Todos riram, inclusive Sebastian.

– Bom, se você for menos do que perfeito hoje, vai descobrir! Falando sério, é um termômetro digital, e, pra receita desta aula, ele vai ser muito importante. Para preparar macarons, precisamos fazer um xarope de açúcar ao ferver água e açúcar juntos. A mistura precisa chegar a exatamente 114°C.

Mais uma vez, Nina se pôs a pensar em quem havia descoberto aquilo. Será que tinha existido um laboratório de cientistas trabalhando com afinco para desvendar os mistérios alquímicos do açúcar? Ela os visualizou fazendo incontáveis fornadas de macarons, verificando e medindo a temperatura. Que tipo de bateria de testes científicos teria sido realizada? Ou será que eles se fiaram em um simples...

– Nina!

Ela percebeu que todos da turma a observavam.

– Desculpa. Eu estava longe.

Sebastian fez uma careta de reprovação. Qual era o problema daquele cara? Ela sentiu as unhas se cravarem nas palmas. Ninguém mais no mundo a enfurecia tanto quanto ele.

– Você se incomoda em pesar as claras dos ovos? Enquanto a Nina faz isso, vocês podem começar a pesar os outros ingredientes. E, para esta receita, temos que ser muito precisos em relação a medidas, então vamos pesar tudo.

Depois que todos tinham concluído essa parte, Sebastian os convidou a observar Nina começar a bater as claras.

– Elas precisam ser batidas a ponto de vocês poderem formar picos macios ao puxá-las. Se bater demais, as claras começam a se desfazer. Uma forma de saber se já estão no ponto é observar se permanecem firmes quando viramos a tigela de cabeça pra baixo. Enquanto a Nina faz isso, vou colocar a água e o açúcar para ferver.

Nina continuou a manusear o batedor até que Sebastian ergueu a mão para interrompê-la e mostrar a todos como a mistura deveria ficar. Ele a fez passar um garfo para erguer um pico macio.

Sebastian entregou o termômetro a ela logo depois.

– É preciso ter muito cuidado para não derramar em si mesmo, porque isso causa uma queimadura bem feia. Em seguida, a menos que tenham uma batedeira, vão precisar trabalhar em equipe. Vocês precisam bater a mistura enquanto adicionam o xarope quente, derramando pela lateral da tigela e não direto nos batedores.

Nina baixou um pouco o batedor e manteve a mão firme enquanto ele adicionava a mistura quente ali dentro.

– Agora vocês vão ver a mistura começar a ficar um pouco mais brilhante e dura.

– Caramba, você faz isso parecer muito fácil – comentou Jane, com os olhos arregalados, admirada.

– É fácil se você souber o que está fazendo – disse Sebastian, dando outro sorriso tranquilo para a mulher. – Agora é sua vez.

– Humm, era com isso que eu estava preocupada – respondeu ela, rindo. – Peter, você pode ficar com a mistura.

– Frouxa – provocou ele.

A provocação deles pareceu se espalhar pela cozinha. Bill e Maddie já estavam implicando um com o outro, e Marguerite tinha se aliado a Jane e Peter. Parecia que todos estavam se dando muito bem. Com isso, sobraram apenas Nina e Sebastian. Ele ainda a tratava com uma formalidade rígida, o que era uma ironia, já que se conheciam há pelo menos cinco vezes mais tempo do que qualquer um naquele lugar.

Na pausa para o almoço, Marcel recrutou Peter e Bill para mudarem a cafeteira de lugar. Agora ele estava de volta ao balcão, que fora movido para que a ponta do móvel ficasse na janela. A mudança deixou a confeitaria um pouco mais aconchegante e liberou uma parede.

– O que é isso? – perguntou Peter, apontando para um remendo na parede, onde os painéis não se encaixavam direito.

Marcel deu de ombros, como sempre.

– Acho que é a antiga decoração. Um dia, essas paredes já foram todas pintadas à mão – contou ele, contorcendo um pouco a boca.

– Eu lembro – falou Marguerite. – Não era um *Mundo de Netuno*, onde mar e céu se encontravam? Cheio de detalhes e muito bonito. Mas isso foi há um bom tempo.

– Provavelmente eles colocaram os painéis por cima para esconder o desgaste natural – falou Peter, com conhecimento de causa. – Um jeitinho rápido na decoração em vez de chamar alguém para repintar.

– É uma pena – comentou Jane.

– É mesmo, já que aqui era uma beleza – concordou Marguerite.

– Cá entre nós, acho que a parte externa ia ficar ótima com uma demão de tinta – opinou Bill. – Nem precisaria de muita coisa. Um ou dois dias de trabalho duro, no máximo.

– Não sei quais são os planos de Sebastian – disse Nina –, mas...

– Bom, ele vai ter que fazer alguma coisa lá fora – rebateu Maddie. – E vocês ainda têm clientes no momento.

– Mais clientes – falou Marcel. – O casal dos Estados Unidos vem todos os dias, e ainda traz amigos. As éclairs da Nina estão dando o que falar.

– Talvez a gente pudesse pintar a parte externa em um fim de semana – sugeriu Bill. – Alguns amigos meus estão chegando em breve. Isso lhes daria alguma coisa pra fazer.

– Os caras estão vindo a Paris e você quer que eles trabalhem! – exclamou Nina, rindo. – Fala sério.

– Nina, meu bem, eles não são do tipo que vai a museus e galerias de arte. Estão vindo pela curtição, pela bebida barata e por um lugar de graça pra dormir.

– Bom, é muita gentileza de vocês, mas acho que não é...

– É uma ótima ideia – disse Maddie. – Estou livre quase todos os fins de semana. Adoraria ajudar. Algum deles é solteiro?

Bill abriu um sorrisinho para ela.

– Não me diga que uma moça bonita como você não tem namorado.

Maddie sorriu de volta e indicou o corpo cheio de curvas.

– Eu sei, é um absurdo, né, já que sou uma deusa.

– Não se deprecie, meu bem. Você está ótima do jeitinho que é.

– Seria excelente – exclamou Marcel, logo retomando o assunto da pintura outra vez, aproveitando a oportunidade antes que ela se perdesse. – Este lugar precisa de um pouco de carinho.

– Mas a gente não pode fazer isso – disse Nina, sentindo que as coisas estavam saindo de controle bem diante dos olhos dela. – Não sem a permissão do Sebastian... Além do mais, o plano dele é fazer uma reforma daqui a alguns meses, então seria total perda de tempo.

Depois de ver os painéis com ideias para os projetos dele, Nina achava que o interior passaria por uma renovação completa para criar o tipo de decoração sofisticada que Sebastian queria, mas ela não vira nenhum projeto para a parte de fora.

– Então ele não vai ligar – disse Maddie. – Se estiver planejando mudar de qualquer jeito, não vai se importar.

– Mas... mas quem vai pagar pela pintura? Não posso pedir pro Sebastian.

– O dinheiro das éclairs – respondeu Marcel, acenando de maneira triunfal com uma jarra cheia de euros.

– Como é que é?

– Tenho separado esse dinheiro. Podemos usar para comprar os materiais.

– Ótimo! – exclamaram juntos Bill e Maddie, comemorando com um soquinho.

– Não. Não podemos – retrucou Nina, com um quê de desespero. – Ainda é dinheiro do Sebastian, ele pagou pelos ingredientes.

– Então descarta isso – sugeriu Peter. – Mas e quanto ao seu trabalho? Ele tá te pagando?

– Mais ou menos.

– Ele tá te pagando o período integral?

– Hum... – Nina hesitou.

Sebastian estava pagando dois dias por semana. Ela com certeza trabalhava mais tempo do que isso, embora estivesse se beneficiando ao praticar suas habilidades. E talvez a confeitaria merecesse terminar seus dias em grande estilo.

– Pois então!

No fim do almoço, havia uma empolgação contida. A Operação Éclairs da Nina fora definida, e Bill se autoproclamara o mestre de obras.

– Eu e meus camaradas podemos chegar aqui cedo. Eu e meus camaradas podemos remover a tinta. Eu e meus camaradas podemos lixar. Então, vamos precisar preparar a madeira e...

Ele tomou fôlego para continuar, e todos fizeram coro:

– Eu e meus camaradas.

Bill fez uma pausa e sorriu.

– São bons camaradas. Da minha antiga divisão. Gente honesta e muito trabalhadora. E, quando terminarmos a parte pesada, vocês podem entrar com a pintura.

Até Marguerite tinha intenção de ajudar com a parte das provisões de comida. Jane e Peter tinham planos para o domingo, mas ajudariam no sábado.

– E posso ajudar a comandar todo mundo – falou Maddie. – Tenho credencial de mandona.

Bill e Peter cruzaram os braços, unidos no ceticismo.

– Alguns homens gostam de receber ordens – falou Jane, com um brilho de provocação no olhar.

– E outros não – zombou Peter, com um resmungo.

Quando Nina voltou depressa para a cozinha, antes dos outros, para avisar a Sebastian que os alunos estavam prestes a retornar, ele estava no celular, o notebook aberto diante de si.

– Não quero saber, Patrice, tem que estar pronto na sexta. Os cozinheiros chegam segunda, e os eletricistas precisam terminar toda a parte elétrica.

Ele olhou para cima e checou o relógio, a boca tensa em uma linha de frustração.

– Preciso desligar. Estou dando essa porcaria de curso. Falo com você mais tarde, mas você precisa fazer os eletricistas entenderem que não vão receber se o trabalho não estiver pronto quando os cozinheiros chegarem.

Sebastian desligou e largou o celular, o olhar indo parar em Nina.

– Porcaria de curso – repetiu ela.

Ele não respondeu.

– Sério?

Sebastian suspirou.

– O que você quer que eu fale? Não tenho nada contra nenhum deles, mas só estou dando o curso pra cumprir com os termos da venda. Não tenho mesmo tempo pra isso, poderia estar fazendo várias outras coisas.

– Todos eles têm um motivo pra estar aqui. Você deveria ter respeito por isso.

– Eu tenho.

– Então deveria se esforçar um pouco mais pra ensinar ao pessoal.

– Do que você tá falando?

– Macarons. Tem milhares de sabores e cores. O que você tá fazendo?

Por um instante, Sebastian pareceu assustado, e ela soube que o tinha pegado de jeito. Desde que estivera na casa de Marguerite, Nina fizera várias buscas na internet a respeito de confeitarias. Macarons eram coisa séria em Paris.

A linguagem corporal dele contou a Nina tudo que ela precisava saber, mas, para ser sincera, ela o conhecia havia muito tempo para constatar que Sebastian tinha noção de que não estava dando tudo de si.

– Estou ensinando o básico. Leva anos de treinamento para dominar a confeitaria. Ninguém vai virar um especialista em sete semanas.

– Sim, mas você não está se dedicando para demonstrar isso ou mostrar a eles aonde se pode chegar, está?

Sebastian ficou sem reação.

– Está? – pressionou ela.

Sentir que tinha razão causou uma mudança nela, e Nina usou essa vantagem.

– Você não me pediu pra comprar nenhum corante ou aromatizante especial.

– Eu não tenho que fazer isso. Estou ensinando a fazer macarons. O que mais você quer?

– Que você se dedique um pouco mais. Eles são gente boa. Você está enganando todos eles. Macarons simples com creme de baunilha não são nenhuma aventura.

– Se eles querem aventura, que desçam o rio Amazonas de caiaque ou façam uma trilha para Machu Picchu – rebateu Sebastian.

– Ou você poderia mostrar a eles como incluir coulis de framboesa pra fazer macarons rosa-choque… ou um creme com sabor de yuzu. As possibilidades são infinitas.

– Não é por isso que eles estão aqui.

Nina lhe deu um olhar brusco, surpresa. Ela sabia disso, mas será que ele sabia? Todos naquele grupo estavam em busca de algo.

– Então por que eles estão aqui? – desafiou ela.

– Pra aprender a cozinhar o básico.

Sebastian não enxergava além das aparências, não via que quase todos ali buscavam se reconectar com a própria vida de alguma forma.

– Mas você podia ser uma inspiração, incentivar essa gente a ir muito mais longe.

– Você acha que o Peter e a Jane querem criar massas dignas de uma *medal d'honneur* enquanto estão aqui? Ou que o Bill quer se tornar confeiteiro?

– Credo. Quando foi que você se tornou um esnobe raivoso da gastronomia que olha com desdém pra quem quer aprender, mas ainda não teve chance?

– Não sou um esnobe da gastronomia. Sou só perfeccionista. Quero educar as pessoas.

– Então por que não educa essas pessoas? Dê a elas o seu melhor, mostre tudo que sabe.

Sebastian lhe deu um olhar penetrante.

– Quando foi que você se tornou tão fanática por tudo isso?

– Eu não sou, mas você costumava ser... muito mais.

– Mais? – perguntou ele, franzindo o cenho sem entender.

– *Você* costumava ser fanático. Apaixonado por culinária e ingredientes. Gostava de experimentar. Sei lá, isso aqui parece meio...

Ela ergueu os ombros, tentando escolher as palavras com cuidado.

– Estou ensinando o básico pras pessoas. Os tijolos da construção. É preciso andar pra correr.

Apesar das palavras, por um momento ele pareceu perdido em pensamentos. Será que lembrava como um dia tinha conversado com ela sobre seu sonho de ser um chef renomado? Como queria que as pessoas apreciassem a boa gastronomia, os ingredientes locais, e encorajá-las a tentar novas coisas? Depois de um instante, os olhos dele encontraram os dela, uma expressão melancólica surgindo em seu rosto, e pareceu que ele ia dizer alguma coisa, mas, bem naquele momento, os outros começaram a entrar na cozinha. Sebastian colou o sorriso para clientes no rosto, e Nina deslizou para o fundo do aposento.

Depois da primeira aula, Nina entendeu que lavar a louça enquanto se cozinhava era muito mais eficiente. Então, quando todos já estavam se despedindo às três e meia, ela já tinha terminado de limpar quase tudo. Apesar do sapato confortável, seus pés ainda reclamavam, então só Deus sabia como Sebastian estava se sentindo. Embora ela tivesse andado muito de um lado para outro, ele ainda precisava se levantar, supervisionar e aconselhar o pessoal.

– Muito bem, Nina – falou Sebastian, ao se acomodar de novo em seu banquinho. – Sobrevivemos a mais um dia.

– Como você tá?

– Péssimo. Dolorido, cansado e faminto. Esse é o problema de estar cercado por comida o dia todo e não pegar nada.

– Você não comeu nada?

– Não. Se eu experimentasse um, teria que experimentar todos os cinco. Não queria ser acusado de favoritismo. E achei que você ia querer levar pra casa os macarons da demonstração.

– O quê? Todos eles? E eu volto pra Inglaterra do tamanho de um bonde.

Sebastian a avaliou com um olhar rápido, franzindo o cenho como se nunca tivesse se dado conta do corpo dela até então.

– Você não tem quase nada aí. Acho que pode ganhar uns quilinhos.

Nina deu um suspiro, inclinando-se de leve. Não que esperasse que Sebastian fosse fazer um elogio em particular, mas a observação impessoal machucou um pouquinho.

– Desculpa. – Ao menos uma vez, Sebastian pareceu falar sério. – Não quis dizer que você está... ruim nem nada do tipo.

Nina deu de ombros e logo foi pegar a última das tigelas para guardá-la em seu cubículo rotulado. Com um aceno de cabeça satisfeito, deu uma última passada de olhos pela cozinha, como se aquela fosse sua preocupação principal.

– O que eu quis dizer – começou Sebastian, com uma tossidinha, parecendo, ao menos uma vez, meio sem jeito – é que você fez um trabalho muito bom hoje. Mesmo que eu estivesse em plenas condições de me mover, não teria conseguido sem você organizando as aulas. Tinha esquecido como você pode ser superorganizada e metódica.

– Beleza – respondeu Nina, pendurando o último pano de prato úmido em cima do radiador para se manter ocupada.

– Estou falando sério, Nina. Você sempre trabalha muito.

Ela deu de ombros.

– Você deve estar com fome também. Trabalhou sem parar hoje.

Quando todos tinham parado para almoçar, ela continuara a trabalhar, porque havia uma tonelada de louça para lavar, fora a preparação para a sessão da tarde. Tinha valido a pena, e a tarde correra sem problemas. Então Sebastian Finlay, o Sr. Perfeccionista, não conseguiu encontrar nenhuma falha.

– E não dá de ombros de novo – pediu Sebastian, ficando de pé. – Você fez um ótimo trabalho, e estou tentando agradecer.

Nina deu um olhar de relance para ele. Sebastian pareceu bem sincero ao continuar:

– Como já disse, estou morrendo de fome e, pra falar a verdade, não aguento mais repetir o cardápio do serviço de quarto. Já deu de hambúrgueres chiques e batatas que foram fritas três vezes na gordura, e não gosto mesmo de frango com açafrão ou sanduíche natural. Sabe do que mais? – Ele fez uma pausa, com um sorriso triste e quase culpado. – Quero ir ao McDonald's.

– McDonald's! Sebastian Finlay, não dá pra acreditar em você.

– Shh, não conta pra ninguém – falou ele, colocando um dedo nos lábios. – A gente pede pro taxista deixar a gente no McDonald's mais perto daqui e depois pegamos outro táxi pro hotel.

– Acho que não tenho muita escolha – respondeu Nina, os olhos brilhando. – Mas talvez eu produza evidências fotográficas.

– Você não faria isso com um homem ferido, faria? – perguntou Sebastian, os lábios se contorcendo.

– Com a maioria, não, mas você é outro departamento – respondeu ela com reprovação. – Além do mais, você parece estar se movendo com muito mais facilidade e menos dor ultimamente.

Capítulo 19

Foi estranho, mas uma onda de saudade de casa invadiu Nina diante da visão da lanchonete bem iluminada, das ilustrações e das imagens familiares. Aquele McDonald's de Paris era parecido demais com o da rodovia que ficava a oito quilômetros de casa, o lugar onde sempre paravam depois de saírem à noite. Quando adolescente, ela costumava subornar os irmãos com a promessa de um Big Mac para que eles a levassem até lá quando ainda não tinha idade para dirigir. Com um sorriso, ela reconheceu que quase nunca eles negavam.

Sebastian entrou logo depois dela e se instalou em dois assentos de plástico, as pernas esticadas em cima de um deles, enquanto ela foi até o balcão fazer o pedido. Depois de uma pequena dificuldade na comunicação, Nina voltou com uma bandeja de hambúrgueres, batatas fritas, anéis de cebola (escolha de Sebastian) e duas Cocas grandes.

– Prontinho – disse ela.

– Você tá bem?

– Tô – respondeu Nina, tentando muito não pensar no que a família estaria fazendo naquele momento.

– Certeza?

– Só pensando no que o pessoal lá em casa anda fazendo.

– Por que não liga pra eles?

Nina balançou a cabeça com veemência.

– Não.

Sebastian desembrulhou seu hambúrguer sem olhar para ela, a testa franzida.

– Foi um "não" bem assertivo.

Nina hesitou por um instante, cogitando a ideia de se abrir ou não com ele. Eles não eram amigos de fato. Talvez ser honesta com Sebastian pudesse fazer com que ele a enxergasse sob outro prisma.

– Estou tentando… "me distanciar" parece muito duro, mas só quero um pouco de espaço. Minha mãe, meu pai, o Nick, todos eles… Sei que eles agem assim porque se importam, mas às vezes é demais. Me dizendo a todo instante o que eu tenho que fazer, ou fazendo as coisas por mim, mesmo que eu não queira. E sei que isso parece ingratidão, mas quero ter uma chance de me manter sozinha uma vez na vida.

– Então vir a Paris não foi um capricho? – perguntou Sebastian.

Nina o fuzilou com o olhar, e Sebastian juntou as mãos.

– É sério, não quis dizer que é isso que eu acho.

– Mas você achava – sugeriu Nina, sentindo-se na defensiva.

– É, de cara, achava, sim. Mas o Nick…

– Ah, que ótimo. Tá vendo, eles ainda interferem. O que foi que ele disse? "A Nina tá um pouco perdida no momento. Pode fazer um favor pra gente? Ela tá passando por uma crise de meia-idade vinte anos mais cedo."

Sebastian estremeceu.

– Algo assim, mas, quando você chegou, achei que talvez não fosse só um capricho e, quando te vi… você parecia tão diferente de… como estava da última vez que a gente se viu.

– O quê? Vestida que nem uma laranja madura demais naquele vestido pêssego, atirando vinho tinto pra tudo que era lado?

Sebastian soltou uma risada curta e meio rouca.

– Ah, meu Deus, eu tinha me esquecido disso por completo. Que desastre. Aquela camisa nunca mais foi a mesma. Mas eu tava falando de quando você era mais jovem. Você parecia… – Ele fez uma pausa, como se escolhesse as palavras com cuidado, algo que Nina percebeu que ele fazia muito quando estavam juntos, como se tivesse medo de dar a impressão errada. – Esse cabelo combina com você.

Um pouco constrangida, Nina deu um tapinha no corte bob bem arrumadinho, relaxando de repente ao notar que a lembrança que Sebastian tinha dela não era de um dos momentos mais constrangedores da sua vida.

Ele nem sequer se lembrava da ocasião do vestido pêssego ou do bronzeado artificial. E Nina não sabia dizer se isso era bom ou ruim.

No fim, a mudança radical de corte de cabelo algumas semanas antes tinha dado resultado. Sentada ali, com ele, Nina percebeu que a ida ao salão de beleza fora seu primeiro ato de rebeldia e de desejo de mudança, ainda que naquele momento não soubesse disso.

Ao dar uma mordida bem-vinda, com o estômago roncando, Nina percebeu que Sebastian ainda a observava com uma expressão estranha.

– Achei que você estava desesperado pra comer seu Big Mac – falou ela.

– Estou, sim – respondeu ele, ainda parecendo pensativo. – Morrendo de fome.

Houve um silêncio esquisito enquanto ele terminava de desembrulhar seu hambúrguer, desdobrando o papel com dedos cuidadosos, alisando-o. Ele pegou o sanduíche e afundou os dentes com uma expressão de puro prazer.

– Ah, que coisa boa.

Incapaz de resistir, Nina pegou o celular e tirou uma foto.

– Provas.

– Ninguém vai acreditar em você – disse ele, com um sorriso malicioso cheio de confiança. – Além do mais, isso poderia ser um hambúrguer gourmet – provocou.

– Com aquele pôster do McDonald's enorme atrás da sua cabeça, não poderia, não – disse ela, dando de ombros, convencida.

Ele deu uma gargalhada.

– Pego em flagrante. E como você planeja usar isso?

– Ainda não decidi – provocou Nina, aliviada por eles terem mudado de assunto tão rápido e satisfeita por vê-lo descontraído e brincalhão.

Sebastian sempre parecia muito sério ultimamente, dando a impressão de estar tenso e estressado; era algo bem intimidante. Ela não o via assim, leve, fazia muito tempo.

– Nesse momento, não tô nem aí. É um alívio estar fora do quarto do hotel. Pensar em voltar para as mesmas quatro paredes já me deixa desanimado. Tô ficando maluco. Acho que você acaba absorvendo um pouco da minha frustração.

– Um pouco?

Nina ergueu as sobrancelhas de um jeito exagerado.

– Tudo bem. Tenho sido um babaca mal-humorado e sinto muito. Você devia ter me mandado praquele lugar.

– No primeiro dia – disse ela, decidindo se admitia aquilo ou não –, fiquei a isso aqui – ela aproximou o polegar do indicador – de te mandar pastar e ir embora.

– Fico muito feliz por você não ter feito isso. Acho que hoje foi um bom dia. Mas não acho que nenhum deles vá conquistar qualquer prêmio em breve.

– Não, mas eles são um grupo interessado.

– Humm.

A evasiva de Sebastian a fez perguntar:

– Você não acha? Sem dúvida, tem muita história ali. Acho que alguns deles são pessoas bem tristes.

Sebastian não chegou a revirar os olhos, mas poderia.

– Achei que eles eram um grupo bem animado, principalmente os re-cém-casados. Não estou acostumado a trabalhar com gente totalmente inexperiente. Até onde sei, eles querem aprender a cozinhar, pagaram por isso. É meu dever ensinar isso a eles.

Ele não disse, mas a frase poderia muito bem ter sido concluída com as palavras "e ponto-final".

Nina sorriu.

– Acho que nunca vi um casal tão apaixonado quanto a Jane e o Peter, mas você não tem a impressão de que o sentimento entre eles é forte assim porque eles passaram por muita coisa? A felicidade deles é do tipo que vem depois de vivenciar uma tristeza profunda.

Sebastian franziu a testa.

– Se você diz...

– Sim, é o que sinto quando olho pra eles.

– Tá bem, eles têm uma história, mas e os outros?

Sebastian cruzou os braços, achando graça das suposições dela.

– O Bill, ainda estou tentando descobrir, e o Marcel, bom, tem um mistério aí.

– Se o que você diz estiver certo...

– Por que ele mentiria sobre ter trabalhado no Savoy?

– Ele pode muito bem ter trabalhado e tido um milhão de motivos pra ter desistido. Cansou. É difícil se manter nesse ramo. Horas sem socializar. Se você quiser ter sucesso, tem que se comprometer cem por cento. E ele pode ter sido pego com a boca na botija e acabou sendo demitido.

Diante da expressão aborrecida de Nina, Sebastian acrescentou:

– Acontece.

Ela balançou a cabeça.

– Acho que tem mais coisa aí. Você sabia que ele foi casado? É viúvo.

– Não, não sei nada sobre ele. Marcel veio com a mobília.

Nina revirou os olhos.

– Tudo bem, Srta. Sabe-Tudo – respondeu Sebastian. – E quanto a Maddie e Marguerite? As duas parecem bem pra mim.

– Ah, você está muito enganado. A Marguerite é muito triste. Ela sente muita saudade das netas e da família, mas está aprendendo a usar o Skype pra manter contato com elas. Então está um pouco melhor, mas acho que é meio sozinha. E a Maddie é muito solitária.

– Então tá me dizendo que não tem a menor chance de eu cancelar o curso?

Nina não sabia se ele estava falando sério ou não.

– Não! Você não pode fazer isso. Achei que estava comprometido a dar todas as aulas.

– Estou, mas com essa porcaria de perna não tem sido tão fácil. Você foi de grande ajuda hoje, mas ainda passo muito mais tempo de pé do que planejava. E os empreiteiros que estão trabalhando nos outros restaurantes estão quase se liberando. Se eles terminarem nas próximas cinco semanas, vão passar pra outro trabalho, e vou perder o lugar na agenda deles.

– E isso seria muito ruim?

– Seria, porque atrasa a inauguração do bistrô e a entrada de algum retorno financeiro.

– Será que você não poderia manter a confeitaria aberta um pouquinho mais?

– Não preciso acessar a fachada da loja no momento pra saber que os fregueses são escassos.

– Verdade.

Nina pensou na pintura desbotada do lado externo e a seleção desanimada de doces no balcão. Não era bem uma surpresa que o lugar estivesse entregue às moscas.

– Ah, por falar nisso: você pode verificar a lista de ingredientes da próxima semana? Vamos nos concentrar em recheios: ganache e chantilly. E vamos usar aromatizantes diferentes. Acho que todo mundo se saiu bem hoje, menos o Peter. Ele é um caso perdido.

– Acho que ele nunca tinha colocado as mãos num *fouet* antes do curso. – Nina balançou a cabeça. – Mas é bem romântico. Ele está fazendo isso pra poder cozinhar para a Jane.

Sebastian se contraiu, com uma expressão de desdém.

– Consigo pensar em gestos mais românticos.

– Tipo o quê? – desafiou Nina. – Pra você, preparar uma refeição ou mexer com confeitaria é fácil. Mas, pro Peter, que é engenheiro, é um tremendo esforço, e de alguma forma ele está determinado a dominar isso pra mostrar a ela o quanto a ama. O que você faria? Pela sua namorada atual? Do que ela gostaria ou com o que ficaria impressionada?

Nina desejou na mesma hora não ter perguntado aquilo. Parecia que estava tentando pescar alguma informação.

Sebastian pareceu um pouco assustado.

– Uma joia.

Cética, Nina ergueu uma sobrancelha.

– Foi meu presente de aniversário, e ela gostou.

– Beleza, ela gosta de joias. Você não encomendaria uma peça feita especialmente pra ela ou tentaria encontrar uma com algum significado especial? Sabe, tipo uma lembrança de algum lugar em que vocês estiveram juntos.

– A gente vinha jantando fora direto. Antes de eu quebrar a perna.

– Nada de McDonald's, então?

Sebastian riu.

– A Katrin não entraria aqui nem morta. Ela é design de interiores de restaurantes e escreve resenhas sobre eles.

– Ah, é daí que vem tanto jantar. Era com ela que estava no casamento em que virei uma taça de vinho toda em cima de você, né? O mesmo casamento do qual você não se lembra?

– Eu não disse que não lembrava, só falei que não é a última lembrança que tenho de você. E não, aquela era a Yvette, ela também era crítica gastronômica.

– Então, você sai direto com mulheres que escrevem sobre restaurantes? Tomara que suas avaliações sejam ótimas. – Nina bateu com a mão na boca. – Bem... você entendeu.

A boca de Sebastian se curvou, uma covinha aparecendo na bochecha, da qual Nina se lembrava desde sempre. Antigamente, era obcecada por aquela covinha e por tentar fazê-lo sorrir.

– Que eu saiba, nunca fui avaliado pelo meu desempenho.

– Tenho certeza de que você marcaria pontuação máxima. – Ela fechou os olhos. *O que dera nela para dizer aquilo?!* – Quer dizer... no que diz respeito a restaurantes. Você é perfeccionista. E um chef genial.

– Parece que hoje em dia passo mais tempo fazendo planilhas do que cozinhando.

– Que pena. Não dá pra imaginar coisa pior. Sou uma droga nesse tipo de coisa. Felizmente, minha cunhada cuida da parte financeira da lojinha da fazenda.

– Você precisa aprender essas coisas, querendo ou não. É o preço que se paga pelo sucesso – falou Sebastian, de repente sério. – Nem todo mundo pode se dar ao luxo de...

Ele parou e examinou o embrulho vazio diante de si como se aquilo fosse a coisa mais fascinante já produzida pela humanidade.

– Se dar ao luxo de quê? – perguntou Nina, em um tom baixo e seco, sentindo um aperto no peito; será que queria mesmo saber o que Sebastian achava dela?

Ele a encarou, rápido e furtivo. Ela rangeu os dentes com força e sustentou o olhar de Sebastian, o queixo se erguendo.

– Bom... você sabe. Você sempre teve sua família pra te apoiar. Eles sempre estiveram lá pra juntar os cacos quando as coisas davam errado. Só quero dizer que você pôde largar a loja da fazenda pra vir até aqui, não foi? Sabendo que sua mãe e sua cunhada segurariam as pontas. Você não faz planilhas porque outra pessoa vai fazer. E não terminou a faculdade de gastronomia.

– Eu tinha fobia – respondeu ela, com veemência.

Sebastian ergueu uma sobrancelha.

– Ou você não queria tanto isso assim. Não tem do que se envergonhar, não é pra todo mundo. É um trabalho duro.

– Não tenho medo de trabalho duro.

– Não falei isso, só que você não queria o suficiente, e não terminar o curso não fazia diferença, porque você tinha o apoio da sua família pra cuidar de você.

Ele fez uma pausa, então continuou:

– O que quero dizer é que nem todos podem se dar a esse luxo. Tenho que aprender a dominar planilhas, querendo ou não. Aliás, preciso voltar. Hoje foi uma distração que eu realmente não podia ter. Estou tentando abrir dois restaurantes, antes mesmo de entrar com tudo no bistrô. Não devia estar dando aulas de confeitaria, e é por isso que *preciso* contar com você.

Nina ficou furiosa, chocada e magoada demais com aqueles comentários, só conseguindo dizer:

– Você *pode* contar comigo.

Era isso mesmo que Sebastian pensava dela? Uma princesa mimada que dependia da família? Ela lutou muito contra a súbita vontade de chorar. De jeito nenhum lhe daria a satisfação de ver que provocara isso.

– Ótimo. – Ele olhou para o relógio. – Podemos passar os próximos dez minutos repassando o que preciso que prepare para a próxima semana e depois tenho que voltar.

Capítulo 20

A semana tinha voado, e Nina passara quase todos os dias aperfeiçoando suas bombas. Ainda estava ruminando o que Sebastian dissera sobre ela nunca levar nada até o fim. Assim que terminava de preparar os doces, Marcel as vendia, o que era bom, caso contrário, a cozinha transbordaria. O que Marguerite tinha dito mesmo? A prática leva à perfeição.

A turma acabara de concluir a quarta aula, que tinha sido sobre recheios e como acrescentar e usar sabores diferentes. Fazia um lindo dia de sol, e ninguém ficou chateado quando Sebastian perguntou se a turma se importava de encerrar um pouco mais cedo. Ele precisava se encontrar com um arquiteto. Ao que parecia, havia algum problema com um duto de chaminé rebelde.

– Estou bastante feliz – comentou Marguerite, sentando-se e tentando se espremer de costas no único pedacinho de sombra na frente da confeitaria. – Estava um pouco quente na cozinha hoje de tarde.

– Também estou bem feliz – falou Maddie. – Não consigo pegar o jeito de bater o creme, sempre fico com medo de passar do ponto e não ter mais conserto.

Nina estava feliz também, porque, cada vez que Sebastian vinha à confeitaria, era mais uma chance para descobrir que ela estava vendendo bombas e que o lugar estava começando a ter clientes. Ela tinha a impressão de que ele não ficaria muito satisfeito com isso.

Marcel apareceu para pegar os pedidos, embora àquela altura já soubesse o que cada um preferia.

– Você não teria um guarda-sol para a mesa, teria? – perguntou Nina, ciente de que Marguerite parecia um pouquinho desconfortável.

Marcel olhou para a mulher mais velha e franziu o cenho.

– Costumava ter alguns aqui.

Maddie ficou de pé num pulo, os olhos brilhando.

– Ainda não olhamos os outros cômodos de armazenamento.

Nina a desencorajou.

– Fala sério, tá quente demais.

– Vamos lá.

– Se importam se eu for? – indagou Bill. – Não seria ruim dar uma olhada. Estou trabalhando na reforma de uma casa, e isso me fez perceber como as construções francesas são diferentes das nossas. Gostaria de ver se tem alguma característica ou instalação original.

No andar de cima, os três se separaram, cada um indo para um cômodo diferente. Nina entrou na segunda porta do corredor e parou de repente assim que passou pela soleira. O chão do local estava tomado por pilhas de embalagens de plástico pretas. Intrigada, desembrulhou uma e encontrou uma toalha de mesa damasco imaculadamente branca acompanhada de guardanapos combinando, como se tivessem sido engomados. Ao chegar perto de outra pilha, ouviu Maddie chamando seu nome.

– Nina! Nina! Você tem que ver isso aqui.

Correndo até a porta ao lado, viu Maddie e Bill sorrindo e apontando para o chão.

– Olha o que a gente achou.

– Ah, minha nossa! – exclamou Nina, levando a mão à boca enquanto os três observavam o monstro de vidro e cristal espalhado na frente deles como se fosse um polvo. – Isso é incrível. Deve ser o candelabro de que a Marguerite tanto fala.

– A gente tem que pendurar isso lá embaixo – falou Maddie, como sempre na maior empolgação.

– Precisa de uma limpezinha antes – ponderou Bill, passando os dedos em uma grande peça de cristal.

Nina encarou o candelabro. Mesmo sujo, ele reluzia sob o raio de sol que entrava pela janela.

– É...

Ela se agachou ao lado da peça, os dedos traçando as bordas dos cristais. Mesmo disposto no chão daquele jeito, empoeirado e encardido, era magnífico.

– Não sei nem se conseguimos levantar isso do chão. Ou como faríamos.

Mas a peça era tão linda que ela sabia que precisavam tentar.

– O que acha, Bill? – perguntou Maddie.

– Bom, isso me lembra uma cena de uma comédia da TV. Contanto que a gente não deixe cair, vai dar certo. Olha ali no chão. Parece que é a fixação original. Estou vendo que este cômodo fica bem em cima de onde o candelabro devia ficar. Por que não chamamos o Peter aqui?

Eles se puseram a pensar e murmurar e, no fim das contas, Bill e Peter concordaram que instalar o candelabro outra vez daria trabalho, mas não era nada hercúleo. Decidiram que precisavam ponderar o assunto um pouco mais e, para isso, tinham que ir para o bar mais próximo para conversar tomando um ou dois litros de cerveja.

Marguerite, que estivera lá embaixo com Jane, ficou muito animada ao saber da descoberta sobre o candelabro, e Marcel andava de um lado para o outro, irradiando felicidade.

– Precisa ser limpo – avisou Nina, repetindo as palavras de Bill quando ela e Maddie se sentaram de novo à mesa.

Por sorte, o sol tinha se movido no céu, e Marguerite tinha seu próprio cantinho de sombra, já que todo o entusiasmo pela descoberta do candelabro fizera desaparecer a ideia de procurar um guarda-sol.

– Vou amar vê-lo de volta em seu lugar – comentou Marguerite. – E Marcel também. Isso vai trazer tantas lembranças. Tenho que contar para o meu filho… quando ligar para ele pelo Skype.

– A senhora tem falado com seu filho e com suas netas pelo Skype agora? – perguntou Jane.

– Sim. As crianças contaram ao pai que têm falado comigo, então ele me ligou. – O rosto da idosa corou de satisfação. – Ainda acho que ele é um tolo… mas é meu filho.

– Então a coisa do Skype vai bem? – indagou Nina, encantada por ver a felicidade no rosto daquela senhora.

– Ah, sim, falo com Emile e Agatha duas vezes por semana. Não sei como agradecer a vocês por me colocarem de volta em contato com a minha família. Até com meu filho.

– Que amor – disse Jane, um pouco triste. – A gente tirou o Skype do nosso notebook de propósito. Foi por isso que viemos pra cá. Pra escapar um tempinho.

– Por quê? – perguntou Maddie, direta como sempre. – Não consigo ver vocês chateando ninguém.

O sorriso delicado de Jane sumiu.

– Nunca tivemos essa intenção. – Ela olhou para longe, fitando os prédios do outro lado da rua. – Meu marido morreu de uma hora pra outra... faz apenas um ano.

Marguerite pousou uma das mãos na de Jane, em um gesto de compreensão sem palavras.

– Ah, que difícil. Você é muito jovem pra ser viúva – lamentou Maddie.

– É mesmo, mas tive sorte. Conheci o Peter pouco tempo depois. – Ela mordeu o lábio, seus belos olhos cheios de lágrimas. – Não queríamos magoar ninguém... mas, bom, aconteceu. A gente se apaixonou. E nossas famílias não estão muito felizes com isso. Acham que é cedo demais. A esposa do Peter morreu um ano antes. Eles têm sido tão... difíceis que decidimos fugir pra nos casarmos e ficarmos longe um tempo. E foi assim que viemos parar em Paris.

O rosto dela se iluminou.

– E só vocês sabem como se sentem – ponderou Marguerite. – Passei quarenta anos maravilhosos com Henri e ainda sinto falta dele. Se encontrasse alguém que me fizesse tão feliz quanto ele, então com certeza me casaria de novo.

– Como explicar para os outros que você sabe que é o certo? Que estar com aquela pessoa é como a última peça do quebra-cabeça se encaixando. Que ela faz as coisas parecerem completas. Inteiras. – Jane fez uma pausa, parecendo um pouco constrangida. – E olha só pra mim, tagarelando aqui.

– Estamos ouvindo – falou Maddie. – E morrendo de inveja. Ainda estou esperando minha peça do quebra-cabeça.

Nina encarou os próprios pés. Será que Sebastian era mesmo sua peça do quebra-cabeça? E, se fosse, ela era alguma espécie de masoquista maluca, porque ele era o mau humor em pessoa. O que dentro dela tinha tanta certeza de que Sebastian era a pessoa certa? Será que o desejara por tanto tempo que tinha se tornado um hábito? Será que isso a fizera parar de olhar para os lados?

Desligando-se da conversa, deixando as outras duas consolarem Jane sobre sua família difícil – o que fizera Maddie dizer, sem meias palavras: "Se você diz que eles são difíceis, Jane, devem ser mesmo um pesadelo" –, Nina pegou o celular e enviou uma mensagem rápida para Alex. Ele a convidara para sair duas vezes nos últimos dias, e nas duas ela dissera que estava ocupada. Talvez estivesse na hora. Talvez precisasse se dar a chance de superar Sebastian de uma vez por tódas.

Capítulo 21

Havia uma fila do lado de fora, mas Nina não se importou. O sol estava brilhando, e uma sensação palpável de animação e expectativa borbulhava entre as pessoas que aguardavam, como se estivessem na fila para o teatro ou um show, em vez de apenas um bolo e uma xícara de chá muito exclusivos.

– Sabe, nunca vim aqui em todo esse tempo que estou em Paris – observou Alex, ao se juntar à fila.

– Acho que é uma coisa mais de turista – respondeu Nina, erguendo o olhar para a placa acima deles. – E obrigada por me trazer aqui. Marguerite, uma das alunas do curso, sugeriu este lugar. Ela é bem elegante, consigo vê-la tomando um chá da tarde aqui. Estava louca pra vir desde que ela me falou sobre ele, então, obrigada.

– Não tem problema, não é... bem um jantar ou almoço. E lamento ter demorado tanto, está uma loucura maior do que de costume no hotel.

Quando Alex perguntara para Nina aonde ela queria ir, seu primeiro pensamento foi a Ladurée.

E ela estava feliz por ter feito essa sugestão. Com sua delicada decoração em verde-sálvia e dourado, era claramente a decana do mundo da confeitaria e, a julgar pela fila, valia muito visitá-la.

– Se importa se eu for até a porta ao lado pra tirar umas fotos?

– Não, embora eu esteja tentado a ceder ao estereótipo das minhas raízes escocesas e sugerir que seria mais barato comprar alguns bolos para viagem.

– E que graça tem isso? – perguntou Nina, dando uma risada.

Ela saltitou até a porta da loja, onde uma cristaleira de vidro comprida exibia uma seleção colorida de bolos e os distintos macarons em cores pastel. Ao terminar de tirar as fotos, Alex já se encontrava no começo da fila.

Quando chegou a hora de entrarem, foram conduzidos por um lance de escada que dava em um salão tranquilo, dominado por conversas em voz baixa e o gracioso tilintar da porcelana. Com mais de 1,80 metro e usando uma camiseta de *Star Wars*, Alex parecia muito deslocado, especialmente quando se sentou atrás de uma mesinha delicada.

– Bem chique – disse ele, olhando ao redor antes de sussurrar – e bem feminino.

Nina riu.

– Perfeito pra mim, então.

Não havia nada ali que pudesse fazer alguém não gostar do lugar, com os painéis de madeira clara que enfeitavam as paredes e que provavelmente estavam ali pelos últimos cem anos. E como não pensar em todos os rostos que se encararam ao longo do tempo naqueles espelhos cheios de manchinhas pretas? Será que as elegantes damas de antigamente bebiam chá e conversavam comendo macarons, usando seda e renda?

– Terra chamando Nina. Ainda está comigo? – perguntou Alex.

– Desculpa, este lugar é uma graça. Tudo aqui é.

Ela ergueu os olhos para o teto pintado com o mural de um céu cheio de nuvens. Enquanto admirava a bela decoração, lembrou o que Marguerite dissera sobre a Confeitaria C. Seria interessante descobrir se os painéis horrorosos escondiam glórias de antigamente.

– E você ainda não pediu um doce? – provocou Alex.

Nina pegou o cardápio que o garçom tinha acabado de entregar.

– Ai, por onde eu começo? Acho que vou querer experimentar o cardápio todo. Será que vão me expulsar daqui?

– Não se você puder bancar esses preços. Dez euros por um bolo? Nem a gente cobra isso no hotel.

– Sim, mas eles são bons como os daqui? E é um prazer único.

Alex baixou o cardápio, rindo.

– É bom sair com alguém que gosta de comer e não tem medo de mostrar isso. Saí com uma garota uns meses atrás e, quando a levei pra jantar, ela insistiu em ficar perguntando pro garçom quantas calorias tinha em cada prato antes de escolher.

– Ah, eu como feito um boi, não se preocupe. Mas, sério, como é que vou escolher? Eu quero tudo.

Havia ali as criações de Claire Heitzler – *fleur noire* e cheesecake de mirtilo com groselha-negra –, que pareciam divinos, ou um dos clássicos da Ladurée – religieuse de pistache, Saint-Honoré, *plaisir sucré* ou mil-folhas de baunilha –, fadados a serem extraordinários.

– Vai lá e dá uma olhada.

Alex apontou para uma bancada de mármore à direita de Nina, onde todos aqueles bolos divinos listados no cardápio estavam expostos.

Infelizmente, olhar com mais atenção não ajudou em nada.

– Quero experimentar todos – reclamou ela para Alex, que estava a seu lado.

Cada doce parecia uma miniobra de arte.

– Quantos você acha que pode comer antes de passar mal? – perguntou ele, inclinando a cabeça como se estivesse falando sério.

Balançando a cabeça, Nina riu e o cutucou com o cotovelo.

– Você é igual ao meu irmão Toby. Ele perguntaria esse tipo de coisa.

Quando o garçom chegou para anotar o pedido deles, Alex respondeu num instante e ela achou graça ao ver que ele pegara o maior bolo da vitrine. Ela ainda não tinha se decidido.

– O que você recomenda?

– Tudo. – O rosto sério e profissional do garçom relaxou em um breve sorriso. – É tudo uma delícia.

– Isso não ajuda – disse ela, com um sorriso de desânimo para ele.

Nina deu mais uma olhada no cardápio e, dessa vez, parou em algo que já tinha visto, mas que agora a intrigou. O que um simples cheesecake estava fazendo em um menu como aquele?

Escolha feita, ela se recostou e relaxou.

– Então, o que está achando de Paris? – perguntou Alex.

– Eu… eu amo, mas… – Ela olhou ao redor e baixou o tom de voz. – Não conta pra ninguém, mas ainda não vi muita coisa.

Depois que as bombas começaram a vender tão bem, Nina passava o tempo todo na cozinha.

– O Sebastian tem explorado você, né? Quer que eu fale com ele?

– Não, ele mal dá as caras. Eu só… sabe, é mais fácil continuar protelando em vez de fazer as coisas por conta própria. Mas conheci algumas pessoas no curso e vou a alguns museus e outros lugares com a Maddie.

– Você devia ter falado, eu teria…

Ele fez uma careta.

Nina soltou uma risada.

– Não, não teria. Você não me parece ser o tipo de cara que vai a museus e galerias.

– Verdade. Prefiro o ar livre. Fazer coisas. Paris é boa pra caminhar. É bem compacta. Dá pra ver muita coisa em pouco tempo.

Eles foram interrompidos pelo retorno do garçom, que, com um ar discreto e prestativo, passou os pedidos da bandeja para a mesa, entregando cada item com uma precisão solene, como se sua vida dependesse da posição exata do bule de prata e da jarra de leite no centro da mesa. Tudo parecia belíssimo, em especial a escolha de Alex, com a cobertura de chocolate fosca e o logotipo da Ladurée em dourado e creme, posicionado com precisão simétrica no topo. Mas, quando o garçom serviu o pequeno e delicado cheesecake quase com uma reverência, Nina soube que tinha feito a melhor escolha.

Ela tocou a borda dourada do prato de porcelana. Era lindo, com uma listra azul pastel; a xícara e o pires combinavam, com uma listra rosa pastel. Olhando para eles, ela só conseguia pensar que a porcelana de casa – Nina sorriu, estava pensando na confeitaria – era mais bonita.

Do outro lado da mesa, Alex pegou o garfo e o manteve no ar, como se esperasse uma ordem para começar. Não havia nenhum apreço reverente da parte dele, que parecia louco para comer logo, mas era educado da sua parte esperar por ela.

– Você vai comer? Ou vai só ficar olhando? – perguntou Alex depois de alguns segundos.

Nina inclinou a cabeça.

– É bonito demais pra comer.

Ela deu um golinho no chá que tinha escolhido, com um delicado aroma de jasmim e laranja, e escondeu um sorriso.

Parecendo em sofrimento, Alex baixou o garfo.

Nina gargalhou.

– Te peguei.

– Isso foi maldade.

– Desculpa, não deu pra resistir. Sou a caçula, aprendi a aproveitar cada oportunidade pra implicar com meus irmãos.

Ela comeu um pedaço e soltou um gemido, em êxtase. Com sua colmeia de queijo cremoso confeitado em cima de uma deliciosa base de farelo de biscoito amanteigado e a secreta cavidade de groselha-negra e mirtilo, que deveria ser uma das combinações mais saborosas de todos os tempos, o cheesecake era um triunfo da culinária.

– Quer provar um pouco do meu? – perguntou Alex.

Ela olhou com ganância para o doce de chocolate e jogou os modos pela janela. Estava louca para provar.

– Tem certeza? – perguntou Nina, mas ele já estava lhe oferecendo o garfo com um pedaço. – Nossa, que delícia.

Nina lambeu os lábios ao saborear a suntuosidade do ganache de chocolate, a delicada textura amendoada da base de merengue de avelã e o creme de chantilly suave, se maravilhando com os sabores e a forma perfeita. Como eles conseguiam fazer algo assim? Alguém naquela cozinha era um artista.

– Quer experimentar o meu? – perguntou ela dessa vez, dando ao minúsculo cheesecake um olhar tristonho.

Ele gargalhou.

– Acho que eu não ousaria. E o meu está muito bom, comeria mais uns três.

Alex tinha acabado com seu bolo muito rápido e agora encarava o prato vazio, um pouco taciturno.

– Eu também. Bom, não três, mas adoraria experimentar mais um. Acha que é ser gulosa demais?

– Não – respondeu Alex, com um sorrisinho. – É ser normal demais.

– Este lugar é lindo, faz a Confeitaria C parecer um pouco triste.

– É o lugar que o Sebastian comprou?

– É. Parece que no auge era um lugar incrível.

– Sabia que no começo o Sebastian não queria esse lugar? Se pudesse, teria se livrado dele.

Nina franziu a testa.

– Achei que ele queria transformar o local num restaurante.

– Só porque acabou indo parar nas mãos dele. Quando o Sebastian adquiriu os outros dois locais, esse veio como parte do acordo. Ele estava desesperado pelas unidades no Canal Saint-Martin e no Marais, que é onde vão abrir os dois primeiros restaurantes, então não teve como recusar. Os projetos parecem ótimos. Você já viu?

– Bem por alto.

Nina assentiu, distraída com a informação revelada por Alex. Então Sebastian tinha adquirido a confeitaria sem querer. Ela olhou mais uma vez para a suntuosa decoração ao redor e a examinou com mais atenção.

O garçom voltou e perguntou se eles gostariam de mais alguma coisa. Nina notou que Alex a observava.

– Gostaríamos de ver o cardápio outra vez – pediu ele, e, assim que o garçom saiu, acrescentou: – Ainda estou com fome.

Nina riu.

– E eu tô louca pra experimentar outra coisa. Estou tão feliz por você estar aqui. Provavelmente não me arriscaria sozinha.

– Tenho minhas utilidades. Agora, em vez desses sofisticados parisienses acharem que você é um saco sem fundo, eles vão achar que você só entrou na onda desse rapaz escocês alto.

– Vou precisar fazer uma longa caminhada pra queimar esses zilhões de calorias.

– Acho que você não precisa se preocupar, mas vou ficar feliz de te acompanhar até em casa. Podemos andar pela Place de la Concorde, atravessar o rio pela Pont de la Concorde e descer pelo Palácio Bourboun até o sétimo *arrondissement*.

– Perfeito.

Olhando o cardápio pela segunda vez, ela ficou dividida entre o religieuse de pistache ou o Saint-Honoré rosado com framboesa.

– Não consigo decidir. – Ela fez uma cara triste, e Alex deu risada. – Preciso ir ao toalete. E já que você acha tanta graça, vou deixar a decisão pra você. Os dois vão ser uma delícia, mas você pode escolher por mim.

Quando ela voltou, Alex estava com uma cara de "vou explodir se não contar um segredo".

– O que foi? – perguntou Nina, estreitando os olhos.

Ele parecia prestes a aprontar alguma coisa.

– Nada.

Os olhos redondos e arregalados não o ajudavam em nada a parecer mais inocente.

– Então, o que pediu pra mim? – indagou ela, e acrescentou um súbito pensamento em voz alta. – Por favor, não me diz que você pediu os dois.

– Espere e verá – falou Alex, com um sorrisinho travesso e contagiante.

Ela riu, percebendo que era bem capaz que ele tivesse feito aquilo mesmo.

– Era responsabilidade demais pra mim.

Alguns minutos depois, um garçom apareceu carregando uma pequena mesa e, atrás dele, mais dois garçons vinham com uma bandeja cada um. Houve uma movimentação polida para lá e para cá enquanto a nova mesa era armada e os garçons começavam a descarregar dez pratos das bandejas.

– Alex! Você não fez isso.

Nina começou a rir ao ver tantos doces coloridos, o verde-claro da cobertura de pistache do religieuse com duas camadas, o rosa vívido do glorioso Ispahan, um macaron de framboesa cheio de creme rosado e coberto por pétalas de um rosa bem escuro, além do caramelo brilhante de um babá ao rum. Extravagantes espirais de creme dividiam espaço com delicados picos de merengue.

– Você pediu um de cada!

Alex deu um grande sorriso, satisfeito consigo mesmo.

– Achei que, se a gente não comesse tudo, daria pra levar pra viagem.

– Seu… bobo! – Ela começou a rir. Era algo tão indulgente que chegava a ser ridículo, mas completamente glorioso e espontâneo. – Mas eu amei. Parece tudo divino… e quase bom demais pra comer.

Eles não tiveram pressa, e aquilo dava uma sensação de terrível indulgência, pegando uma garfada disso e um pouco daquilo. Os doces, no entanto, não eram grandes. Nina saboreava o segundo pedaço de mil-folhas, quase suspirando de prazer, quando seu celular tocou, alto e estridente no ambiente calmo e discreto.

Alex riu quando ela se enrolou com o botão de silenciar a chamada.

– Que vergonha! – exclamou Nina, olhando para a tela. – Ah, é o Sebastian. O que será que ele quer? Depois eu ligo pra ele.

– Bom, tomara que ele esteja mais tranquilo. Ele estava insuportável quando fui lá hoje de manhã.

– Talvez ele ainda esteja com dor.

Depois de passar a tomar os remédios direitinho por causa da perturbação de Nina, Sebastian parecia bem melhor, ainda que rabugento.

– Não, ele está de saco cheio de ficar trancado naquele quarto. Quer que eu o leve a algum lugar hoje. Ficou bem irritado quando falei que não podia porque ia sair com você. O coitado está bem entediado.

Nina ergueu os olhos bruscamente.

– Acho que eu podia ter sido um pouco mais compreensivo; ele está confinado há dias. Eu estaria ficando maluco. Talvez desça com o coitado pro bar mais tarde. Mudar de ares deve dar uma animada nele.

Cinco minutos depois, o celular de Alex tocou.

– Ai, saco, você se importa se eu atender? É o lado ruim de ser gerente geral, a gente está sempre no telefone.

Foi engraçado. Bem diante dos olhos dela, Alex se empertigou e entrou no modo gerente geral. Mais uma vez, isso fez Nina se lembrar dos irmãos Nick e Toby, que estavam sempre brincando em casa, mas no trabalho eram totalmente responsáveis e sensatos.

– Que besteira. Se ele está mesmo com tanta raiva assim, tenta oferecer a suíte presidencial. Senão, ele vai ter que esperar umas horas pra fazer o check-in, e a gente vai ter que mudar o Sebastian de quarto e entrar com a limpeza na hora. É o que eu acho. Daqui a pouco estou aí.

Ele tirou o celular do ouvido e encarou o aparelho com uma expressão aborrecida.

– Droga. Tenho certeza de que a vida era melhor antes dessas coisas. – Ele contorceu a boca e apontou para o celular. – Sinto muito, mas o dever me chama. Um cliente irritado que reservou a suíte do Sebastian chegou pro próprio aniversário. Preciso voltar pra acalmar o sujeito e ver se um upgrade dá uma acalmada nele, senão vou ter que mudar o Seb de lugar. Uma coisa é instalar seu amigo em um lugar, outra é pedir para que a equipe do hotel comece a fazer as malas dele.

Ao saírem da confeitaria – depois de uma batalha para ver quem pagaria a conta, que, para o espanto de Nina, Alex ganhara dizendo que ela poderia pagar a próxima –, ele lhe deu um beijo no rosto, os olhos cheios de esperança encontrando os dela.

– Foi ótimo, Nina, e sinto muito mesmo por ter que sair correndo. Eu gostaria de...

Para imenso alívio dela, o celular dele tocou de novo.

– Preciso ir, te ligo.

Com um último beijo rápido, ele roçou de leve nos lábios dela antes de erguer a mão em despedida e sair correndo.

Nina caminhou pela Pont de la Concorde sem pressa, erguendo o rosto para o sol poente e tentando não pensar no que ia dizer da próxima vez que Alex ligasse. O que tinha de errado com ela? Ele era um amor. Como um homem que comprava uma prateleira inteira de doces só para ela não era o cara certo? Mas ele não a deixava arrepiada ou dava aquela sensação de queda livre e frio na barriga. E isso era importante? Estar com um cara legal, que a fazia rir e cuidava dela não era o bastante? Irritada consigo mesma, perambulou pela ponte, onde as pessoas se alinhavam na balaustrada baixa para tirar fotos, e ficou observando a imensidão do rio, olhando as casas flutuantes e as barcas abaixo, que deslizavam devagar e com preguiça pela superfície da água. O percurso delas parecia tranquilo e descomplicado. Por que a vida não era simples assim? Entretida com um dos barcos deslizando abaixo da ponte, que estranhamente levava um pequeno carro no deque superior, tirou uma foto, sabendo que isso agradaria o senso de ridículo incomum de Jonathon. Ao mandar a foto para ele pelo WhatsApp, seu celular ganhou vida, e ela quase o deixou cair no rio.

Como sempre, era Sebastian. De mau humor, Nina atendeu sem vontade.

– Oi.

– Oi, Nina.

Houve uma pausa. O que ele queria agora?

– Eu... hã, só liguei pra saber se você... se tem alguma pergunta pra próxima aula.

Nina franziu a testa. Oi? Ela afastou o celular da orelha e o encarou com um ar de dúvida.

– Nina? Você ainda tá aí?

– Estou.

– Onde você tá? Que barulho todo é esse?

Havia um grupo de adolescentes barulhentos à direita dela, gritando e fazendo bagunça, e um guia turístico falando alto com um sotaque norte-americano para um grupo de turistas de meia-idade.

– Estou na ponte, olhando para o Sena – respondeu ela, observando a barca com o carro se afastar, desaparecendo sob a ponte seguinte que cruzava o rio.

– Que romântico – disse ele, com um tom sutil na voz.

– Não muito. Estou cercada por turistas e falando no celular com meu chefe.

– Tenho certeza de que o Alex está cuidando de você.

– Ele teve que correr de volta pro hotel para impedir que você seja expulso da sua suíte por causa de um cliente bem irritado.

– Ah, é? – Sebastian pareceu satisfeito.

– Está se sentindo sozinho?

– Não.

Nina arqueou uma sobrancelha, intrigada, ainda que Sebastian não pudesse ver. Alguém parecia na defensiva.

– Então, o que vai fazer? – perguntou ele.

– Estou voltando pro seu apartamento. A pé. Estou adorando andar por Paris. Acho que já me situei bem.

– E tá tudo certo? Encontrou tudo que queria no apartamento?

– Não acha que é um pouco tarde pra perguntar isso? Já faz semanas que estou lá – respondeu Nina, um tanto perplexa com o atordoamento atípico dele.

– E você tá bem pra aula da próxima semana?

– Estou. Sebastian, é a quinta semana, acho que já peguei o jeito agora.

– Vamos fazer confeitos de açúcar, não esquece.

Nina franziu o cenho, totalmente confusa com aquela conversa.

– Não tem nada de errado com a minha memória ou com as suas listas, Sebastian.

– Só estou verificando.

– Beleza. – Ela se recostou no parapeito, enfim entretida com a conversa. – Estou ansiosa mesmo pra essa aula. Dá pra fazer coisa incríveis com fio de açúcar caramelizado. Vai ser legal – disse ela, com entusiasmo verdadeiro. – Todos estão gostando do curso. Já pensou em manter a confeitaria aberta?

– Não.

– Parece que antigamente era bem famosa. Tanto Marguerite quanto Marcel se lembram de quando era um lugar bem especial.

– Antigamente, o George Best era um craque do futebol, mas o tempo passa. Não é mais novidade. As coisas ficam tristes e cansativas. Nenhum milagre vai fazer aquele lugar parecer melhor.

– Mas, se você fizesse parecer melhor...

Sebastian bufou.

– Com todo o respeito, Nina, trabalho no ramo há quinze anos, acho que provavelmente tenho uma experiência bem maior nesse assunto que você.

Sebastian não disse, mas ela quase pôde ouvir as palavras "*e você nem terminou a faculdade de gastronomia*".

– Então, já foi a algum lugar famoso? – perguntou ele de repente.

– Como?

Com a reviravolta na conversa ela parou na calçada, o que fez várias pessoas atrás dela reclamarem e soltarem um "tsc" irritado.

Nina franziu a testa de novo e voltou a andar. Aquilo era esquisito. Sebastian estava de papinho. O que tinha de errado com ele?

– Não, mas vou ao Museu d'Orsay com a Maddie amanhã.

– Amanhã? Ah. Parece legal. Ainda não fui lá.

Ele parecia... enciumado?

– Então, tá. Te vejo semana que vem.

– Hã, Nina – começou ele de novo. – Na verdade, eu... preciso de umas coisas do meu apartamento. Será que você não poderia trazer aqui?

– Beleza, claro, mas vai ter que ser depois de amanhã.

– Tudo bem. E talvez a gente possa ir almoçar ou algo assim?

– Do que você precisa?

– Hã... é... um livro. É, meu livro. O que eu estava lendo. Deve estar na... hã... mesinha de café.

– Só isso?

Era só isso que ele queria?

– É.

– Tem um livro perto da... cama – disse Nina.

Ainda bem que Sebastian não a vira ficar vermelha, já que ela quase tinha dito *nossa* cama.

– Isso, esse aí – respondeu Sebastian, um pouco rápido demais.

Nina franziu a testa mais uma vez. Será que ele ao menos sabia o título do livro ou do que se tratava? Se fosse com ela ou com a mãe dela, que também amava ler, teriam pedido o livro logo no primeiro dia.

De repente, caiu a ficha. Será que Sebastian estava entediado? Ela apostava que ele não fazia mesmo a menor ideia de qual era o título do livro ou sobre o que era.

– O thriller?

– Isso.

– Estava gostando dele? – perguntou Nina, se divertindo por estar em vantagem ao menos uma vez com Sebastian.

– É, é muito bom.

– É sobre o quê?

– Nina, estou sem tempo pra isso. Se puder trazer, seria ótimo.

– Mais alguma coisa?

– Só o livro. E o almoço?

– Vou ver se consigo ir – falou Nina, ainda se divertindo.

– Então te vejo meio-dia?

Aquilo era um quê de desespero na voz dele?

– A gente se vê, então.

– Obrigado. Tchau.

E, de repente, ele tinha desligado, deixando Nina totalmente perplexa. Era possível que, durante o dia, a namorada dele ou os outros amigos estivessem trabalhando, se não fossem do ramo de hotelaria e de restaurantes. Claramente, ele estava tão entediado que até a companhia dela serviria.

Capítulo 22

Nina olhou para o livro na mesa de cabeceira, ainda refletindo sobre o estranho telefonema de Sebastian no dia anterior. Espreguiçando-se, saiu da cama depressa. Ia se encontrar com Maddie mais tarde naquela manhã para ir ao museu, mas, desde que tinha ido à Ladurée no dia anterior, além da ligação de Sebastian, algo a atormentava. Antes de sair do apartamento, procurou algumas ferramentas que tinha visto em um dos armários e partiu para a confeitaria.

– *Bonjour*, Marcel – chamou ela assim que entrou.

A confeitaria estava vazia pela manhã, mas ainda era cedo. Ela olhou para o relógio. Passava um pouco das dez. De repente, percebeu que não tinha a menor ideia de que horas Marcel chegava ou saía. Ele parecia estar sempre ali.

– *Bonjour*, Nina. – Ele lhe deu um de seus acenos de cabeça, que era o mais próximo de um comportamento amigável da parte dele que ela ia conseguir. – Café?

– Sim, por favor.

Ela pôs a bolsa de plástico com as ferramentas em uma das mesas, e o tilintar fez Marcel erguer o olhar com um leve franzido na testa, exibindo – de acordo com a escala Marcel de entusiasmo – curiosidade.

Nina se abaixou perto do painel que percorria toda a extensão de uma das paredes, abaixo do rodameio rosa. Acima, as paredes tinham sido pintadas com um azul desbotado e ostentavam dois espelhos grandes com molduras douradas, que eram bem bonitos e pareciam um bocado antigos, com pequenas manchas onde a prata ficara desgastada. Eles a lembravam os espelhos na Ladurée e reforçaram sua decisão.

– Isso sempre esteve aqui? – perguntou ela.

– Não, aí, não. Costumavam ficar na parte dos fundos. Quando o candelabro estava ali – disse ele, apontando para o gesso rosado no teto, agora com uma boa camada de pintura, e deu um sorrisinho travesso antes de continuar –, os espelhos foram colocados em lados opostos do salão para refletir os cristais e a luz.

– Bom, se o Bill e o Peter derem um jeito, o candelabro vai voltar pro lugar dele em breve – disse Nina, com firmeza.

– Sim – concordou Marcel, mais uma vez com aquele sorrisinho.

– O que você tá escondendo? – perguntou ela, de repente desconfiada.

– Acho que o Bill está procurando por uma escada adequada. Posso ter feito algumas perguntas em nome dele.

Diante do que ela estava prestes a fazer, quem era Nina para reclamar da atitude dele?

– Você se importa se eu der uma olhada atrás desse painel?

Marcel arregalou os olhos por um momento, o rosto assumindo logo depois a costumeira indiferença.

– A confeitaria não é minha.

Com a chave de fenda grande que tirou da bolsa de plástico, Nina forçou a borda chanfrada na parte de cima do painel frouxo e a usou como alavanca contra o rodameio. Com um rangido alto que a irritou profundamente, ela arrancou o painel da parede. Apesar de estar um pouco solto na parte de cima, foi muito mais difícil do que esperava, e Nina levou uns bons cinco minutos lutando contra a chapa de MDF antes de arrancar o suficiente para ver o que havia ali atrás. Pegando seu celular, ela acendeu a lanterna e jogou o facho de luz no vão entre o painel e a parede. Detestaria arrancar o painel todo se não tivesse nada ali, mas não dava para ver muita coisa. Teria que ir com tudo e puxar o painel inteiro. Com um suspiro, ela se agachou.

Marcel trouxe o café e o colocou na mesa mais próxima.

– Tem certeza mesmo de que a decoração original está atrás desse painel? – perguntou Nina.

Ele fez seu típico dar de ombros francês.

– Não tenho certeza, mas lembro que os decoradores foram muito preguiçosos. Eles pintaram ao redor dos espelhos.

– Pintaram?

Ela ficou de pé e foi até o espelho mais próximo, puxando a moldura de leve para um lado. Por trás do espelho, a parede fora pintada com um azul mais claro e suave, com pequenas nuvens espalhadas na parte de cima. Aquele lugar devia ter sido lindo um dia.

Nina se virou e inseriu a chave de fenda pela lateral do painel, puxando até a borda, e, com outro rangido do painel, a coisa toda saiu.

– Eita!

Surpresa, ela caiu de bunda, as mãos segurando o painel como um escudo, parecendo uma tartaruga ao contrário.

Marcel correu para ajudá-la a se levantar e, juntos, eles encararam a parede.

– Me empresta seu paninho? – pediu ela, e, quando Marcel lhe entregou o pano que sempre mantinha na parte da frente do avental, ela esfregou com delicadeza a poeira engordurada. – Ah, minha nossa.

A pequena área limpa revelou um olho azul-celeste com cílios dourados e uma pele cremosa ao redor. Era uma promessa provocante de que havia mais coisa ali.

Marcel sorriu de verdade. Bem, era quase um sorriso.

– Que lindo! – exclamou Nina.

Ela se inclinou para a frente e tocou a superfície pintada, o dedo removendo mais uma camada de poeira e, por baixo da mancha, a cor ficou mais intensa.

– Por que alguém cobriria isso? – perguntou ela, os olhos marejando com lágrimas que surgiram de repente.

Mais uma vez, Marcel deu de ombros, embora ela não esperasse uma resposta.

Nina se agachou, pensando na pintura encardida. Apesar de seus esforços, a parede precisava de uma boa limpeza, mas Nina já via seu potencial.

Ela mordeu o lábio e olhou para o resto do painel de MDF que cobria a parede. E então se virou para Marcel.

– O que acha?

Ele lhe deu mais um meio sorriso torto, mas não disse nada e desapareceu atrás do balcão.

Ponderando sobre a tarefa, ela permaneceu ali mais alguns minutos. E se arrancasse todos os painéis e a pintura fosse danificada de alguma forma? O que ela faria?

Uma gota de água atingiu suas costas, então ela se virou e se deparou com Marcel segurando um grande balde de água com sabão.

– Acha que a gente deve fazer isso? Não vai estragar a pintura? – indagou Nina.

Marcel balançou a cabeça.

– Não, eu me lembro de ver os garçons limpando. Coloquei só um pouco de sabão.

Com cuidado, Nina mergulhou um pano na água e o espremeu para que ficasse só úmido, não encharcado. Com bastante cuidado, começou a limpar a pintura. Em segundos, as cores apareceram por trás da camada de pó encardido, e Nina conseguiu ver as pequenas pinceladas.

Tons verdes e azuis do mar rodopiavam pela superfície, enquanto metade de uma sereia com um cabelo prateado esvoaçante sorria com timidez, segurando conchas com pérolas. Pequeninos peixes pontilhavam a cena, ziguezagueando por um tridente que alguém segurava. O resto estava oculto embaixo do painel seguinte.

Bem que Nina queria entender mais de arte…

– Maddie! – exclamou, virando-se para Marcel. – Ela entende de arte.

Nina pegou o celular, mexendo na tela com pressa.

– Oi, sou eu. Você se incomoda de me encontrar na confeitaria em vez de no museu? Tenho que te mostrar uma coisa.

– Ai, que bom. Estou morrendo de fome – respondeu Maddie.

Nina sorriu. Mal podia esperar para ver a cara de Maddie. A jovem ia encontrar muito mais do que esperava.

Depois que a camada de poeira tinha sido removida e dava para enxergar as cores vívidas e reluzentes, Nina via que algumas partes da pintura tinham se desgastado ou sido arrancadas, mas, apesar disso, era belíssima. Ela sentiu Marcel se agachar ao seu lado.

– Vamos? – perguntou ele, segurando um pequeno pé de cabra.

Os dois trabalharam juntos. O único som que se ouvia era dos painéis rangendo ao serem arrancados. Enquanto Marcel os removia, ela vinha e limpava com cuidado a superfície.

– Posso te perguntar uma coisa? – perguntou Nina de repente.

Ficar em silêncio não combinava com ela.

– Pode.

– Você já trabalhou no Savoy. Como acabou vindo parar aqui? Quer dizer, sem dúvida você pode trabalhar em qualquer lugar.

Logo depois que fizera a pergunta, Nina se sentiu terrivelmente intrometida.

– Desculpa, não é da minha conta.

– Eu trabalhei no Grósvenor. No Dorchester. Chewton Glen. Gleneagles. – Marcel soltou uma gargalhada cheia de amargura. – Eu ganhava bem, mas paguei um preço. Perdi minha esposa. Íamos sair de férias, mas precisei trabalhar, então combinamos de nos encontrar na Bretanha. Mas saí tarde do trabalho. Eu sempre saía tarde do trabalho. Era uma queixa constante dela. Perdi a barca. Minha esposa morreu em um acidente de carro enquanto eu estava na outra barca. Se eu estivesse lá, ela não estaria dirigindo.

– Sinto muito – disse Nina, sentindo-se totalmente impotente ao ouvir a constatação cheia de dor na voz dele e ser incapaz de pronunciar o comentário banal de que Marcel não era o culpado pelo que acontecera à esposa. Ele tinha certeza de que era.

– Foi há muito tempo. – Marcel deu de ombros. – Moro com a minha irmã. Ela é mãe solo e trabalha em turnos. – Ele curvou os lábios. – Eu ajudo com as crianças. Isso quer dizer que ela não precisa se preocupar em chegar atrasada. Uma baita ironia.

Embora ele fosse uma das pessoas mais rígidas que Nina conhecera, alguém que parecia não gostar de contato pessoal, a jovem não se aguentou e pôs a mão no ombro dele.

– Deve ser bom pra ela ter uma família que a apoia.

Pela primeira vez desde que o conhecera, Nina viu um sorriso genuíno iluminar o rosto triste de cãozinho basset round de Marcel, um sorriso que chegava aos olhos com um brilho de orgulho.

– São crianças maravilhosas.

Nos minutos seguintes, Marcel falou dos dois sobrinhos, e ficou evidente que os amava.

– Você devia levar umas bombas pra eles – sugeriu Nina.

– Obrigado. Se eu puder, vou fazer isso, mas... – Ele franziu a testa e falou, num tom de voz austero: – Acho que está na hora de você alçar novos voos. Você dominou as éclairs. Precisamos de algo novo para os clientes. – Ele indicou a parede com o queixo. – Algo digno dessa obra de arte.

Quando Maddie chegou, eles já tinham arrancado o painel de uma parede inteira.

– Ai, meu Deus. – Maddie parou de repente assim que entrou na confeitaria. – Meu Deus – repetiu, andando até ficar ao lado de Nina. – Isso é fascinante. – Ela ficou olhando para a primeira parte do mural antes de caminhar devagar por toda a extensão da parede. – Me lembra John Williams Waterhouse, mas mais impressionista. É... é...

Ela ergueu as mãos, impressionada.

– Quem é ele? – perguntou Nina, se sentindo ignorante.

– Você reconheceria o trabalho dele. Ele fez *A Senhora de Shallott* e algumas pinturas de Ofélia. É pré-Raphael. Inglês, mas inspirado nos italianos.

Maddie não conseguia tirar os olhos da pintura e estendeu a mão para traçar as madeixas sedosas do cabelo ruivo e dourado de uma das sereias.

– Sereia ou ninfa. É lindo demais. Por que alguém esconderia isso?

– Acho que saiu de moda – supôs Nina. – E também tem algumas partes, olha – ela apontou para um pedaço muito desbotado. – Isso precisa de reforma. Talvez não tivessem como pagar uma restauração... ou não gostavam tanto assim da pintura.

– Hunf – falou Marcel, murmurando algo baixinho enquanto marchava de volta para seu lugar de sempre atrás do balcão.

O breve e frágil acordo entre os dois parecia ter se estilhaçado, mas Nina já sabia lidar com ele. Por baixo do maître carrancudo e resmungão, havia um homem com um bom coração. Não do tipo mole, mas bondoso. E isso já era um começo.

– E se você tivesse alguém pra restaurar e que amasse essa obra o bastante pra fazer um trabalho fabuloso? – Maddie inclinou a cabeça para um lado. – Sem falsa modéstia nem nada, mas sou uma baita pintora.

– Sério?

– Sim... bom, sei o suficiente. Por que acha que estou estudando História da Arte? Eu amo pinturas.

– Você é artista?

– Rá! Não. Não sou ruim pra pinturas, sou boa com carvão, mas... sinceramente? Gente que nem eu não se torna artista. – Ela riu, de bom humor. – Precisamos ganhar dinheiro. História da Arte já é bem ruim nesse aspecto... Quem sabe se vou conseguir um emprego um dia.

– Você acha que consegue...

Nina apontou para a sereia com o queixo.

Maddie apertou os lábios por um instante e então deu um passo à frente, curvando-se para examinar a seção desbotada da pintura, o dedo traçando um contorno na parede antes de dizer, pensativa:

– Sim, acho que consigo. Parece à base de óleo. O único problema vai ser combinar a tinta e os pigmentos. Seria útil saber quando isso foi pintado.

– Acha que é muito antiga? Será que tem valor? Nós lavamos... – Nina pôs as mãos no rosto. – Talvez a gente não devesse ter feito isso.

Olhando para o balde de água, Maddie deu tapinhas na mão da amiga para tranquilizá-la.

– Não esquenta. Um pouquinho de água e sabão não vai fazer mal algum, e sinto muito, meu bem, mas não é tão antigo assim. Não é um tesouro desenterrado. Sem dúvida é do pós-guerra. Tenho uma ideia aproximada, mas...

Ela se inclinou mais uma vez diante da sereia.

– Marcel! – Nina o chamou, torcendo para que ele tivesse essa informação. – Você sabe quando isso foi pintado?

Ela o viu murmurando para si mesmo e esperava que a qualquer momento ele respondesse à sua pergunta. Marcel veio se juntar a elas, ainda franzindo a testa, concentrado.

– Acredito que tenha sido em algum momento depois dos anos 1950. Foi quando a confeitaria inaugurou. Lembro que a minha mãe me falou que isso costumava ser... *un cordonnier*... para consertar sapatos.

– Ah, bate aqui, vai! – exclamou Maddie, erguendo a mão para Nina. – Te falei que eu era boa, e isso é genial, porque significa que eles usaram tintas e pigmentos relativamente modernos, o que consigo arranjar. – Ela pegou o celular e começou a tirar fotos. – Preciso ter uma ideia das cores de que vou precisar.

Depois de meia hora tirando fotos, fazendo anotações e murmurando para si mesma, Maddie finalmente se sentou para tomar o café que Marcel tinha trazido.

– É uma pena que esse rodameio rosa e a pintura no teto estejam aí –

disse Maddie. – Como será que era antes? Se vamos restaurar a Pequena Sereia aqui, seria bom fazer tudo direito.

– Vou te mostrar. – Nina foi até o primeiro dos espelhos com moldura dourada e acenou para Maddie. – Tcharan!

Em uma hora, Maddie tinha voltado cheia de tintas, pincéis, paletas de porcelana e outros materiais pelos quais se recusou terminantemente a permitir que Nina pagasse.

– Recorri a um dos outros estudantes do meu andar pra pegar algumas dessas coisas, então não gastei muito. Isso vai ser bem divertido, eu que deveria te pagar – falou ela, se acomodando com as coisas no chão. – Tirando apenas um remendo bem desgastado, isso vai precisar só de um retoque.

Nina desconfiou que precisava de bem mais do que isso e que Maddie estava sendo modesta. Ela com certeza tinha trazido muitos tubos de tinta.

Deixando a jovem trabalhar com intensa concentração, Nina bateu em retirada para a cozinha, sorrindo ao descer a escada que levava até o grande e silencioso cômodo. Ela nunca tinha visto aquela garota tão calada e quieta daquele jeito.

– E como anda o delicioso Sebastian? – perguntou Maddie, com um sorriso de malícia, quando as duas se sentaram no café para tomar uma taça de vinho.

Ambas tinham trabalhado muito o dia todo, deixando de lado a ida ao museu e parando apenas para almoçar, e Marcel insistiu que fossem comer os sanduíches que ele preparara para elas. Nina se sentia um pouco desanimada naquela noite. Suas tentativas de se aventurar e fazer algo diferente não tinham sido um tremendo sucesso. Ela tentara preparar religieuse, como vira na Ladurée, e conseguiu acertar na cobertura e nos sabores, mas… tinha um longo caminho pela frente em relação à apresentação. Individualmente, eles pareciam corretos, mas ela não conseguira deixar uniforme o tamanho dos bolinhos de massa choux. Para falar a verdade, eles pareciam mais um homem de neve do que a cabeça e o corpo nas proporções corretas de uma freira, que era a tradução literal da palavra que nomeava o doce francês. A ideia era que a cobertura branca e suave entre os dois bolinhos de massa choux parecessem as golas antiquadas que as freiras usavam.

– Esquisito – respondeu Nina, ainda distraída pelos pensamentos sobre seus doces lamentáveis.

– Como assim?

Nina pensou no que dizer, percebendo que Maddie estava interessada no assunto.

– Ele me ligou e ficou falando sobre absolutamente nada. E depois me pediu pra levar um livro pra ele, só que eu tenho certeza de que ele não está nem aí para o tal livro.

– Talvez ele só queira te ver – falou Maddie, com um sorrisinho provocante.

– Acho que não. – Nina balançou a cabeça com veemência. – Deve só estar entediado e todas as pessoas que conhece em Paris estão trabalhando. E, já que eu trabalho pra ele, acha que estou sempre disponível e vou largar tudo e ir correndo até lá.

– É, mas se ele tá enfiado em um quarto de hotel, deve estar ficando maluco.

Ficar entocado, ainda que numa suíte, devia ser algo totalmente insuportável para Sebastian, que estava sempre na ativa. Mesmo durante o curso de confeitaria, quando ele deveria sossegar, não conseguia ficar parado por mais de dez minutos.

– Ah, meu Deus, sou tão tapada. É claro, isso explica tudo. Ele não está nem um pouco interessado em me ver. Está desesperado e sabe que tenho obrigações com ele, então vou ter que ir até lá.

Maddie riu.

– Você não sente nem um pouquinho de empatia?

– Não – respondeu Nina. – Na verdade, não. Bom, um pouquinho. Tá bem, eu sinto.

– Já percebeu que sempre que você fala dele fica toda tensa e curvada? – Maddie lhe deu um olhar bem penetrante. – Ele me parece bem legal. Um pouco intenso, mas bem gato. Então, qual é a história entre vocês?

– Como assim?

A rápida resposta na defensiva fez Maddie abrir um sorrisinho convencido.

– Sabia – disse ela.

– Não tem nada entre a gente. Nunca teve. Nunca vai ter.

– Parece que você pensou muito sobre isso.

– Ele é o melhor amigo do meu irmão. Tá na minha vida desde sempre. Não nos damos bem. Ponto-final. E para com isso!

Nina bateu na mão de Maddie ao ver a expressão de malícia dela.

– Então, o que houve?

– Maddie! – Nina contorceu os lábios. – Meu Deus, você não larga o osso.

– Não, sou tipo um terrier persistente. Então aconteceu alguma coisa entre você e o delícia do Sebastian.

– Ai, pelo amor de Deus. Ele é... Tudo bem, tem algo a mais nele.

– Até a Marguerite acha ele gostoso.

– Sério? Foi essa a palavra que ela usou?

Nina ergueu uma sobrancelha, cética, mal contendo um sorriso. Maddie se engasgou de tanto rir.

– Não, foi mais na linha de ele ser muito bonito e que, se ela fosse quarenta anos mais jovem, estaria tirando o pó de suas artimanhas femininas. E a Jane comentou, longe do Peter, pra falar a verdade, que ele tinha um certo *je ne sais quoi*.

Nina bufou.

– Acho que ele tem uma boa aparência.

A boca de Maddie se retorceu, e Nina revirou os olhos.

– Sem dúvida parece que ele atrai uma legião de mulheres lindíssimas, com pernas compridas, magérrimas e louras, que acham que ele é um presente de Deus na cozinha.

– Ah, mas ele é um presente de Deus em mais algum lugar? É o que o povo quer saber.

Maddie ergueu as sobrancelhas com exagero, no estilo Groucho Marx, fazendo Nina cair na gargalhada.

– Isso eu não sei mesmo.

– Ah, mas você sabe alguma coisa.

– Meu Deus, deviam te dar um trabalho no serviço secreto da Inglaterra. Nunca contei isso a ninguém. – Nina traçou com um dedo a borda de metal da mesa de café, já sentindo o rosto corar. – Eu o beijei. Uma vez.

– *Você* beijou *o Sebastian*.

– Foi.

Nina estremeceu. Até aquele dia, a lembrança era excruciante. Aquele momento de coração acelerado, quando ela usou cada fragmento de coragem que tinha, se ergueu nas pontas dos pés e o beijou na boca. Ela tinha até se convencido de que, nos primeiros segundos de sua investida amadora, os lábios dele tinham ficado mais gentis e talvez até se movimentado. Talvez ele tivesse dado um passo na direção dela. Por um glorioso momento de felicidade, todos os sonhos e fantasias dela se realizaram. E então caíram por terra com uma rejeição esmagadora quando ele a segurou firmemente pelos braços e a afastou.

– Ah, meu Deus. – Nina apoiou a cabeça nas mãos. – Não foi recíproco. Nunca me senti tão envergonhada na vida. Eu tinha uma quedinha de adolescente boba e me convenci de que ele sentia o mesmo. Então, fui com tudo. – Ela balançou a cabeça. – Sério, a expressão dele... foi de puro horror.

Maddie franziu o nariz, se compadecendo da dor de Nina.

– Credo. O que você vez?

– A única coisa que eu podia fazer. Fugi. Saí de casa, me escondi no celeiro até que ficasse bem tarde. Por sorte, em tese eu ia pra casa de uma amiga depois da escola, então ninguém sentiu minha falta.

– Mas o que aconteceu depois, quando vocês se encontraram?

– Acho que essa foi minha única bênção. Por sorte, acho que por desespero da minha parte, ele ia voltar pra universidade no dia seguinte. No sul de Londres. Fiquei anos sem vê-lo. E nunca mais falamos sobre isso desde então.

– E você nunca contou pra ninguém?

– Não, mas acho que meu irmão Nick suspeita de alguma coisa, já que eu fazia de tudo pra evitar o Sebastian quando ele vinha da universidade. E acho que ele relutava em nos visitar como antes. É, o Nick com certeza sabia que tinha algo errado.

– Isso parece... Aconteceu há quantos anos?

– Quase dez. E sei que é besteira, em algum momento eu devia ter dito alguma coisa, tipo "opa, que bobagem, desculpa ter tido uma queda por você". Mas, na vez seguinte em que nos encontramos, foi em um casamento, e ele estava com uma mulher toda incrível, chique, linda e adulta.

O tipo de mulher que era tudo que Nina não era. Provavelmente Sebastian nem tinha ideia de que, para ela, vê-lo com uma mulher como aquela era esfregar na cara de Nina quão inadequada ela era, quase como se Sebastian dissesse "é disso que eu gosto, não de você".

– Ao longo dos anos, eu meio que tentei compensar demais a situação e fui muito legal com ele – prosseguiu Nina. – Me certifiquei de que ele soubesse que não tenho o menor interesse em ter algo com ele. – Ela gemeu. – Só que parece que sempre dou um jeito de bancar uma besta completa quando Sebastian está por perto.

– Eita.

– Eita mesmo. Era o casamento de uma amiga minha. Eu a amo demais, mas o vestido de madrinha que ela escolheu... Bom, imagina um merengue de pêssego e o tipo de tecido que poderia ativar uma pequena usina de energia, de tanta eletricidade estática que produzia, e pronto. Infelizmente, o tecido se enrolou nas minhas pernas e eu meio que tropecei, o que teria sido tranquilo se eu não estivesse com duas taças de vinho tinto na mão e o Sebastian e outra de suas namoradas superchiques não estivessem bem no meio do caminho.

– Ai. O que você fez?

– Bom, eu teria me desculpado, me oferecido pra ajudá-la a se limpar e emprestado alguma roupa se tivesse tido a chance, mas ela ficou furiosa e soltou os cachorros. – A cena estava permanentemente gravada em sua mente em um looping de infelicidade. – "Sua estúpida! Por que não olha por onde anda?!" É claro que, depois disso, a única coisa que pude fazer foi gaguejar e me desculpar como uma pateta.

– Que coisa horrível.

– Foi por ela ter feito essa cena toda que todo mundo ficou sabendo. Eu queria morrer. Já não bastava eu estar horrenda. Cheguei a mencionar que estava com uma infecção no olho, então já parecia o cão chupando manga? Ficar ali parada com todo mundo me olhando, encharcada de vinho tinto... Pior coisa do mundo. Então, é isso. Esses são os motivos pro Sebastian e eu não sermos amigos.

– Então, se fosse qualquer pessoa menos o Sebastian naquele quarto de hotel, o que você faria?

Maddie voltou a lhe dar aquele olhar cheio de malícia.

– Não vai ficando com pena dele – disse Nina. – Ele está em uma suíte.

– Ninaaa.

– Como você faz isso?

– Faço o quê? E para de mudar de assunto!

– A gente tem a mesma idade, mas você faz aquela voz da razão que as mães têm.

Maddie deu um sorrisinho torto.

– É porque sou a mais velha de quatro irmãos, lembra?

– Você não tem ideia do que é ter quatro irmãos mais velhos. E, se fosse qualquer um naquele quarto menos o Sebastian, eu pediria a cadeira de rodas da Marguerite emprestada e me ofereceria pra levá-lo pra dar uma volta.

Maddie deu um sorriso atrevido.

– Vai. Faz isso. Você sabe que quer.

Nina revirou os olhos.

– Não sei se quero. E é capaz de ele nem gostar da ideia.

– Você nunca vai descobrir se não tentar – falou Maddie, com uma expressão que Nina conhecia muito bem.

Capítulo 23

Foi só quando estava colocando a cadeira de rodas no elevador, depois de andar pelo salão sob alguns olhares perplexos e sentindo-se uma enfermeira maluca sem paciente, que Nina começou a ficar preocupada com a ideia que estava prestes a sugerir. O Sebastian de sua juventude, amigo de seu irmão, provavelmente teria achado hilário usar uma cadeira de rodas, e ela já imaginava Nick chegando para empurrá-lo. O Sebastian profissional ilustre e careta até dizer chega provavelmente não seria tão receptivo. Na verdade, era mais provável que aquilo fosse uma total perda de tempo. Para piorar, ela ainda tinha se esquecido de levar o livro. Não que tivesse acreditado em algum momento que ele realmente o quisesse.

Nina deixou a cadeira de rodas ao lado da porta e bateu com firmeza para anunciar sua chegada.

– Nossa, você chegou bem na hora – disse Sebastian.

– Bom dia, como você tá?

– Bem – grunhiu ele. – Entediado. Tá todo mundo trabalhando ou fora da cidade.

As janelas estavam todas abertas, e uma leve brisa brincava com as cortinas, fazendo-as esvoaçar pelo quarto e ao redor de Sebastian.

– O dia tá lindo. – Ela hesitou por uma fração de segundo e então concluiu que não havia motivo para enrolar. – Quer dar uma volta?

– Qual sua sugestão?

O tom monótono de Sebastian não dizia muita coisa: não era nem um "não seja ridícula" de um jeito sarcástico, nem um "oba, onde vamos?", mas também não era um "não" direto.

– Bom, acho que você tá preso aqui há tempo demais. Então... bom... acontece que...

Ele se virou e a encarou, aquele olhar penetrante fazendo Nina se sentir completamente estúpida e deselegante, como sempre.

– Acontece que eu peguei emprestada uma cadeira de rodas e achei que pudesse levar você pra dar uma volta, tomar um ar fresco.

A boca de Sebastian se retorceu e ela, sem jeito, continuou:

– Mudar de ares. Tirar você daqui. Tá um dia ensolarado delicioso, e já faz séculos que você tá dentro de um quarto, e, é... tá tão legal lá fora que você deveria, sabe...

– Você pegou uma cadeira de rodas emprestada? É sério?

O rosto dele exibiu uma gama de expressões antes de enfim se decidir por uma, e Nina ficou bem feliz de ver que ele parecia impressionado. Sempre tinha uma primeira vez para tudo.

Ela assentiu, espanando um fiapo imaginário em seu jeans preto.

Sebastian deu uma risada relutante.

– Isso é...

Apertando os lábios com força, ela prendeu a respiração, esperando. Lá vinha a rejeição.

– Genial.

Ela ergueu cabeça de repente.

– Sério?

– É. Se bem que, com uma apresentação dessas, você nunca vai ser uma vendedora, Nina. – O sorrisinho de Sebastian se alargou. – E não sei se você tem força suficiente, mas, se não formos subir até a Sacré-Cœur, vamos dar uma voltinha.

– Sério mesmo?

– Não precisa ficar tão surpresa. – Ele sorriu para ela. – Não sou um ogro por completo. Se estivesse chovendo e eu não pudesse me mover de forma alguma, pensaria duas vezes, mas posso me levantar e andar, se for preciso. E onde foi que você arrumou essa cadeira de rodas?

Com um sorriso despreocupado, ela deu de ombros.

– Vamos manter a magia da coisa. Me deixa aproveitar essa aprovação incomum vinda de você.

– Sou tão ruim assim?

Sebastian franziu o cenho, um pouco sem graça. Ela decidiu ser sincera.

– É, você é.

Sebastian ficou sério por um instante.

– Desculpe. Às vezes não sou muito bom em sair do modo trabalho, e conheço você tão bem que acabo me esquecendo de me controlar. Você sabe que intimidade demais...

– Gera desprezo? Não que você ainda me conheça bem. – Ela o olhou com determinação. – Mudei muito em dez anos. Não sou mais uma adolescente bobinha com uma paixonite besta.

Pronto, ela dissera, tinha botado pra fora.

– Não, desprezo com certeza não, mas faz as pessoas não darem valor às coisas. Me desculpa. Tenho sido meio impaciente.

– Meio impaciente! – A voz de Nina saiu em um guincho. *Como é que ele pôde deixar passar a tentativa dela de botar os pingos nos is?* – Você faz o tubarão do filme parecer um peixinho domesticado.

Sebastian deu um sorriso torto.

– Já pedi desculpas. Vai me levar pra dar uma volta nessa biga elegante ou vai continuar me lembrando de como tenho sido um babaca grosseiro?

– Humm, não crie expectativas. Acho que, na escala das cadeiras de rodas, essa é a mais comum. Mais um Fiat do que uma Ferrari.

– Se me tirar daqui, não tô nem aí. Até onde sei, é a minha biga do dia.

– Mavis – disse Nina de repente. – O nome dela é Mavis.

Sebastian grunhiu e a ignorou.

– Então, aonde você vai me levar na minha biga? – perguntou ele depois que tinha se acomodado na cadeira, colocando as muletas ao lado e deixando a perna esticada.

Ao menos uma vez, ele parecia relaxado. Nina sentiu um súbito aumento na confiança que Sebastian tinha nela. Se fosse o contrário, não tinha tanta certeza de que ficaria relaxada daquele jeito.

Em uma curta caminhada pela rua, Nina já se deu conta de que empurrar uma cadeira de rodas era um trabalho e tanto, em especial para alguém que nunca precisara se preocupar até então com o meio-fio rebaixado ou com pessoas andando devagar e fora do prumo. Parar ou virar a cadeira de repente era mais como conduzir um transatlântico, pelo menos para ela. Não era nada fácil. Felizmente, Sebastian só tinha se sentado na cadeira do lado de fora do saguão do hotel, quando a cadeira de rodas quase arrastou Nina pela rampa, o que não era um bom começo, mas ele não pareceu ter percebido.

– É a minha primeira viagem nesta coisa, não fique tão empolgado. Não sei se isso é feito pra se deslocar rápido ou se tem capacidade de manobra.

– Não se preocupe, hoje estou aceitando meu Ben Hur interior. É a minha biga. É a liberdade. E um dia de folga. Não lembro a última vez que fiquei sem planilhas, ligações de empreiteiros e listas.

– Você tem tomado uns comprimidos a mais? – perguntou Nina, sorrindo.

Ela segurou bem a cadeira de rodas e começou a caminhar pela rua, desacostumada àquele lado mais animado de Sebastian.

– Não, é a dose de sol, fez subir minha taxa de vitamina D e me deixou animado.

Ele olhou para trás e deu outro sorriso estonteante. Estava tão próximo que ela conseguia ver uma barba rala surgindo em seu queixo e as ínfimas manchas marrons e douradas em seus olhos, disparando uma lembrança tão nítida e intensa que ela quase ofegou. Sebastian pedindo a ela que provasse um mousse de chocolate, dando a Nina uma colher cheia e sorrindo de um jeito que fez o coração dela dar cambalhotas. Nina chegou a afirmar que o doce era orgástico. Não que aos 16 anos tivesse a menor ideia de como era essa sensação.

Ela tratou o arrepio que sentiu com certa indiferença, como se tentasse se livrar da lembrança, então ergueu o queixo e disse, categórica, embora já tivesse uma boa ideia de aonde estavam indo:

– Você pode ser o chefe da navegação. Pensei em irmos até a Place de la Concorde e caminhar pelo jardim de Tuileries, já que o dia está tão lindo. Depois, dependendo de como você estiver se sentindo, podemos parar pra almoçar em algum lugar ou pegar *le sandwich* e comer ao ar livre.

– Gostei da ideia, me empurra e acelera com tudo.

O jardim de Tuileries era uma avenida perfeita, embora as trilhas de cascalho claro sob o sol forte refletissem um pouco demais a luz. Ainda bem que ela tinha levado os óculos escuros.

– Você tá bem? – perguntou ela, vendo que Sebastian colocava a mão sobre os olhos.

– Estou, só não estou acostumado à luz do dia. Me sinto um vampiro sentindo o sol pela primeira vez. Estou com medo de definhar e desaparecer numa pilha de cinzas.

Depois de caminhar por alguns jardins por mais ou menos meia hora, eles deram uma parada.

– Tudo bem? – perguntou Sebastian.

– Aham... – disse ela.

Na verdade, estava um pouco entediada. Não era tão legal conversar com a nuca de Sebastian, e ele tinha ficado mais quieto nos últimos dez minutos.

– E você?

– É... é legal estar na rua.

– Mas?

– Vou parecer um babaca grosseiro e ingrato de novo... mas é meio chato. E tentar conversar com alguém atrás de mim está me deixando com dor no pescoço. Você se incomoda se eu tentar me empurrar? Aí você pode andar ao meu lado.

– Fique à vontade.

Ela soltou a cadeira.

– Acha que pode me dar um empurrãozinho, só pra dar impulso? É mais fácil do que começar do zero. Na verdade – ele se virou e lhe deu um olhar travesso –, estou tentado a descobrir se essa coisa consegue ir bem rápido. Te desafio a me empurrar o mais rápido que puder.

– Você tá doido.

Ela revirou os olhos.

– Tô falando sério. É um desafio.

Ele lhe lançou um olhar penetrante.

– Não é justo – disse Nina.

Um ínfimo trejeito da sobrancelha mostrou a ela que Sebastian não estava nem aí.

– Quantos anos você tem? – perguntou Nina.

– Trinta. Tá com medinho?

Nina ponderou por um instante. Na família Hadley, ninguém jamais recuava diante de um desafio, muito menos ela. Com quatro irmãos a perturbando o tempo todo, esse era um dos únicos momentos em que a vitória era de fato uma possibilidade. Eram poucas as vezes em que esteve de igual para igual em relação à altura e à força deles. Um desafio era sempre a chance de vencer.

– Eu nunca tenho medinho, Sebastian Finlay, e isso é golpe baixo.

Um sorriso surgiu nos lábios dela.

– Ainda tá correndo? – perguntou Sebastian.

– Aqui não, não acho divertido correr em cidade grande. – Ela lhe deu um sorriso torto. – Não tem tanta lama.

– Então você ainda cai quando corre?

– Sim, mas nada sério.

Quando criança, ela corria pelo condado nas competições de cross-country. Seus irmãos, que jogavam rúgbi, nunca conseguiram entender qual era a graça disso, pois o esporte deles significava fazer parte de um time. Eles não eram capazes de se identificar com a solidão do ato, e ela nunca se deu ao trabalho de explicar que correr lhe dava espaço e privacidade. Era a oportunidade de ficar sozinha com os próprios pensamentos.

– Sempre achei aquilo muito louco. Você era tão delicada e arrumadinha, e ainda assim disparava feito um foguetinho determinado. Depois, voltava como se fosse uma fada do pântano, coberta de lama dos pés à cabeça.

– Fada do pântano!

A risada de Nina soou um pouco alta demais. Ela se lembrou da foto dela no apartamento. E de Sebastian a esperando na linha de chegada.

– Você não passou na fila da sutileza, não é? Correr me dava a chance de fazer algo só meu. Fugir daqueles garotos me dizendo como eu devia fazer as coisas. Por conta própria, fora de vista, só eu.

E ele, quando aparecia para apoiá-la. Quantas vezes mesmo? Cinco? Estava mentindo para si, sabia que haviam sido exatamente cinco vezes porque cada uma delas estava gravada em sua memória.

E aquelas cinco ocasiões tinham sido o sinal que a fez decidir tomar uma atitude e beijá-lo.

– Então vamos lá. Mostra do que você é capaz, Hadley.

– Você quer mesmo?

– Sim, preciso de um pouco de emoção. Estou me sentindo sem energia e rabugento depois de duas semanas parado e confinado no quarto. Tá bem tranquilo por aqui. A gente não vai bater em ninguém. E tem um bom trecho em linha reta.

– Tá, mas e se eu te derrubar?

– Vou segurar firme. Ou ainda tá com medinho?

– Segura minha bolsa.

Nina jogou a bolsa no colo dele e arregaçou as mangas.

– Última chance de desistir, Finlay.

Eles devem ter causado uma cena e tanto, correndo pela trilha espaçosa com Sebastian gritando: "Mais rápido, mais rápido! Acelera com tudo!"

O cascalho voava sob as rodas e espirrava para cima, batendo em seus tornozelos conforme Nina ia ganhando velocidade. Ela não precisou de muito tempo para pegar o ritmo, precisando ajustar seu passo de corrida para não bater com os joelhos no encosto da cadeira, mas logo pegou o jeito e perdeu qualquer inibição.

Com o cabelo açoitando o rosto por causa do vento e os gritos de satisfação de Sebastian, sentiu-se dominada pela alegria, o que a deixou mais corajosa e a fez aumentar a velocidade.

– Iiirrá! – berrou Sebastian.

De repente, os dois tinham 18 e 20 anos outra vez, e Nina se lembrou dos bons momentos que passaram juntos antes de ela arruinar tudo. As recordações corriam por sua mente como o vento em seu rosto. Sebastian saindo para treinar com ela em um dia de verão. Sebastian a ensinando a desenrolar massa. Sebastian a ajudando a chegar em casa depois de uma festa e colocando-a na cama para que os irmãos e os pais não descobrissem que ela tinha tomado um porre terrível e humilhante. E sem nunca contar nada. Não era de admirar que ele fosse seu herói. Onde tinha ido parar aquele Sebastian?

– Vira, vira! – berrou ele, a voz soando estridente com alegria quando eles chegaram perto do fim da trilha, onde uma grande fonte completava a paisagem.

Abrindo a curva o máximo que podia, Nina contornou a base, com medo de que a qualquer momento alguma rodinha levantasse, mas Mavis era uma engenhoca vigorosa e manteve o centro de gravidade enquanto eles faziam a curva bem depressa. Foi difícil tentar conduzir, e ela puxou a cadeira para trás, fazendo-a parar de repente ao lado da fonte.

– Impagável, Nina, impagável. – Sebastian ria, a cabeça tombada para trás, com um enorme sorriso no rosto. – Isso foi muito divertido.

– Que bom que você acha, estou destruída – disse ela, ofegante, curvando-se, grata pela leve névoa de água vinda da fonte.

Ela se sentou na beirada de pedra mais baixa ao lado dele.

– Estamos meio fora de forma, não é, Hadley? – brincou Sebastian.

– Quando você tirar essa coisa da perna, vou deixar você me empurrar por Paris pra você sentir na pele, seu insolente. Você pesa uma tonelada. Tem comido torta demais.

Era melhor assim: manter as coisas leves e amistosas. A maneira perfeita de mostrar para Sebastian que ela tinha superado aquela paixonite boba por ele. Talvez devesse abordar o assunto.

– É *tarte* pra você, minha jovem – rebateu ele. – E quem me dera. Já implorei pro Alex mudar o cardápio do serviço de quarto. Aliás… – Os olhos dele se iluminaram. – Qual é a próxima parada do tour por Paris de Nina Hadley?

– Bom, pensei em fazer um passeio de barco. Isso ia poupar meus pobres bracinhos. Podemos pegar o Batobus na Quai des Tuileries, mas temos que comprar os bilhetes na Rue des Pyramides, que não fica longe daqui. É tipo um ônibus, só que é um barco e…

– Acho que já entendi.

Ele deu um sorriso de provocação. Ela o ignorou.

– E você pode descer em lugares diferentes. Pensei que isso faria a gente andar mais e ficaria mais fácil do que tentar subir e descer com você pelo metrô.

Talvez, no passeio de barco e com a atmosfera mais tranquila entre eles, ela pudesse fazer alguma piada sobre como fora besta aos 18 anos e colocar todas as cartas na mesa. Mostrar a ele que havia seguido em frente e que aquilo não tinha significado nada.

– Ótima ideia. Tô impressionado. Você pesquisou bastante.

– Lamento, mas não posso levar o crédito por isso. Essas sugestões são da Maddie. Ela conhece Paris superbem.

– Ótimo. Isso me deu uma ideia também. Conheço o lugar perfeito pra um almoço tardio.

Ele pegou o celular, fez uma breve ligação e falou num francês impecável.

※

Pegar o barco tinha sido uma ótima maneira de ver a cidade de um ângulo totalmente diferente e deu a Nina a chance de descansar os braços doloridos.

O barco acelerava e dava ré pelo rio amplo, e ela se recostou, feliz por poder observar a paisagem. Nina estava agradecida pelo pôr do sol de primavera, porque fazia muito mais frio na água. Atrás dela, ouvia um grupo de turistas alemães conversando, muito animados, embora não entendesse uma palavra sequer, e na fileira da frente uma família inglesa provocava o pai por conta de seu medo de altura e se ele subiria ou não com eles na Torre Eiffel.

Sebastian passava algo na tela do celular, a cabeça curvada para baixo. Ela o observou por um minuto antes de cruzar os dedos sob as coxas.

– Sebastian... lembra...

– Olha. – Sebastian ergueu o celular, mostrando o mapa na tela. – Descendo na Saint-Germain-des-Prés, o restaurante fica só umas ruas depois. E a gente vai conseguir ver bastante coisa no caminho. O gerente é um velho amigo meu, e quero ir lá desde que vim pra Paris, só que ainda não tive tempo.

Nina relaxou as mãos e sentiu os ombros se distensionarem. Talvez trouxesse o assunto à tona durante o almoço, quando estivessem a sós.

– Então, como o conheceu?

– Quando saí da faculdade, trabalhei em alguns restaurantes na Inglaterra e conheci o Roger. O pai dele era dono de um restaurante com estrela Michelin, em Lyon. Quando ele voltou a trabalhar pro pai, mantivemos contato, e tive muita sorte de arrumar uma vaga no restaurante deles.

Nina se lembrou de Nick falando que Sebastian tinha ido trabalhar na França. Na época, a notícia tinha causado uma mistura curiosa de decepção e alívio.

– Trabalhei seis meses lá, e então me ofereceram uma vaga como sous chef de cozinha. Foi o melhor estágio que eu poderia ter feito. Aprendi muito, e não só em relação à gastronomia. O Marc era um homem de negócios genial. Muitos restaurantes vão à falência porque não dão lucro. Ele me ensinou a cuidar do dinheiro sem sacrificar a qualidade, assim como a lidar com um cardápio e maximizar o número de clientes. Quando abri meu primeiro restaurante, dei a ele o nome de Marc's pra homenagear o cara que me ensinou tudo que sei.

– Que legal, aposto que ele ficou emocionado.

– Acho que sim. O Roger chorou, com certeza. O Marc era legal comigo, uma figura paterna, ainda que provavelmente tenha brigado comigo mil vezes mais do que o meu pai.

Nina nem precisou olhar para o rosto de Sebastian para saber que o humor dele tinha mudado. Surgira uma tensão súbita em seus ombros.

– Ele morreu pouco depois, mas Roger e eu continuamos nos falando. Eu devia ter ido ao restaurante dele antes, mas você sabe como é, e ainda tem essa maldita perna. Tomara que você goste. Desculpa não ter perguntado se você tinha outros planos pro almoço.

Nina ficara feliz por não ter precisado tomar essa decisão. Se dependesse dela, provavelmente teria optado por um dos cafés no parque.

O barco passou pelas fascinantes Île Saint-Louis e Île de la Cité com a catedral de Notre-Dame. Era incrível que aquele rio no meio da cidade fosse amplo o bastante para acomodar não uma, mas duas ilhas.

– Nossa, é esquisito ver ao vivo – comentou ela quando o barco passou pelas familiares torres idênticas da Notre-Dame.

– Te entendo. A gente quase acha que conhece, porque já viu em muitos filmes e livros.

– É tipo encontrar uma celebridade na rua e dizer "oi" – falou Nina.

Sebastian riu.

– É uma boa analogia, mas ajuda muito se você conhecer as celebridades do lugar. Quando eu estava trabalhando no restaurante em Lyon, uma atriz francesa muito famosa foi até lá, e é claro que eu não fazia ideia de quem ela era e não achei o nome quando ela disse que tinha uma reserva. Ela não gostou muito quando pedi que ela soletrasse o nome três vezes.

Nina se encolheu. Não conseguia imaginar Sebastian confuso ou perdido. Na cabeça dela, ele sempre parecia no controle e confiante. Quase tinha esquecido que, um dia, ele não fora tão experiente e vivido.

Nina ia demorar para esquecer o rosto pálido de Roger e demorou um bocado para Sebastian conseguir explicar para o sujeito que a cadeira de rodas não era algo definitivo. Ela também se lembraria do vinho tinto para sempre. Tomou mais um gole, recostando-se na espaçosa cadeira de couro, ouvindo os dois em uma conversa de chefs, falando sem parar e alternando entre francês e inglês com facilidade. Eles falaram e debateram bastante sobre o cardápio, e Nina achou fascinante ouvir Sebastian tão animado. No entanto, não havia a menor chance de Roger permitir que escolhessem qualquer coisa dali – em vez disso, ele ficou trazendo provas de várias iguarias para aprovação de Sebastian.

Um naco de bife com uma salada incrível de rúcula apimentada com um toque de mostarda, uma fatia de frango em uma piscina do mais saboroso molho de limão, um pedaço de linguado que derreteu na boca de Nina, uma colherada de risoto de tomate que era uma explosão de sabores e um pequenino ramequim com um suflê de parmesão e cogumelos. Ela se sentiu uma dondoca mimada e muitíssimo privilegiada, em especial quando viu os preços salgados no cardápio.

Por fim, Roger se afastou quando um grande grupo chegou ao restaurante e se acomodou em uma das mesas nos fundos do salão.

– Desculpe por isso – falou Sebastian, pegando sua taça e rodopiando o vinho escuro e saboroso que Roger insistira para que tomassem por conta da casa. – A gente se deixa levar quando está junto.

– Se eu puder tomar um vinho como esse – falou ela, apreciando o aroma da bebida –, não me importo nem um pouco.

Sebastian fez uma pausa e pôs a taça na mesa.

– Sempre gostei disso em você, Nina. Você sempre é paciente e compreensiva. Às vezes, até demais. Seus irmãos se aproveitavam disso de vez em quando, e isso me irritava.

E lá estava mais uma das lembranças se insinuando por entre as rachaduras. Sebastian sendo seu herói. Dando a ela uma carona para casa porque Nick se esquecera de buscá-la. Brigando com Nick por deixá-la esperando cinquenta minutos antes de levá-la para a casa de uma amiga porque estava jogando no Xbox. Viver no meio do nada tinha suas desvantagens até que se aprendesse a dirigir. Aquele seria o momento perfeito para se confessar, mas...

– A Katrin teria ficado meio irritada se eu a ignorasse por – ele checou o relógio de pulso –, eita, desculpa, vinte minutos.

Nina ficou tensa ao ouvir sobre a francesa sofisticada. *Teria ficado?* No futuro do pretérito? Ou era só jeito de falar?

– Você não estava me ignorando, só estava distraído, e, pra ser sincera, foi… – Nina fez uma pausa, deslizando as mãos para debaixo das coxas outra vez. – Foi legal de ver. Você sempre foi apaixonado por gastronomia. Você me inspirou. Faz tempo que não vejo isso.

Sebastian deu de ombros, um pouco na defensiva.

– Então, quantos restaurantes você tem?

Com uma risada triste, ele balançou a cabeça.

– Não tenho nada de fato, só alguns investidores. Na verdade, o Roger e o Alex investiram nos meus dois novos restaurantes em Paris, que estão para abrir mês que vem, e o bistrô, que deve inaugurar daqui a dois meses, assim que os empreiteiros entrarem na confeitaria depois que ela fechar. E aí tem quatro no Reino Unido, com investidores britânicos, em Oxford, Stratford, Towcester e Olney. Eles estão indo muito bem, e foi por isso que decidi expandir.

– Porque você já não tem quase nada pra fazer, né?

Sebastian se contraiu.

– Tem isso também.

– E o que motiva você?

Nina estava impressionada por ter tido a ousadia de perguntar. Mas estava mesmo intrigada. Ele nunca parecia satisfeito com o que já conquistara. Até Nick ficou surpreso quando ele se mudou para Paris.

Sebastian baixou os olhos para o cardápio, a boca tensa.

– Acho que construir um negócio. Ser um chef não basta. É preciso trabalhar por algo a mais.

– Mas ser chef não é o que você queria?

– É claro que sim, mas… Meu pai era um banqueiro na cidade. Ser chef é um capricho, mas não é o bastante. É preciso ter o próprio restaurante. O ramo dos negócios é igualmente importante.

Os dois foram interrompidos pelo garçom, que trazia o cardápio de sobremesa, e perguntou se eles queriam café.

– Obrigado por isso, Nina – disse Sebastian baixinho, ao lado dela, vendo-a esfregar os bíceps doloridos ao fim da refeição, depois que as últimas xícaras de café tinham sido esvaziadas. – Agradeço muito por você ter trazido a cadeira de rodas, foi muito gentil. E foi ótimo sair. Eu não esperava mesmo que você fosse abrir mão de um dia inteiro por minha causa.

– Não tem problema e... não fala pra ninguém, mas é muito mais divertido ver Paris acompanhada.

– Ah, cansou da empreitada de querer ficar sozinha.

– Não, nem um pouco. Não é que eu queira ficar sozinha. Quero ser independente e não ter ninguém se preocupando ou dando opinião de cinco em cinco minutos. Mas até isso é pedir muito.

Ela pegou o celular e mostrou a ele seu WhatsApp.

Ele conteve um sorriso.

– Eita. Eu costumava ter inveja da sua família. Todo mundo cuidando uns dos outros, mas isso... Entendo que possa ser demais às vezes. Caramba, isso tudo é de hoje? – Ele rolou a conversa pela tela. – Que loucura.

Havia mensagens de todos os membros da família.

– É. E se eu não aparecer, tipo, de hora em hora, começo a receber SMS também.

– Acho que isso mostra que eles se importam.

– Mostra, mas... – Ela suspirou. – Mas parece que nunca posso fugir.

– Você pode não responder.

– Já tentei.

– Eu sei.

Ela o encarou, intrigada.

– Na última terça – explicou Sebastian. – Comecei a receber mensagens ansiosas deles.

– Ah, puta que... Que saco.

– Nina Hadley, você não ia falar um palavrão, ia?

– Ia, porra, eu ia, sim. Fala sério, você é tão ruim quanto meus irmãos. Eles me veem como uma bonequinha perfeita que precisa de cuidado.

– Posso conversar com eles.

– Pode, e aí seria mais uma pessoa cuidando de mim.

– Só quero ajudar. Faz você, então.

Ela suspirou.

– Não posso, não quero magoar ninguém.

– Bom, não dá pra ter as duas coisas. Em algum momento, se isso te incomoda tanto, vai ter que tomar uma atitude.

– Valeu, Einstein. Por que acha que vim pra cá, hein?

Ele deu um sorriso torto, animado.

– Achei que estava vindo me salvar. Que não podia resistir aos meus encantos.

Nina ficou tensa e firmou os dedos sob as coxas. Era a hora. A oportunidade de explicar tudo e finalmente seguir em frente depois do que acontecera dez anos antes.

– Sebastian, quando eu tinha 18 anos, achei que estava loucamente apaixonada por você, porque você era mais legal comigo do que os meus irmãos. Agora vejo que tinha uma queda por você. Odeio dizer isso, mas com certeza você não faz meu tipo. E desculpa ter te beijado, foi uma besteira e um descuido, e não significou nada. Só hormônios adolescentes indo à loucura, e tenho vergonha disso hoje em dia, e te deixei constrangido. Então, me desculpa, mas eu não... sabe... E, assim que você foi embora, eu me apaixonei por outro menino. É o que garotas dessa idade fazem. – Ela se obrigou a dar uma risada autodepreciativa. – Meu Deus, deve ter sido uma coisa tão besta pra você. Aquela garotinha boba tentando te beijar. Você deve ter rido tanto depois. Enfim, são águas passadas. Algo bem adequado depois do nosso passeio de barco, não acha?

Ela sentia que estava ficando cada vez mais rosada, e as bochechas doíam com o esforço de manter o sorriso forçado. Tinha saído tudo de uma vez só, e ela não conseguiu se interromper. Viu preocupação e compaixão no rosto dele, o que era a última coisa que queria e, em pânico, soltou:

– Não sinto mais nada por você. Nem mesmo te acho bonito nem nada assim...

A voz dela foi morrendo. A expressão dele mudou.

– Bom saber – disse ele, com desdém. – Não é todo dia que a gente escuta algo assim.

– Ai, desculpa, saiu do jeito errado, mas você sabe o que quero dizer, você não é meu tipo. Tenho certeza de que existem mulheres que acham você, sabe, bom, hã, hum, gato... mas eu, não. Não que você não seja, mas... – Por que ela não calava a boca? – Eu só queria deixar isso claro, sabe, pra que não haja mais constrangimento entre a gente.

– Ok. Foi um discurso e tanto.

Ele não pareceu achar graça, o que em tese era o que deveria acontecer.

– E, só pra constar, eu não fiquei rindo aos montes depois – continuou ele.

Ele pegou o celular e começou a checar os e-mails.

Só isso? Ela tinha acabado de se expor totalmente sobre o momento mais constrangedor de sua vida, e ele estava vendo e-mails?

– Droga. Me dá licença um minuto? Preciso fazer umas ligações. Parece que os empreiteiros entregaram os azulejos errados para o chão.

Nina baixou os olhos para a toalha de mesa branquíssima, feliz por ele estar absorto em uma conversa sobre rejunte e metros quadrados. Sentia uma dor latejante no peito, como se um buraco tivesse sido aberto ali com uma concha de sorvete. Amor não correspondido era uma droga. Parecia ainda pior saber que aquele momento, gravado a ferro e fogo em sua mente, não significara nada para ele. Se ela até então não sabia que seu amor não era do menor interesse dele, não restavam dúvidas depois daquilo. A falta de interesse estava estampada no rosto de Sebastian, tanto que ele mal deu atenção à confissão dela e voltou ao trabalho com a maior tranquilidade. No que ela estava pensando quando viera a Paris? Estava tão apaixonada pelo cretino como sempre estivera. Tanta coragem para nada. Nina nunca se sentira tão desanimada.

Capítulo 24

– Ai, meu Deus, eles estão horrorosos. Feios, feios demais.

Maddie cutucou a porção pegajosa que se desfazia no que era um tom nojento de vômito, tentando segurar o riso.

– Obrigada – falou Nina, com a voz meio trêmula.

Estava tentada a mostrar que Maddie não estava muito melhor, com aquela listra de tinta azul enorme no rosto e o ponto amarelo brilhante no nariz, mas, como ela estava trabalhando no retoque da sereia, teria sido maldade demais.

Contudo, era difícil ver o lado engraçado das coisas depois de desperdiçar quase uma dúzia de ovos e uma tonelada de açúcar para o resultado ser cinco grades de resfriamento cheias de manchas açucaradas. Aquilo não tinha nada a ver com os macarons perfeitamente circulares de Sebastian. Nina fez um bico quando Maddie a cutucou, os olhos brilhando, divertidos, e então admitiu:

– Tá bem, eles estão horríveis. – Ela sorriu. – Como é que pode eles não estarem nem um pouco rosados? Eu coloquei corante suficiente pra afundar uma pequena frota de navios.

– Parece cor de vômito – falou Maddie, torcendo o nariz ao tentar descascar um pedaço de macaron grudado no papel-manteiga.

Estavam tão grudentos que ela precisou de um minuto para tirar os pedacinhos de papel que colaram em seus dedos antes de poder prová-lo.

– Humm, estão uma delícia.

– Se desse para tirar do papel...

– É, tem isso. Sem dúvida eles têm propriedades de supercola.

Ela mastigou, resoluta, cutucando a parte de trás dos dentes com o dedo.

– Não sei onde eu errei. Talvez triplicar a receita não tenha sido uma boa ideia. Mas, se a gente fizer fornadas pequenas, vamos ficar aqui pra sempre. – Nina suspirou. – O Sebastian faz parecer tão fácil. Foi a mesma coisa na aula de fios de açúcar caramelizado.

– Aquilo foi um pesadelo total. Até ontem eu ainda estava achando fios de caramelo no meu cabelo. Não sei se um dia vou conseguir pegar o jeito dessa bobagem de culinária – confessou Maddie, acrescentando, com um enorme sorriso torto: – Mas estou me divertindo muito.

– Quem dera me divertir – falou Nina, pesarosa. – O que eu vou fazer? O Marcel está contando comigo hoje.

– Melhor se concentrar nas bombas – sugeriu Maddie, prática como sempre. – Você é genial fazendo isso.

– Não posso ficar fazendo só bombas a vida toda.

– O Marcel não vai se importar, sério. Ele só está encantado por ter produtos frescos pra vender. Acho que ele fica constrangidíssimo pelos que são entregues. Mal consegue encarar o entregador nos olhos.

– Bom, ele precisa superar isso. Além do mais, não vai durar muito mais tempo – falou Nina, se arrependendo na mesma hora. O coitado estava prestes a perder o emprego. – E fazer bombas não é exatamente expandir meu repertório.

– É, mas os clientes adoram. Principalmente o combo de chocolate com avelã.

– Elas são bem boas, né?

– Nossa, são divinas – exclamou Maddie, estalando os lábios.

– Aliás, o que você acha de café e nozes?

– Genial! Que ideia maravilhosa. Viu, você pode fazer bombas a vida toda.

Nina revirou os olhos.

– Não, sério. É um toque britânico em um queridinho tradicional francês. Uma fusão anglo-francesa. Dá pra comercializar isso.

– Uma fusão anglo-francesa – repetiu Nina, rindo. – Acho que os franceses podem ficar horrorizados com o conceito, e não quero comercializar nada. Só estou praticando minhas habilidades enquanto tenho a chance e uma cozinha profissional, e Marcel está se aproveitando disso sem a menor vergonha. Não acredito que ele cancelou a entrega de hoje.

Nina se virou para Maddie com súbito horror, percebendo que os gabinetes da confeitaria estavam praticamente vazios.

– Preciso fazer alguma coisa, e rápido.

Nina começou a reunir os ingredientes para fazer o recheio das bombas, que estavam prontas. Já tinha uma boa experiência nisso, preparando uma grande fornada de massa choux e assando o suficiente para alguns dias antes de recheá-las. Mas vinha fazendo isso de forma pontual, mais para agradar Marcel do que para ser uma fornecedora de verdade, e agora se via numa situação desesperadora. Como é que ela ia preencher aquela lacuna? Em casa, faria uma fornada rápida de broas, uns biscoitos amanteigados e pão de ló inglês, tudo isso de olhos fechados. O tradicional Marcel teria um ataque se ela tentasse impor essas coisas a ele.

Nina parou um instante e se virou para Maddie.

– Uma fusão anglo-francesa. Acho que tive uma ideia. Não é bem de confeitaria, mas…

Quanto mais pensava, mais gostava da ideia se conseguisse pôr em prática.

– Quando fui à Ladurée, tinha um cheesecake maravilhoso lá, mas era uma releitura moderna, bem inteligente. Talvez eu possa fazer uma releitura confeiteira de algo que faço em casa desde sempre.

Maddie pareceu bem interessada e se aboletou em uma das bancadas, os olhos pequeninos e brilhantes e a cabeça inclinada como um passarinho impaciente.

– Desembucha.

Nina estremeceu. A ideia era um pouco recente demais para ser compartilhada. Poderia ser um desastre total, mas Maddie parecia tão animada e entusiasmada que foi difícil resistir.

– Pensei em fazer uma releitura do biscoitinho milionário. Estou imitando a ideia do cheesecake, que tem uma base com farelo de biscoito, mas daqueles amanteigados bem gostosos. Então pensei em fazer uma fornada de biscoito amanteigado. Tem uma receita incrível que eu uso. Daí, vou esfarelar e misturar com mais manteiga pra fazer a base. Depois, coloco uma camada fina de caramelo salgado em cima dessa base e uma camada grossa de mousse em cima do caramelo, finalizo com uma camada bem leve de chocolate crocante e polvilho com alguns flocos de folha de ouro.

– Aaaah, que delícia. Eu amo biscoitinho milionário, e isso parece fantástico.

– É, mas se eu vou conseguir fazer e se vai dar certo tudo junto, é outra história.

– Vamos jogar esses carinhas aqui fora e botar a mão na massa – falou Maddie, pulando da bancada.

– Oi? Agora?

Nina olhou para a cozinha toda bagunçada.

– Eu começo lavando a louça, e você pode preparar umas bombas pro Marcel ter alguma coisa pronta, aí depois você faz seus biscoitinhos multimilionários. Mal posso esperar pra provar.

Maddie já estava pegando as bandejas com os macarons murchos e deslizando os papéis-manteiga para a lata de lixo.

– Você não precisa ajudar – falou Nina. – Não deveria estar estudando ou algo assim?

– Ou algo assim – respondeu Maddie, com um sorrisinho travesso. – Tenho um artigo para escrever, mas sou do tipo que deixa pra última hora. Tenho uma semana pra terminar. Prefiro mil vezes fazer isso aqui. Além do mais, estou sendo alimentada, o que é sempre um bônus.

– Parece que você sabe o que está fazendo – observou Maddie, perto da pia, roubando furtivamente um pouco de caramelo da frigideira. – Isso aqui tá delicioso.

– E você vai ficar doente – respondeu Nina, dando uma risada. – Meu Deus, pareço a minha mãe falando.

– Tô nem aí – falou Maddie, com um sorrisinho e passando o dedo de novo na frigideira. – E eu pareço meu irmão mais novo quando eu ficava no pé dele. Não sinto saudade disso, de ser a responsável o tempo todo, apesar de sentir saudade demais deles. Obrigada por me deixar ajudar.

Nina não pôde evitar a risada.

– Quer dizer que eu tinha escolha?

– Não, na verdade, não – respondeu Maddie, complacente. – Mas você está diferente.

– Como assim? – perguntou Nina, enrugando o nariz ao tentar se concentrar para espalhar a camada de caramelo na base do biscoito amanteigado.

Ela decidira assá-los nas forminhas de metal redondas que encontrara em uma das gavetas nos fundos da cozinha, para que parecessem mais delicados e tivessem uma aparência digna de confeitaria.

– Você tá mais decidida e confiante.

– Acho que é porque sei o que estou fazendo. A consistência que cada coisa deve ter. Faço esse tipo de coisa o tempo todo em casa. É quase um hábito. E o Sebastian não tá aqui.

– Ah – falou Maddie.

– Ele me deixa nervosa porque é profissional.

– Ele me deixa nervosa porque é muito gato. Meus hormônios ficam em polvorosa só de olhar pra ele.

– Então eles precisam se controlar – comentou Nina, com uma súbita risadinha ao se lembrar da conversa com ele no almoço do dia anterior.

Depois que encerrou a ligação, Sebastian chamou um táxi na mesma hora para levá-los de volta ao hotel, a cadeira de rodas enfiada no porta-malas, as risadas do dia que haviam tido juntos esquecidas. Para completar, ele passara a maior parte da viagem no celular.

Ela começou a rir.

– Eu só lem… lembrei… – Ela refreou uma risada pelo nariz, a mão no rosto. – Eu… Eu co… contei pra ele…

Ela tentou respirar, mas gargalhou outra vez.

Maddie olhou impaciente para ela, lambendo o dedo que passara na frigideira pela última vez.

– Eu co… contei pra ele…

Não adiantou nada, e ela desatou a rir de novo.

– Você tem ideia de como é irritante? – perguntou Maddie, revirando os olhos, e Nina continuava rindo e segurando a barriga.

– D… desculpa – ofegou Nina. – Não tem a menor gr… graça.

– Tenho até medo de pensar em como você estaria se fosse engraçado – comentou Maddie, rindo ao ir até a pia e abrir a torneira.

Nina respirou fundo e começou a reunir os utensílios sujos.

– Eu falei pro Sebastian que ele não era muito bonito.

A boca de Maddie se contraiu como se ela estivesse tentando manter o rosto sério.

– É sério?

Com um batedor cheio de chocolate e várias colheres de pau cobertas de açúcar na mão, Nina assentiu, o rosto quase doendo ao tentar manter uma expressão de seriedade.

As duas explodiram em gargalhadas.

– E aí? Isso surgiu do nada na conversa? Quer dizer, desculpa, mas como é que se diz pra uma pessoa que ela não é bonita? – Maddie fez uma voz aguda e boba ao mergulhar as mãos na água quente cheia de sabão. – Ei, Sebastian, sabia que você não é lá muito bonito?

Nina, largando o batedor e as colheres de pau na água, parou.

– Ah... não, não foi assim, mas... ai, meu Deus, não acredito até agora que falei isso.

– Como é que uma coisa dessas surge em uma conversa? – perguntou Maddie mais uma vez, continuando a lavar a pilha de louça.

– Fica pior. – Nina fez uma careta ao lembrar. – Eu também falei pro Sebastian que não era a fim dele.

– Ah, meu Deus, é o mesmo que dizer que você é muito, muito a fim dele. Negar é a melhor coisa depois de admitir.

Maddie soltou uma porção de garfos cheios de espuma no escorredor com um estrépito.

Nina gemeu ao pegar um paninho de prato.

– Não! Não pode ser. Eu só queria botar os pingos nos is e explicar que segui em frente desde que era adolescente.

– Então você falou pro Sebastian que ele não era muito bonito e que não era a fim dele – resumiu Maddie, virando-se para a amiga, a diversão estampada no rosto. – Bom trabalho. E o que ele respondeu?

Nina pareceu acanhada e ficou parada, secando uma tigela.

– Ele falou que era bom saber e que não era todo dia que se escutava algo assim.

Maddie começou a dar risadinhas.

– Não tem graça nenhuma – falou Nina.

– Tem, tem, sim. É ma-ra-vi-lho-so de hilário.

As duas gargalharam.

– Meu Deus, morri e fui pro céu – falou uma voz arrastada com forte sotaque norte-americano.

A jovem tinha uma voz estridente, e nos últimos cinco minutos fazia comentários a todo volume em seu Instagram, parando de vez em quando para tirar fotos da confeitaria.

– Isso é babado – falou ela, tirando uma selfie com um garfo cheio de caramelo e mousse de chocolate.

Maddie cutucou Nina, que sorria, apesar dos pés doloridos. Nada melhor do que a sensação de satisfação ao ver as pessoas gostando da comida que você preparou. Ela esvaziou sua xícara de café, chamando a atenção de Marcel. Minha nossa, ele estava quase sorrindo?

– Eles são um sucesso – sussurrou Maddie.

– Tenho que admitir... – Nina mordeu o lábio para controlar o sorrisinho que ameaçava dominar seu rosto. – Estou bem satisfeita com eles.

O biscoitinho multimilionário, como Maddie insistia em chamar, estava se saindo muito bem.

– Mas ainda temos que inventar um nome melhor – insistiu ela. – É uma vergonha ser tão parecido com o original.

– Que tal *gâteaux* milionário? – perguntou Maddie, recostando-se e girando os ombros.

– *Suprême* de chocolate e caramelo – falou Marcel, surgindo de repente atrás de Nina.

O tom dele insinuava que elas eram duas inúteis e que o nome era totalmente óbvio. Correndo entre elas com a eficiência perfeita de sempre, ele recolheu as xícaras vazias.

– E vendemos quase tudo, então você precisa fazer mais – avisou ele.

Nina o olhou com raiva.

– Só se você me prometer que não vai cancelar a entrega de amanhã mais uma vez.

– Não posso prometer nada – retrucou ele, a sombra de um sorriso ameaçando iluminar seu rosto carrancudo. Um som atraiu a atenção de Marcel e, com um súbito estalar da língua, ele se endireitou. – O que essa mulher está fazendo agora?

– Acho que ela está tendo um momento Meg Ryan em *Harry e Sally* – falou Maddie, dando uma piscadinha marota.

Marcel não se dignou a responder e, ao ver outro casal saindo, correu para retirar os pratos e as xícaras.

– Sério, ele é supereficiente – comentou Nina. – É uma pena desperdiçar o talento dele aqui.

– E é um carrasco. Vamos nessa? Acho que é melhor você preparar outra fornada pra amanhã.

– Como é o grande dia da pintura da fachada da loja, é melhor mesmo. Não sei quanto tempo vai sobrar pra cozinhar.

Capítulo 25

Os gemidos agudos de várias lixadeiras recepcionaram Nina, assim como uma longa fila, quando ela chegou à confeitaria na manhã seguinte.
– Bom dia! – gritou ela para Bill.
Ele estava na calçada, perto de algumas mesas sobre cavaletes, que tinham sido organizadas com latas de tinta, primer, massa corrida, pincéis e outros equipamentos que ela não reconhecia. Ele claramente não a ouviu, já que estava abrindo uma lata de tinta. De macacão marrom e boné, ele parecia todo sério e segurava na mão gorducha uma prancheta de aparência oficial, onde se lia "Operação Bombas da Nina".
– Bom dia, Nina! – gritou ele ao vê-la. – Estamos nos preparando para a pintura – acrescentou, indicando com a cabeça os cabos e as extensões que serpenteavam, emaranhados, até a confeitaria.
Por um momento, Nina estremeceu. Era uma operação muito maior do que ela esperava.
E, mais preocupante ainda, quem eram todas aquelas pessoas aguardando do lado de fora do café?
– Estou vendo – respondeu ela, dando um breve aceno e piscando por causa do ar empoeirado.
Ao ver a reconstrução da Confeitaria C a toda, Nina se sentiu levemente enjoada e um pouco desconcertada. De repente, a tarefa parecia muito maior do que apenas retocar a pintura e dar um jeitinho no lugar. Aquilo era um trabalho sério e não cabia a ela essa decisão. Ainda que Sebastian tivesse planos para fazer uma reforma completa ali em questão de meses, Nina estaria mentindo se achasse que ele aceitaria de bom grado o que es-

tavam fazendo. Ela mordeu o lábio diante da terrível constatação. Aquele era exatamente o comportamento impetuoso do tipo "depois alguém vai me salvar e juntar os cacos" de que ele a acusara. Nina tinha ido em frente, sem consultá-lo de propósito, o que era rude e arrogante num primeiro momento, mas era ainda pior ter arrumado desculpas para seu comportamento presumindo que ficaria tudo bem no final porque o trabalho de reforma já estava planejado. Meu Deus, o que ela tinha feito? E, depois de tudo, era tarde demais para impedir aquilo; metade da pintura da fachada da loja já tinha sido lixada até chegar a uma cor de madeira clara.

– Deixa eu te apresentar aos meus camaradas – falou Bill, limpando uma máscara de poeira ao redor do nariz e da boca com um sorrisinho satisfeito. – Fizemos um bom progresso até agora.

– É – concordou Nina, meio atordoada. – A que horas vocês começaram? Achei que tínhamos combinado às dez.

– Bom, a gente já estava de pé e ansioso pra vir... e os caras querem assistir a uma partida de futebol no bar hoje à tarde. Então pensamos em adiantar o trabalho e começar às oito. Olha, esse é o Tone.

Um homem alto e bem magro que raspava a tinta antiga ao redor da porta se virou e acenou. Bill gritou um "Ô, Jizzer!" mais alto que a barulheira, e o homem que estava operando a lixadeira nos painéis do lado direito da fachada olhou para trás e meio que deu de ombros, desligando a máquina. Mais próximo dali, Bill apontou para um sujeito calvo e assustador, com o pescoço robusto coberto de tatuagens, imerso no trabalho de limpar os painéis que já tinham sido lixados do outro lado.

– E aquele é o Mucker.

O homem sorriu e largou o pano. Com uma voz inesperadamente polida, disse:

– Prazer em conhecê-la.

– Também conhecidos como meus camaradas – concluiu Bill.

– Oi, gente – falou Nina, com um sorriso de boas-vindas ao improvável grupo de amigos, que largaram as ferramentas e se aproximaram, reunindo-se ao redor dela.

Ela estava louca para descobrir o que era a fila, mas não queria ser grosseira com os amigos de Bill, especialmente quando estavam lhe fazendo um favor tão grande.

– Muito obrigada por terem vindo.

– O prazer é nosso – disse Mucker. – O Bill falou que você tem muita energia e que precisava de ajuda.

– Ele também contou que você faz umas bombas maravilhosas – falou Tone, em um rosnado baixo, que foi acompanhado por um inesperado sorrisinho travesso.

– Esse cara aqui parece uma formiga – comentou Jizzer, limpando a testa com a barra da camisa. – Faz qualquer coisa por bolo.

– E cerveja, não se esqueça da cerveja – acrescentou Tone.

– Não tenho cerveja – falou Nina, pensando se não deveria sair para comprar algumas, embora tivesse certeza de que cerveja e ferramentas elétricas não eram uma boa combinação.

– Não esquenta, docinho – disse Mucker. – Isso vai deixar a gente longe de encrenca. Se estivermos no bar na hora do almoço, já fico feliz. O Bill vai pagar as primeiras seis rodadas.

– Seis? – protestou Bill. – Tenho certeza de que o acordo eram cinco.

Os quatro se cutucavam e implicavam com a familiaridade de irmãos.

Com um breve aceno de cabeça na direção deles, Nina escapuliu e entrou no café.

– *Bonjour*, Marcel – disse ela, sorrindo ao vê-lo.

Até ele tinha se vestido para a ocasião, embora claramente não tivesse intenção de ajudar na pintura. Colocara um avental de plástico por cima do habitual colete e da calça preta em vez do avental branco que costumava ficar amarrado em sua cintura.

– O que está acontecendo? – sussurrou, olhando para a confeitaria cheia.

– Bom dia, Nina. Café para os compatriotas do Bill?

– Sim, por favor, eu levo pra eles. E eles estão pedindo bombas.

– Pois vão ter que entrar na fila – falou Marcel. – Estou bem ocupado.

– Mas... como?

Nina abriu bem os braços.

– Essas pessoas estavam esperando do lado de fora quando cheguei, querendo o *suprême* de chocolate e caramelo. Já vendi quase tudo. Você precisa fazer mais.

Como os outros ainda não tinham chegado e Marcel parecia estar lidando perfeitamente bem com a situação, apesar do fluxo inesperado de clientes, ela deu um pulinho na cozinha para fazer um levantamento e decidir se deveria abandonar os outros e continuar cozinhando.

– Beleza – falou Bill, olhando para seu grupo heterogêneo depois que Nina entregou os cafés vinte minutos depois.

Jane, Peter e Maddie tinham chegado enquanto ela estava na cozinha e pareciam muito animados com alguma coisa.

– Olha – disse Maddie, pegando o celular. Era uma foto de um *suprême* de chocolate e caramelo com a legenda "Melhor bolo de Paris". – Vi isso no Instagram.

– Que incrível.

– É, e olha só quantas curtidas já tem.

– Caramba. Quatro mil. Que loucura.

– Loucura, mas uma ótima propaganda. Daí a fila aqui fora essa manhã.

– Eita, é melhor eu começar a fazer mais, então. Fui dar uma olhada e não tenho ingredientes suficientes – falou Nina. – Vocês se incomodam se eu não participar? Preciso fazer compras e depois vou ficar a maior parte do dia na cozinha.

– Que nada – disse Bill. – Eu e meus camaradas já deixamos quase tudo preparado. Estamos prontos pra começar a pintura do lado direito. Tenho material de ótima qualidade aqui, então nem vamos precisar passar o primer antes. E era isso que você queria, Nina?

Ele apontou para uma lata de tinta aberta.

– Uau, parece que vai combinar muito bem – comentou ela, olhando para a tinta cinza-escura.

A súbita visão de como ficaria a fachada e os rostos ansiosos de todos ao redor fizeram Nina engolir suas preocupações. Ela teria que achar um bom momento para contar a Sebastian o que fizera.

– Essa velhinha vai ficar tão viva que nem vai entender o que aconteceu.

– Vai que vendo a confeitaria desse jeito o Sebastian não decide mantê--la aberta? – sugeriu Jane, com delicadeza.

Ela estava parada atrás de Bill, o cabelo preso com um lenço listrado com as cores do arco-íris. Usava o jeans mais largo do mundo preso na cintura por outro lenço. Ela cabia em apenas uma das pernas da calça e ficava subindo-as com uma das mãos como um palhaço com medo de ser pego desprevenido, sem saber que Peter, de brincadeira, a puxava de vez em quando.

Nina sorriu para ela. Ela amava essa coisa de Jane só conseguir ver o lado bom das pessoas.

– Infelizmente, não é o que vai acontecer. O Sebastian é muito racional. Isso nunca foi uma possibilidade.

– Bom, então vamos começar – disse Bill. – Depois posso levar os camaradas pro bar. E não se preocupe, Nina, somos muitos aqui.

Pincéis e rolos de pintura foram distribuídos, e o trabalho foi comandado por Bill, cujas tendências de sargento-major se destacavam naquela manhã. Nina nunca o tinha visto tão feliz. O trabalho de Peter era cobrir todas as janelas para evitar que o vidro fosse manchado e depois pintar os grandes painéis sob as janelas. Jane ficou com o que chamou de partezinha mais complicada, que eram as molduras decoradas nas bordas da porta, enquanto Bill e sua equipe terminavam de raspar o resto da pintura. Maddie continuava seu trabalho de retoque da sereia, que ela fazia em todo e qualquer tempo vago, com esperança de chegar até as paredes superiores para pintá-las de azul-claro, deixando-as prontas para receber as nuvens brancas, que seriam feitas com uma esponja mais tarde.

Sentindo-se culpada por deixá-los com o trabalho mais pesado, Nina foi até o supermercado mais próximo para comprar um estoque de creme e manteiga.

Na hora do almoço, quando Marguerite chegou com um piquenique, Nina já tinha conseguido aprontar uma rápida fornada de massa choux, assar dezenas de bombas e inventar uma nova variação para elas, além de fazer três dúzias de *suprême* de chocolate e caramelo. Por sorte, Marguerite chegara bem a tempo de oferecer uma mãozinha e, quando todos entraram para almoçar, a cozinha estava imaculada.

– Venham. Tem muito pra todo mundo. *Fromage, jambon, du pain.*

Havia mesmo vários pães, além de muito presunto e queijo. Marguerite convocava a todos enquanto eles se juntavam ao redor da pia para lavar as mãos e recarregar as baterias. Os amigos de Bill, depois de concluírem a parte da lixadeira e resmungarem um pouco sobre ter muita gente tentando fazer a mesma coisa, haviam ido embora em busca de cerveja e fritas, deixando Bill para seguir com a supervisão do trabalho.

– Marguerite, acho que você comprou o supermercado inteiro – falou Nina.

– Ainda bem que tenho a Doris – respondeu ela, sorrindo e se referindo ao carrinho de compras que havia se tornado um item permanente na confeitaria. – E é um prazer. Faz muito tempo desde a última vez que dei uma festa. Henri e eu dávamos festas o tempo todo – acrescentou, com um sorriso melancólico.

– Bem, a senhora fez um excelente trabalho hoje – elogiou Jane. – Não está tudo lindo?

– Isso foi o Marcel – falou Marguerite.

Nina sorriu. Marcel, ao que parecia, não conseguia evitar. Apesar de toda a rabugice, ele amava cuidar das pessoas. Ele tinha feito um simples almoço parecer um banquete só de cobrir as mesas de aço com uma toalha branca, fazer uma arrumação dos diferentes embutidos em duas travessas grandes e criar uma tábua de queijos que parecia deliciosa, assim como dispor pedaços das baguetes em cestinhas. Ele até arranjara tempo para enrolar os talheres em guardanapos coloridos, que estavam espalhados pela toalha junto com potinhos de patê e tigelinhas de cerâmica com azeitonas e picles. No meio, colocara um vaso de flores, que dava um belo toque final e conferia um ar mais festivo.

– Acho que eu amo a senhora, Marguerite – falou Bill, cravando os dentes em uma fatia grossa de baguete, lambuzada de patê. – Isso aqui tá uma delícia.

– Obrigada, Marguerite – falou Nina, imaginando quanto dinheiro aquela senhora devia ter gastado e como poderia recompensá-la de um jeito diplomático.

Todos estavam sendo muito generosos com seu tempo.

Enquanto o pessoal zanzava por ali, enchendo seus pratos e jogando conversa fora, Nina se recostou em um dos bancos, ouvindo Maddie e Bill trocarem provocações e Jane e Peter se juntarem a eles.

Eles fizeram rápidos progressos com a comida, e Marcel desapareceu para passar um café. Quando voltou com uma grande garrafa cheia, Nina foi até a geladeira e puxou um prato com sua última fornada de bombas para acompanhar. Ela as colocou no meio da mesa enquanto Marcel saía para buscar alguns pratos e garfos de sobremesa.

– Estão lindas – comentou Marguerite.

– Acho que agora dominei essa técnica – falou Nina. – Essas são de chocolate e morango.

– Chocolate e morango? – repetiu Maddie. – Parecem bem gostosas.

Ao lado dela, Jane assentiu, cheia de entusiasmo.

– Como você fez?

– Purê de morango com creme e cobertura de chocolate.

– Nem acredito no tanto que a gente progrediu – comentou Jane.

– É mesmo. – Maddie acenou com sua bomba pela metade. – A gente pode terminar ainda hoje.

– Se o tempo continuar assim… – ponderou Peter, que tinha uma tendência a pecar pela sensatez.

– O dia está glorioso, meu amor. Acho que estamos bem.

– Talvez a gente precise passar mais uma demão amanhã – falou Bill. – Não faz sentido deixar o trabalho pela metade. Mas seria melhor terminar hoje pra não ter que se preocupar em limpar… limpar… – A voz de Bill foi ficando rouca de repente. – Limpar a cozinha de novo.

Nina franziu a testa. Ela achava que tinha feito uma boa limpeza diante do tanto que tinha cozinhado.

– Não esquenta com a cozinha, eu faço isso mais tarde. A gente deveria se concentrar na p…

– Sim, a gente deveria, pra cozinha ficar limpa mesmo – falou Maddie, arregalando os olhos para Bill.

– Bom, nem sei como agradecer a vocês – respondeu Nina, na dúvida se estava deixando algo passar batido.

Seu coração quase parou quando ela de súbito notou a expressão estática de Maddie e um nítido arfar de Jane. Um leve farfalhar se ouviu quando todos caíram em um silêncio mortal.

Nina engoliu em seco e se virou.

– Sebastian, mas que…

– Surpresa?

– É, isso. Surpresa.

– Dando uma festinha, é? – perguntou ele, a voz mais seca que poeira e cheia de desconfiança.

– Bom, sabe, a gente achou que...

A voz de Nina morreu e lhe deu um branco total.

– Almoço! – exclamou Maddie depressa, dando um grande sorriso para Sebastian. – A gente decidiu fazer um almoço.

– Aqui?

Sebastian não desviou os olhos de Nina.

– É meu aniversário – explicou Marguerite, sem nem pestanejar, o que Nina achou genial. Ninguém ousaria questioná-la.

– Então a gente decidiu fazer um almoço pra comemorar o aniversário da Marguerite, não foi? – acrescentou Maddie, alegre.

– Na cozinha?

– É como se diz, as melhores festas são na cozinha – respondeu Bill.

– Achei que você não ia se importar – disse Nina, em pânico.

– Me importar? Por que eu me importaria? – perguntou Sebastian, calmo de um jeito furtivo. – Só acho meio estranho fazer uma comemoração aqui quando há inúmeros restaurantes e bares por toda a Paris.

– Você é mais do que bem-vindo a se juntar a nós – convidou Marguerite. – Por que não se senta?

Bill se apressou a pegar um banco.

– Você devia experimentar uma dessas bombas deliciosas que a Nina fez.

Nina se encolheu. Sebastian ergueu uma sobrancelha.

– Achei que era uma boa ideia praticar – disse ela.

Marcel entrou com os pratos e garfos e quase parou de súbito ao ver Sebastian. Ele colocou os pratos na mesa e se retirou em um movimento natural.

– Não quero estragar a festa – falou Sebastian.

– Que tal tomar um café? – perguntou Nina.

Ela percebeu que seu coração tinha recuperado o ritmo e galopava em disparada, ameaçando levar consigo a sanidade dela. Mas o que é que ele estava fazendo ali? Por que justamente naquele dia?

– Seria ótimo. Acho que vou aceitar uma dessas éclairs que estão com uma cara deliciosa.

Ciente de que sua mão tremia um pouco, ela pegou uma das bombas e a entregou para ele.

– Então, por que veio aqui hoje? – perguntou Nina.

– Algum motivo para eu não vir até o local do meu próprio negócio?

– Não, não, mas é que… você sabe.

– Na verdade, não sei, não.

Todos começaram a conversar ao mesmo tempo, fazendo perguntas que não precisavam de respostas. Foi bem desconfortável, e Nina estava quase confessando a reforma do "próprio negócio" dele quando Sebastian gemeu.

– Uau!

Todo mundo se virou para ele. Ele segurava a bomba à sua frente com uma leve expressão de alegria.

– Está uma delícia.

Nina paralisou, surpresa e maravilhada.

– Quem fez isso? O Marcel arrumou um novo fornecedor?

– Como o Bill disse, foi a Nina que fez – respondeu Maddie, colocando-se ao lado dela, quase a empurrando, como se Nina fosse uma criança relutante sendo obrigada a ir até a frente da turma.

Sebastian a avaliou com um olhar demorado e comeu mais um pedaço, mastigando devagar, os olhos semicerrados.

– Está… incrível. Você fez mesmo isso aqui?

Ela assentiu. Ele lhe deu um sorriso brilhante e totalmente inesperado.

– Nina, isso aqui é impressionante de verdade. Então é por isso que está aqui? Está mesmo praticando?

– Estou – respondeu Nina, nervosa. – E convidei os outros pra virem experimentar. Eu queria a opinião deles.

– E eles trouxeram o almoço – observou Sebastian.

– Já estávamos de saída – falou Maddie, enquanto ela e Jane começavam a embalar a comida e enfiá-la em Doris.

Houve uma correria e, em dez minutos, era como se nunca tivesse acontecido um piquenique, a não ser pelas migalhas deixadas aqui e ali no chão.

– Levo vocês lá fora, pode ser? – sugeriu Nina, de costas para Sebastian, os olhos arregalados com a pergunta *O que a gente faz agora?*.

Ela seguiu Bill até a loja, os outros se demorando um pouco mais.

– O que vamos fazer? – sibilou ela.

– Não se preocupa, meu bem. Você mantém o homem ocupado na cozinha, e a gente continua com o trabalho aqui.

– Mas e se ele sair?

Ela olhou para trás quando Maddie e Marguerite vieram da cozinha.

– O Marcel fica de vigia – respondeu Marguerite. – E, se o Sebastian chegar tão longe, garanto que o Marcel consegue detê-lo.

Nina mordeu o lábio.

– É. Mas aí ele vai ver as paredes. Vai ver que tiramos os painéis. Ah, meu Deus, vocês não acham que ele ouviu alguma coisa, acham?

Maddie arregalou os olhos.

– Ele teria dito algo, não?

– Não importa – falou Marguerite, com firmeza. – Isso tudo merece ser visto.

– Não se preocupa. A gente vai continuar o trabalho todo do lado esquerdo, e aí vai ficar fora da vista da janela de um lado, talvez ele nem perceba – assegurou Bill.

Nina achou que isso era, de alguma forma, um otimismo exagerado. Mas a fita crepe ao redor de todas as janelas entregava o ouro.

– Posso ficar aqui com o Marcel e mantê-lo ocupado se precisar – disse Marguerite, dando tapinhas na mão de Nina.

– Você sabe que ele vai descobrir em algum momento, não sabe? – indagou Peter, prático como sempre.

Jane o cutucou.

– Eu sei, mas… – disse Nina – … se isso acontecer no final do curso, bom, não vamos estar por aqui, e os trabalhadores vão poder começar, e talvez ele nem note.

Nina deu de ombros. Maddie soltou uma risada contida. Jane escondeu o sorriso com a mão, e Peter revirou os olhos.

– Tô sendo ridícula, né?

– Tá, sim, meu bem – admitiu Bill, dando tapinhas nas costas dela. – E talvez ele fique agradecido, o lugar já está muito mais elegante.

– Talvez ele fique – respondeu Nina, bem baixinho.

– Não se preocupa, ele provavelmente não vai sair da cozinha. Até hoje, nunca saiu.

Mas ele estava ficando bem mais ágil com as muletas.

— Na verdade, é mais provável que ele te siga agora.
— Tem razão. É melhor eu voltar lá pra dentro. Venho ajudar assim que me livrar dele.

— O que você tá fazendo aqui?
Nina tentou fazer uma voz alegre e casual para que não entregasse seu verdadeiro pensamento, que era *O que é que você tá fazendo aqui logo hoje?*.
— Estou cansado da minha própria companhia e... bom, você me deixou encucado no outro dia, quando reclamou dos meus macarons e disse que eles eram entediantes.
Ela ergueu uma sobrancelha em provocação, a pulsação começando a desacelerar.
— Percebi que talvez eu esteja um pouco enferrujado. Nem comecei o cardápio do bistrô, então pensei em desenvolver uma receita pro cardápio de sobremesas.
— Acho que estou tendo uma experiência extracorpórea. Você não tá admitindo que eu tinha razão, tá?
Sebastian riu.
— Você não me dá um desconto, né?
— Não. Eu deveria?
Ele riu outra vez.
— Não tem como eu me achar o maioral com você por perto.
— Hunf. Não sei, não.
— Será que algum dia você vai me perdoar por eu ter sido tão rabugento quando você chegou?
— O júri ainda está decidindo — disse ela, dando um sorriso amarelo. — Você precisa se comportar da melhor forma possível nas próximas duas semanas.
— Temos tão pouco tempo assim? — Ele balançou a cabeça. — O que vai fazer quando voltar pra casa?
Nina suspirou.
— Não tenho a mínima ideia.

– Se está querendo mesmo ser confeiteira, deveria treinar.

– Deveria.

Ela desviou o olhar, inclinando-se para a frente e cutucando uma das bombas, empurrando-a até o meio do prato.

– Ou talvez não esteja levando tão a sério.

– Gostaria de ajuda? – perguntou Nina, encarando a perna dele. – Você deveria manter essa perna pra cima o máximo possível.

Sebastian lhe deu um olhar penetrante, mas aceitou, cansado, e sentou-se no banco.

– Estou farto dessa porcaria de gesso, então, sim, qualquer ajuda é bem-vinda. Também fiquei muito impressionado com o recheio dessa éclair. O que te fez pensar nisso? É uma escolha bastante inspirada.

Sebastian apoiou o cotovelo na mesa e pegou outra bomba, dando uma mordida.

– Eu só estava pensando nas minhas combinações favoritas de sobremesa, tipo morangos mergulhados em chocolate, e eu... – Ela abriu um sorriso pesaroso. – Quer saber a verdade?

Sebastian assentiu, o súbito calor do sorriso dele transformando seu rosto quando os olhos escuros se concentraram nela.

Nina sentiu o coração disparar, uma sensação no peito que acionou uma porção de alarmes. No passado, já confundira aquele olhar intenso dele, mas Sebastian estava fazendo aquilo de novo naquele momento e, era bem patético, aquilo parecia deixá-la ainda mais atordoada. Seria tão fácil se inclinar para a frente, olhar bem fundo nos olhos dele e beijá-lo... *para, para, para, Nina.* O que é que tinha de errado com ela? Já fizera isso uma vez e olha só no que tinha dado.

Seria de se pensar que, àquela altura, teria aprendido a lição. A razão para estar ali – pela primeira vez desde que chegara, ela reconhecia a verdade – era provar que tinha superado Sebastian por completo. Provar a ele que era uma pessoa diferente.

– Pra ser bem sincera...

Nina se forçou a afastar aqueles pensamentos, tarefa difícil diante do sorriso dele. Sebastian sorria como antes, com aquele jeito envolvente que a fazia sentir que era a única pessoa no lugar.

– Meus macarons... ficaram um desastre. Pensei em fazer testes com sabores e recheios. Eu tinha várias ideias boas, mas desisti logo no primeiro obstáculo. Como você disse, não fui persistente.

– Ou talvez você não tenha tido um professor bom de verdade – falou Sebastian, ainda sorrindo daquele jeito para ela.

– Você acha?

– Me conta o que deu errado com eles.

– O que deu errado? Apesar da quantidade absurda de corante, em vez de ficarem vermelhos, pareciam cor de vômito.

– Ah. – Ele assentiu. – Você usou corante comestível líquido?

Ela assentiu.

– A quantidade necessária pra alcançar aquela cor toda pode arruinar a textura da mistura.

– Bom, eles não cresceram e ficaram muito grudentos, e a gente... Eu não consegui tirar da forma. A Maddie veio ajudar – finalizou ela, apressada.

As meias verdades começavam a se amontoar, e de repente Nina começou a se sentir mal por não ser franca com ele.

– É difícil acertar os macarons – disse ele, compreensivo. – E, sendo muito sincero, não sei se valem o esforço. Não são meus favoritos. Se bem que vou assar alguns pra testar uma ideia que eu tive.

– Mas eles são tão fofos. Eu queria comerci... comemorar, fazê-los pra uma comemoração, pra celebrações. Sabe, aniversários, presentes, lembrancinhas.

Ah, droga, ela estava metendo os pés pelas mãos e torcia para que Sebastian não tivesse percebido seu deslize.

– Bom, você acertou a massa choux em cheio, se serve de consolo. Isso é bom. Posso roubar a ideia?

– Você quer roubar minha ideia? – Nina quase gaguejou.

– Só se você não se incomodar.

Sebastian lhe deu mais um de seus sorrisos cálidos e provocantes, o que fazia Nina sentir um imenso frio na barriga.

– Claro que não. Acho que vou me sentir um pouco lisonjeada.

E um pouco chocada.

Sebastian viera munido, é claro, com uma lista de ideias e combinações de sabores que queria testar. E, diante do que acontecia do lado de fora, Nina o incentivava. Por sorte, estava tão absorto no trabalho, dedicado a um lote inicial de creme de manteiga no estilo italiano, que parecia ter deixado de lado por completo o estranho episódio com os outros mais cedo na cozinha.

Ele conversava enquanto trabalhava e, depois dos primeiros dez minutos, Nina sentiu o coração voltar ao ritmo normal. Mantendo Sebastian na cozinha, tudo ficaria bem, e, como das outras vezes, ele não demonstrara interesse em ir além dos degraus. Tudo que precisava fazer era mantê--lo concentrado.

– Estou querendo criar e combinar alguns sabores bem sutis. As pessoas sempre recebem bem a ideia de tomar um chá ou um café depois do jantar, mas hoje em dia são menos propensas a sobremesas, então estou pensando em oferecer um chá e um macaron selecionado que as pessoas possam escolher no lugar de uma sobremesa. – Ele parou e assentiu para si, como se estivesse se tranquilizando. – E a margem de lucro é boa. Então pensei em algo levemente floral e recheios com sabor de chá, como jasmim, Earl Grey e chá-verde combinados com lavanda, hibisco e rosa.

– Interessante – respondeu Nina, dando seu melhor para parecer indiferente.

Ela não via nada de mais naqueles recheios. Confeitaria, quer fossem biscoitos, bolos, merengues, bombas, deveria ser instigante, interessante e fazer a pessoa querer fechar os lábios ao redor do doce como um delicioso beijo na boca.

– O que foi?

– Nada.

– Você está com aquela cara.

– Não, eu... Eu me esforcei muito pra não fazer cara nenhuma. – Ela suspirou e cedeu. – Você tá perguntando pra pessoa errada. Gosto das minhas sobremesas cheias de sabores... – Ela olhou para as bombas que havia preparado. – Suas misturas de macaron parecem bem sutis e sofisticadas e essa baboseira toda. – Ela decidiu ir para o tudo ou nada. – Mas, pra ser sincera, parece tudo chato e... bom, um pouco sem graça... tipo uma variação de sabores covardes, como quem pede desculpas. Um pouco adulto demais, mas sem noção.

– Obrigado pelos comentários incisivos – falou Sebastian, fechando a cara.

– Eu não queria ser grosseira de propósito... só sincera. Como uma cliente em potencial.

Sebastian franziu a testa e olhou para as bombas outra vez, uma expressão de preocupação surgindo em seu rosto.

– Humm.

– Mas, provavelmente, não sou seu público-alvo. Eu me sinto enganada se não comer uma sobremesa quando saio pra jantar. Quero chocolate, quero sabor. As pessoas nos seus restaurantes devem ser bem sofisticadas e ter um paladar muito mais apurado que o meu.

Sebastian ficou perdido em pensamentos por uns segundos. Com um gesto de frustração, ele passou a mão pelo cabelo.

– Ainda não sei se entendo direito o conceito de bistrô. E agora os empreiteiros não vão ter disponibilidade por mais dois meses. Os designs ainda não estão bons, e não tenho ideia do que fazer com a comida. É mais frustrante ainda porque os restaurantes no Marais e no Canal Saint-Martin foram fáceis de elaborar. Eu já sabia o que fazer. O designer de interiores acertou em cheio depois da primeira ideia que eu passei. Este aqui... – disse ele, balançando a cabeça, o cabelo caindo em seu rosto, e Nina percebeu que ele precisava de um corte – ... está sendo um problema desde o primeiro dia.

– Não pode usar os mesmos conceitos e ideias?

– Não, a estrutura desse prédio tá toda errada, e a localização não é boa. Este lugar nunca fez parte dos meus planos.

– Seus planos de dominar o mundo? – brincou Nina. – Não é nessa hora que você dá uma risadinha maligna e esfrega as mãos, de um jeito meio vilanesco, meio gênio do crime?

– Você é igualzinha ao seu irmão. – Um lampejo de afeto surgiu nos olhos dele, apesar do tom de desdém. – O mesmo senso de humor besta.

– É genético, lamento informar.

– Pelo menos você é muito mais bonita.

Sebastian congelou, como se tivesse engasgado e de repente fosse vomitar.

Houve um silêncio tenebroso em que eles apenas se olharam, mas foi impossível para Nina socorrê-lo, sabendo que Sebastian não queria dizer aquilo do jeito que ela adoraria que dissesse.

– Isso é óbvio, sou mais jovem, bem menos peluda e cheiro bem.

– Tem isso – falou Sebastian. Quase dava para sentir sua gratidão. – Voltando aos meus planos de dominação gastronômica. Acabei ficando com este lugar porque a única forma de conseguir os contratos dos dois restaurantes que eu queria era se este fizesse parte do acordo. Daí acabei preso com Marcel e o curso de confeitaria.

Nina esperou um instante ou mais, pensando se deveria ou não dizer alguma coisa, então reuniu coragem e falou:

– Você sabe que aqui foi uma confeitaria renomada um dia. Tanto o Marcel quanto a Marguerite se lembram daqui nos dias de glória.

– Você me contou isso outro dia.

– Sim, porque era muito especial. Seria uma pena perder isso. Então talvez você pudesse manter a confeitaria.

– Não.

Sebastian deu as costas para ela e começou a organizar as tigelas, lendo suas receitas.

– Não? Você não está nem disposto a considerar a possibilidade?

– Não.

Sebastian virou uma página com uma receita.

– Não mesmo?

Ele mal ergueu os olhos e parecia completamente absorto, murmurando baixinho:

– Earl Grey e lavanda. Esse seria um. Jasmim e... talvez rosa, será que fica muito floral?

– Então isso é um não – constatou Nina.

– O que acha de rosa e lavanda?

– Não é ruim – respondeu ela.

E não era algo que lhe daria água na boca. Ele estava mais uma vez absorto nas receitas. Nina encarou a nuca de Sebastian. Babaca teimoso.

Talvez ela devesse levá-lo à Ladurée, ir com ele visitar algumas das confeitarias icônicas de Paris. Nem ao menos considerar manter a confeitaria era pura pirraça. Talvez, se ele visse que era um modelo de negócio com bom potencial, mudasse de ideia. O que ela tinha a perder?

Nina continuou ponderando sobre a questão enquanto o ajudava a preparar uma fornada de macarons, os quais, é claro, saíram perfeitos. Como Sebastian conseguia? Nina jurava que tinha seguido os mesmos passos e imitado o processo dele.

– Você tá bem? – perguntou Sebastian.

– Tô.

Ela respondeu bruscamente, achando incômoda a proximidade dos dois ou talvez apenas se opondo ao fato de ele respirar.

– Você tá fazendo caretas.

– Estou só tentando descobrir como os meus deram tão errado e os seus ficaram rosa e perfeitos.

– Ah. É prática. Não esquece que eu trabalhei em um hotel em Wells, e eles faziam chás da tarde, eram um destaque no cardápio. Agora, pode me ajudar a decidir sobre os recheios?

Sebastian fizera os macarons com um corante bem delicado e conseguira dar a eles um toque rosado. Pareciam lindos e femininos, e ela soube, assim que os olhou, que não conseguiria alcançar o mesmo resultado nem em um milhão de anos... e que provavelmente nem queria.

Não, ela não queria. Não era isso que desejava cozinhar.

Foi uma revelação bombástica. Cozinhar era alimentar pessoas, entregar o impacto de paladar e sabor. Agradar. Apelar para aquele desejo absoluto de fome e prazer. Juntar as pessoas. O sabor suave e a mordida de um macaron franzino e quase imperceptível não era a ideia que ela tinha de guloseima.

Nina passou a hora seguinte ajudando a preparar lotes de creme de manteiga, mas sua cabeça ficou o tempo toda cheia de bolos e doces que ela mesma queria preparar. Sabores ousados e deliciosos, combinações testadas e experimentadas, mas tudo isso aprimorado com uma apresentação inovadora. O biscoitinho milionário fora um tremendo sucesso. Quanto mais pensava nisso, mais queria começar a fazer versões em miniatura dos seus doces britânicos favoritos. Ela poderia assar suntuosos biscoitos com geleia, elegantes sanduíches de biscoitos amanteigados com chantilly e *coulis* de frutas, pães de ló britânicos com cobertura de calda de morango e recheio de frutas frescas, uma versão de um mil-folhas em forma de torta de geleia.

A cabeça dela fervilhava de ideias enquanto observava Sebastian dividir os lotes de creme de manteiga em várias tigelas, que ele alinhou antes de começar a adicionar os corantes usando tudo, desde água da infusão de alguns saquinhos de Earl Grey a água de rosas e pó de flor ressecada de jasmim. Por mais interessante que fosse ver como ele chegava àqueles sabores suaves, a abordagem meticulosa, quase científica e laboratorial, não a inspirava nem entusiasmava.

– Nina?

– Oi?

Ela levou um susto, percebendo que Sebastian a observava.

– Você tá bem? Tá fazendo careta de novo. Algumas bem esquisitas dessa vez.

– Desculpa, só estou pensando.

Nina sorriu, tentando não se mostrar muito empolgada com as ideias que lhe vinham à cabeça, e pegou uma tigela, levando-a até a pia para lavar.

Sebastian a observou, cheio de desconfiança.

Equilibrando-se em uma muleta, ele misturou, provou e fez acréscimos, totalmente focado no trabalho. Apesar de sua epifania, Nina ainda achava fascinante observá-lo. Ele sempre fora assim, tinha uma motivação e um foco que ela nunca vira em mais ninguém. Ficou pensando se isso o fazia se sentir sozinho, separado de outros como ele. Quando Sebastian era mais novo, ela, Nick e os irmãos sempre conseguiam tirá-lo desse total estado de absorção. Eles o arrastavam da cozinha com brincadeiras e provocações.

– Aqui.

Ele ergueu uma colher de chá e a estendeu, a outra mão segurando o rosto dela como se para mantê-la estável. Nina sentiu a boca ficar seca com aquele toque íntimo inesperado e, surpresa, abriu a boca automaticamente quando a colher roçou em seus lábios. Ela o encarou e, naquele momento, um frisson crepitou entre os dois antes que Nina, bem devagar, pegasse um pouco da mistura doce com o lábio superior. Apesar do olhar intenso de Sebastian, ela não pôde evitar e lambeu os lábios, mesmo que aquilo parecesse sugestivo e ridículo de um jeito terrível. Seu coração disparou ao ver o pomo de adão dele subir e descer.

– O que acha?

A voz de Sebastian tinha um quê de rouquidão. Ela engoliu em seco, sentindo-se um pouco quente, agitada e instável.

– Bom, muito… suave. Earl Grey?

As palavras pareciam meio balbuciadas, enquanto seus pensamentos estavam a milhões de quilômetros do creme de manteiga saborizado. Ele ainda olhava para os lábios dela, e Nina se sentiu prestes a entrar em combustão. De repente, se sentiu muito, muito quente, mas não conseguia parar de olhar para ele.

Então Sebastian tocou o lábio dela, pegando um pouquinho de creme que tinha ficado ali. Nina sentiu o estômago afundar e a respiração falhar. Então o viu cair em si, o cenho começando a ficar franzido. Ele se afastou.

– E este aqui?

Sebastian mergulhou a colher na tigela seguinte, puxou e ofereceu a ela, sem querer se arriscar dessa vez, a não ser por seus olhos, que continuavam se desviando para os lábios dela.

Droga, Nina sentia um daqueles seus rubores sempre a postos já surgindo em suas bochechas. Pegando a colher, manteve os olhos na mistura e não olhou para ele. Sebastian já estava se mexendo para pegar a terceira tigela.

– Eu vou… hã… só rechear alguns macarons com sabores diferentes.

Sebastian deu a volta depressa na bancada, como se quisesse se afastar de Nina o mais rápido possível.

Ela observou os dedos elegantes e esguios de Sebastian quando ele, com rápidos movimentos de uma espátula curva, recheou os macarons que fizera mais cedo. Nem em um milhão de anos ela alcançaria aquela habilidade extraordinária. Ele se empenhara tanto para chegar aonde estava, e isso ficava evidente ao observar os macarons, que pareciam pequeninas obras de arte etéreas. O recheio clarinho de Earl Grey contrastava de um jeito lindo com as duas partes rosadas, e a mesma coisa acontecia com o creme de jasmim e de água de rosas.

Enquanto Nina observava, Sebastian os arrumou em uma das boleiras, as três cores misturadas e combinadas em um trabalho belíssimo. Ele obviamente passara um bom tempo pensando não só nos sabores, mas na aparência deles juntos. Estava fabuloso. É claro que estava, aquilo era coisa de Sebastian, o perfeccionista-mor.

– Prova um – falou ele, segurando o suporte à sua frente como se fosse um escudo.

Nina pegou um e deu uma mordidinha.

– É bom.

– Bom? Só isso? Humm, talvez eu deva pedir a opinião do Marcel, se ele é tão especialista quanto você acha.

Sebastian ergueu o suporte e, com uma das muletas, começou a saltitar até a escada.

– Espera, eu levo... você não quer... cair da escada ou algo assim.

– Não, você fica com isso aqui.

Nina correu até ele e pegou a boleira.

– Eu levo, pode ser?

Assim que começou a subir os degraus, ouviu Sebastian se equilibrando atrás dela.

– O que você tá fazendo? – perguntou Nina, do topo da escada.

– Quero saber o que ele acha.

Sebastian plantou as muletas no primeiro degrau e pulou. Nina ficou paralisada.

– Cuidado – falou ela.

– Tá tudo bem – respondeu ele, balançando as muletas e se preparando para o próximo degrau.

Nina olhou com nervosismo pela porta e pelo corredor que levava até a confeitaria, antes de dizer bem alto:

– Isso aqui parece fantástico!

Sebastian ergueu os olhos para ela, o rosto confuso, antes de se içar para o segundo degrau.

Nina hesitou, sentindo a garganta pulsar com os batimentos disparados enquanto os lóbulos das orelhas ficavam cor-de-rosa. Será que deveria abandoná-lo nos degraus e correr na frente para pedir a Marcel que avisasse os outros? Ou ir bem devagar e esperar que Marcel os ouvisse?

– Tenho certeza de que o Marcel ia adorar experimentar seus macarons – falou ela, o mais alto que podia.

– Tenho certeza de que ele não está de tocaia no corredor.

– Ah, só não quero assustá-lo, sabe, aparecendo do nada.

– Também tenho certeza de que ele não ficou surdo.

– Ah... ele não tem uma audição muito boa – respondeu ela depressa. – Tem muita dificuldade pra ouvir.

– Eu não tinha reparado – falou Sebastian, plantando as muletas de novo no degrau seguinte.

Ao dar um passo hesitante em direção à confeitaria, o pé dela prendeu num pedaço solto de linóleo, e Nina tropeçou para a frente, quase caindo. Bem na hora, ela se endireitou, ainda segurando a boleira. Levou um minuto para firmar o suporte, que balançava em sua mão, e ajeitou o macaron mais próximo, que ameaçava pular da borda.

– Essa foi por pouco – falou Sebastian, parando e puxando as muletas do quarto degrau. – Teria sido um desastre se você tivesse derrubado esse lote inteiro.

– Ufa. É bom você também ter cuidado.

– Eu tô bem, Nina, só preciso ir no meu tempo. Mas sem pressa. Na verdade, o dia tá lindo. A gente podia sentar e curtir nossos macarons ao pôr do sol com uma xícara de café.

Os olhos de Nina se arregalaram enquanto ela tentava freneticamente pensar em um jeito de distraí-lo.

– Algo errado, Nina?

Parado no penúltimo degrau, Sebastian estava na altura do olhar dela e tão perto que Nina via as linhas finas dos lábios dele. E por que os encarava? Sonhando acordada por um instante, imaginou a si mesma se inclinando um pouquinho para a frente na ponta dos pés e apenas roçando neles. O que ele diria? O que ele faria? E no que ela estava pensando? Hã... oi? Ela já tinha passado por isso. E então percebeu que era Sebastian quem estava se inclinando para a frente muito de leve, os olhos fixos nos dela. O coração de Nina crepitou com uma empolgação ridícula à medida que ele se aproximava, e ela sentiu a respiração dele nos próprios lábios. Assim que a boca de Sebastian tocou a sua, milhares de pulsos elétricos viajando pelo corpo dela, ele deu uma virada abrupta para um lado e oscilou perigosamente. No susto, Nina esticou a mão livre para estabilizá-lo, segurando-o pelo braço, e ouviu o estrépito de uma das muletas caindo escada abaixo. A boleira vacilou de um jeito perigoso na outra mão.

– Merda! – exclamou Sebastian na mesma hora, os olhos arregalados e em alerta.

– Tá tudo bem, te peguei – assegurou Nina. Sentia um leve tremor sob os dedos, sem saber se era dela ou dele. – Por que não se senta um pouco?

Ela colocou o suporte no topo da escada e o ajudou a manobrar, virando-o devagar e com muito cuidado, uma coreografia dolorosa entre mexer a muleta e se arrastar várias vezes até ele poder se sentar no degrau.

– Você tá bem?

Nina se sentou ao lado de Sebastian, preocupada com a palidez em seu rosto. A cor se esvaíra, e os olhos arregalados estavam perturbados.

– Foi por pouco, achei que fosse cair de costas.

Ele estremeceu e fechou os olhos por um segundo, como se revivesse o momento, pensando no que poderia ter acontecido.

– A muleta escorregou – justificou ele, colocando a outra no degrau e apoiando o cotovelo no joelho dobrado, o queixo na mão. – Me dá um minuto, meu coração parece um trem desgovernado. A ideia de cair de novo... me deixa apavorado de verdade.

Nina chegou mais perto e colocou o braço ao redor dos ombros dele. Sebastian parecia um garoto perdido e solitário, e ela teve um súbito flashback, nítido como se tivesse acontecido no dia anterior, lembrando-se de quando lançava olhares furtivos para ele, em casa, na mesa de jantar, enquanto os irmãos brincavam e Sebastian achava que ninguém o estava observando.

– Ei – disse ela com delicadeza. – Tá tudo bem.

– Desculpa.

Sebastian engoliu em seco. Nina sentiu os músculos das costas dele tensionando sob seu braço.

– Eu esqueci... o acidente. Isso trouxe tudo à tona – continuou ele.

Nina não tinha certeza de que ele percebeu o que estava fazendo, mas Sebastian se aninhou nela.

– Sabe aquela sensação horrível de queda, quando não tem mais volta, o momento em que você sabe que nada pode ser feito e só aceita? – Ele estremeceu. – E o barulho de algo quebrando. Merda. – Ele balançou a cabeça. – E se sentir tão abandonado, inútil e completamente frágil. Devo ter parecido ridículo, deitado de costas com toda aquela gente me olhando. Maldita garota com a mala, meio que soltou umas desculpas e falou que tinha que pegar o trem.

– Não creio!

– Provavelmente foi melhor assim. Não tinha nada que ela pudesse fazer.

– Então, suponho que alguém chamou uma ambulância.

– É, mas só depois daquele teatro de "tô bem, tô bem, me dá só um minutinho". É claro que tentei me mexer... e acho que devo ter desmaiado. Quando acordei, tinha um casal me ajudando. Me sinto mal agora, porque havia um homem e uma mulher, que não estavam juntos, mas ficaram comigo até a ambulância chegar. Nunca perguntei o nome deles. Teria sido legal agradecer.

– Pelo jeito, foi uma fratura bem feia.

– A ponto de eu precisar ficar no hospital e passar por uma operação. – Ele fechou os punhos. – Morro de medo de voltar. Odeio hospitais.

– Eu posso ir com você – disse Nina.

Ele a encarou, uma súbita esperança ávida no rosto.

– Você viria?

– É claro que sim.

– Obrigado, Nina.

A doçura do sorriso dele a perfurou, e, ao olhar para aquele rosto tão conhecido, cada traço e característica gravados em sua memória, ela soube que continuava perdidamente apaixonada por Sebastian.

– Humm. – O rosto constantemente rabugento de Marcel relaxou. – O Earl Grey é bastante sutil. Delicado e uniforme, e, se me permite dizer, até excêntrico. O sabor com o macaron de rosas está muito bem equilibrado. Devo parabenizá-lo.

– Obrigado, Marcel.

Sebastian deu um sorriso irônico para Nina quando Marcel baixou a cabeça para selecionar mais um na bandeja.

Depois do quase incidente na escada, Nina tinha convidado Marcel para ir até a cozinha e, se Sebastian ficara surpreso pela incomum cooperação cortês do homem, não dissera nada, e ela ficara muito grata por isso. A culpa estava estraçalhando sua consciência.

A princípio, Sebastian ficara um tanto desanimado enquanto ela o ajudava a descer a escada e o levava até uma cadeira. Ela o deixou para buscar Marcel e outra cadeira na confeitaria, para que Sebastian ficasse com a perna para cima. Quando Marcel chegou com café e os dois trouxeram uma das mesas de bistrô e mais duas cadeiras, Sebastian tinha recuperado a cor e estava bem mais parecido consigo mesmo.

– Qual o sabor deste aqui? – perguntou Marcel, erguendo um macaron de rosas e jasmim.

– Será que você consegue me dizer?

Como se estivessem em uma degustação de vinhos finos, o francês colocou o doce na boca, fechou os olhos e saboreou cada pedacinho.

– Humm, rosa e... ah, um sabor sutil excelente. Deste eu gosto, gosto muito. Depois do outro, traz um final agradável ao paladar.

Sebastian assentiu e logo pegou seu notebook, sempre ao seu lado.

– Gostei disso, posso usar nas minhas anotações de sabores do cardápio. Você se incomoda?

– Eu ficaria honrado – respondeu Marcel, assentindo com seriedade e rigidez. – Rosa e jasmim, creio eu.

– Acertou.

– Uma companhia adorável para o Earl Grey. E o que temos para finalizar esta trilogia triunfal?

– Trilogia triunfal! – gritou Sebastian, com uma gargalhada, os olhos reluzindo de prazer, o que deixou Nina aliviada.

O choque da quase queda e a vulnerabilidade inesperada que a abalaram tinham desaparecido.

– Marcel! Você é um mago das palavras. Talvez eu pegue isso emprestado também. – Sebastian inclinou a cabeça para o lado. – Talvez eu deva considerar te pedir que escreva o cardápio pra mim.

Marcel ergueu a sobrancelha muito de leve, e Nina sorriu para si mesma. A princípio, tivera certeza de que os elogios efusivos aos sabores sutis e às combinações equilibradas e elegantes tivessem nascido do desejo de manter Sebastian na cozinha.

Marcel balançou a cabeça ao experimentar o último macaron.

– Não. É preciso que haja um final mais triunfal. Algo genial e desafiador. Macaron de rosa com recheio de creme de rosas é... ficar na zona de conforto.

Sebastian assentiu.

– Caramba, você tem razão.

E de repente os dois estavam discutindo bem a fundo combinações de sabores, trocando ideias e ouvindo com atenção um ao outro. Nina saiu de fininho com um grande sorriso e passou pela confeitaria até chegar ao pessoal trabalhando na fachada.

– Como estão as coisas? – perguntou ela, baixinho.

– Quase prontas – respondeu Jane, agachada, e então se levantando e esfregando as costas; faltava pintar só mais um restinho do painel.

– Vamos terminar tudo em uma meia hora – garantiu Bill. – Mas seria bom se pudéssemos ir até a cozinha pra nos limparmos. O chefe ainda tá lá?

– Sim, está só conversando com o Marcel, mas já terminou de cozinhar, então espero que vá embora logo. – Ela olhou para o relógio: já eram cinco e meia. – É melhor eu voltar antes que ele comece a perguntar onde estou.

– Terminou? – perguntou ela a Sebastian, enquanto começava a levar as tigelas até a pia.

– Terminei, sim. Você não precisa lavar a louça. Agradeço a ajuda, mas... eu não tinha a intenção de fazer você trabalhar o dia todo.

Nina olhou para as mãos dele enquanto Sebastian se equilibrava nas muletas.

– E quem vai lavar? Você? Como? – perguntou, arqueando a sobrancelha.

O sorrisinho tímido que ele deu fez Nina sorrir também.

– Você compensa de outro jeito depois.

Ai, aquilo saiu de um jeito mais sedutor do que ela pretendia.

– É uma boa ideia mesmo, não?

A sombra de um sorriso pairava nos lábios dele enquanto a olhava. Então sua expressão ficou mais suave, de um jeito que fazia Nina sentir frio na barriga e seus hormônios se comportarem mal.

– Será que posso te levar pra jantar? – sugeriu ele.

Para, disse Nina a si mesma. Aquela era só a forma que ele tinha de agradecer.

Ela encheu a pia com água quente e sabão, ainda de costas para Sebastian, de forma que ele não pudesse ver sua expressão.

– Tá cansado da comida do hotel de novo? – perguntou ela, com calma e animação.

– Não.

– Ah, então quer ir a algum restaurante? Dar uma olhada na concorrência?

– Não, Nina.

Dava para ouvir um quê de irritação na voz dele, e Nina arriscou dar uma olhada para trás, só para encontrá-lo recostado na bancada de trabalho, as muletas frouxas em seus cotovelos e os olhos brilhando ao encará-la.

– McDonald's? – perguntou ela.

– Ah, pelo amor de Deus, Nina – falou ele com um sorriso exasperado. – Talvez eu queira te levar pra jantar como forma de agradecimento. Por ir bem mais além… quando me levou pra sair na cadeira de rodas. Aquilo foi muito gentil. – Os olhos dele encontraram os dela. – Você sempre foi boa desse jeito, pensando em mi… nos outros. É… Bem, não é todo mundo que faria isso. Gostei muito daquele dia. De ficar com você. Eu queria… sabe, passar mais tempo com você. Sei lá, num jantar a dois.

Sebastian pareceu levemente horrorizado, como se as palavras tivessem escapado sem querer, e ficou ali com uma expressão assustada, parecendo tentar decidir se fugia ou não, mas Nina não ia deixar que ele escapasse tão facilmente.

– Um jantar a dois? – perguntou ela, tão baixo que mal podia acreditar que tivesse repetido aquelas palavras.

Ele fez uma careta.

– Desculpa, não saiu do jeito certo.

É claro que não tinha. Sebastian não estava mesmo querendo dizer "encontro".

– O que eu quis dizer é que gostaria de te levar pra jantar e agradecer por toda a sua ajuda. – A voz dele ficou mais firme e um pouco menos irritada do que antes. – E isso seria um… um evento. Sabe, planejado e tal. Queria levar você a algum lugar legal, então não seria um encontro propriamente dito, mas seria uma espécie de jantar a dois.

Ele terminou de falar com um aceno de cabeça prático.

Ah, aquele sim era o Sebastian que Nina conhecia. De volta à terra firme. Vê-lo tão vulnerável antes fora inquietante. Era bem menos complicado lidar com o Sebastian rude, arrogante e inflexível. Assim era mais fácil tentar não gostar dele. Afinal de contas, ele não fazia a menor ideia de como Nina se sentia.

– Não precisa fazer isso – respondeu ela, categórica. Não havia espaço para emoção ali. – Não esquece que você tá me pagando.

– Me encontra no hotel às sete, Nina.

Uma rajada de adrenalina percorreu o corpo dela diante do tom severo de Sebastian.

– Beleza. – A voz dela saiu em um guincho constrangedor.

Por que não conseguia ao menos uma vez agir relaxada perto dele? Nina desejou isso com todas as forças ao ver o sorrisinho irônico estampado no rosto dele.

Capítulo 26

– Ei, Nina – chamou Jane, assim que ela entrou na confeitaria, onde os outros estavam sentados ao redor de uma mesa com taças compridas cheias de *citron pressé*.

– Oi, gente. Terminaram tudo?

– Sim – respondeu Maddie, com um sorrisão. – Fizemos um trabalho incrível.

– Dá pra ver só pelo tanto de tinta que tem na sua cara – brincou Nina.

Maddie ergueu a mão e deu tapinhas no próprio rosto.

– Onde?

– Tá tudo bem, sardinhas cinzentas estão na moda – falou Peter, à direita dela.

Jane o cutucou com uma risada.

– E desde quando você entende alguma coisa de moda?

– Sou um homem de muitas camadas – respondeu ele, piscando para ela, antes de se voltar para Nina. – E parabéns por segurar o homem na cozinha. Deve ter sido meio estressante, mas fez a gente se sentir no *Missão: Impossível*. O Bill colocou a música pra tocar no iPhone uma hora.

– Que bom que dei alguma emoção pra vocês. Eu me sinto... – Bom, agora ela se sentia muitíssimo culpada, indo em frente com aquilo tudo sem contar a Sebastian. – Teve uma hora que foi por pouco. Quando ele quis vir até a confeitaria.

Nina sentiu o coração apertar ao se lembrar do momento com Sebastian no degrau. Ela estava furiosa consigo mesma. Como tinha se permitido se apaixonar de novo? O que tinha de errado com ela? E por que não conseguia contar sobre a confeitaria?

– O que você fez? – perguntou Maddie. – Eu teria dado um beijo nele.

Nina corou.

– Não acredito que você fez isso! – exclamou a amiga.

– Não, é claro que não.

Nina engoliu em seco, sentindo a onda de calor só de pensar naquele quase beijo, algo que ainda não tivera tempo de analisar desde o leve roçar dos lábios deles mais cedo.

– Que pena. Ele é bem gato.

– E muito sofisticado pra você – falou Bill, um pouco direto demais, na opinião de Nina, embora Maddie não tenha parecido se importar, dando tapinhas na mão dele.

– Ele não é meu tipo, nem um pouco, mas é bom de olhar. Sou estudante de História da Arte, a gente adora olhar pra coisas bonitas. Aliás… – Ela se empertigou, toda orgulhosa. – Eu. Terminei. De repintar o mural! E só falta inserir com a esponja algumas nuvens nas paredes.

Todos se viraram para olhar a pintura do mar: as sereias sorriam radiantes para eles, e os peixes eram tão coloridos que era fácil imaginar que, num piscar de olhos, eles já teriam ido embora.

– Ai, meu Deus, ficou lindíssimo! – exclamou Jane.

– É uma maravilha poder vê-la de novo – disse Marguerite. – Eu tinha me esquecido de como era espetacular. Ver essa pintura outra vez me traz muitas lembranças felizes. Vai ficar uma graça quando o candelabro estiver de volta ao lugar – acrescentou ela, com um olhar saudoso para o gesso rosado acima deles.

Nina sentiu que estava dentro de um trem desgovernado, sem muita chance de pará-lo. Ela ergueu uma das mãos.

– Olhem, isso tudo é maravilhoso, e sou muito grata por todo o trabalho que vocês fizeram hoje.

– Ah, meu bem, você ainda não viu nada. Vem, você tem que ver o que a gente fez.

Todos eles assentiram, ficaram de pé e, amontoando-se ao redor dela, conduziram Nina para fora da loja.

– O que acha? – perguntou Bill, assim que saiu ao pôr do sol.

– Ai, meu Deus! Vocês fizeram um trabalho incrível. Parece...

Ela deixou que o sorriso iluminado em seu rosto falasse por si. Eles tinham realizado um trabalho fantástico, e a fachada da confeitaria parecia muito diferente naquele cinza-escuro elegante. Era um lugar para onde se olhava uma segunda vez, onde se consideraria entrar. A velhinha desgastada e castigada se fora e, no lugar dela, havia uma mulher mais requintada, mais elegante. O que Nina amou de verdade foi que a nova pintura não era uma renovação grosseira e presunçosa, mas uma atualização respeitosa e agradável, que não gritava "olhem para mim".

As janelas reluziam ao sol do fim de tarde e, através delas, era possível ver o balcão de vidro no centro. Que transformação. Então, Nina começou a rir ao ver a pequena seleção dos mais recentes macarons de Sebastian na vitrine.

– Muito obrigada, todos vocês. Bill, agradece muito aos seus camaradas. Eu... – De repente, ela sentiu os olhos cheios de lágrimas. – Não acredito em como está diferente, e eu nem ajudei. Estou me sentindo mal agora.

– Não se preocupa, meu bem.

– A gente se divertiu demais, não foi, Peter, meu amor?

– O quê? – Ele fingiu despertar como se estivesse a quilômetros dali. – Sim, amor – provocou ele.

– Sério, Nina, a gente riu tanto, mas... – A voz de Jane foi morrendo.

– A gente ficou pensando... – disse Bill, olhando para Peter.

O homem assentiu. Claramente, tinha sido nomeado como porta-voz.

– É o seguinte, Nina, a gente realmente amou trabalhar na reforma hoje. Tem sido um privilégio raro ver essa transformação, principalmente com a pintura das paredes sendo reveladas, e todos ficamos muito apegados ao lugar. Seria maravilhoso ver a confeitaria voltar aos dias de glória, vê-la como deveria ser. Gostaríamos de continuar trabalhando na estrutura amanhã.

– Pensamos no chão – falou Marguerite. – Só precisa que a velha cera seja removida dos azulejos, dar uma boa limpeza neles e depois encerar outra vez. Com todos nós trabalhando nisso, conseguimos dar conta em um dia e depois podemos fechar a confeitaria.

– E o Peter e eu arrumamos uma escada, vamos instalar o candelabro amanhã – acrescentou Bill.

– Ei! Ei! – Nina ergueu as mãos para segurar a onda de entusiasmo. – A confeitaria não é minha, é do Sebastian. E não se esqueçam de que o plano dele é fechar e reformar.

Embora ele ainda não tivesse planos definitivos para o lugar.

– É, mas, se ele vir todo o potencial daqui, talvez mude de ideia – falou Maddie. – As pessoas estão amando seus doces de anglo-fusão.

– Sim, mas eu precisaria fazer muito mais no dia a dia.

Pensando bem, se ela conseguisse se organizar, seria possível.

– Eu posso te ajudar – disse Maddie. – Minhas aulas só começam daqui a dez dias.

– E eu também – acrescentou Marguerite. – Sempre acordo cedo.

– A gente pode fazer uma pequena linha de produção – sugeriu Maddie.

– Nós podemos ajudar também – falou Jane.

– "Nós", né – enfatizou Peter, com resignação, que ele deixou de lado logo em seguida ao piscar para a esposa.

– Tudo bem, mas... – Nina franziu a testa. – Vocês não podem fazer isso tudo. E eu só fico aqui por mais... – Ela fez uma expressão de pânico. Para onde o tempo tinha ido? – Só fico aqui mais uma semana e meia. Depois da aula dessa semana, só tem mais uma. E eu vou voltar pra casa. Mas... tenho tantas ideias pra testar.

Ela começou a contar a eles sobre suas ideias baseadas em receitas tradicionais.

– Bom, então é isso – disse Maddie. – Biscoito com geleia, só que chique, tô dentro.

– E éclair de morango e creme de nata parece algo dos deuses – falou Marguerite.

– Mas eu não posso pedir que vocês façam todo o trabalho, ainda mais de graça – respondeu Nina, se sentindo totalmente desconcertada.

– Claro que pode – retrucou Marguerite com firmeza, com aquele trejeito de cabeça régio que indicava que não ia tolerar papo furado.

– Vocês sabem que o Sebastian vai tirar o gesso, e daí...

– Daí teremos o resto da semana pra trazer este lugar de volta à vida. Se o Sebastian vir a confeitaria assim, pode ser que enxergue o potencial dela e mude de ideia.

Nina hesitou. Teria sido errado incentivá-los? E se ela trabalhasse dia e noite, criando as próprias ideias de bolo? Se a confeitaria estivesse cheia de suas criações anglo-francesas, talvez Sebastian ficasse impressionado.

– Bom. – Ela não deveria estar gostando da ideia, mas se virou e encontrou os olhos de Maddie brilhando de esperança e entusiasmo. – O lance é que… – Será que deveria contar para eles? Bill entrelaçou os dedos sob a barriga. A respiração dela ficou ruidosa. – Os empreiteiros do Sebastian estão presos em outro trabalho, e a obra não vai começar nem tão cedo.

– Então a confeitaria pode ficar aberta por mais tempo e, se você mostrar que ela dá dinheiro, talvez ele mude de ideia – insistiu Marguerite, levando as mãos ao coração em um gesto que derreteu quaisquer dúvidas que Nina pudesse vir a ter.

Na verdade, quanto mais pensava naquilo, mais se convencia de que era uma boa ideia. Era melhor que a loja ficasse cheia de clientes e desse algum dinheiro do que continuasse sempre vazia.

– Então, vamos nessa? – perguntou Maddie.

– Beleza – respondeu Nina –, mas não tem nada garantido.

– Ah, você vai dar um jeito nele, tenho certeza – falou Jane, entrelaçando o braço no de Peter e dando a Nina um sorriso carinhoso.

– Jane, Jane, Jane. Você é uma mulher má. – Peter balançou a cabeça em reprovação, piscando para Bill. – Encorajando a Nina a usar seus encantos femininos.

– E por que não? – perguntou Jane, os olhos brilhando, marotos. – Deu certo com você.

Todos riram.

– Muito bem, tropa. Jantar – disse Peter. – Tô morrendo de fome. Nina, você vem? A gente vai na *brasserie* da esquina comer alguma coisinha.

– Eu adoraria…

E adoraria mesmo, mas, apesar de ficar encantada com a camaradagem deles após um trabalho bem-feito, jantar com Sebastian era tentador demais. Ela precisava descobrir o que estava acontecendo.

– Ah, Nina, qual é? – disse Maddie, liderando um coro de protesto.

– Tá bom, posso tomar uma bebida com vocês.

Isso ajudaria a acalmar seus nervos, raciocinou ela, que estavam em polvorosa só de pensar em jantar com Sebastian.

Capítulo 27

Ir a um encontro que não era de verdade não impediu Nina de tropeçar na própria calcinha enquanto tentava tirá-la e andar ao mesmo tempo.

Ela pegou o vestido de seda laranja e corte reto na sua mala dentro do armário, entocada no espacinho que separara para si. Olhando as roupas de Sebastian penduradas no restante dos cabides, teve aquela familiar sensação de ser uma intrusa. Ainda tinha a impressão de que ele poderia voltar a qualquer momento. De forma inconsciente, sua mão vagou para tocar a manga de uma das camisas. Ela não deveria estar ali. Com um terrível constrangimento, percebeu que aquele armário representava sua relação com Sebastian: depois de todo aquele tempo, Nina ainda tentava encontrar espaço na vida dele.

Ela era uma idiota, uma idiota completa. Já estava mais do que na hora de parar de esperar que Sebastian notasse que ela não era uma adolescente imatura apaixonada.

Balançando a cabeça, olhou para o vestido laranja que tinha colocado na mala no último minuto e o pôs na cama. Claramente era adequado para um jantar a dois que não era um jantar a dois e tinha sido usado apenas uma vez, no casamento de seu primo do lado chique da família. Estremecendo, ela se lembrou do dia, do vestido elegante e caro que a fazia sentir que se encaixava naquele ambiente, mas que apertava o peito, pinicava as costas e restringia os movimentos quando se sentava.

Depois de um banho bem rápido e sentindo-se renovada, ela pegou a chapinha e foi até o espelho, preparada para a batalha contra seu cabelo, que era levemente ondulado. A princípio, ao chegar no apartamento depois de ter sido convencida pelo pessoal a ir tomar uma bebida com eles, a ideia de Nina era alisar o cabelo para restabelecer o corte perfeito e acetinado de quando saíra do salão, mas que nunca conseguira de novo sem alisar. Decidida, ela largou a chapinha. A vida era curta demais para ter essa obrigação e, se uma parte-chave daquela viagem era mostrar a Sebastian seu novo eu como adulta, Nina tinha falhado miseravelmente. Na cozinha, ela estava sempre de um lado para outro, com um rosto avermelhado e oleoso que não era muito charmoso. Ao longo dos anos, ele a vira sob quase todos os aspectos, então estar com o cabelo acetinado e perfeito por uma noite dificilmente faria Sebastian perder a memória. Nina sentiu um súbito desânimo ao pensar que ele sempre a via em seus piores momentos.

Então, aquela deveria ser a oportunidade para se vestir bem, fazer uma maquiagem, batalhar para deixar o cabelo perfeito e mostrar que aquela Nina também tinha um lado sofisticado, mas ela abandonou a chapinha e colocou de lado a bolsinha de maquiagem. Qual era o intuito de tentar mostrar a ele uma pessoa que não existia? Quando adolescente, ficava desesperada para impressioná-lo. Em parte, fora por isso que tinha entrado no curso de culinária... e olha no que tinha dado. Uma piada na família quando ela desmaiou ao ver carne crua.

Com um balanço firme de cabeça, Nina passou a escova pelo cabelo e disse para si no espelho:

– Isso não é um encontro. Você tem que se lembrar disso. Parece, só que não é.

Ignorando o vestido laranja, pegou uma camisa de algodão branca e simples e a combinou com uma calça capri azul-marinho, além de suas sapatilhas vermelhas favoritas. Aquilo era ela, e não havia motivo para tentar ser alguém diferente. Ele não veria nada de mais, e Nina acabaria se prestando ainda mais a um papel de boba.

Daquele momento em diante, tinha que superar Sebastian Finlay.

Apesar de todos os mantras e promessas a si mesma, parecia que o corpo dela estava determinado a descumprir o acordo. Nina não conseguiu impedir o coração de disparar tolamente ao ver Sebastian esperando por ela no saguão. Ele usava uma camisa azul-clara e calças cinza-escuro, que estavam esticadas e apertadas de um jeito obsceno por cima do gesso. Ela conteve um sorriso ao ver as pernas estranhas dele, uma muito mais larga que a outra. Ele fizera o esforço de se vestir bem e parecer elegante, e, a julgar pela expressão no rosto da recepcionista favorita de Nina, tinha valido a pena. A mulher lançava olhares de malícia para Sebastian de onde estava, do outro lado da sala. Nina tinha que admitir que ele parecia um tanto quanto delicioso.

– Nina, você tá… bonita.

Sebastian olhou para a calça elegante dela e a blusa de um branco imaculado, um sorriso divertido surgindo em seus lábios, como se guardasse um segredo.

– O que foi? – perguntou Nina, cheia de desconfiança.

– Nada. Vamos?

Nina semicerrou os olhos, desconfiada, e Sebastian a encarou com inocência. Ela achou melhor deixar pra lá. Era óbvio que Sebastian tinha achado graça em alguma coisa.

– Você se arrumou muito bem, mas – disse Nina, indicando a perna dele com o queixo – vai conseguir tirar essa calça mais tarde?

– Tá se oferecendo pra me ajudar? – perguntou ele, aquele sorriso divertido de novo, escancarado.

– Não! – guinchou Nina, abaixando a cabeça.

Que brincadeira era aquela? Aquilo não era um jantar a dois, e ele estava todo sorridente e misterioso.

– Por aqui.

Ele se virou e seguiu até o elevador.

Ainda bem que Nina não tinha cedido à tentação de se arrumar toda. Um jantar no quarto dele não justificava o desconforto do vestido laranja, ainda que a peça caísse bem nela.

Para sua surpresa, o elevador passou do terceiro andar. Nina lhe deu um olhar confuso conforme as luzes iam passando do quatro para o cinco, o seis, até finalmente parar no sete.

O rosto dele zumbia com um sorriso contido, como se a qualquer momento fosse se revelar por completo.

– Depois de você – disse ele, quando as portas do elevador se abriram.

Eles saíram em um pequeno corredor quadrado e branco, que obviamente era uma área de serviço. Mas ele assentiu na direção de uma porta que ficava uns seis ou sete passos à direita.

A porta se abriu para um terraço plano, envolto por uma balaustrada baixa. Ela olhou para Sebastian outra vez.

– Não podemos chegar a menos de um metro e meio da borda. Prometi pro Alex. Estamos quebrando todas as normas de saúde e segurança. Por aqui.

Ele apontou com uma das muletas, e ela virou à esquerda, contornando a parede que abrigava a escada.

– Ah! – Ela parou na hora. – Ah – repetiu, ao absorver a vista de Paris e algumas luzes etéreas penduradas em volta de um pequeno oásis no telhado.

Um cobertor tinha sido colocado no chão, cheio de almofadas com cores escuras e vibrantes, e na frente havia um sofá de veludo azul; de cada lado dele, havia uma mesinha e um vaso alto com flores de íris de um azul bem escuro. Ao redor do cobertor, encontravam-se velas em belos copos de vidro com luzes suaves que tremeluziam sob o final da tarde e começo da noite.

– Ah! – exclamou ela pela terceira vez, completamente incapaz de formar uma frase completa.

O cérebro de Nina estava ocupado demais tentando processar o que estava acontecendo. Era como nadar contra a corrente.

– Achei que isso era mais fácil do que ir a um restaurante – explicou Sebastian, com um sorriso hesitante. – Eu queria fazer algo especial... pra te agradecer.

Por um instante, a esperança lutou contra todas as boas intenções dela.

– Me considere muito agradecida de verdade – disse ela, prática.

Todos os pensamentos em sua mente lutavam uns contra os outros, como se seu cérebro estivesse tentando fazer cálculos impossíveis e rejeitasse as respostas porque ela não tinha ideia se estavam certas ou erradas.

– Isso é lindo – disse Nina. – E totalmente inesperado. Trazer esse sofá até aqui deve ter dado um trabalhão.

Ela olhou do móvel para as muletas de Sebastian.

– Eu admito, não posso levar crédito pelo trabalho. Alex e a equipe dele ajudaram, mas... a ideia foi minha.

– É lindo. Obrigada.

– Sente-se.

Eles foram até o sofá. Sebastian olhou para o relógio, e Nina ficou na beirada, tensa, com medo de baixar a guarda e seu cérebro chegar a conclusões erradas. O horizonte ao redor deles era de tirar o fôlego, e, depois de observar as luzes douradas e as sombras tremeluzindo, ela se demorou prestando atenção em um elemento de cada vez: o caminho escuro do Sena, correndo sinuoso por baixo das pontes, iluminado pelo brilho das luzes douradas; a elegante extensão vertical da Torre Eiffel, destacando-se contra o céu da noite; e as linhas retas cheias de requinte das amplas avenidas espalhadas pela cidade.

– Quer beber alguma coisa? – perguntou Sebastian.

– Sim, por favor.

Nina olhou ao redor, na expectativa, mas não viu sinal de balde de champanhe algum – que o cenário sem dúvida exigia – ou taças ou garrafas de qualquer tipo. Isso reforçou o que ela achava. Tinha entendido certo. Nada de romance ali.

Sebastian entregou a ela um cardápio.

– Vamos fazer o pedido por mensagem. Eu não tinha certeza do que você ia querer. – O sorriso hesitante e incomum que ele deu a deixou confusa outra vez. – Alex deixou um garçom de prontidão.

– Que útil.

– É maravilhoso conhecer o gerente… e saber muitos podres dele.

– Isso é coisa de homem: Alex me parece bem tranquilo.

O rosto de Sebastian ficou sério.

– Ele é um cara legal. E muito tranquilo. Não sei nenhum podre de verdade dele. Alex é só uma boa pessoa e um excelente amigo. E, se eu for sincero, provavelmente é um homem bem melhor que eu, mas não ligo mais pra isso.

Nina franziu a testa. Parecia que Sebastian estava tentando dizer alguma coisa, mas ela não tinha ideia do quê.

– Ele… ele queria sair com você de novo.

– Eu sei – respondeu Nina, sentindo-se culpada, mas também esperançosa. Seu coração começou a debater com seus nervos, mas ela se obrigou a fazer a pergunta. – E tem algum problema nisso?

– Tem – respondeu Sebastian.

Os pontos na cabeça de Nina de repente começaram a se ligar, e ela sentiu que, se desse um passo à frente, chegaria a um terreno mais seguro.

– Você parece o Nick falando.

Nina contorceu a boca em um trejeito divertido e exasperado. A mesma proteção e preocupação do irmão.

– Nick. Ah, merda. Nick.

Ele esfregou uma sobrancelha com o dedo, como se estivesse tentando apagá-la. Teria sido cômico se não fosse uma indicação da agitação de Sebastian. De repente, Nina queria ir direto ao ponto. Havia muita coisa para se ler nas entrelinhas, mas ela já entendera Sebastian errado uma vez.

– Sebastian. Eu... Eu vou ser direta. Estou meio confusa.

Ele congelou, o dedo pairando sobre a sobrancelha, como um personagem clichê de desenho animado, paralisado e atento.

– Confusa?

– É, Sebastian. Confusa. Você me chamou pra jantar. Tipo um encontro, mas sem ser um encontro. – Ela lhe deu um olhar penetrante para mostrar que estava farta de aturar as flutuações de humor dele. – Isso aqui não tem nada a ver com qualquer outro jantar, seja encontro ou não, a que eu tenha ido. Parece um encontro. Um encontro romântico.

Ela ergueu as sobrancelhas e cruzou os braços. Seu peito se contraiu quase dolorosamente ao esperar pela resposta.

– Seria... seria um problema se fosse? Eu sei que você tá saindo com o Alex.

Ele afastou com delicadeza do rosto dela um cacho solto esvoaçando à leve brisa que soprava pelo terraço.

Sebastian quase a tocou, e isso a fez perder o fôlego.

– N-nós saímos algumas vezes... Ele é um amor, mas...

– Se isso fosse um encontro, você acha que o Nick ia se incomodar? – perguntou ele, com uma hesitação repentina no olhar.

Ela se ajeitou na cadeira, muito surpresa pela súbita mudança na direção dos pensamentos dele.

– Nick?! Você se importa mesmo com o que ele pensa? – perguntou Nina, revirando os olhos, observando Sebastian ranger os dentes.

Sério? Ela sentiu uma queimação na boca do estômago junto com um golpe de raiva e frustração. Naquele momento, se sentia em qualquer lugar, menos em um encontro. Queria estrangular aquele homem.

– O Nick teve alguma coisa a ver com... – começou Nina. – Bom, é bem óbvio que fui a fim de você anos atrás. Eu achava que talvez você... bom, você era legal comigo naquela época.

Sebastian mordeu o lábio.

– Desculpa por andar tão rabugento. Foi por isso que te chamei aqui esta noite... pra pedir desculpas e agradecer.

Ele esfregou o rosto e desviou o olhar para além do terraço.

– Você tá evitando a pergunta – pressionou Nina, ávida por uma resposta, embora tivesse muita certeza de que não ia gostar dela.

– Nesse momento, provavelmente seria legal te beijar e fazer sumir essa sua cara de raiva. – Ele deu um sorriso zombeteiro. – Mas, no fim de tudo, é, infelizmente o que ele pensa importa.

Em um mero segundo, as esperanças dela foram por água abaixo. Nina engoliu em seco o nó de decepção e deixou o silêncio falar por ela.

Sebastian estremeceu.

– Você está com raiva... Desculpa, não sou bom nessas coisas. Você precisa ser paciente comigo.

Nina permaneceu em silêncio, preparada para dar a ele uma última chance de se explicar.

– Você entende de relacionamentos. É muito melhor com as pessoas do que eu. Sou bom em ser chefe. Em ser chef de cozinha. E bem mediano no resto. Falo as coisas erradas, especialmente quando estou chateado com algo. Já você... as pessoas gostam de você. Gostam muito. Você espalha essa energia boa e felicidade ao seu redor. Elas conversam com você. Se abrem.

Nina deu de ombros, um pouco sem graça. Ela não achava que isso tinha algo de especial. Sem dúvida, não era uma grande conquista.

– Quando a gente era mais jovem, você fazia com que eu me sentisse um super-herói. E, por um tempo, acreditei que a gente... Aí o Nick me alertou. Na última semana. Logo antes de eu voltar pra universidade.

– Te alertou? Do quê? De mim?

Nina fechou as mãos com força.

– Não no sentido de "fica longe da minha irmã ou vai se ver comigo", mas mais um: "Rá! Essa paixonite adolescente da Nina por você não é engraçada? Ela ficou assim por um professor seis meses atrás e, antes dele, por um carteiro".

As unhas de Nina começaram a machucá-la.

– E você acreditou nele?

– Ele também falou que, se eu estivesse levando a sério essa coisa de ser chef, quase não ficaria por perto. – Sebastian esfregou a sobrancelha de novo. – Isso me fez perceber que, apaixonada ou não, você merecia alguém que estivesse ao seu lado. Alguém que te esperasse na linha de chegada das suas corridas, que te levasse pra sair. Eu estava indo embora, não seria justo pedir que me esperasse por anos. E concluí que você tinha seguido em frente. – Sebastian pareceu inseguro e encarou o relógio em seu pulso por um bom tempo. – E, quando voltei da universidade, você mal falou comigo.

Nina fechou a cara outra vez.

– Eu mal falei com você porque estava morrendo de vergonha. Eu tinha me humilhado por completo.

Sebastian deu de ombros e desviou os olhos para o horizonte, então deu uma checada rápida no relógio outra vez.

– Se você olhar o relógio mais uma vez, vou jogar suas muletas lá embaixo e deixar você aqui.

– Vira – disse Sebastian, de repente segurando-a pelos ombros e direcionando o rosto dela para a vista da cidade do outro lado.

Nina olhou ao redor, mas não... E então:

– Ah! Ah, que coisa linda!

No horizonte, a Torre Eiffel começou a brilhar magicamente, cintilando e piscando com uma luz branca feito diamante, lançando-se pela noite como fogos de artifício.

– Uau! – exclamou ela, sem fôlego, fascinada. – Eu não sabia que ela fazia isso.

– Toda noite, nos primeiros cinco minutos de cada hora.

– Como é que deixei isso passar? – perguntou Nina, virando-se para ele com os olhos marejados.

O olhar de Sebastian encontrou o dela.

– Às vezes, a gente deixa passar coisas que estão bem na nossa frente, mas...

Ele suspirou e deixou o olhar vagar. Nina viu as sombras dançando pelo rosto dele enquanto Sebastian observava o show de luzes. Ele segurou a mão dela e a apertou, mas o leve toque não diminuiu a dor em seus olhos.

– Nina, eu… eu gosto muito de você, mas…

– Tá tudo bem, Sebastian.

Nina o interrompeu, as palavras rápidas e afiadas, como se cauterizassem uma ferida. O "mas" já dizia muita coisa e, se fosse seguido de algo entre "eu não sinto atração por você", "não quero sair com você" ou "você não é a garota certa pra mim", ela não ia aguentar ouvir.

– Já faz muito tempo, nós crescemos desde então.

Virando-se sob o pretexto de observar as luzes tremeluzindo e brilhando no céu noturno, ela piscou para segurar as lágrimas bobas que não tinham espaço para sair. Mas o cérebro dela insistia em ficar remexendo e revirando as coisas, procurando entre peças de um quebra-cabeça, e Nina não conseguia deixar de lado dois fatos importantes: um, Sebastian ainda segurava sua mão e acariciava delicadamente seus dedos com o polegar; e dois, aquele olhar desolado dele. Por quê?

Nina estava prestes a perguntar sobre o "mas" quando uma voz alta ecoou pelo terraço, o tipo de volume que uma pessoa usava para indicar sua presença, caso estivesse interrompendo algo.

– Boa noite, gente.

Sebastian puxou a mão, e os dois se viraram para ver Alex equilibrando uma bandeja com uma garrafa de champanhe enfiada em um balde de gelo e duas taças.

– Oi… Ah, é você, Nina. – Ele balançou a cabeça, surpreso por um instante. – Achei que fosse a Ka… – Ele abriu um grande sorriso. – Desculpa, Bas, fiquei com medo de você estar sem sinal de celular aqui em cima. Você falou que ia mandar mensagem pedindo bebidas, mas não ouvi nada, então achei melhor arriscar e trazer o champanhe.

– A gente ainda não tinha decidido o que pedir – falou Sebastian. – Estávamos conversando.

Apesar das palavras atravessadas do amigo, Alex sorriu.

– E, agora que sei que é a Nina que tá aqui com você, provavelmente não vai ser champanhe. Desculpa, achei… – Ele piscou para Nina. – Se bem que fiquei imaginando por que ele não tinha pedido algum drinque romântico, como um par de Kir Royales. Agora entendi. Como você tá, Nina?

– Estou bem.

Ela desenterrou um sorriso. Alex não sabia que tinha interrompido algo que ainda precisava ser resolvido. E como ela tinha se esquecido da deslumbrante Katrin?

– Vou levar isso de volta, a não ser que você queira um espumante, Nina. Seb, o que vai querer?

– Vou tomar uma cerveja. Pode tomar o champanhe se quiser, Nina.

Ela balançou a cabeça, sentindo-se inadequada e sem jeito.

– Vou querer uma taça de vinho tinto, por favor – falou, bem baixinho.

Claramente, no que dizia respeito a Sebastian, aquilo eram negócios, como sempre.

– E de qual tipo você gosta? Posso recomendar um excelente Bordeaux ou um agradável Vins de Pay d'Oc frutado. Ou tem um...

– Alex.

Sebastian o olhou de cara feia.

– Vou querer o da casa – respondeu Nina.

– E vocês gostariam que eu mandasse trazer o jantar? – perguntou Alex.

Nina não conseguia entender se ele não percebia a ânsia de Sebastian em se livrar dele ou se estava ficando mais tempo ali de propósito. De qualquer forma, ela era incapaz de afastar a sensação de desconforto diante da alegria de Alex ao achar que fosse a deslumbrante e perfeita Katrin lá no terraço.

– Seria ótimo, obrigado.

O tom cortante de Sebastian pareceu abalar Alex, que piscou para Nina e seguiu até o elevador, já no walkie-talkie pedindo vinho e cerveja para alguém lá embaixo.

Depois que ele foi embora, Sebastian se virou para Nina e murmurou, como se estivesse num filme de espionagem, pelo canto da boca.

– E ele entendeu errado. A Katrin não está mais em cena.

Alex, com seu contínuo timing impecável, reapareceu, trazendo um carrinho com pratos cobertos por cloches prateados enquanto Nina tentava digerir aquela informação e a urgência de Sebastian em dizer aquilo baixinho.

– Devo servir?

– Não, obrigado, eu assumo daqui – respondeu Sebastian, erguendo-se sem muito jeito.

– Não seja ridículo – ralhou Alex, pegando um guardanapo e abrindo-o com bastante desenvoltura, antes de erguer um dos cloches. – Hoje, para seu deleite, temos... – ele fez uma pausa para causar efeito – ... costela de porco ao molho barbecue com salada de repolho e batata frita.

Nina lançou um olhar para Sebastian – o rosto dele estava corado – e começou a rir. Ele deu de ombros, resignado.

– Acredito que esteja de seu agrado, madame – respondeu Alex, totalmente alheio ao sorriso travesso que Nina deu para Sebastian.

– É um dos meus favoritos – disse ela, incapaz de impedir que seu sorriso se abrisse por completo.

– Um gosto excelente – comentou Alex, ocupado com o ato um tanto desconexo de servir várias costelas em um prato de porcelana com bordas douradas.

Sebastian trocou um olhar divertido com ela e se recostou de volta no sofá, mantendo-se calado enquanto Alex continuava a tecer comentários e servia os dois pratos.

– É só isso, pessoal? Suas bebidas vão ser trazidas em breve.

– É só isso, obrigada – respondeu Nina, antes que Sebastian pudesse dizer qualquer coisa.

Ela tinha a sensação de que, a qualquer minuto, ele ia dizer para Alex se jogar do terraço.

Quando Alex enfim se retirou, Nina se virou para Sebastian.

– Costelas?

– Você costumava amar.

– E você não acha que o meu gosto pode ter mudado nos últimos anos? Sabe, ter ficado um pouco mais sofisticado?

Sebastian franziu a testa.

– Isso é uma pegadinha?

– É, sim – balbuciou Nina, ainda comovida por ele ter pedido o que um dia tinha sido seu prato favorito. – Minha comida preferida hoje em dia é linguine com mariscos...

– Ah. – A decepção de Sebastian era quase palpável. – Como você disse, já faz muito tempo, e a gente cresceu bastante desde então.

– Pelo menos, é o que eu digo pra todo mundo... – continuou ela, dando um sorrisinho espirituoso, contente por deixá-lo sem jeito. Então, sua expressão ficou mais suave. – Mas algumas coisas nunca mudam mesmo...

Nina mordeu o lábio e olhou para Sebastian, esperando o que pareceu um minuto inteiro até o olhar dele encontrar o dela.

– Eu tinha esquecido o quanto amo costela com salada de repolho. Obrigada.

Foi quase hilário vê-lo somar dois mais dois, o trejeito rápido da cabeça quando ele... quando ele finalmente entendeu.

– Então... – Sebastian franziu o cenho, como se estivesse tendo dificuldade com uma equação. – Quando falei que gosto muito de você, mas... o que eu estava tentando dizer era... não quero ficar entre você e sua família.

Nina balançou a cabeça e sorriu para Sebastian, erguendo a mão para tocar a dele.

– Nada vai ficar entre mim e a minha família, nunca. – Ela revirou os olhos. – Mas... talvez eles só tenham que aprender a engolir isso.

Com o coração mais leve, Nina sentiu os dedos de Sebastian se entrelaçando nos dela.

– E o Alex?

Nina se concentrou na mão quente e seca pesando sobre a dela. Não era nenhum tipo de declaração, mas parecia algo a que se agarrar. Era o suficiente para um começo.

Nina apertou a mão dele.

– Ele é um amor, mas a última coisa de que preciso é mais um irmão.

– Que bom, você já tem vários mesmo.

As palavras de Sebastian fizeram Nina virar a cabeça, atenta.

– Nunca vi você como um irmão.

Um leve rubor tingiu as bochechas de Sebastian.

– Q-que bom. Isso é bom. Nunca quis que você achasse isso.

Sebastian apertou a mão dela e então, todo prático, se afastou e pegou um dos pratos.

– Agora, vamos devorar essa iguaria sofisticadíssima enquanto ainda tá quente?

Nina conteve um suspiro. Será que algum dia saberia em que pé estava com aquele homem?

Capítulo 28

Nina deu à sua recepcionista favorita um sorriso reluzente enquanto levava a cadeira de rodas pelo saguão. Ela e Sebastian eram amigos outra vez. Aquilo era um bom passo adiante. Um enorme passo. Uma coisa muito boa. E amigo era melhor que… não, não era, mas era alguma coisa.

Às vezes, ela achava que Sebastian talvez gostasse dela, e em outras ficava na dúvida se tudo aquilo não era só uma oferta de amizade. Mas ela não ia fazer papel de boba uma segunda vez. Não ia deixar que nenhuma de suas confusões internas transparecesse.

Nina tomara a iniciativa no domingo, perguntando se ele gostaria de dar outra volta na cadeira de rodas. Ele tinha ficado ocupado até terça-feira, mas tudo bem, porque isso dera a ela tempo de pesquisar.

– Bom dia – cantarolou ela, deliberadamente animada ao abrir a porta do quarto dele. – Sua biga chegou.

– Bom dia. Que bom ver você!

Sebastian apareceu na porta do quarto, apoiando-se nas muletas e lhe dando um sorriso radiante que fez seu corpo todo estremecer.

– A manhã tá linda e agradável demais pra ficar preso a uma pilha de mapas de cores.

– Fico contente em ser útil – respondeu ela, sorrindo tanto que achou que ia arrumar um estiramento nos músculos da bochecha. Era bom saber que podia ser útil. – Sua aparência tá bem melhor – continuou, cedendo ao seu lado mais sombrio, que não estava aceitando bem decepções.

– Obrigado. Você quer dizer que estou melhor em comparação à minha encarnação anterior da imundice suprema, imagino. É maravilhoso o quanto a gente se sente melhor depois de um banho. Embora eu esteja gastando plástico PVC em quantidades industriais.

Nina se sentiu um pouco maldosa por seu comentário anterior bem específico sobre isso.

– Com ou sem a ajuda do Alex? Na segunda vez que te vi, dava pra notar bem a melhora.

– Obrigado. Se bem que, quando alguém comenta sobre a nossa higiene pessoal, meio que se torna uma obrigação tomar uma providência.

Havia um brilho de provocação nos olhos dele.

– Eu não fiz isso! – respondeu ela, ultrajada.

– Humm, acho que sugerir que eu podia arrumar ajuda pra lavar meu cabelo foi bem específico.

– Bom... – Ela deu um sorrisinho rápido. – Você estava fedendo um pouquinho.

– Ei!

– Foi mal, mas... você estava bem longe de estar cheiroso. Agora, chega de conversa fiada. Tá pronto?

– Tô. Aonde vamos?

– Vamos fazer um grande tour gastronômico a pé.

– Ou em cadeira de rodas.

– Isso, ainda bem que a maior parte de Paris é bem plana. Já planejei a rota toda.

– Então, o que tem nesse tour?

– Confeitaria: da tradicional à vanguarda.

Desde que fora à Ladurée, Nina tinha pesquisado mais durante as noites sozinha no apartamento e feito anotações de lugares que queria visitar. Aquele dia era a oportunidade perfeita, e talvez houvesse uma razão oculta.

– Beleza, algum motivo em especial?

– Sim – respondeu Nina, com firmeza. – Eu... queria ver mais e aprender mais. – Na verdade, ela queria que *ele* visse mais. Em algum lugar no meio do caminho, Sebastian perdera sua chama criativa. – E te mostrar umas coisinhas.

– Me mostrar?

– É – confirmou ela, em um tom definitivo que não admitia argumentos.

– Você não ficou nada impressionada com meus macarons, né?

O sorriso dela oscilou.

– Me pegou.

– O que tinha de errado com eles?

– Nada. Eram perfeitos... só um pouco... sabe...

– O Marcel falou que eles eram uma trilogia triunfal.

– No que diz respeito ao Marcel, qualquer coisa que tenha acabado de sair do forno tem pontuação máxima no caderninho dele. Marcel odeia vender itens de confeitaria encomendados. Fico surpresa por ele nunca ter brigado com o entregador.

Sebastian franziu a testa.

– Qualquer um acharia que você passa a semana toda lá.

Os olhos de Nina se arregalaram só um pouquinho.

– Bom, eu apareci lá. Você sabe. Pra dar uma olhadinha. Sabe. Encontrar a Marguerite e a Maddie pra um café. Esse tipo de coisa.

A voz dele tinha um quê de divertimento.

– Esse tipo de coisa. É bem gentil da sua parte. Tá cuidando do lugar pra mim? Eu deveria ter percebido que você ficaria perdida e muito sozinha. Desculpa, eu poderia ter sido...

Ela nunca ia saber o que ele poderia ter sido, pois o interrompeu depressa, a culpa a deixando tagarela.

– Eu tô bem. Ocupada. Explorando por aí. Não passo tanto tempo lá. E, quando vou, eu... Bom, arrumo, preparo as coisas.

Parte dela torcia para que Sebastian talvez ficasse impressionado com as horas que ela dedicara aperfeiçoando suas habilidades confeiteiras, mas não podia revelar isso sem explicar sobre Marcel vender seus doces na loja.

A pesquisa que Nina fizera valera a pena, e ela tinha elaborado a rota perfeita, que os levaria do hotel até a Fauchon, a confeitaria oposta à L'Église de la Madeleine, seguindo depois pela Place de la Madeleine até a Rue Royal e a Ladurée, antes de passar pela Place de la Concorde, por cima do Sena, e então fariam uma boa caminhada até as duas confeitarias seguintes, que tinham um estilo mais contemporâneo.

– Interessante – comentou Sebastian, quando eles olharam pela janela da Fauchon, com seu estilo preto e rosa reluzente. – Aqui tem esse ar de criança terrível e caótica do mundo da confeitaria.

O local era irreverente, brilhante e escandaloso. Havia prateleiras lotadas de confeitos de chocolate na embalagem que era a assinatura da Fauchon, as letras em preto com toques de rosa-choque. Ao irem até os fundos da loja, os produtos estavam dispostos em gabinetes refrigerados largos com pouca profundidade, exibindo suas legendas exóticas com a descrição dos bolos em camadas: *sablé breton, crème à la vanille de Madagascar, framboises, eclats de pistaches* e *cremeux caramela beurre salé*. Nina queria anotar tudo – os biscoitos de massa amanteigada que derretiam na boca, o creme de baunilha, as framboesas, os chips de pistache, o creme de caramelo salgado –, mas se contentou em tirar várias fotos, principalmente das bombas reluzentes e compridas, salpicadas com lascas de folhas de ouro, o chocolate tão escuro que era quase preto. À direita, havia macarons de todos os sabores e cores imagináveis, enfileirados perfeitamente, lembrando-a de pequenos ioiôs que nunca tinham sido usados.

De lá, foram até a mais sóbria Ladurée, que ainda era a favorita de Nina.

– Esta aqui é como uma duquesa viúva comparada ao jovem príncipe abusado – observou Nina, quando eles espiaram pela janela. – Mas é a minha preferida. Vim aqui algumas semanas atrás.

– E o que achou?

Sebastian ergueu os olhos para ela.

– Achei que o cheesecake era de morrer, assim como o *plaisir sucré*. – Ela deu um sorrisinho. – E o Saint-Honoré e o Ispahan e o babá ao rum e o religieuse de pistache.

– Quantos bolos você provou?

– O Alex pediu todos.

– O Alex?

A voz de Sebastian subiu um tom, surpreso. Mas Nina ignorou.

– E... – Ela fez uma careta melancólica. – Eu provei todos.

Nina ficou aliviada ao ver os olhos de Sebastian brilharem, divertidos. Ele abriu um sorriso.

– Não duvido. – Ele fez uma pausa e acrescentou, dando uma piscadinha travessa, que a fez sentir um frio na barriga. – Nunca vi você dar pra trás diante de um desafio.

Nina baixou a cabeça. Nem ele, no passado.

Eles entraram na fila, que andou bem rápido, e não demorou para que estivessem acomodados em uma mesa.

– Então, o que você recomenda, Srta. Todos-os-bolos-da-loja Hadley?

– Você tem que experimentar o cheesecake, é divino.

Nina apontou cheia de entusiasmo para o topo do cardápio. Ela tinha um fraco por aquele bolinho. Sem dúvida, tinha sido uma fonte de inspiração para ela, e os clientes da loja com certeza pareciam amar suas criações de fusões anglo-francesas. Marcel ficava felicíssimo toda vez que vendiam tudo.

– Cheesecake?

Diante da expressão de dúvida de Sebastian, ela assentiu.

– Cheesecake com um toque a mais. Aprimorado.

– Sem dúvida eles estão fazendo algo certo por aqui – comentou Sebastian, olhando ao redor para as mesas lotadas. – E não é barato.

– E a decoração? – perguntou ela, com um ínfimo arrepio de prazer ao pensar nas sereias fascinantes que adornavam as paredes da confeitaria.

– Tem seu estilo. Acho que tem atrativos. A decoração é muito importante. Gasto muito dinheiro em projetos de design.

– Então um interior muito fabuloso atrai mais clientes? – perguntou ela, recostando-se na cadeira, tentando soar casual.

– Sem a menor dúvida. As pessoas querem sentir que estão em um lugar especial, dá um toque a mais ao ambiente.

– Isso é papo de homem de negócios? Ou um cliente falando?

– Os dois. Sempre tenho interesse em ver o que outros restaurantes e lugares têm a oferecer, o que estão fazendo de bom, se posso aprender algo com eles.

– Isso quer dizer que, se um lugar estivesse dando lucro, talvez você não o modificasse tanto? – indagou ela.

– Não se as margens de lucro fossem boas e tivessem um bom modelo de negócio. O que certamente é o caso aqui.

– Então você acha que uma confeitaria pode dar dinheiro – pressionou Nina.

Ele ergueu uma sobrancelha.

– A Confeitaria C não dá dinheiro há anos. E confeitaria exige muito trabalho. Não vou mudar de ideia quanto a isso. O Marcel tá te puxando pro lado sombrio da força?

Ela deu de ombros, como quem não quisesse se comprometer.

– Este lugar está aqui há duzentos anos. Eles construíram uma reputação. É assim que conseguem se dar bem cobrando 12 euros por um bolo. – Ele fechou o cardápio com firmeza. – Vou provar esse seu famoso cheesecake. O que você vai pedir?

A fila dobrara desde que eles tinham chegado, e duas mulheres com enormes óculos de sol e glamourosos casacos de lã compridos que iam até o chão lançaram olhares para Sebastian. Seus sorrisos diminuíram ao vê-lo pulando com as muletas enquanto Nina empurrava a cadeira para um lugar mais calmo na calçada.

– Qual a próxima aventura gastronômica? – perguntou Sebastian, ao se acomodar de novo na cadeira do lado de fora da confeitaria, alheio ao evidente interesse das duas mulheres.

Nina precisava admitir: ele estava bem gato, e ela se sentia meio possessiva em relação a ele. Aquelas mulheres podiam admirar o rosto bonito, mas não sabiam que Sebastian precisava de alguém que cuidasse dele de vez em quando. Bem-sucedido e motivado, Nina não podia negar que Sebastian era um partidão, mas ele precisava de alguém que o resgatasse da necessidade constante de se provar e mostrasse a ele como se divertir.

– Nina? – chamou ele, interrompendo seus pensamentos. Ela se concentrou nele outra vez. – Aonde tá me levando agora? Eu me acostumaria fácil com isso, ser levado por aí.

Nina enfiou o mapa no peito dele.

– Você pode ajudar a indicar o caminho, já que tá sentado aí sem fazer nada – falou ela, espirituosa, tentando ignorar a sensação inquietante que a fazia sentir que precisava sair para fazer uma longa corrida ou talvez apenas puxá-lo e beijá-lo bem ali, sem parar para pensar nas consequências.

Embora não tivesse contado a Sebastian aonde iriam, ela tinha definido a rota em um mapa mais cedo.

– Isso parece bem familiar – falou Sebastian, enquanto andavam pela Rue Saint Honoré. – Esqueci como Paris é compacta.

– E eu esqueci como é mais fácil andar em um ritmo tranquilo – provocou Nina. – Meus ombros ficaram destruídos da última vez.

Eles fizeram um percurso levemente sinuoso para que pudessem passar pelo Louvre e sua famosa pirâmide de vidro, antes de descerem no Quai François Mitterrand para atravessar o Sena pela Pont Royal, a luz do sol reluzindo na água cheia de barcos e barcas, e continuar pela Rue du Bac. Sob o pôr do sol quente, era fácil passear aproveitando o clima agradável. Um grupo de turistas em um tour passou rápido por eles, pulando pelo meio-fio, todos ansiosos para passar e acompanhar a guia, que marchava jorrando informações sobre a cidade.

La Patisserie du Rêves – a confeitaria dos sonhos – era o total oposto da Ladurée. Havia um minimalismo puro ali, com apenas algumas das atrações principais do cardápio exibidas em redomas de vidro suspensas do teto e um bolo grande ao lado de um de tamanho individual. Os bolos eram simples, mas muito elegantes, um reflexo da própria loja.

A sensação de Nina era que parecia mais uma galeria de arte. Havia muito pouca coisa exposta, mas Sebastian, depois de abandonar a cadeira de rodas do lado de fora, passou a andar para lá e para cá examinando cada bolo na vitrine. Nina estava absorta na linda disposição de *sablés à la rose*, pequenos biscoitos amanteigados com cobertura rosa, assim como os grandes Paris-Brest, um círculo de bolinhos de massa choux recheados com creme praliné e uma camada interna de praliné puro, até que ela viu o preço.

– Noventa e quatro euros! – sussurrou ela, escandalizada, quando Sebastian inclinou a cabeça para olhar mais de perto.

– Serve doze pessoas – respondeu ele.

– Sim, mas... será que eles conseguem vender esse?

– Conseguem. – Ele deu um leve tapinha no vidro. – Na França, a cultura é bem diferente. As pessoas compram itens de confeitaria para levar de presente quando são convidadas para jantar ou almoçar. Este lugar é muito estimado em Paris. O chef, Philippe Conticini, é muito famoso, vive aparecendo na televisão e tem reputação internacional. Se você chegar com uma sobremesa daqui, seus anfitriões vão ficar maravilhados, seria uma bela ostentação.

Ele baixou a cabeça para espiar o Paris-Brest outra vez.

– Isso tá incrível.

Nina circulou pela loja e, quando voltou, Sebastian ainda examinava os bolos com o entusiasmo de um colecionador de insetos olhando no microscópio. Ela sorriu ao ver a expressão um tanto intensa de Sebastian e esperou, paciente, quando, depois de uma observação minuciosa de cada bolo na vitrine central, ele engatou em uma longa e cativante conversa com os dois funcionários vestidos de branco.

Ela se sentiu um pouco vitoriosa ao ver Sebastian entusiasmado a caminho da confeitaria seguinte.

Os bolos na Des Gâteaux et du Pain eram ainda mais extravagantes e bonitos que os do último lugar e confirmaram de uma vez por todas a crença de Nina de que nunca seria uma chef confeiteira. Ela tinha lido sobre Claire Damon, a confeiteira dali, que abrira a loja doze anos antes e treinara com alguns dos confeiteiros franceses mais renomados por dez anos antes disso.

Nina olhou ao redor e soube que não tinha paciência nem o desejo ardente de criar coisas perfeitas como aquelas e... isso não a incomodava. Com um súbito insight de clareza, Nina percebeu que o que ela fazia já bastava para si. Ainda ficava atônita ao ver pessoas formando fila do lado de fora da Confeitaria C em busca do *suprême* de chocolate e caramelo todos os dias e que, às quatro da tarde, Marcel já tinha vendido todas as suas bombas de morango e chocolate.

Aquela perfeição deixava Nina um pouco intimidada. Ela pensou na camaradagem afetuosa da semana anterior lá na confeitaria, quando todos tinham redecorado a fachada. Aquilo era mais seu estilo. Ela não precisava fingir ser algo que não era.

Sebastian, no entanto, estava fascinado, e Nina sorriu como uma mãe orgulhosa enquanto andavam de um balcão para o outro.

– Então, o que achou? – perguntou, quando ele voltou até a cadeira de rodas, e ela começou a empurrá-lo pela rua.

– Acho que minha Trilogia Triunfal é uma grande baboseira – afirmou ele. – Isso é incrível. Me fez perceber que não passo mais tempo na cozinha hoje em dia. – Ele se virou para trás e a encarou. – Estou vendo uma expressão convencida no seu rosto?

– Sem comentários – respondeu Nina, contendo um sorriso.

– Você me lembra a sua mãe – disse ele, ainda virando o pescoço para olhá-la.

– Não!

– Bom, não é que você pareça a sua mãe, você não tem nada a ver com ela, é óbvio – acrescentou Sebastian, apressado. – Mas é esse sorriso sagaz que diz "viu, eu tinha razão o tempo todo" querendo aparecer na sua boca, que é muito mais gentil e fácil de aceitar do que um "eu te avisei" na cara.

Ele se virou e ergueu a perna, batendo no gesso.

– Meu Deus, mal posso esperar pra tirar essa porcaria. De repente, tive várias ideias. Quero ir pra cozinha. – Ele se virou para olhá-la de novo. – Será que você não gostaria de fazer umas horas extras? Aprender com o mestre trabalhando.

– Sem receber pra isso, você quer dizer – provocou ela, erguendo uma sobrancelha.

– É, tipo isso. Se bem que os outros me pagaram. Vamos dizer que, se não ficar completamente satisfeita, você recebe seu dinheiro de volta. – Naquele ritmo, Sebastian ia dar um mau jeito no pescoço de tanto virar a cabeça para ela. – Eu queria fazer umas experiências. O dia de hoje me deixou cheio de *doces* ideias.

Nina se contorceu com a ênfase dele na palavra.

– Essa foi terrível.

Ele deu uma piscadinha ridícula e virou a cabeça para ver a direção que estavam tomando.

Nina sentira falta desse lado brincalhão de Sebastian. Durante muito tempo, ela só vira o lado mais sério e solene. Ele parecia mais jovem e mais animado naquele dia do que em muito tempo.

– Como você sabe que eu não quero receber dinheiro na mão? – provocou ela de volta.

Nina se permitiu baixar os olhos para o cabelo escuro e macio de Sebastian, refletindo sobre qual seria a reação dele se ela cedesse ao impulso de afastar seu cabelo do colarinho. Já tinha passado da hora de Sebastian cortar o cabelo. Provavelmente não era uma prioridade no momento.

Sebastian se virou novamente.

– Você tá bem?

– Tô – respondeu ela, apressada, se dando conta de que ele a flagrara encarando sua nuca.

O rosto dele ficou mais suave, e, num tom baixo, Sebastian perguntou:

– Você me ajudaria amanhã, depois que o curso terminar, quando todos já tiverem ido embora?

Nina segurou com mais força a cadeira de rodas. Não havia motivo para que aquele pedido sereno fizesse seu estômago revirar, mas foi o que aconteceu.

– Amanhã? – repetiu ela, incapaz de desviar o olhar do dele, a voz calma, ainda que por dentro gritasse "Amanhã? Não!".

Droga, eles tinham planejado uma programação completa na cozinha no dia seguinte, antes e depois do curso, para que ela pudesse compensar o tempo que tinha perdido enquanto Sebastian ficara lá. Maddie e Bill tinham se alistado para ajudar desde as seis, antes do início do curso, e Peter e Jane se ofereceram para ficar depois e passar algumas horas.

– O dia de hoje me deixou muito inspirado. – As palavras dele a aqueceram. – Obrigado, Nina. De repente, tive muitas ideias. – Ele lhe deu mais um de seus olhares sérios e determinados. – Eu queria a sua ajuda. Suas combinações de sabores naquelas éclairs estavam geniais.

– Elogios abrem muitas portas – disse ela, tentando não deixar as palavras dele a afetarem.

– Tô falando sério, Nina, você tem um bom faro.

Havia um quê a mais de afeto nos olhos dele ou era só o que ela queria ver? Nina já estivera naquela situação muitas vezes.

– Na verdade, *você* me fez repensar o final do curso, na semana que vem.

Os passos de Nina vacilaram por um instante diante da sinceridade e… será que estava ouvindo admiração na voz dele?

– O que acha de fazermos algo grandioso, em que todos vão poder fazer um pouco de tudo, usando as técnicas que praticamos durante as aulas?

A princípio, ela achou que era uma pergunta retórica, mas não, Sebastian a olhava esperando uma resposta que considerava importante. Incapaz de se conter, ela abriu um sorriso.

– Eu… eu acho que é uma ótima ideia.

– Croquembouche?

Nina ofegou.

– Seria incrível. Mas será que não é um pouco… ambicioso?

Nina já tinha visto fotos das torres de profiteroles. Pareciam fabulosas, mas ela tinha certeza de que era algo bem difícil de fazer.

– Sim, mas… – O sorriso de Sebastian fez o coração dela disparar. – Quero que essa última aula seja espetacular. Um esforço de equipe com todo mundo trabalhando junto para escolher os sabores, os recheios e a aparência geral. Quero que eles terminem em alto estilo e fiquem com uma sensação de dever cumprido.

– Isso é maravilhoso. – Ela sorriu, encantada com a ideia. – Eles são tão maravilhosos, vão adorar.

– Espero que sim, e amanhã vai ser um dia bom e mais fácil. Vamos fazer bolinhos no estilo francês, madeleines e financiers, que acho que todo mundo vai gostar de fazer.

Ela conteve outro sorriso, mas ele viu.

– O que foi? – perguntou ele, com uma risada de desconfiança.

– Você. Você mudou de tom. Quase parece que está gostando de dar esse curso.

– Quer saber? Tô mesmo.

Ele balançou a cabeça, como se estivesse surpreso.

– E tá quase acabando. Você vai tirar o gesso semana que vem. Vai voltar a andar sozinho.

As palavras de Nina saíram meio hesitantes.

– Você disse que iria comigo – lembrou Sebastian. – Ao hospital. Na terça. Ainda tá de pé?

Sebastian pareceu igualmente hesitante.

– Terça? – repetiu ela, chocada. – Da semana que vem?

Ele assentiu, o pomo de adão subindo e descendo.

A tensão dominou os ombros dela com garras cruéis. Ficara tão ocupada e concentrada na confeitaria que estava em completa negação sobre o que aconteceria quando Sebastian voltasse a andar sozinho.

– Você vai? – insistiu ele.

– Vou, claro. – Mas a voz dela parecia sem vida. – Eu tinha esquecido que logo, logo vou voltar pra casa.

Sebastian pareceu desolado.

– É... Vai mesmo. – Ele olhou para Nina e depois para longe. – Parece que a gente... é como a areia de uma ampulheta que, de repente, se esvaiu rápido demais e... – Sebastian ergueu os olhos para ela, a voz inesperadamente rouca. – A gente ficou sem tempo.

Nina engoliu em seco, mantendo o rosto inexpressivo.

– Nina... – disse ele.

Ele segurou a mão dela e a conduziu para a frente da cadeira de rodas, levantando-se e murmurando:

– Maldita perna inútil.

Nina sentiu o coração martelando no peito e ergueu o olhar quando Sebastian abaixou a cabeça, encostando sua testa na dela.

– Caramba, Nina. Eu não quero que você vá embora.

O coração dela batia mais forte do que uma bateria de rock.

– Nem eu – sussurrou ela.

Por um momento, os dois se encararam em um olhar demorado e cheio de expectativa. Nina queria capturar para sempre o doce sorriso que começou a surgir no rosto de Sebastian. Ele ergueu a mão e tocou seu rosto.

– Gente! Dá pra andar? Vocês estão bloqueando a porcaria da calçada toda.

A guia norte-americana irritada estava parada na rua, seu grupo ávido logo atrás, espiando-os com muita curiosidade.

Desconcertada, Nina se afastou, e, irritado, Sebastian voltou a se sentar na cadeira. Nina precisou de alguns empurrões para fazer a cadeira de rodas se mover outra vez. A sensação era a de que tinha parado o carro no meio de um cruzamento movimentado.

Aquilo tinha estragado o momento, e eles voltaram a andar em silêncio, ambos perdidos em pensamentos. Sebastian estava curvado na cadeira, e Nina ficou pensando no que mais ele poderia ter dito.

Ele se virou para ela quando chegaram à porta do hotel.

– Você gostaria de...

– Você estava esperando uma entrega de um forno Molteni de duas toneladas pra hoje? – perguntou Alex, aparecendo na mesma hora, o cabelo tão despenteado que parecia quase de pé. – Pra sua suíte?

– O quê?! – Sebastian ergueu a cabeça bruscamente. – Como assim?

– Recebi um entregador e três homens insistindo que tinham que entregar um forno pra você hoje. Aqui.

– Que gente burra – comentou Sebastian. – É pro restaurante.

– Bom, eu sei disso, mas foi bem difícil convencer os caras na sua ausência. E você não atendia o celular.

A voz de Alex assumiu um tom de reprovação quando ele olhou para Nina.

Sebastian deu de ombros.

– Deixei desligado.

Alex estreitou os olhos.

– Trabalhando?

– Não, a Nina me levou num grande tour pelas confeitarias.

Ela quis matar Sebastian quando ele acrescentou, com um sorriso muito satisfeito:

– Ela me levou à Ladurée.

Alex arqueou uma sobrancelha elegante, o sotaque escocês ficando mais evidente.

– Ah, *aye*?

– Foi. Foi muito bom.

A voz de Sebastian sem dúvida tinha um quê de petulância.

– E você comprou pra Nina todos os bolos do cardápio?

Os lábios de Sebastian se curvaram.

– Não. Parece que você estava tentando impressioná-la.

A fala arrastada deu a entender que Alex estava forçando a barra.

Nina queria dar um tapa em cada um. Já estava acostumada a esse tipo de disputa, embora fosse a primeira vez que estivesse no meio de uma, mesmo que metaforicamente. Revirando os olhos diante daquele comportamento infantil, decidiu que a única forma de acabar com a situação era deixar os dois lá.

Ela já estava do outro lado do saguão do hotel quando ouviu os dois chamando:

– Nina!

Sem se virar, acenou com a mão no ar e saiu pelas portas do hotel, aliviada por ter um pouco de paz e sossego para pensar no que acontecera mais cedo naquele dia.

Capítulo 29

– Não! – exclamou Nina. – De jeito nenhum.

Ela pôs a xícara no pires, categórica.

– Por que não? – perguntou Maddie, o rosto corado ao olhar para Bill e Jane do outro lado da mesa, buscando apoio. – Ia dar visibilidade para a Confeitaria C.

– Porque... já me sinto bem mal por Sebastian não ter ideia do que andamos fazendo. Isso realmente seria forçar a barra com ele.

E Nina não queria colocar em risco o... o que quer que estivesse rolando entre os dois. A aula do dia anterior tinha sido – seu coração pulou de alegria – a melhor de todas. Ele fora o Sebastian de quem ela se lembrava, descontraído com todos, cheio de brincadeiras, cuidado e atenção com ela. Muitos sorrisos em sua direção, toques no braço, uma carícia no rosto quando um fio de cabelo saiu do rabo de cavalo. No fim do dia, ela estava ardendo de tanto desejo reprimido, torcendo para que pudessem passar algum tempo juntos depois que a aula acabasse. E então ele recebeu uma ligação sobre a porcaria do forno outra vez e teve que sair correndo.

– Preciso ir, Nina. – Ele tocou a mão dela, acariciando seus dedos. – Vou ficar enrolado com reuniões amanhã, mas você topa jantar comigo na sexta?

O dia a deixara num estado de pura excitação, e ela abraçou as sensações durante toda a noite, repassando cada palavra e cada toque ao longo do dia, segurando-se àquelas palavras sinceras sussurradas no dia anterior. *Eu não quero que você vá embora.*

Tudo isso fez Nina se sentir ainda pior em relação à sua farsa. Seus olhos pareciam cheios de areia e ressecados depois de uma noite em claro. A combinação de culpa e expectativa não era uma boa companheira de cama. Essa inquietação ficou ainda mais exacerbada por estar no apartamento de Sebastian. Por todo lado, havia lembranças dele e a compreensão de que o tempo estava acabando para ela e para a confeitaria.

De repente, Nina percebeu que Maddie e Marguerite estavam olhando para ela. Não tinha escutado o que fora dito.

– Sim, e, se eles vierem fazer a avaliação e a confeitaria for classificada, vai haver muita publicidade. O Sebastian ia ver que vale a pena manter a confeitaria aberta – afirmou Marguerite.

Nina tentou freneticamente se concentrar no assunto discutido.

– Não – insistiu ela com firmeza. – Não é o que ele quer. Vamos ter que recusar. Além disso... – continuou ela, se agarrando a outra linha de raciocínio – provavelmente não vamos ter muita chance de sermos classificados.

– A categoria de melhor estreante não vai ser tão grande – retrucou Bill. – Provavelmente temos uma boa chance. Ainda mais agora que colocamos o candelabro. Aposto que nenhum lugar tem um desses.

Nina quase cedeu. Bill e Peter desistiram de instalar o candelabro no fim de semana ao se darem conta de que limpá-lo ia demandar muito mais tempo, mas tinham trabalhado meticulosamente e sem medir esforços para limpar cada pedacinho de cristal nos últimos dias, antes de finalmente içarem a impressionante peça no lugar.

– Ainda é não – falou Nina, esfregando os olhos.

Maddie suspirou, frustrada, batendo em sua xícara com a faca.

– Mas e o Marcel? – lembrou Marguerite, com delicadeza.

– O Sebastian vai oferecer um emprego a ele – falou Nina. – Ele já falou sobre isso.

Ela lançou um rápido olhar para o homem, que estava em seu lugar de sempre, atrás do balcão. Ele ergueu o olhar e encontrou o de Nina, mas sua expressão solene não se alterou.

– Mas o Marcel ama esse lugar do jeito que ele é.

– Eu sei... – disse Nina, triste; Marcel vinha sorrindo com muito mais frequência nos últimos dias e era bem mais solícito com os clientes. – Mas ele pode ficar feliz trabalhando aqui depois da mudança.

No entanto, Nina no fundo sabia que o rabugento e peculiar garçom não iria se adaptar tão bem. Ele estava muito acostumado ao seu jeito e a administrar as coisas como elas eram.

– Bom, é tarde demais, porque já dei entrada e eles vêm fazer a avaliação na terça – falou Maddie, empurrando sua xícara e se levantando.

Com os pés plantados no chão, seu corpo irradiava uma aura de desafio.

Nina se afundou na cadeira, sentindo-se esgotada e exausta. Não queria brigar com ninguém, muito menos com Maddie.

– Desculpa, mas você vai ter que dizer não a eles.

– Mas que diferença faz? – perguntou Maddie, jogando as mãos para o alto e erguendo a voz. – O Sebastian vai voltar a andar na semana que vem de qualquer jeito. O que você vai fazer? – Ela riu com sarcasmo. – Ele vai ver a transformação que a gente fez. Isso tudo não diz respeito só a ele. E a gente? Investimos um pouco de nós neste lugar. Pra você tá tudo bem, você vai pra casa mesmo. Acho que você não se importa com o que vai acontecer com o prédio depois que for embora.

– Maddie – repreendeu Jane, com seu tom de voz gentil.

– Não é verdade! – gritou Nina, ficando de pé num pulo. O rosto de Maddie ficou vermelho.

– Não é? Você concordou com tudo. Alimentou as esperanças do Marcel, deixou a gente fazer o trabalho todo. E agora vai embora. Você tá do lado do Sebastian.

– Não tem lado nenhum. Não quero que esse lugar feche. Mas sempre foi uma coisa temporária.

– Não precisa ser se você estiver pronta pra lutar por isso. Mas você se prende ao Sebastian. Você é só uma covarde. Está obcecada querendo que ele goste de você. Supera essa paixonite. Se ele gostasse mesmo de você, já teria feito alguma coisa. Você é só alguém útil de se ter por perto.

– Que coisa horrível de se dizer – falou Nina, respirando fundo e sentindo uma pontada no peito, chocada pela súbita dor que a atingiu com as palavras de Maddie.

Uma onda de medo a assolou. E se Maddie tivesse razão e Nina só fosse alguém útil de se ter por perto? Ela esperava que Sebastian a notasse havia anos. Se ele sentia o mesmo que ela, por que nunca fora procurá-la? E se fosse só conveniência? E se, quando Nina voltasse para a Inglaterra, ele percebesse que não precisava dela?

– Ela não quis dizer isso – interveio Jane, tocando o braço de Nina.

– Eu quis, sim – insistiu Maddie, as mãos nos quadris. – Você tá sendo um bebezinho egoísta. Isso não diz respeito a você. Diz ao Marcel e à Marguerite e a todos nós. A gente trabalhou muito e te ajudou. Você podia, pelo menos, dar a este lugar uma chance de lutar.

Marcel, ao ouvir seu nome, olhou para elas, o rosto impassível como sempre, mas Nina se lembrou da angústia em seus olhos ao contar a ela sobre sua esposa. A tensão ao redor de seus lábios sumira e, embora ainda sorrisse pouco e só às vezes, quando o fazia, era como se uma luz tivesse sido acesa.

Bebezinho egoísta. Nina se empertigou para encarar Maddie, seus punhos bem fechados e os olhos semicerrados. A última pessoa que a chamara de "bebê" tinha sido Dan, e ela o deixara com um lábio rasgado, embora naquela noite a mãe a tivesse mandado para o quarto sem direito a uma gotinha de chá. E nunca fora chamada de egoísta por ninguém.

– Beleza – retrucou Nina, brusca. – Eu faço. Agora, se me der licença, tenho que preparar os bolos.

Intempestiva, ela saiu na direção da cozinha, sentindo lágrimas pinicando os olhos.

A massa choux corria o risco de ser espancada até a morte. Provavelmente não cresceria nesse ritmo. Nina controlou a mão e ergueu os batedores da mistura.

– Você tá bem? – A voz suave de Jane entrou em seus pensamentos.

– Sim – respondeu Nina, baixinho. – Odeio discutir.

– Eu também. Acho que a Maddie não quis te chatear. Ela só é uma daquelas pessoas que falam sem pensar.

– Infelizmente, é provável que ela esteja certa. Tenho sido covarde. Eu deveria ter contado ao Sebastian o que estamos fazendo, mas sabia que ele daria um fim nisso. Deixei todo mundo continuar porque fazia o Marcel feliz, e agora não sei o que fazer.

– Faça o que achar melhor, o que acha que é a coisa certa, não o que outros querem que você faça. Não se preocupe com o que os outros pensam.

Siga seu coração. Olha só pra mim, gente! – Os olhos castanhos e delicados cintilaram. – Antes de conhecer o Peter, eu nunca tinha sido romântica desse jeito.

– Vocês dois se amam de verdade. É lindo de ver.

Nina afastou a pontada de inveja. Será que Sebastian um dia se sentiria assim em relação a ela? Era muito patético mesmo amar alguém a distância por tanto tempo. Naquele momento, era difícil demais acreditar que um dia Sebastian sentiria uma fração do que ela sentia.

– A segunda vez é um pouco mais preciosa porque a gente sabe como pode ficar ruim quando as coisas dão muito errado. A gente cuida melhor um do outro. – Jane lhe deu um abraço rápido. – Não se preocupa com a Maddie. Tenho certeza de que ela provavelmente está tão chateada consigo mesma quanto você. Agora, quer uma mãozinha?

Nina sorriu para ela.

– Não vou recusar, e você tá arrasando nos caramelos.

– É porque eu adoro demais comê-los. Sinceramente, logo, logo não vou mais caber nas minhas roupas. Ainda bem que vamos pra casa em breve.

– Decidiram voltar pra Inglaterra?

– Sim. – Jane deu uma risada melancólica. – É maravilhoso morar em Paris, mas não é nosso lar. E parece que a nossa ausência fez nossos parentes esquecerem como estavam furiosos quando nos casamos.

– Você sempre teve a intenção de voltar pra casa? – perguntou Nina, com uma súbita compreensão.

– Sim, mas não conta pro Peter. – Ela deu uma piscadinha. – É melhor que ele ache que foi ideia dele.

Com a ajuda de Jane, Nina trabalhou sem parar até as três da tarde, quando ela e Peter foram embora. Apesar de se sentir destruída, Nina decidiu fazer um lote final de massa para preparar suas miniaturas de bolo de café e nozes. Ainda bem que o fornecedor tinha feito as entregas, já que ela usara um quilo inteirinho de nozes naquela semana, sem falar nas vastas quantidades de chocolate. Sorriu para si mesma ao se lembrar daquela primeira viagem com Doris. Meu Deus, ela tinha percorrido um longo caminho desde então. Suas bombas se equiparavam às de qualquer confeitaria, e os clientes pareciam adorar as variações de sabores que ela preparava.

– Nina.

A voz de Maddie lhe deu um susto. Seu coração disparou de um jeito ruim, mas, antes que pudesse dizer qualquer coisa, Maddie já tinha a envolvido num abraço.

– Por favor, por favor, por favor, por favor, me desculpaaa. Foi mal por ter sido tão babaca e uma escrota mandona e linguaruda. Eu não queria dizer aquilo. Você tem sido maravilhosa, e ninguém trabalhou mais do que você, e você sempre disse pra gente que o Sebastian não aprovaria isso, e agora tá numa sinuca de bico. E tenho a impressão de que ele gosta mesmo de você, porque ele nunca para de te olhar, e acho que fiquei com um pouquinho de ciúmes. Na verdade, bem mais ciúmes do que um pouquinho.

– Ah, Maddie. – Nina a abraçou de volta, as lágrimas pinicando os olhos diante da vulnerabilidade da confissão da amiga. – Me desculpa também. Você tem razão. Eu tenho sido muito covarde.

– Não tem, não. Não ouse dizer coisas assim sobre a minha amiga.

Nina deu uma risadinha e respirou fundo, secando uma lágrima.

– Desculpa, Nina. A gente pode desmarcar a visita dos jurados se você quiser.

– Estava pensando nisso. É a coisa certa a se fazer. A gente trabalhou muito e, se eu não acreditasse na confeitaria, deveria ter dito não antes. Temos que abraçar qualquer oportunidade de mostrar ao Sebastian que é viável. Embora eu já devesse ter falado com ele. – Ela engoliu em seco. – E agora é tarde demais. Ele vai ficar furioso.

– E isso faz diferença? – perguntou Maddie, os olhos atentos aos de Nina. Ela assentiu, engolindo em seco.

– Eu ainda… amo esse homem. É uma burrice, sei disso, mas quero que ele goste de mim. Que goste do que eu fiz. Ainda tô tentando impressioná--lo, mas… ele não vai ficar impressionado.

– E por que não ficaria? Olha como este lugar tá diferente. Tá fabuloso e…

– Graças a todos nós.

Maddie a ignorou com um rápido dar de ombros.

– E tá cheio. As pessoas amam seus bolos. O Sebastian deveria beijar os seus pés e ficar impressionado. Você é genial. Este lugar é genial. Você não fez nada de errado. E, como você falou, isso não é impedimento pra que ele feche a confeitaria se quiser mesmo fazer isso. Se bem que isso seria uma burrice tremenda. As pessoas estão fazendo fila na porta da confeitaria. Não tem nenhum mal nisso. – Ela deu uma risadinha. – Ninguém foi ferido durante a produção desta confeitaria.

Nina deu um sorriso relutante.

– Acho que você tem razão.

Maddie a abraçou outra vez.

– Escuta a irmã mais velha. Se Sebastian der um chilique de verdade, ele é maluco. Quando vir como isso aqui é genial, vai mudar de ideia.

O dedo de Nina pairou sobre a tela. Com um suspiro, mordeu o lábio e largou o celular. Dois segundos depois, pegou o aparelho de novo. E então o colocou na mesa, empurrando-o para longe. Ela se levantou e começou a andar em círculos pelo apartamento. Por mais tentador que fosse, aquilo era problema seu. Ela não ia ligar para a mãe.

Tudo na sala parecia familiar depois que Nina tinha parado de reparar nas coisas. Por um segundo, olhou ao redor, tentando avaliar o local com um novo olhar. Ela tinha se sentido uma intrusa quando entrara ali pela primeira vez, mas passara a se sentir em casa e se acostumara a morar com os pertences de Sebastian, em ver como ele vivia. Ela correu um dedo pela lombada de um dos livros de receita dele, organizados por temas nas prateleiras – chinesa, tailandesa, carne, vegana – em um zigue-zague de alturas desordenadas. Gostava de ver como as facas afiadas de cozinha estavam guardadas em um esplendor majestoso em uma gaveta, enquanto os talheres tinham sido abandonados de qualquer jeito na gaveta seguinte: garfos, colheres e facas sem nenhuma separação. O capricho era dedicado às prioridades: panos de prato perfeitamente dobrados em um armário, café decantado em recipientes herméticos à parte, saquinhos de chá colocados em um pacote rasgado de papel-alumínio, e paracetamol, pastilhas para garganta e antialérgicos dentro de uma caixa surrada em meio a uma bagunça junto com tigelas de porcelana na estante de cerâmica.

Nina parou diante de uma foto de Sebastian, rígido em um dólmã, apertando a mão de um homem de terno e recebendo um enorme certificado emoldurado. A primeira competição de chef que ele tinha vencido. Só de olhar para a foto, já sentia o cheiro da barriga de porco, o prato que ele cozinhara sem parar até considerar perfeito. No final, até Nick tinha ficado enjoado de tanto comer a mesma coisa.

Com um suspiro pesado, ela tirou o cabelo da frente do rosto. Não precisava ligar para a mãe para ouvir, já sabia o que tinha que fazer. Sebastian era perfeccionista. Gostava de ordem. Gostava de estar preparado. Gostava de ter um plano. Ela teria que jogar limpo e contar a ele sobre a transformação da confeitaria.

Capítulo 30

Cada passo pelo saguão do hotel era doloroso. Mas era a coisa certa a se fazer. Honestidade era a melhor escolha e tudo mais. E ela não ia soltar tudo de uma vez, ia construir uma narrativa. *Amolecer o coração dele?*, sugeriu uma voz cínica na sua cabeça.

Com um suspiro profundo, enfiou o cartão na maçaneta. Ficaria tudo bem. Ele ia ficar furioso, mas ia acabar mudando de ideia. É claro, ficaria danado da vida, e ela concordaria com ele, mas tinha feito tudo por um bom motivo.

– Oi!

Não houve resposta. O corredor do aposento estava silencioso de um jeito agourento. Ela foi até a porta do quarto e a abriu.

– Surpresa!

Houve um borrão de movimento e um barulho de comoção. Através de tudo isso, os olhos de Nina se cravaram em Sebastian, sentado no sofá com uma expressão resignada.

– Nick! Dan! Gail! O que vocês tão fazendo aqui?

– Pensamos em vir fazer uma surpresa pra você – respondeu Nick, envolvendo-a em um grande abraço.

– E surpreenderam mesmo – respondeu Nina, abraçando o irmão de volta.

– Espero que não se importe – falou Gail, um pouco envergonhada. – Mas esses dois decidiram vir – o rosto dela se abriu em um enorme sorriso –, e nem pensar que eu ia perder essa. Esse tonto aqui tá me prometendo um fim de semana em Paris faz anos.

– Isso lá é jeito de falar do seu marido querido? – perguntou Dan, erguendo-a no ar e se aninhando no pescoço de Gail.

– Vocês dois, chega. – Nick revirou os olhos. – Achei que o Sebastian poderia gostar de companhia e, de repente, ganhei uns dias livres, os únicos que vou ter até o outono, então comprei uma passagem do Eurostar... e esse canalha decidiu vir também. Por sorte, ele tem uma mulher que é um amor.

– Por que eu me importaria? – perguntou Nina, ignorando os irmãos ao cruzar o quarto para dar um abraço na cunhada. – É ótimo te ver. Pena que você teve que trazer esses dois tontos junto.

Apesar das palavras, com um aperto no peito repentino, ela percebeu quanto sentira falta de todos eles.

– Eu sei – falou Gail, enganchando o braço no de Nina –, mas a gente tem que levar esses meninos pra passear de vez em quando. Como você tá? Tá com uma cara ótima.

Ela avaliou Nina com um olhar rápido e ergueu uma sobrancelha, mas não falou nada, deixando implícito um pedido de "me conta tudo mais tarde". Ela olhou para Sebastian e depois para Nina, que contorceu a boca; a cunhada não deixava passar nada, mas ela sabia que Gail não diria nem uma palavra.

Nina arriscou um olhar de relance para Sebastian. Ele estava rindo de alguma coisa que Nick dizia, mas ergueu o olhar e encontrou o de Nina. Ele sorriu e logo voltou sua atenção para o que quer que Nick estivesse falando.

– Então, Nina, você chegou bem na hora do jantar. A gente pensou em sair. O Dan encontrou um lugar no TripAdvisor.

Nina riu.

– Claro que encontrou.

– E estamos hospedados logo na esquina. Não dá pra bancar um lugar chique como esse.

Nick esfregou o topo da cabeça de Sebastian.

– Ei – falou Sebastian, empurrando a mão de Nick para longe, rindo como sempre, seu rosto bonito relaxado e descontraído, os olhos enrugados de tanto sorrir.

O coração de Nina disparou. Ele era lindo, e de repente ela tinha 18 anos outra vez, era a irmãzinha de Nick, e Sebastian, inatingível como sempre.

– Fizemos uma reserva para as sete e meia. A gente só tem tempo de se trocar. – Nick olhou a hora no celular. – Ah, Nina, você tem um carregador pra me emprestar? Esqueci o meu, e o Dan só usa essas porcarias da Apple.

– Claro. – Ela vasculhou sua bolsa. – Aqui, mas eu quero de volta.

– Beleza, não esquenta. – Ele olhou para o celular de novo. – Na verdade, pessoal, é melhor a gente ir nessa. Te vejo lá embaixo em meia hora, Bas?

– Claro.

Dan e Gail já estavam na porta. Nick os seguia, mas então se virou.

– Você vem, Nina?

– Na verdade, preciso ver algumas coisas pro curso na quarta-feira – falou Sebastian, com tranquilidade. – Pedi que a Nina viesse aqui pra gente fazer uma reunião rápida.

– Te salvei, irmãzinha – falou Nick. – Agora você tem o jantar como desculpa.

Nina manteve a expressão o mais impassível que conseguiu.

– Oba...

– Vocês podem falar de negócios durante o jantar – declarou Nick, parado na porta, esperando que Nina fosse com ele. – Te vejo lá embaixo se você conseguir lidar com essas desgraçadas aí.

Nick imitou alguém usando muletas, imitando o corcunda de Notre--Dame e contorcendo o rosto.

Nina abriu a boca, mas Sebastian foi mais rápido.

– Se não se importa, vai ser mais fácil repassar algumas coisas rapidinho no notebook.

Houve um breve momento de silêncio em que Nick encarou Sebastian e depois Nina. É claro, ela tinha corado. Óbvio que tinha ficado vermelha como um pimentão. O maxilar de Nick pareceu tenso.

– Tem alguma coisa que eu preciso saber? – perguntou ele, o corpo de repente imóvel como o de um predador, pronto para atacar.

Nina engoliu em seco diante do súbito tom incomum e ameaçador, parecendo um mafioso.

– Não – disse ela, virando-se para o irmão com as mãos nos quadris. – E, mesmo que tivesse, não é da sua conta.

– Nina.

Nick deu um passo na direção dela.

– Você não precisa se preocupar – interveio Sebastian, inflexível. – Sua irmã está em segurança comigo.

– Então tá.

Para alívio de Nina, Nick finalmente se virou e acrescentou, em uma tentativa deplorável e bem tardia de fazer uma piada, que não enganou ninguém:

– Mas nada de sentar no colo do chefe, hein?

– Ai, pelo amor de Deus, quantos anos você tem? – rebateu Nina, ciente das duas manchas que queimavam em suas bochechas.

– Te vejo mais tarde, maninha.

No minuto em que ele saiu, os olhos dela encontraram os de Sebastian. Ele parecia tão tenso que quase dava para sentir de longe.

– Bom, então é isso – falou Sebastian.

Nina o ignorou. Se ele achava que a chegada da família dela mudava alguma coisa, ele era mais burro do que ela pensava.

– Você estava falando sério no outro dia quando disse que não queria que eu fosse embora? – disparou ela.

Foi a vez de Sebastian parecer cauteloso.

– É sério? – disse ela, revirando os olhos quando foi até o sofá para se sentar ao lado dele.

Já bastava daquilo tudo. Sem lhe dar a chance de responder, ela se inclinou, deslizou uma das mãos ao redor do pescoço dele e, encontrando seu olhar de repente alerta, ela o beijou. Por um segundo, ele não se mexeu, mas de jeito nenhum Nina deixaria que se safasse daquela vez. E então aconteceu algo mágico: ele a beijou de volta. De verdade. Ele a beijou com uma paixão faminta que a fez perder o fôlego e se sentir quente por dentro. Beijou-a como se quisesse mesmo aquilo.

Fogos de artifício explodiram na mente de Nina. Beijar Sebastian era ainda melhor do que ela poderia imaginar.

– Meu Deus, achei que ele nunca mais fosse embora – murmurou Sebastian, encostando a testa na dela. – Eu amo demais esse cara, mas, caramba, ele é um pé no saco às vezes.

Ele se afastou e sorriu para ela. O olhar cheio de ternura que dizia "somos só você e eu" fez o coração dela parar por um instante.

– Bem-vindo ao meu mundo – falou Nina, sem conseguir parar de sorrir.

Ele estava lindo de morrer e era bem provável que aquele tivesse sido o melhor beijo do mundo inteiro.

– E não era isso que eu tinha em mente pra essa noite.

Ele gemeu e pegou a mão de Nina, entrelaçando os dedos nos dela e erguendo-os até a boca.

Meio sem fôlego, ela arregalou os olhos.

– O que você tinha em mente?

– Vários beijos. – Ele a puxou para si. – Parece que a gente é interrompido o tempo todo. Eu queria te convidar pra subir no outro dia, depois que você me levou pra passear na cadeira de rodas, mas o Alex... bom, ele estava muito estranho.

Nina deu uma risada de um jeito nada elegante.

– Vocês dois estavam sendo ridículos.

– Ah, a gente estava mesmo, não?

A voz de Sebastian ficou mais suave.

– Sim, estavam, mas eu dei um jeito – disse Nina.

– Deu?

Sebastian pareceu surpreso diante da firmeza na voz dela.

– O Alex é gente boa – disse Nina. – A gente se deu bem, mas ele merecia ouvir de mim que...

– Que...?

Sebastian ergueu a sobrancelha, provocante.

– Você sabe – respondeu ela, inclinando a cabeça como se o reprovasse.

Sebastian sorriu.

– Eu sei...

Ele a beijou outra vez, um beijo delicado e sedutor, que foi aos poucos ficando mais intenso, os lábios dele explorando os dela. Nina sentiu subir um calor dentro de si e soltou um gemido quando o beijo ficou mais quente. Com uma das mãos, ela acariciou a nuca de Sebastian, os dedos passando pelo cabelo curto ali enquanto chegava seu corpo mais perto do dele. Sebastian respondeu com um gemido baixo, e ela sentiu uma pontada presunçosa de triunfo. Gostava de afetá-lo tanto quanto ele a enlouquecia.

Com um suspiro profundo, Sebastian se afastou.

– Você sabe que a gente precisa parar, ou os outros vão saber exatamente o que estávamos fazendo só de nos olharem.

– A gente podia fugir. Ou trancar a porta.

– As duas opções são excelentes. – Ele sorriu. – Só que eu não ia conseguir tirar minhas mãos de você se a gente fizesse isso.

– Quem disse que eu quero que você tire? – perguntou Nina, com malícia.

– Que atrevida – disse ele, a mão descendo provocante pelas costas de Nina.

– Talvez eu seja mesmo. Isso é uma reclamação?

– Caramba, Nina, não, nem um pouco. Eu só… você é a irmã mais nova do Nick… Eu planejava esperar, seduzir você com mais classe e sem essa porcaria aqui.

As palavras dele enviaram uma onda de calor pelo corpo dela, deixando-a levemente excitada e de pernas bambas.

– Planejava, é? – perguntou ela, astuta.

Ele corou.

– Fantasiava… há muito tempo.

A pulsação dela disparou diante das palavras bruscas e impacientes.

– Bom, minha família dificultou bem as coisas.

– Foi. – Ele deu um suspiro pesado e esfregou a testa. – Vamos ter que…

– Suponho que você não vá querer contar para eles – disse Nina, observando o rosto dele com atenção.

– Não, não quero…

As palavras de Sebastian fizeram o coração de Nina apertar.

– O Nick vai ter que superar – disparou ela.

– Nina!

– É sério. Isso não tem nada a ver com ele, só diz respeito a nós.

– Eu sei, mas… ele é minha família também. Caramba, sua mãe, seu pai, seus irmãos, eles são mais família pra mim do que minha própria família. E se ele nunca mais falar comigo?

– Não seja ridículo. É claro que ele vai falar com você.

– Beleza, e se as coisas não derem certo e a gente terminar?

Nina engoliu em seco. Depois de esperar por ele todo aquele tempo, nem queria pensar nisso.

– Desculpa. – Sebastian acariciou o rosto dela, como se para amenizar a mágoa no olhar de Nina. – Eu quero que isso dê certo. Eu… quando você me beijou naquela noite na cozinha, um dia antes de eu voltar... foi o céu e o inferno. Todos os meus sonhos mais lindos encontraram meus piores pesadelos. Queria te beijar e continuar te beijando, mas... Nick. Sua família. Eles são importantes pra mim. E a única coisa que eu conseguia pensar era: e se você não sentisse o mesmo que eu? E, se sentisse, não seria certo. Eu sabia que precisava focar totalmente na minha carreira se quisesse que desse certo. Não ia aguentar te magoar. Então me convenci de que alguém como você nunca ia querer alguém como eu. E eu tinha a facilidade de usar a desculpa de ir embora, coisa que o Nick já vinha me avisando. Que tipo de melhor amigo eu seria se ignorasse isso?

– Eita. E eu achando que ter meu coração despedaçado já era o suficiente – respondeu Nina, tentando absorver tudo o que ele dissera. – Por um lado, fico furiosa por você ter dado ouvidos ao Nick. E vou ter uma conversinha com ele um dia sobre isso. Mas, por outro, fico... triste por você ter achado isso tudo.

Ele estremeceu.

– Foi mal. O seu timing foi infeliz. Me deu a chance de fugir e me enterrar na faculdade. E, quando voltei, você mal falava comigo. Então achei que o Nick tinha razão, que tinha sido uma coisa passageira.

Nina fez cara feia de novo.

– Eu mal falei com você porque você me rejeitou.

– Eu não me lembro daquele beijo ser uma rejeição.

Ele ergueu um dedo até o lábio inferior dela e delicadamente o acariciou. Nina ergueu as sobrancelhas e franziu a testa.

– Eu... você saiu correndo bem rápido depois.

– Porque fiquei sem chão.

Sebastian passou a mão pelo rosto dela, deslizando-a por baixo de seu cabelo, os dedos acariciando vagamente seu couro cabeludo. Nina não ousou se mexer, com medo de que estivesse imaginando coisas e que tudo aquilo fosse só um sonho ou que estivesse entendendo tudo errado.

– Fazia muito tempo que eu queria te beijar de novo.

– Mas... por que você nunca falou nada?

– Nina...

A risada estridente e autodepreciativa de Sebastian fez o rosto dela relaxar e Nina quase sorrir.

– Você dificultou um bocado as coisas pra mim desde então. Achei que você me odiava. E coloquei isso na conta do constrangimento por você ter me beijado. Ou achar que queria alguém como eu.

– Para de falar "alguém como você" – rebateu ela, irritada com a frase. – Não tem nada de errado com você. Você é motivado, um pouco rabugento e muito focado, mas olha para os seus amigos. Alex, Nick e minha mãe sempre te adoraram. E, se quer saber – acrescentou, indignada –, eu tentava tratar você de um jeito normal, como um dos meus irmãos, pra te mostrar que você não significava nada, quando, nos últimos dez anos, tenho buscado algum outro tonto que fosse tão bom quanto você.

Ela então se inclinou por cima dele e o beijou com força, porque estava furiosa por ele ter sido tão besta aquele tempo todo. Era possivelmente o beijo menos romântico de todos os tempos.

– Hunf – murmurou Sebastian sob os lábios de Nina, que se sentou de volta e o encarou com raiva.

Ele começou a rir.

– Vamos tentar de novo?

E foi exatamente o que ele fez.

Quando enfim se separaram, ambos pegando fogo e ofegantes, Nina não sabia direito qual dos dois estava com o coração mais acelerado.

– Também não quero dizer nada pro Nick ou pra qualquer pessoa porque isso é algo novo e não quero dividir com ninguém ainda. Gosto que seja só nós dois, aprendendo a ficar um com o outro, sem alguém observando, comentando... Se a gente tornasse público antes de se acostumar com isso, você não acha que seria como estar na mira de um microscópio?

O coração de Nina ficou descompassado. Existia um motivo para adorá-lo havia tanto tempo. Apesar de ser rabugento e autoritário, ele também era cuidadoso e atencioso com as coisas que importavam de verdade.

Ela deu um sorriso doce.

– Esse motivo parece bem melhor.

Suspirando, ele tocou os lábios dela.

– Isso significa que a gente tem que parar agora e tentar parecer respeitável. Será que dá tempo de tomar um banho gelado?

Por mais maravilhoso que fosse estar reunida com sua família, o jantar foi excruciante. Não havia outra palavra para definir. Por dentro, ela borbulhava de excitação e adrenalina ao se lembrar dos beijos. Tinha sido difícil se separar de Sebastian.

Foi só no meio do caminho para o jantar que Nina lembrou que, em tese, deveria ter contado a ele sobre a confeitaria. Lançando um olhar furtivo para vê-lo conversando, animado, com Dan, o brilho cálido que ainda ressoava nela depois dos beijos famintos e das palavras sinceras dele lhe deram esperança de que Sebastian iria perdoá-la. Fazer um mea-culpa e pedir desculpas ajudaria, mas de repente ela se sentia bem mais confiante.

– Então, como tem sido a festiva Paris? – perguntou Nick, que estava ao lado dela. – Tá curtindo?

– Não tão festiva, pra ser sincera. Tenho trabalhado demais.

– O Sebastian sempre foi um carrasco. – Nick baixou o garfo e a faca depois de devorar um bife enorme. – Mas achei que você ia trabalhar só uns dias na semana.

– Bom – começou ela, dando uma olhada em Sebastian, que ainda estava imerso na conversa com Dan –, tenho praticado minhas habilidades e cozinhado um bocado, tentando aproveitar ao máximo estar aqui.

– Bom pra você. Então, já tem alguma ideia do que vai fazer quando voltar pra casa?

– Não – respondeu Nina, abruptamente.

Nick deu um sorrisinho.

– Isso quer dizer que sim, mas você não vai me contar.

Ela bateu nele com o guardanapo.

– Como é que você faz isso? É muito irritante. Tenho uma ideia, mas… Quero pensar mais um pouco.

– Isso é legal. E – ele curvou a boca – você sempre responde rápido demais quando não quer que a gente fique perguntando.

– Preciso manter isso em mente – respondeu ela, com ironia.

– E como anda o Sebastian? Estar fora de combate não deve ser muito divertido.

– Ele tá melhor agora – falou Nina, fazendo uma careta. – Ele parecia um urso ferido quando cheguei.

– E vocês dois se deram bem? – perguntou ele, com um sorriso astucioso, pegando a taça de vinho. – Não ficou tentada a dar com o rolo de massa na cabeça dele?

Nina demorou um pouco para responder.

– Estamos nos ajustando. Tem sido tudo muito profissional, e as pessoas no curso são todas uns amores. A gente dá muita risada. Tem uma garota da minha idade, a Maddie, que virou uma ótima amiga. Ela mora aqui, então tem passeado comigo.

Se Nick tinha percebido a mudança de assunto, não falou nada, e ela passou os cinco minutos seguintes contando a ele sobre Maddie, Marguerite, Marcel e os outros.

– Excelente, você pode me dar algumas dicas. Quer sair com a gente amanhã?

– Não posso, eu… – Ela olhou de relance para Sebastian, que tinha passado a conversar com Gail. – Estou ocupada.

– Ocupada com o quê?

– Trabalho.

– O Sebastian te dá um dia de folga.

Nina puxou o ar, fazendo barulho.

– Você já tá fazendo de novo.

– Fazendo o quê?

– Tentando organizar minha vida pra mim.

– Eu só estava tentando sugerir algo legal – respondeu Nick, parecendo confuso.

– Sei que sim, mas, se eu tivesse outro chefe que não fosse o Sebastian, você ia sugerir tão tranquilamente que ele me desse um dia de folga porque você apareceu do nada na cidade? Se fosse com você, como ia se sentir se eu dissesse que falei com seu chefe pra você tirar um dia de folga?

– Entendi, maninha. Foi mal. Força do hábito.

– É, e eu não tenho sentido a menor falta disso. Mas acontece que amanhã não vou trabalhar pro Sebastian.

– Então você pode tirar o dia.

– Não, eu tô ocupada… posso encontrar vocês depois do almoço.

Ela ia começar a cozinhar desde cedo, e Maddie e Bill iam terminar os últimos retoques no azul do céu e nas nuvens nas paredes. Com um número cada vez maior de clientes, eles tinham que trabalhar em pequenas seções a cada dia, para minimizar o incômodo, embora a maioria dos clientes parecesse fascinada com o trabalho e, muitas vezes, as pessoas parassem para conversar e fazer perguntas a Maddie enquanto ela estava em cima de uma escada, um segundo pincel entre os dentes, alternando entre tinta azul e branca.

– Ocupada...

Nina o olhou fixamente.

– Foi mal. – Ele ergueu as mãos. – Não é da minha conta. Então, você gostou de ficar sozinha?

Nina riu.

– Quer saber? Eu nem tenho ficado tão sozinha assim. Troquei vocês por outra família. Se bem que eles não acham que sabem o que é melhor pra mim e não tentam me proteger o tempo todo.

Nina se lembrou da fala franca de Maddie e da gentileza de Jane em sempre conversar com ela de igual pra igual, apesar de já estar na casa dos 50.

– E como é a casa do Sebastian?

– Bem legal – respondeu Nina, os olhos brilhando.

– Aposto que ele tá doido pra voltar. Acho que você vai voltar pra casa semana que vem, né? Ele não vai tirar o gesso?

– Vai, mas eu vou ficar mais alguns dias pra ajudar na última aula do curso. Eu vou...

Droga! Ela tomou um grande gole de vinho. Sebastian ia tirar o gesso no mesmo dia em que os jurados iam entrevistá-la na confeitaria e fariam a avaliação. Naquele momento, Sebastian deu uma olhada na mesa, e ela encontrou o olhar dele, engasgando na mesma hora com o vinho.

Nick bateu nas costas dela com um vigor fraterno enquanto falava com Sebastian:

– Eu estava perguntando pra Nina quando é que essa perna sai da toca.

– Na próxima terça – perguntou Sebastian, dando um breve sorriso para Nina. – Você tá bem?

– T-tô, sim. O vinho desceu pelo lugar errado.

– Aposto que você tá bem feliz de tirar isso. Deve ter atrapalhado qualquer ação – falou Nick, rindo.

Sebastian contorceu os lábios, mas seu desconforto passou batido por Nick.

– Ficou sem nada nas últimas semanas, não foi? – insistiu Nick.

Sebastian corou.

– Não tem problema, parceiro – falou Dan, entrando na onda. – A namorada vai ficar feliz de ter você de volta inteiro. Vê se aproveita a liberdade.

Nina não ousou olhar para Sebastian.

– Dan! – ralhou Gail, dando um cutucão forte e cheio de reprovação no marido.

– Que foi? – perguntou ele, fingindo inocência, sorrindo como um besta para ela, antes de passar os braços ao seu redor e puxá-la para si.

– Ainda tá saindo com aquela tal de Katrina? – perguntou Nick, inclinando-se para um lado quando o garçom se espremeu entre ele e Nina para recolher os pratos vazios.

– Katrin. E não, não tô.

– Que pena, ela era gata. Não me diz que ela te deu um pé na bunda.

Nina olhou para o próprio colo.

– Não, a gente só concordou em se separar.

– Você deu um pé na bunda dela, então. Por quê?

Dando de ombros, Sebastian ficou mexendo nos talheres ao redor do prato.

– Você conheceu outra pessoa – falou Nick. – Qual o nome dela?

Sebastian percebeu que o garçom estava ao lado dele esperando seu prato. Relutante, ele largou os talheres.

– Ninguém que você conheça.

Nick se virou para Nina.

– Ele não é de esconder o jogo assim. Sabe de alguma coisa?

– Não – respondeu ela, rápido demais, o que rendeu um olhar desconfiado do irmão. – Como contei pra você, a gente mal se vê além dos dias em que eu trabalho.

– Nina, o que você sugere: Torre Eiffel ou Notre-Dame?

Nina daria um beijo na cunhada, se pudesse.

– Eu te levo em casa – falou Nick, quando eles saíram do restaurante, o que significava que não havia chance de voltar escondida para o quarto de hotel de Sebastian.

Não que ela quisesse ficar se escondendo. Nina lançou um olhar de relance para ele. Sebastian ouvia o que Dan e Gail diziam com um interesse ensaiado, o que sugeria que ele sabia que estava sendo observado.

Nina queria dizer não ao irmão, mas, ao ver o olhar firme dele, percebeu que seria inútil e, além disso, a noite estava linda, e a caminhada pelo rio, seguindo o labirinto das ruas por trás do Museu d'Orsay, era bem melhor que o metrô.

Ela se despediu de um jeito alegre de Sebastian, o que mascarava a pontada que sentiu ao se dar conta de que, com a família por perto, ela só o encontraria na terça. Parecia que sempre que eles chegavam a algum lugar algo vinha atrapalhar. Era improvável que ele se juntasse ao passeio turístico dos outros. Sem dúvida, tinha muito o que fazer no trabalho, como sempre. A chegada da família dela tinha de fato colocado um empecilho no caminho.

– Boa noite, Nina.

Dan lhe deu um abraço.

– Te vejo amanhã – acrescentou Gail, beijando-a no rosto antes de se aninhar ao marido.

Nina sentiu um pouco de inveja quando Dan deu um beijo carinhoso na esposa, a mão deslizando para a bunda dela.

– Boa noite, Nina – disse Sebastian, rígido.

– Boa noite, Sebastian.

Ela sentiu o coração afundar. Parecia tudo errado, como se houvesse uma imensa divisão entre os dois, quando ela deveria poder ir até ele, deslizar para seus braços e lhe dar vários beijos.

Gail e Dan esperavam Sebastian enquanto ele ajeitava as muletas, sem olhar para Nina. Constrangida, ela aguardou por um minuto antes de ele se despedir com um aceno de cabeça e então ir embora com os outros dois.

Ela e Nick começaram a caminhar em silêncio. Andaram por cinco minutos, e o silêncio começava a ficar pesado. Ao cruzarem o Sena, Nina apontou para alguns pontos turísticos, animada. Ela conhecia o irmão bem demais para saber que ele estava matutando alguma coisa.

– Vai me contar o que tá acontecendo com o Sebastian? – perguntou ele, em voz baixa.

– Não – respondeu Nina. – Achei que tinha deixado bem claro. Você é meu irmão, não meu guardião.

– Então tem algo acontecendo.

– Não falei isso.

– Mas também não negou.

– Nick, o que quer que esteja acontecendo, não é da sua conta.

– É, sim.

– Não, não é.

– Ele é... meu melhor amigo.

– E isso não vai mudar, a menos que você permita.

– Então tem algo acontecendo.

Ele a segurou pelo braço e a virou para encará-lo.

Nina suspirou e se livrou da mão dele.

– Pelo amor de Deus, deixa isso pra lá – pediu Nina.

– Você tá dormindo com ele?

– Nick!

Ao ouvir o tom de ultraje da irmã, ele teve a decência de parecer meio envergonhado, o que fez Nina se sentir um pouco mais disposta à conciliação.

– Não estou dormindo com ele, mas, mesmo que estivesse, não é da sua conta.

– Desculpa, passei um pouco do ponto.

– Só um pouco?

– É só porque me importo. Não quero que você se magoe.

– E eu tô tentando te dizer há muito tempo que já sou bem grandinha. E por que o Sebastian iria me magoar?

– Bom... eu sei que você tinha uma paixonite por ele quando era mais nova. Mas você não faz o tipo dele.

– Nossa, muito obrigada – respondeu Nina, sentindo todas as suas inseguranças a inundarem outra vez. – E você não acha que ele poderia gostar de mim?

Nick fez uma pausa e exibiu uma variedade de expressões ao perceber que metera os pés pelas mãos.

– Só tô cuidando de você.

– E, como já falei, sou bem grandinha.

O desdém com que o irmão tratou o interesse de Sebastian por ela a magoou.

– Ei, desculpa. Força do hábito.

– É, bom, você vai ter que perder esse hábito – respondeu Nina, áspera. – Gostei muito de estar aqui, conhecer gente nova e fazer minhas coisas.

– Saquei. Vai me contar o que tá planejando pra amanhã de manhã?

Nina mordeu o lábio. Abrir-se com Nick antes de Sebastian não parecia certo.

– Vou me encontrar com a Maddie, uma das amigas que fiz no curso. Mas estarei livre pra ver vocês depois do almoço.

– Beleza.

Capítulo 31

Tudo certo com o Nick? Ele não desconfiou de nada?

Nina não sabia muito bem como formular a mensagem para Sebastian ao se sentar na beira da cama. Apesar de o irmão meter o nariz onde não era chamado, e ele não tinha mesmo nada a ver com aquilo, Nina odiava mentir para ele. E não ia mentir para Sebastian também, bom, pelo menos não em relação a isso. Nina ainda ficou um pouco irritada por a mensagem dele não ter sido muito romântica.

Ele fez algumas perguntas esquisitas, que me recusei a responder.

Desculpa te colocar numa situação difícil. Eu queria que você pudesse voltar pra cá comigo. Estou com saudade de você.

Ele enviou um emoji de beijo no final. Beleza, agora sim, bem melhor.

Que bom. Também estou com saudade.

Ela incluiu outro emoji de beijo na resposta.

Como isso foi acontecer? Como posso estar sem você agora, quando a gente ficou separado todos esses anos? Queria que você estivesse aqui.

Nina sentiu o coração dar uma pequena cambalhota ao ficar olhando para aquelas palavras na tela, acompanhadas de mais um emoji de beijo. Sorrindo, ela se apressou em digitar outra mensagem.

Queria estar aí também. É esquisito estar aqui no seu apartamento, na sua cama.

Eu tenho algumas ideias com você na minha cama...

Aquilo fez o coração dela disparar de verdade. Ela olhou para o segundo conjunto de travesseiros na cama, aqueles nos quais não tocava desde que chegara ali.

Estamos trocando mensagens safadinhas?
Melhor não. Ter que tomar um banho gelado a essa hora da noite com esse gesso vai ser um pouco complicado.
Ela riu alto.
Eu não ia querer que você sofresse sem motivo por minha causa. Boa noite.
Boa noite, Nina. Bons sonhos (na minha cama)... bjs
Boa noite, bjs

Nina dormiu com o celular ao lado, no travesseiro, e um sorriso tomou seu rosto ao acordar supercedo. Chegar à confeitaria às sete da manhã logo se tornara um hábito, e ela tinha virado especialista em preparar bastante massa para começar o dia. Fora Marcel quem sugerira que ela limitasse a quantidade para manter a exclusividade dos doces. Às dez horas, quando a confeitaria abria, em geral havia uma fila já à espera e, às duas da tarde, já tinham vendido tudo.

Naquele dia, ela queria praticar alguns retoques de acabamento para deixar os doces um pouco mais bonitos, prontos para os jurados na semana seguinte. Precisava ser superorganizada e se preparar para aprontar uma fornada na terça de manhã, antes que os jurados chegassem. Ah, meu Deus, mais uma coisa que estava escondendo de Sebastian. Ela sabia que era covardia não contar a ele sobre a transformação da confeitaria, mas agora que... eles finalmente estavam em sintonia, ela não suportava a ideia de arriscar tudo.

Podia ser um erro, mas já esperara tanto que queria aproveitar esses sentimentos mágicos, que a deixavam arrepiada.

Era um dia de clima perfeito em Paris, pensou ela, ao subir saltitando os degraus para encontrar Nick, Dan e Gail do lado de fora do Museu d'Orsay sob um glorioso pôr do sol. Depois de passar várias vezes pelo museu e não entrar lá, ela sugerira o programa para que fizessem algo imperdível em Paris.

Se bem que, no momento, estava começando a se arrepender um pouco. O lugar era imenso, e ela já tinha passado algumas horas bem ocupada na confeitaria durante a manhã. Nina não sabia o que teria sido dela se Maddie e Jane não tivessem ajudado. Se fosse fazer aquilo em tempo integral, ia precisar de um assistente.

Encontrando os irmãos e Gail já na fila, olhou para a cunhada, pensando no que ela diria sobre sua ideia. Será que conseguiria convencer a família a transformar a cafeteria da fazenda em algo que fosse mais uma casa de chá para vender seus elegantes bolos de fusão anglo-francesa? No momento, era uma cafeteria com alguns bolos e biscoitos, um ponto de parada útil para excursões na área e para os moradores que gostavam de tomar um cafezinho fora de casa, mas podia ser muito mais.

– Oi, Nina.

– Sebastian!

Nina não o tinha visto na cadeira de rodas atrás dos outros ao se aproximar, e de repente estava muito ciente da presença dele. A camisa de cambraia que usava realçava a cor de seus olhos, e o calor neles a fez engolir em seco, seu coração disparando só de vê-lo.

O rosto dela se iluminou, e então, percebendo que Nick a observava, virou-se para mostrar que estava encantada em ver todos eles ali.

– Oi, gente, como foi a manhã? – perguntou ela, tagarelando e ignorando o olhar desconfiado do irmão.

– Boa tarde – disse ele, entrando na frente de Sebastian e dando um abraço de urso nela, erguendo-a no ar.

– Me bota no chão – murmurou ela. – O que vocês andaram fazendo?

– Que amor – falou Nick.

Gail riu e disse:

– Fomos à Galeries Lafayette de manhã.

– Não é linda? – perguntou Nina, empolgada.

Maddie a levara lá uma tarde na semana anterior.

– Bem chique – concordou Dan, ao que Gail assentiu, segurando a cordinha de uma bolsa de mão com o logo da Chanel na lateral.

Gail entrelaçou o braço ao de Nina.

– A manhã foi sensacional.

Nina lançou um rápido olhar para Sebastian sendo empurrado na cadeira por Dan. Era uma tortura estarem tão perto e não poderem se tocar ou dizer nada.

No meio da multidão, enquanto estavam na fila para entrar, ela roçou o braço no dele. Era uma bobeira, mas estava desesperada por uma conexão, para se certificar de que a noite anterior não tinha sido fruto da sua imaginação.

Ela sentiu os dedos de Sebastian deslizando por seu braço em um reconhecimento silencioso e deu um pequeno suspiro de alívio, ainda que não estivessem se olhando.

A primeira visão do espaço iluminado e arejado, o teto de vidro arredondado e o extravagante relógio dourado foi tão fabulosa que causou um aperto no peito de Nina e calou até seus irmãos. Os arcos elevados no teto, a perfeita simetria e a mais pura arte e engenharia envolvidas a deixaram imóvel. Nina podia não entender muito de quadros ou esculturas, mas não importava, porque estava completamente apaixonada por aquela estrutura incrível, linda, imensa, maravilhosa.

Fascinada, ficou ali, olhando para cima.

– É um espetáculo, né? – murmurou Sebastian a seu lado, a mão em cima da roda esticando o indicador para acariciar muito de leve a perna dela logo acima do joelho.

– Uau, esse lugar é gigante – comentou Gail, observando o teto antes de baixar a cabeça e dar uma olhada no guia. – Por onde a gente começa?

Ela e Dan passaram a discutir sobre o que queriam ver, e Nick se meteu de propósito, irritando os dois.

Ignorando-os, Nina estava feliz só de ficar ali, observando, ciente do silêncio de Sebastian a seu lado enquanto ela contemplava os arcos imponentes e a luz que passava por entre os milhares de painéis de vidro.

– Incrível, né? – perguntou ele, bem baixinho.

Ela assentiu. Os dois pareciam em sintonia, serenos e fascinados pelo lugar. Apesar do enorme número de turistas perambulando ali, era como se a vastidão do espaço fizesse as pessoas falarem em sussurros apressados e conversarem rápido, muito impressionadas para arriscar perturbar aquela atmosfera sagrada.

Os olhos de Nina foram atraídos de novo para o relógio dourado, que dominava a grande parede arqueada de vidro na outra ponta da antiga estação. Era fácil imaginar um passageiro correndo pelo local, de olho no relógio, e as ondas de fumaça dos trens, que aguardavam como dragões de ferro mágicos, esperando para serem liberados.

– Deve ter sido uma estação incrível – comentou Sebastian, seguindo o olhar dela.

– Leu meus pensamentos – respondeu Nina. – É lindo. Eu ficaria aqui o dia todo.

– Eu também. – Ele olhou para a família dela. – Mas o pessoal que não para quieto já está desesperado pra continuar a andar.

– Incultos – grunhiu Nina, dando um sorrisinho e entrando na conversa.

– Quero ver algum quadro do Monet – dizia Gail, enquanto Dan olhava o mapa e Nick tentava tirá-lo do irmão.

– A Maddie disse que, para quem gosta dos impressionistas, uma das melhores coisas é ir para o quinto andar – interveio Nina.

– Beleza, então é pra lá que a gente vai – falou Nick, apontando para uma placa que mostrava um lance de escada.

Sebastian cruzou os braços e ergueu as sobrancelhas.

– Foi mal, parceiro – desculpou-se Nick. – Esqueci. Isso deve ser um saco.

– Nem me fala, mas já foram seis semanas, estou quase me acostumando. Vou de elevador.

– Aposto uma corrida – disse Nick, na mesma hora. – Dez euros que eu chego antes de você.

– Fechado – falou Sebastian, e foi seguindo com a cadeira na direção do elevador no saguão de entrada.

– Quer que eu vá com você caso… precise de ajuda? – perguntou Nina.

– Seria ótimo – respondeu Sebastian. – Beleza, Nick, foi dada a largada.

– Droga – falou Nick. – Vem, Dan.

Os dois começaram a passar rapidamente por entre a multidão, seguindo as placas até a outra ponta do enorme espaço.

Gail e Nina se olharam, e a cunhada riu.

– Se não pode contra eles, junte-se a eles – disse ela, disparando atrás do marido. – Te vejo lá em cima.

Sebastian já estava distante, e ela o alcançou na porta do elevador. Ele segurou a mão dela e beijou lentamente na palma.

– Sem pressa – disse ele, dando uma piscadinha travessa que deixou Nina desconcertada.

– Mas... e a aposta?

Sebastian a puxou para baixo até que estivessem na mesma altura, os olhos cheios de alegria.

– Vão ser os melhores 10 euros que já gastei – respondeu ele, dando-lhe um beijo rápido.

Infelizmente, o elevador era muito requisitado, então eles ficaram espremidos lá dentro, mas Sebastian segurou a mão dela o tempo todo, apertando com delicadeza seus dedos. Quando o elevador parou, pouco antes da porta se abrir, ele beijou os nós dos dedos dela.

– Meu Deus, mal posso esperar para eles irem embora – disse Sebastian. – Que timing péssimo. E eu ainda arrumei de ir para Lyon amanhã. Só volto na segunda.

Ele suspirou.

– Não esquenta, tenho um monte de coisa pra fazer – disse Nina.

Ele a olhou com a testa franzida, em dúvida.

– Vou... encontrar a Maddie, ajudar a Marguerite com as coisas do computador.

Ela abriu um sorriso alegre, mas por dentro seu estômago se revirava. Ainda não tinha contado a ele sobre a confeitaria.

– Você firmou uma amizade boa com o pessoal. Fico feliz. Só te vejo agora na terça-feira. – Esbravejando, ele balançou a cabeça. – Nosso primeiro encontro de verdade, no setor de traumatologia do hospital. – Ele fez uma careta. – Não era bem...

– Ganhei! – exclamou Nick, ofegante, surgindo com Dan logo atrás. – Você me deve dez euros, cara.

– E uma cerveja – acrescentou Dan. – Onde fica o bar mais próximo?

– A gente acabou de chegar – falou Nina, que o conhecia o muito bem. Ela viu a cunhada aparecer serenamente por trás dele, nem um pouco ofegante. – Você não pode ir embora até ver pelo menos alguns quadros.

Dan grunhiu alguma coisa, e Gail deu um tapa delicado na cabeça dele.

Nina os seguiu lentamente pela galeria, ficando atrás de Sebastian, a cabeça um turbilhão de emoções conflitantes.

Capítulo 32

A manhã do dia da avaliação dos jurados trouxe mais uma vez um céu azul e um sol brilhante, criando áreas de sombra salpicadas pela calçada ao longo da avenida margeada por árvores. Nina se sentia vivendo uma experiência extracorpórea, já que oscilava entre uma empolgação intensa e uma expectativa apavorante. Aquele seria um dia de ajuste de contas.

A família dela finalmente tinha ido embora na noite anterior, depois de alguns dias cansativos de passeios turísticos, o que a deixou com a sensação de ter caminhado por cada centímetro de Paris. Ela também foi interrogada por Nick, que entreouvira Gail dizer a Dan que não tinha como não estar rolando nada entre ela e Sebastian.

Irritada, Nina enfim explodiu e disse que, sim, estava rolando alguma coisa entre eles. Era óbvio que o irmão pediu detalhes, mas ela se recusou a dar. Não que houvesse muita coisa, já que era tudo bem recente, mas não havia possibilidade de Nina dizer isso a ele.

Naquela manhã, estava duplamente irritada ao perceber que o irmão tinha ido embora com o carregador dela. A bateria de seu celular estava nas últimas e na iminência de morrer a qualquer momento. Teria que comprar um novo carregador mais tarde, a menos que Nick tivesse se lembrado e deixado o dela com Sebastian.

Sebastian só tinha voltado de Lyon na noite anterior, então Nina ainda não tinha conseguido conversar com ele sobre a confeitaria. Mas ela encontraria com ele mais tarde no hospital. Calculara que poderia chegar lá bem na hora da consulta, desde que os jurados não ficassem mais de uma hora. Sem dúvida, era tempo mais do que suficiente para uma visita. Não havia muito o que ver.

Nina ia encontrar Maddie e Bill mais cedo para fazer uma faxina extra na confeitaria, embora já estivesse atrasada. Por sorte, o hospital ficava bem ao lado da Notre-Dame, de acordo com Sebastian, então seria fácil encontrar sem o Google Maps.

– Você tá muito chique – falou Maddie, assim que Nina chegou com uma saia rodada azul-marinho e uma blusa branca delicada com laços nas mangas curtas.
– Obrigada. Por dentro, estou uma pilha de nervos.
Ela olhou ao redor, apreensiva.
– Não se preocupa, você tá arrasando no visual Audrey. Se você não fosse tão legal, eu estaria com muita inveja. Os jurados vão te adorar.
Nina suspirou, preocupada.
– Tem certeza de que não quer falar com eles no meu lugar?
– Não – respondeu Maddie, com um sorrisinho feliz, estalando os lábios. – A gente deve ficar com a parte que melhor nos cabe. Hoje estou armada até os dentes com produtos de limpeza e não tenho medo de usá-los. Vou deixar você fazer seu trabalho.
Com movimentos exagerados, ela ergueu a lata de cera, mirou e atirou na mesa mais próxima, antes de começar a poli-la com muito gosto.
– *Bonjour*, Marcel – disse Nina.
– *Bonjour*. Você está muito bonita.
Nina deu um grande sorriso para ele, surpresa com o elogio inesperado.
– Obrigada, Marcel.
O gabinete em frente a ele estava todo abastecido e imaculado, sem uma única marca de dedo ou mancha no vidro, e tudo tinha sido organizado lindamente, embora ela ainda ouvisse o zumbido sofrido da unidade de refrigeração embaixo. Um frisson de orgulho a percorreu ao ver as fileiras de doces, a linha do *suprême* de chocolate e caramelo, cada um reluzindo com uma única peça de folha de ouro, as fileiras organizadas de bombas de morango e creme, os círculos perfeitos dos minibolos de café e nozes, a calda lustrosa de morango da versão do mil-folhas de biscoitos com geleia, recheados com uma fartura de framboesas e chantilly.

– Não tá lindo?

Ele inclinou a cabeça.

– Está, sim.

– Estamos prontos?

Nina se virou ao ouvir a voz de Bill.

– Sim, acho que estamos. As novas luzes nos gabinetes ficaram ótimas. Obrigada por fazer isso.

– Foi um prazer, meu bem. Não consegui sumir com o zumbido. Acho que ele tem só mais alguns anos de vida. Quebrei a cabeça tentando consertá-lo. Fato é que me diverti mais nesse último mês do que em muito tempo. Morar em Paris não é tão ruim no fim das contas. Que engraçado esse mundo – refletiu ele. – Nunca achei que fosse morar fora, mas não é tão ruim. Vou tentar arrumar um emprego de eletricista. O Peter me recomendou pro zelador do lugar onde eles estão hospedados, e o sujeito me pediu pra instalar umas luzes e coisas assim.

– Ah, que maravilha. Talvez o Sebastian precise de mão de obra... ele estava reclamando de nem sempre conseguir bons técnicos.

– Se puder falar com ele, docinho, seria ótimo.

– Que horas são? – perguntou Nina pela quinta vez, amaldiçoando o irmão.

Ficar sem celular estava deixando Nina maluca. Por que todo mundo tinha iPhone?

A cozinha estava impecável, tudo estava guardado. Não havia nada para ela fazer. Não podia nem mesmo reorganizar as gavetas. Ela dobrou o paninho da pia e o colocou com precisão ao lado das torneiras. Depois, foi até o outro lado da cozinha.

– Hora de você comprar um relógio – falou Peter. – Faz dez minutos que você perguntou.

– Mas eles já deveriam ter chegado há meia hora. – Ela pegou o paninho de novo, dobrou-o e passou-o mais uma vez pela pia. – Tenho que ir pro hospital encontrar o Sebastian.

Se ela não saísse nos próximos dez minutos, ia chegar atrasada e, mesmo assim, ia ficar apertado.

– Eles vão chegar logo, tenho certeza. Estão visitando todos os lugares hoje, e essas coisas sempre levam mais tempo do que as pessoas pensam.

– Bom, eles deveriam ter se planejado melhor – respondeu ela, esfregando a placa de drenagem.

– Não se preocupa, meu bem – falou Bill.

– É fácil pra você falar. Ai, meu Deus, me desculpa. Estou muito nervosa e prometi ao Sebastian que estaria lá. Ele odeia hospitais.

Nina não podia nem mandar uma mensagem para que ele soubesse que ia se atrasar, porque seu celular tinha morrido de vez.

– E você vai estar. – Bill deu tapinhas no braço dela e tirou o pano da sua mão. – Agora, larga isso. Vai tomar um café e se sentar.

– Se eu beber mais café, meu xixi vai ser pura cafeína.

Maddie, Marguerite e Jane estavam de guarda na rua, e, incapaz de se sentar, Nina se juntou a elas.

– Aposto que são eles – falou Maddie. – Lá embaixo, à direita, chapéu azul, bolsa grande.

– Não – respondeu Marguerite. – Ela não é tão elegante.

– E um pouquinho depois? – disse Jane. – Homem e mulher mais velhos.

– Ele tá usando um cardigã – argumentou Maddie. – Não tem como ser um jurado.

Nina andava de um lado para o outro, tocando a pintura delicada da fachada. Eles tinham feito um trabalho tão bom e... droga, que horas eram?

– Ali, só podem ser eles – sussurrou Maddie.

Nina se virou e viu uma mulher glamourosa de cabelo escuro, usando salto alto e trotando na direção deles, acompanhada por um homem bonito um pouco mais velho e de cabelo grisalho.

– Você acha que ela está andando por Paris, julgando confeitarias desde as nove da manhã nesses sapatos lindos? – perguntou Jane, em seu tom gentil de sempre. – Eles são incríveis, mas nada práticos.

– Humm, você provavelmente tem razão – comentou Maddie. – Com aquele corpo, duvido que ela sequer cheire um bolo, que dirá comer.

A observação melancólica da amiga quase fez Nina sorrir, só que ela estava começando a ficar nervosa na companhia das outras três mulheres e suas suposições. Até parece que elas iam ter alguma ideia de como seria a aparência dos jurados ou de quantos seriam ou de que direção viriam.

– Sinto muito – disse Nina, de repente. – Se eles não chegarem nos próximos dois minutos, vou ter que ir embora.

– Mas você não pode – choramingou Maddie.

– Eu preciso ir. Prometi ao Sebastian. Vocês podem falar com os jurados.

– Mas...

Maddie olhou para Marguerite.

– Minha querida, eles vão querer falar com você sobre a inspiração por trás dos doces. Uma confeitaria de Paris não é nada sem os produtos dela.

Nina agitou as mãos, tentando ignorar aquelas palavras, mas os olhos azuis impassíveis de Marguerite se cravaram nela.

– Vou entrar – declarou Nina, e se virou.

Ela não ousava perguntar a hora a ninguém. Tinha que se apressar. Indo até o cabide de casacos, pegou o dela.

Bill e Peter vieram da cozinha com Marcel.

– Isso não é bom, me desculpem, tenho que ir. – Ela baixou o casaco outra vez. – Preciso.

– Ah, meu bem.

– Olha, vocês podem falar sobre a confeitaria. Dizer a eles o que fizeram. Não podem? – Ela olhou ao redor; tinham chegado tão longe, mas fora um trabalho em equipe. – É uma pena que a gente nunca tenha pensado em tirar fotos pra fazer um antes e depois. Poderíamos mostrar aos jurados como trouxemos esse lugar de volta à vida.

Marcel sorriu. Um sorriso de verdade.

– Espere aqui.

Ele estendeu a mão por trás dela, alcançando o gancho na prateleira onde mantinha seu casaco e o chapéu, um tipo elegante de feltro que Nina nunca tinha visto Marcel usar, mas ele sempre o pendurava ali. Ele tirou uma sacola de pano detrás do casaco e a abriu para entregar a ela o que parecia um álbum, parecendo meio acanhado.

– Eu... fiz isso... pra você. Um álbum de recordações. Era pra quando você fosse embora... mas, se você acha...

Dando de ombros, sem graça, ele o empurrou nas mãos dela e voltou apressado para trás do seu balcão, ocupando-se com alguma coisa. Com o quê, ela não sabia, mas ouviram o som de porcelana tilintando e colheres batendo em pires.

Totalmente perplexa e ainda ciente do tempo passando, Nina colocou o álbum em uma mesa. A capa tinha uma mesa estilizada com duas cadeiras de bistrô decoradas em um destaque azul com o Sena como pano de fundo. Ela virou a primeira página. Do lado esquerdo, havia uma foto de perto da tinta turquesa descascada no peitoril das janelas. Embora o exterior estivesse surrado, a foto ainda era muito bonita. Do outro lado, havia o mesmo peitoril, mas pintado de cinza-escuro fosco com uma aura dourada pela luz do sol reluzindo na madeira pintada.

Cada página continha fotos ilustrando o antes e o depois, o tenebroso rodameio rosa, os olhos brilhantes, cheios de mistério e segredos, da sereia, a confeitaria vazia, a fila na porta, mas cada uma também contava uma história.

Nina tocava as páginas com um ar de reverência; as fotografias eram extraordinárias.

– São incríveis – disse ela.

E foi só o que conseguiu falar, porque lutava contra um nó que se formara na garganta.

Nina poderia ter adivinhado o dar de ombros bem francês e desdenhoso que Marcel lhe dera ao continuar trabalhando no que quer que estivesse fazendo.

Ela foi até lá, juntando-se a ele atrás do balcão. Como Nina suspeitava, ele estava polindo as colheres já limpas.

– Obrigada – disse ela, baixinho. Inclinando-se para a frente, lhe deu um rápido beijo na bochecha. – Eu amei. É lindo. Vou esperar os jurados chegarem.

Provavelmente, Sebastian ia demorar um pouco no hospital. Ela só chegaria atrasada.

Marcel assentiu, mas não disse nada.

Sabendo que ele não gostava de fazer alarde, Nina se retirou e foi para a cozinha, sentindo-se um pouco sufocada. Era como se todas as emoções presas dentro de Marcel pudessem ser liberadas através das fotos. E ela nunca o vira com uma câmera.

Nina ficou parada por um momento na quietude da cozinha, grata pelo seu frescor, de repente se sentindo totalmente convencida de que estava fazendo a coisa certa. Ela explicaria a Sebastian. Ele podia ser um homem de negócios, mas com certeza ninguém ficaria imune à profunda emoção que havia naquelas fotos e à paixão de Marcel pela confeitaria.

– Nina! Nina! – Maddie parou de repente, quase caindo da escada. – Eles chegaram.

– Ai, meu Deus.

– Vai dar tudo certo, meu bem. Basta esses jurados provarem qualquer coisa que você fez, e eles vão comer na sua mão.

Bill piscou para ela e deu tapinhas em suas costas, quase fazendo Nina voar.

Ela subiu correndo as escadas com o álbum de fotos em uma das mãos; alisou a saia com a outra e torceu para parecer profissional.

– *Bonjour*, bem-vindos à Confeitaria C.

Assim que falou, na mesma hora Nina desejou que tivessem mudado o nome. Por que não pensara nisso? Confeitaria C parecia impessoal e não dizia nada.

– Ouvimos falar muito dela – falou a mais velha dos dois jurados, depois que as apresentações foram feitas.

Com sua atitude prática, um terno cinza elegante e prancheta, ela mais parecia uma funcionária do governo, enquanto o jovem com ela, usando gorro e óculos de aro grosso, parecia alguém que trabalhava para uma revista moderninha.

Eles explicaram rapidamente que iriam dar uma olhada em tudo, selecionar alguns doces para experimentar e então fazer algumas perguntas a ela.

Bill, Maddie, Marguerite, Peter e Jane estavam sentados em uma das mesas perto das janelas, com uma das boleiras no centro, como se fossem clientes comuns saboreando uma variedade de chá da tarde. Nina estava com inveja e desejou estar naquela mesa com eles, em vez de sentada ali, sozinha, batendo os pés sem parar. Ela tentou se obrigar a parar e então percebeu que tinha passado a esfregar a mesa com o dedão em círculos infinitos. Observou os dois jurados, as cabeças unidas, assentindo, apontando, fazendo anotações e murmurando em voz baixa, a expressão inescrutável.

– Eles odiaram – sussurrou Nina para Maddie, quando a amiga passou para ir ao banheiro.

– Para de ser ridícula. Eles só não podem dizer nada.

– Não sei, não.

Maddie revirou os olhos e então colocou os dedos na boca, puxou os lábios e fez uma careta.

Nina bufou e começou a dar risadinhas, o que aliviou seu nervosismo na mesma hora.

– Você é maluca – falou ela.

– E você só descobriu isso agora – respondeu a amiga, com as sobrancelhas arqueadas de um jeito engraçado. – Meu Deus, você é tão lenta.

Balançando a cabeça, ela foi embora e se juntou aos outros.

O sorriso de Nina sumiu quando os jurados voltaram para falar com ela.

– Poderia nos dizer por que decidiu montar a confeitaria?

O tom da mulher, levemente acusatório, fez Nina pensar em uma policial pedindo que ela respondesse por seus atos.

Nina apertou as mãos, tensas, sob a mesa, fora das vistas dos jurados. Por um minuto, ficou paralisada.

Engoliu em seco. Cada palavra que tinha planejado dizer desaparecera. Evaporara.

– Bom... foi... hã...

Ela sentiu um brilho pegajoso de suor tomar conta de sua testa enquanto a língua se recusava terminantemente a cooperar.

– Talvez eu possa ajudar – disse Marcel, surgindo de repente, curvando-se com uma formalidade polida. – Estou aqui há muitos anos e fiquei encantado ao ver a paixão e o entusiasmo de Nina em restaurar a Confeitaria C e levá-la de volta a seus dias de glória. Talvez os senhores queiram ver como a loja era antes de Nina decidir fazer a reforma.

Com as mãos trêmulas, Nina deslizou o álbum para ele e recostou-se, enquanto Marcel, com uma autoridade serena e digna, explicava cada fotografia.

Quando ele chegou ao fim, Nina já tinha relaxado e era capaz de conversar normalmente quando a mulher disse que eles gostariam de experimentar alguns doces.

– O que gostariam de provar?

– Tudo – respondeu o jovem, com um forte sotaque inglês, e então, depois de receber um olhar de reprimenda da colega, se calou.

A mulher selecionou os doces para os dois, e Nina ficou encantada de ver que eles experimentariam o *suprême* de chocolate e caramelo, que ainda era o seu favorito.

Estava tudo indo muito bem. A mulher rabiscou anotações apressadas depois de dar uma garfada na bomba de morango e creme, e o jovem até deixou escapar um gemidinho ao provar o *suprême* de chocolate e caramelo. Foi então que Nina ergueu o olhar e viu Sebastian parado na porta.

Parecia furioso e, por um minuto, ela ficou sem saber se ele tinha reparado nas mudanças, já que a encarava com firmeza. Nina tentou abrir um sorriso, hesitante, mas não deu muito certo, já que Sebastian estava com uma expressão séria. Ela engoliu em seco.

A jurada pôs o garfo na mesa. Nina olhou de novo para Sebastian, que começou a andar, ainda mancando. O gesso tinha sido removido. Droga, o atendimento dele não tinha demorado quase nada. Ela achou de verdade que chegaria lá antes que ele saísse do hospital.

– Muito bem, *mademoiselle* Hadley – disse a jurada quando Nina começou a levantar.

Seus olhos se voltaram para a jurada e então de novo para Sebastian, e, sentada quase para fora da cadeira, ela ficou paralisada, incapaz de se mexer em qualquer direção. O silêncio súbito na mesa ao lado da janela aumentou a repentina sensação de tensão quando, um por um, os rostos de Maddie, Bill, Jane, Peter e Marguerite refletiram a terrível percepção.

Os jurados ficaram de pé, e a mulher estendeu a mão para apertar a de Nina.

Quando ela cumprimentou a jurada, Sebastian parou ao seu lado.

– Obrigada por sua hospitalidade. Vamos fazer as deliberações hoje. Obrigada por inscrever sua loja no Prêmio Confeitaria Estreante.

Nina não precisava olhar para saber que Sebastian estava perplexo.

– Os vencedores da categoria serão anunciados esta noite. Venha, Pierre. *Au revoir.*

– *Au revoir* – respondeu Nina, encontrando a voz e sufocando o impulso desesperado de agarrar a mulher pelo braço e implorar que ela ficasse.

Capítulo 33

Sebastian não falou nada, o que, na verdade, era muito, muito pior. Parado ali com aquela expressão impassível, era de dar medo. Se ele tivesse ficado furioso ou chateado, Nina poderia ficar na defensiva, mas ele só parecia meio derrotado. Havia um quê de incerteza em sua postura, como se esperasse ser atingido, e isso doeu em Nina mais do que ela poderia imaginar.

– Desculpa – começou ela. – Eu ia até lá, mas...

Ele não a ajudou a preencher o silêncio.

– Olha só, a...

A placidez no rosto de Sebastian, à espera da explicação dela, reforçava a vergonha que a dominava. Ela o decepcionara... se ao menos pudesse mostrar que tinha feito tudo aquilo por uma boa razão.

– Nós... eu... a confeitaria entrou numa competição. – Ela respirou fundo. Era impossível justificar aquilo. – Os jurados vinham hoje de manhã, só que eles se atrasaram e... no plano original, haveria tempo de sobra pra ir até o hospital, mas... eu... bem, eu estava saindo, mas eles apareceram e...

Ele franziu a testa ao ver a parede pintada, os olhos atraídos pela sereia.

– De onde veio isso?

– Ah, bom...

Ele girou, absorvendo todas as mudanças.

Nina sentiu a garganta apertar.

– Bom, sabe... a pintura. As paredes, a sereia. Ela sempre esteve ali. Ela s-sempre esteve. Só estava escondida atrás dos painéis.

– E o candelabro?

Sebastian ergueu uma sobrancelha e, de alguma forma, conseguiu demonstrar todo o seu desprezo em um único movimento elegante ou... espere, será que ela estava entendendo errado? Ele estava intrigado? Parecia estudar o candelabro com a mesma curiosidade cheia de fascínio que Peter e Bill mostraram quando debateram sobre instalá-lo.

– Estava lá em cima, com as coisas guardadas.

– E a porcelana? – Ele se inclinou para a frente e pegou uma das delicadas xícaras, segurando-a pela asa, entre o indicador e o polegar. – Parece cara. E vintage.

– Também estava lá em cima – explicou ela, antes de acrescentar, na defensiva –, então não custou nada.

– Nina. – Para a surpresa dela, Sebastian parecia magoado com o que ela insinuara. – Eu estava admirando a autenticidade das coisas. Tudo parece... tão lindo. E perfeito. É... bom, a confeitaria perfeita. Você fez... um trabalho incrível.

Ele olhou ao redor e então abriu um sorriso. O coração de Nina disparou com esperança. Sebastian parecia orgulhoso dela?

– E você tem um novo fornecedor, pelo que estou vendo. É uma melhoria de verdade.

– São todos feitos aqui mesmo – arriscou Nina, enquanto ele ia até o gabinete para observar os doces.

Por trás do balcão, Marcel permanecia alerta e ainda com toda a sua distinção.

– Marcel, posso experimentar um desses? E qual você indica?

– Todos eles, *monsieur*. No entanto, acho que este aqui é o prato assinatura da Nina.

Nina apertou os lábios e esperou enquanto Marcel entregava um prato e um garfo com a releitura dela do biscoitinho milionário.

– Prato assinatura da Nina? – Sebastian olhou na direção dela. – Você fez isso? – Seu sorriso se alargou. – Claro que fez.

Ele balançou a cabeça, como quem diz "que ridículo, eu devia ter imaginado", e o meio sorriso em seus lábios a atordoou por um instante. Ele ergueu o garfo e pegou uma porção equilibrada, observando-a com atenção antes de colocar na boca. Por um instante de pura agonia, que nada tinha a ver com os jurados em *Bake Off*, Nina esperou, unindo as mãos.

A expressão de Sebastian não mudou enquanto ele mastigava e refletia. Ela engoliu em seco, e ele assentiu, ainda sério. Nina queria sacudir aquele homem.

Ele inclinou a cabeça para um lado e se virou para ela, a boca se curvando em um sorriso lento que aos poucos foi iluminando todo o seu rosto, como se o sol saísse de trás de uma nuvem.

– Uau, isso tá... fantástico. – Seu sorriso estonteante de aprovação fez subirem arrepios pelos braços de Nina. – Isso é muito, muito bom. Eu adorei o equilíbrio entre o biscoito crocante com o mousse e então a doçura agradável do caramelo. Que ideia genial.

Sebastian olhou de novo para o gabinete, espiando o conteúdo. Todos na confeitaria pareciam estar prendendo a respiração.

– Que genial. Muito inteligente. A confeitaria francesa unida a uma casa de chá inglês. – Com uma risada, ele apontou algo. – Por acaso isso aqui é biscoito com geleia e creme de nata?

Nina assentiu, algo em sua tensão começando a se dissipar.

– Fusão anglo-francesa.

Sebastian balançou a cabeça, surpreso.

– É uma ideia muito inteligente, e a execução está fantástica. Um pouco rústica – ele deu um sorrisinho para ela –, mas eles têm esse ar caseiro e convidativo, em vez de parecerem perfeitos demais.

Nina tomaria aquilo como um elogio.

– Este lugar está incrível. Você fez tudo isso?

Uma centelha de orgulho se acendeu, brilhante, no peito dela.

– Não fui só eu. Foi todo mundo. Bill, Maddie, Jane, Peter, Marguerite e Marcel. Mas, sim, a gente fez a maior parte do trabalho por conta própria. Pintamos por fora, removemos o painel antigo. Já tinha tudo aqui, só precisava de um pouco de amor e carinho.

– E, sem dúvida, vocês não pouparam nada disso.

Sebastian começou a andar pelo lugar, olhando tudo mais de perto. Nina não sabia se o seguia, mas, no final, decidiu ficar parada, evitando os olhares de apreensão dos outros, que acompanhavam avidamente.

Ele ignorou todos de propósito, chegando ao fim de sua inspeção.

– Parece tudo maravilhoso aqui – disse ele, bem alto, para que todo mundo o ouvisse, antes de baixar a voz apenas para Nina. – A sua família...
– A voz de Sebastian falhou. – Eles ficariam muito orgulhosos de você.

Um arrepio se espalhou pelo corpo de Nina quando ela percebeu que a postura dele havia mudado de repente, e suas últimas palavras tinham um tom raso quando deveriam ter sido mais... Então, com uma sensação terrível, Nina percebeu que, apesar de tudo, a batalha estava perdida.

– O que foi? – Ela se obrigou a perguntar.

– Você contou pro Nick.

Ela fechou os olhos, tentando não se desesperar. Tinha que fazer isso.

– Você contou pro Nick sobre a gente – repetiu Sebastian.

Ela deu de ombros, sem saber o que dizer.

– Ele... não tá feliz.

– Bom, isso é problema dele – rebateu Nina, assolada por uma onda de fúria que a fez firmar os joelhos, como se temesse que eles a derrubassem.

Por um momento, ela cambaleou, sem saber direito com quem estava mais furiosa, se com Nick ou Sebastian.

Ele balançou a cabeça.

– Não, não é. E agora tudo está...

Nina sentiu o coração dar um solavanco.

Quase dava para sentir um tom de súplica na voz de Sebastian quando falou:

– Achei que a gente tinha concordado que não ia contar nada enquanto ele estivesse em Paris.

– Eu tive que contar – falou Nina, bem baixinho.

Ela presumira que Sebastian a perdoaria, mas, ao que parecia, tinha se enganado.

– Teve?

Sebastian fechou os olhos, e a culpa dela disparou ao ver o olhar de derrota em seu rosto, os ombros caídos e os lábios contraídos.

– Você tem que entender que o Nick tá completamente furioso comigo. Se os duelos ainda estivessem na moda, eu já estaria morto antes mesmo de dar um passo.

Nina estremeceu. Era difícil Nick sair do sério, mas, nossa, quando ele saía, era para valer.

– Ele me ligou quando eu estava em Lyon, antes de ir embora. Deixou claro que não sou mais bem-vindo na fazenda.

– Que ridículo! A mamãe não vai tolerar isso.

Sebastian deu um sorriso triste.

– Não, não vai, mas ela não vai querer os filhos brigando, vai? O Nick disse que, se eu aparecer algum dia, ele vai se certificar de não estar lá.

– Você tá dizendo que o Nick brigou com você só por causa da gente? Sebastian assentiu.

– E praticamente me disse pra não entrar mais em contato com ele.

– Ah, Sebastian, eu sinto muito – respondeu Nina. Ele e Nick eram amigos desde sempre. – Ele vai mudar de ideia.

– Acho que não. Mas eu estava preparado pra... pra aguentar, porque pensei: tudo bem, vou estar com a Nina, vamos poder ficar juntos, posso confiar nela... mas agora não sei mais. – Ele olhou ao redor da confeitaria. – Isso tudo é maravilhoso, mas parte de mim sente que você... não tem sido honesta, brincando com a confeitaria, mesmo sabendo muito bem que tenho outros planos pra este lugar. Então, agora – ele indicou os outros na frente da loja, a voz cheia de emoção –, na frente de todos os seus novos amigos, vou parecer o vilão, fechando a confeitaria bonitinha.

– Não... não foi nada desse jeito.

Mas Nina percebeu, com uma honestidade repentina e cheia de vergonha, que tinha sido exatamente daquele jeito. Ela presumira que Nick ficaria bem. Fantasiara que Sebastian ficaria animado, ainda que a contragosto, com as mudanças na confeitaria e fascinado pelos doces inovadores dela.

– Eu achei... Bom, não achei que fosse fazer mal. Você estava planejando uma reforma, então pensei que não seria um problema, no começo... e aí, bom, as coisas só...

– Então por que nunca falou nada sobre isso?

Nina abriu a boca, mas o que poderia falar? Houvera milhares de oportunidades para contar a ele o que vinha fazendo.

– Sabe o que eu acho? Acho que você se deixou levar sem pensar nas consequências porque... você nunca teve que enfrentar consequências de verdade. Você tem uma família enorme e amorosa, que está sempre por perto pra te salvar quando as coisas dão errado. O Nick ainda vai falar com você, você é irmã dele. Sua família sempre vai estar por perto pra te ajudar a dar um jeito nas coisas. Acho que você não percebe, mas nunca teve que lutar por nada. Quando não deu certo ser chef, não teve problema, você voltou pra sua família. Quando foi trabalhar no banco, aquilo não deu certo. Você trabalhou em uma creche e desistiu. Foram inúmeros empregos. E sua família sempre esteve do seu lado pra facilitar as coisas. E, toda vez que você tinha problemas ou não conseguia abrir caminho, sempre ouvia um "não se preocupa, Nina" ou "vem trabalhar na loja da fazenda". "Quer ir pra França? Não se preocupa, a gente faz o trabalho por você."

– Não é assim – falou Nina, com veemência, atingida pelas palavras dele e pelo quê de verdade nelas. – Eu só não sabia o que queria fazer.

– E agora sabe?

Os ombros de Nina desabaram, o arrependimento e a vergonha a dominando. Muito do que ele dissera era verdade. E o pior era que, na maior parte do tempo, ela estava tentando encontrar uma carreira, algo em que fosse boa, algo que o impressionasse. Que perda de tempo. Ele tinha a carreira, o sucesso, e isso não o fazia feliz ou grato pelas coisas importantes da vida.

– Nada, Nina? – Ele balançou a cabeça, a tristeza inundando seus olhos, como se as palavras o machucassem tanto quanto a ela. – Você nunca lutou por nada que quis. Nunca suportou as dificuldades. Você não está nem preparada pra treinar pra ser uma chef confeiteira. Acho que deve dar trabalho demais.

– Na verdade...

Nina de repente encontrou sua voz. Ela agira errado, sabia disso, mas trabalhara muito para dar um jeito na confeitaria. Ficando de pé, ela se empertigou.

– Eu quero cozinhar... mas não que nem você. Quero alimentar as pessoas, cuidar delas. Não quero fazer um macaron rosa todo chique com um sabor tão sutil que você precisa ser um degustador de vinho treinado pra gostar dele. Aqueles macarons eram frios e insossos.

– Como é?

A surpresa repentina de Sebastian era quase cômica.

– Você ouviu. Eu não gostei deles.

Ela soltou cada palavra com cuidado. Muita gente pisava em ovos perto dele. Sebastian precisava ouvir alguma crítica construtiva uma vez na vida.

– Aquilo era uma enganação, com você na zona de conforto ao fazer sabores sofisticados mais pra impressionar do que pra alimentar. Você está trapaceando. O que aconteceu com a paixão que você tinha? O que aconteceu com o Sebastian que eu conhecia que queria alimentar as pessoas? Que queria dar a elas pratos de comida enormes, cheios de sabor? – Ela o olhou com raiva. – Você perdeu sua criatividade e sua vontade de cozinhar. Agora tudo são negócios. Fazer dinheiro e ter sucesso. Você nem estava disposto a considerar administrar isso aqui como uma confeitaria. Você só estava interessado em alcançar a linha de chegada. Quando foi a última vez que cozinhou de verdade? Quando foi a última vez que sentiu paixão fazendo isso?

Sebastian deu um passo atrás, como se ela o tivesse atacado fisicamente, e, em vez de se sentir mal com isso, Nina ficou satisfeita. Ele merecia provar um pouco do próprio veneno. Ela não era perfeita, nunca alegara ser, mas ele também não era.

Nina gostou da expressão de choque de Sebastian por um momento até ver a raiva crescendo depressa. A boca se firmando, as sobrancelhas se unindo e a tomada de fôlego.

– E daí? Desde que a Srta. Amadora assumiu, isso aqui virou um negócio próspero? Acho que você precisa crescer, Nina. Você é só uma garotinha brincando de ter uma confeitaria. – Ele ergueu a mão em um gesto de desdém na direção dos balcões de vidro. – E o aluguel, as taxas, as contas, que por acaso quem paga sou eu?

– Eles são...

– Hã, *excusez-moi*?

Nina e Sebastian se viraram, horrorizados, encontrando a jurada parada ali, olhando para eles sem saber o que fazer.

– *Je...* Eu...

Ela falou algo em francês, ao que Sebastian respondeu, quase tomando a prancheta que a mulher oferecia da mão dela.

Sebastian rabiscou com raiva na folha e a entregou de volta para a jurada, sua linguagem corporal irradiando impaciência. Parecendo perplexa, a mulher pegou a prancheta, assentiu para os dois e saiu caminhando rápido. Firme, mas confusa.

– O que foi isso? – perguntou Nina, desejando ter dedicado um pouco mais de tempo a aprender francês enquanto estava ali. Com certeza, Sebastian acharia que isso tinha sido mais um desperdício de oportunidade.

– Ela precisava dos dados do proprietário registrado do lugar – disse ele, com um suspiro profundo. – Acho que terminamos aqui. Gostaria que devolvesse as chaves. Minha equipe vai entrar na semana que vem.

Sebastian estendeu a mão.

– Beleza – respondeu Nina, pegando sua bolsa. – Aqui está.

Ela bateu com as chaves na mão de Sebastian, estremecendo quando as pontas se cravaram na sua palma.

– Obrigado. É bem provável que eu feche a confeitaria imediatamente. Acho que você vai ter que voltar pra casa antes do esperado.

– Mas você não pode fazer isso. E o...?

Os olhos de Nina voaram na direção de Marcel, cujo rosto ostentava sua costumeira expressão estoica enquanto ele polia mais um copo. Ela baixou a voz, quase sussurrando.

– Não se livra dele. Ele não tem pra onde ir.

– Você acha que eu sou tão ruim assim?

Será que era possível o rosto de Sebastian se contrair ainda mais, tomado pela raiva? Com isso, ele passou direto por ela e foi falar com Marcel. Os dois tiveram uma breve conversa tranquila em um francês rápido, com Marcel assentindo diversas vezes sem dizer muito, antes de Sebastian lhe entregar as chaves.

– Muito bem, isso tá resolvido. Não tem por que a confeitaria continuar aberta pelo resto da semana. Ela fecha hoje à noite.

O fim de tudo atingiu Nina como um soco. Não! Era impossível pensar em não voltar para lá de novo depois daquele dia. Não ir para a cozinha, não cantar junto com a música enquanto batia e misturava itens. Não levar tudo que preparara para Marcel dispor com cuidado nos gabinetes de vidro. Não ver a sombra de um sorriso dele ao abrir o lugar e dar de cara com uma fila do lado de fora.

– Combinei com o Marcel que, assim que todos tiverem ido embora, ele vai trancar tudo.

Nina o olhou, a visão levemente borrada pelas lágrimas que começavam a se formar.

– Eu gostaria de voltar pro meu apartamento nesse fim de semana. Você pode pegar o Eurostar amanhã e deixar as chaves com a Valerie.

– Beleza – respondeu Nina, determinada a se segurar. Ela. Não. Ia. Chorar. Não na frente *dele*. – Vou fazer isso – grunhiu ela, entredentes.

Jogando a bolsa no ombro para ir embora, ela se encaminhou para a porta ao mesmo tempo que Sebastian, em um momento cômico se não fosse trágico.

– Depois de você – disse ele.

– Não, depois de você – respondeu ela, com uma polidez exagerada.

Sebastian se virou e foi mancando em direção à porta, passando pela mesa onde Bill, Maddie, Marguerite, Jane e Peter estavam sentados em um silêncio perplexo.

– Acabou o show, pessoal.

Bill se levantou num pulo, mas Nina correu, balançando a cabeça com uma determinação feroz e erguendo uma das mãos. A última coisa que queria era que algum deles se envolvesse para tentar levar a culpa. Sebastian tinha razão, aquilo era tudo responsabilidade dela. Ela ficara encarregada pelo prédio, *in loco parentis*, por assim dizer, e não tinha o direito de fazer mudanças na estrutura sem a expressa permissão dele. Não havia como negar que ele tinha todo o direito de estar furioso. Mas Nina sabia que não era por causa da confeitaria que ele estava chateado. Nick e Sebastian eram amigos desde o primeiro dia na escola, praticamente carne e osso ao longo de todos aqueles anos. A amizade dos dois era um laço formado por lembranças, experiências compartilhadas e amor fraterno. E ela arruinara tudo aquilo. Bom, ela e seu irmão besta e teimoso, com quem ela ia ter uma conversa muito séria.

– Talvez ele esfrie a cabeça – falou Jane, observando-o descer a rua, apoiando-se mais numa perna do que na outra.

– E talvez não – disse Peter, colocando um braço ao redor dela, como se para blindá-la de mais alguma coisa desagradável. – Me sinto bem mal agora... Não pensei que...

– Por favor, não se preocupe – pediu Nina. – A culpa é toda minha. – O sorriso dela era triste ao olhar para todos eles. – Acho que me apaixonei um pouco pela confeitaria e por todos vocês e... senti que era a coisa certa a fazer. Mas não era. O Sebastian tem razão. Esse prédio é dele. Ele deveria ter sido consultado.

– Mas não entendo por que ele tá tão irritado. – As palavras de Maddie saíram em uma pressa cheia de indignação. Ela tirou o cabelo do rosto com raiva. – Você deveria ter dito a ele que as pessoas fazem fila por causa do seu *suprême* de chocolate e caramelo.

– Não ia fazer a menor diferença. – Nina se sentia vazia depois que a adrenalina da briga estava começando a arrefecer. – Sebastian tem razão. Eu agi pelas costas dele.

E, o pior de tudo, tinha estragado a amizade dele com Nick e não conseguia contar isso aos dois porque estava muito envergonhada. Sebastian conhecia o irmão de Nina melhor que ela. Sabia exatamente como Nick ia reagir.

– Mas...

– Maddie! – Nina não aguentava mais aquilo. – Eu sei que você tem boas intenções e tá do meu lado, mas eu errei. Não tem como fugir disso.

E ela falava com sinceridade.

Nina deu uma última olhada geral para a cozinha, lembrando-se do primeiro dia do curso, todos se apresentando. Bill acenando com as mãozonas. Maddie e seus crocs. Marguerite, mais competente e habilidosa do que qualquer um deles. Peter e Jane se provocando com amor. Quem poderia imaginar que ficariam tão amigos? Ao subir a escada pela última vez, lembrou-se de Sebastian cambaleando nos degraus, o quase beijo. Um soluço ameaçou escapar, e Nina piscou com força ao se virar e dar uma última olhada no local. Com tudo guardado e nada a ser feito no dia seguinte, o lugar parecia tão vazio e entediante quanto no primeiro dia em que ela entrara ali. As risadas, as cores e o calor tinham sido apagados.

Ela franziu os lábios e se virou para voltar ao salão principal da confeitaria. Marcel aguardava perto do cabideiro, o casaco pendurado no braço e o chapéu na mão. Todos esperavam à porta, e nos braços de Peter havia uma pilha de caixas de doces com o que restara do estoque do dia. Os gabinetes estavam escuros e vazios, a energia já tinha sido desligada. Era simbólico. O zumbido constante, silenciado para sempre. A última coisa a ser desligada.

– Obrigada, Marcel. Por tudo. Tomara que... as coisas se resolvam.

Ele deu de ombros de um jeito derrotado e colocou o chapéu, andando lentamente até a porta. Nina começou a ir atrás, mas desviou para a esquerda e correu a mão pela pintura na parede, parando na sereia.

– Tchau, Melody – sussurrou, dando uma última olhada no candelabro, seus reflexos cintilantes borrados pelas lágrimas acumuladas.

Ela fungou com força e passou rápido pela porta, onde Marcel a aguardava.

Todos se enfileiraram na frente dele, com Nina saindo por último para a calçada. Tinha começado a chover, e o ar estava tomado por aquele cheiro úmido, de começo da noite, contaminado pelas fumaças do dia e pelo lixo a ser coletado.

Eles observaram em silêncio enquanto Marcel pegava o molho de chaves pesado e, uma por uma, foi trancando as fechaduras em cima, embaixo e no meio da porta. Ele se virou para encarar todos, o rosto inexpressivo e o corpo rígido e reto. Peter ofereceu uma das caixas da confeitaria para ele.

– *Bonsoir* – respondeu ele, colocando as chaves no bolso, aceitando a caixa e puxando o chapéu por cima do rosto.

Antes que alguém pudesse dizer mais alguma coisa, ele virou para a esquerda e se afastou com passos rápidos, vigorosos e práticos, sem olhar para trás. Em silêncio, eles o observaram indo embora pela rua, uma figura solitária e abandonada na ampla avenida respingada de chuva.

Capítulo 34

O que tinha dado nela para achar que conseguiria carregar sua mala, uma bolsa de mão e uma mala pequena sozinha pelo metrô? A baldeação na République a deixara estressada e olhando para o relógio, ansiosa. Estava em cima da hora. Deveria fazer o check-in pelo menos meia hora antes da partida e faltavam só vinte minutos para as três da tarde quando Nina emergiu no pátio da Gare du Nord.

Parecia completamente diferente de quando chegara ali, e ela levou um minuto para se orientar e perceber que estava em uma parte diferente da estação, antes de começar a seguir as placas do Eurostar.

Com calor e confusa, seguiu na direção da escada rolante, aliviada por estar quase chegando. Poderia relaxar no trem e pensar depois. A noite anterior tinha sido tenebrosa. Mal conseguira dormir depois de passar a noite limpando e ajeitando tudo, fazendo o melhor que podia para erradicar qualquer sinal de sua presença no apartamento de Sebastian enquanto via sinais dele o tempo todo.

Fora difícil lutar contra a tentação de desmontar o mural de fotos dele e tirar a fotografia dela recebendo a medalha no cross-country. Ele a guardara por todos aqueles anos, e a visão daquela imagem tinha dado a ela muita esperança no começo. Nina tinha perdido a noção de quanto tempo ficara olhando todas as fotos de Sebastian. Aqueles olhos escuros a encarando. A sensação era que o coração dela poderia mesmo se partir, o que era ridículo, porque corações não se partem. Mas ficam machucados.

Suspirando e piscando para afastar as lágrimas, ela pisou na escada rolante, jogou a cabeça para trás e olhou para o teto de vidro bem lá no alto, antes de ceder e pegar a foto no bolso lateral da bolsinha de mão. Naquela manhã, ela quebrara o mural, tirara a foto da moldura e a colocara na bolsa. E, ainda assim, seu coração estava machucado.

Era como se ela tivesse tocado o sol e nada fosse parecer mais a mesma coisa. Nada ia superar a euforia do seu coração disparado quando ele dissera "Faz muito tempo que eu queria te beijar de novo" ou "Eu não quero que você vá embora".

De repente, ela soube exatamente do que Jane estava falando.

Sebastian era a última peça do quebra-cabeça dela.

Assim que chegou ao topo da escada rolante e às três faixas em direção à segurança, ela fez uma curva acentuada para a direita e começou a descer a escada de novo. O que Sebastian tinha dito? Você nunca luta por nada? Você nunca suporta as dificuldades? Bom, ela ia lutar dessa vez.

Nina faria Sebastian enxergar que ela tinha cometido um erro. Vários erros, e se desculparia por cada um deles. Não ia para casa sem lutar a batalha da sua vida, mesmo que isso significasse dar um soco no nariz dele.

– Nina! Nina! Nina!

Ela estava no meio da escada, descendo, quando olhou para baixo e viu Bill e Maddie gritando e acenando para ela, os dois parecendo esbaforidos e com o rosto vermelho.

Nina parou nos degraus, fazendo as pessoas se irritarem ao tentar passar por ela, que, por sua vez, fazia o possível para equilibrar a mala grande e a menor de forma precária à sua frente. Por sorte, Bill correu até a escada para pegar sua bagagem e carregá-la.

– O que estão fazendo aqui? – perguntou Nina, depois de chegar em segurança ao andar debaixo, dando um abraço nos dois. – Se vieram aqui pra se despedir, vieram à toa, porque... – Ela deu um sorrisão, um pouco mais confiante do que se sentia de verdade. – Decidi ficar.

– Não, a gente veio te buscar. Você precisa vir até a confeitaria agora.

– Ganhamos o concurso de melhor estreante? – perguntou ela.

– Não. – Maddie balançou a cabeça. – Um lugar pomposo que só trabalha com orgânicos levou, mas...

Bill a interrompeu.

– Vamos.

Ele a apressou em direção ao ponto de táxi, e os três entraram num carro.

Maddie mal conseguia ficar parada na parte de trás do táxi, e Bill continuava lançando a ela olhares de alerta.

Nina calculou que, assim que chegasse à confeitaria, poderia ir até o hotel de Sebastian e, se ele não estivesse lá, iria até o apartamento. Ela iria atrás dele onde quer que estivesse e não iria embora até que a ouvisse. No dia anterior, tinha ficado assolada demais pela culpa para lutar. Mas, naquele dia, sabia exatamente o que precisava dizer a ele, embora ainda não tivesse elaborado as palavras.

Maddie continuava a verificar suas mensagens de texto. De repente, cutucou o motorista no ombro e lhe deu instruções em francês. O homem pareceu surpreso, mas murmurou algo de volta.

– *Bon* – falou Maddie, sentando-se direito de novo.

Eles dirigiram por mais dez minutos. Nina virou a cabeça. Que estranho.

– Maddie – sussurrou Nina. – Acho que o motorista só está dando volta, tenho certeza de que já passamos nessa rua antes.

– Não, acho que não.

Eles continuaram daquele jeito por mais alguns minutos, e então Nina viu o mesmo café outra vez. Ela cutucou Maddie e sibilou:

– A gente com certeza já passou três vezes por aqui.

Os olhos de Maddie se arregalaram em algum tipo de apelo, e ela se virou para Bill.

– Não olha pra mim. Não fui feito pra ser discreto – disse ele, recostando-se em seu assento.

O motorista fez uma pergunta para Maddie. Ela balançou a cabeça e então, de repente, mudou de ideia quando seu celular tocou.

Nina cruzou os braços e ficou alternando o olhar entre Maddie e Bill.

– Vocês vão me dizer o que tá acontecendo?

– Não tem nada a ver com a gente. Pode ser meio que uma festa de despedida pro Marcel.

Nina franziu a testa. Não havia possibilidade de Marcel concordar com algo assim. Ele não gostava de bagunça nem de ser o centro das atenções.

– Ele sabe?

– Não.

Maddie sorriu, toda inocente.

– Ele com certeza não sabe – respondeu Bill, com a confiança renovada.

– Então vai ser interessante. Foi a Marguerite que organizou?

Maddie fez a mímica de fechar os lábios com um zíper. Nina revirou os olhos.

– Bill? – tentou Nina.

Ele imitou o gesto de Maddie.

Nina suspirou, sibilando.

– Vocês dois estão me deixando maluca.

Ela não queria dizer "é melhor que seja bom mesmo", mas, sinceramente? A única coisa que queria era encontrar Sebastian. Pensou em falar com Alex para descobrir se ele já tinha saído do hotel.

– Chegamos! – exclamou Maddie, a voz estridente de tanta empolgação.

O táxi os levara até a entrada dos fundos da loja.

– O Sebastian não sabe nada sobre isso, sabe? – perguntou Nina, mordendo o lábio.

A última coisa que queria era agir pelas costas dele outra vez.

Bill e Maddie trocaram olhares furtivos.

– Ah, pelo amor de Deus. Já tenho que me explicar muito pra ele sem ter mais um crime nas costas.

– Só tenha paciência com a gente, meu bem. Vem – disse Bill.

Deixando Maddie se resolver com o motorista do táxi, Bill abriu a porta dos fundos e espiou lá dentro.

Nina revirou os olhos. Não aguentava mais aquele mistério.

– Vem, vamos acabar logo com isso.

Bill inclinou a cabeça e ficou escutando até Maddie se juntar a ele.

Havia indícios de que a cozinha tinha sido usada: água nas bancadas de aço inoxidável e migalhas no chão. Bom, não era mais problema dela.

– Espera um instante aqui – disse ele.

– Bill, pode ir.

Maddie acenou com o celular para ele, num estilo exagerado e cômico, balançando a cabeça de um jeito óbvio demais. Os dois estavam se transformando bem rápido numa dupla de comediantes.

– Ah, sim. Beleza. Pode entrar.

Intrigada, mas ainda um pouco irritada, Nina entrou. Quanto mais rápido visse o que quer que tivesse ali, mais rápido poderia conversar com Sebastian.

Não havia sinal de Marcel na confeitaria silenciosa. Não havia sinal de ninguém, mas, no meio de uma das mesas, havia um balde de gelo com uma garrafa de champanhe. Mas que curioso. Perto da mesa, no chão, havia uma folha de A4 com uma seta preta grande, apontando para a porta. Um segundo papel com mais uma flecha fora colocado no meio do caminho entre ela e a porta. E uma terceira seta estava sob a porta. O que estava acontecendo? E onde estava todo mundo? Ela tinha achado que o grupo todo estivesse ali.

Não havia sinal de ninguém na rua quando ela saiu. Mais uma seta apontava para a esquerda. Um passo depois, outro bilhete. *Olhe pra cima.*

A princípio, Nina olhou para o céu, sem saber direito o que deveria ver. Nuvens, céu azul, pôr do sol. Tudo como deveria ser. Baixando o olhar, passou pelas janelas do primeiro andar, que não ganharam uma nova demão da tinta cinza elegante, mas que felizmente não tinham sido pintadas de turquesa. Nada de diferente ali.

Aquilo era algum tipo de pegadinha? O que ela estava deixando passar? Ela se virou esperando que alguma equipe de televisão surgisse.

Foi só quando se virou de novo que viu.

– Ah! – Nina ofegou, a mão cobrindo a boca. – Ah.

Letras em rosa-claro tinham sido pintadas no cinza-escuro.

Nina's.

– Ah! – exclamou ela outra vez, dando um passo para trás.

O "s" reluzia, como se a tinta ainda não tivesse secado.

Nina sentiu um frio na barriga, uma empolgação, uma esperança súbita rodopiando dentro de si. Não, não podia ser. Tinha que ter outra explicação. Sem dúvida, depois do dia anterior...

Só o dono registrado poderia fazer aquilo.

Juntando as mãos, ela olhou para seu nome. *Nina's.*

– O que achou? – perguntou uma voz baixa atrás dela.

Virando-se, ela abriu um sorriso desavergonhado.

– Acho que supera qualquer joia.

– Deveria ser um pedido de desculpas.

– Também supera meu pedido de desculpas, que seria franco e sincero.

Me desculpa mesmo por ter contado ao Nick e por não ter sido sincera com você. Eu não tinha o direito de tratar esse lugar como se fosse meu e...

Sebastian pôs um dedo nos lábios dela, um sorriso solene no rosto, e Nina ficou extasiada com o mero toque dele.

– Tô chateado pelo Nick estar tão bravo comigo... mas ele vai ter que engolir. Estar com você me faz mais feliz do que já me senti na vida. Você é o que vale de verdade.

– Ah, Sebastian, eu...

Ele estava muito mais vulnerável do que já permitira alguém ver.

– Parece besteira, mas, depois da briga com o Nick e de você não aparecer no hospital, eu... eu pensei que você não se importava de verdade. Só vim aqui porque precisava fazer alguma coisa pra tirar isso tudo da cabeça. Vim ver o medidor de eletricidade, e nem passou pela minha cabeça que pudesse te encontrar aqui ou que você estivesse ocupada. Pra ser sincero, eu estava fazendo aquela bobagem de começar a arrumar milhões de motivos pra estar errado e ainda tentava me convencer de que você estava presa no metrô em algum lugar. Ou tinha sofrido um acidente ou ficado ocupada com algo. E que o Nick tinha te obrigado a contar pra ele.

Nina conteve um sorriso. O jeito de falar dele parecia tão ruim quanto o da mãe dela.

– E lá estava você, toda tranquila, conversando com aqueles dois como se não tivesse mais nada pra fazer. Eu surtei.

– Ah, Sebastian, me desculpa, eu estava indo e...

– O Marcel me contou.

– Marcel?

O rosto de Sebastian relaxou.

– Tive uma conversa bem interessante com *madame* Colbert hoje de manhã.

Nina balançou a cabeça, confusa.

– A jurada – explicou Sebastian.

– Ah.

– Ela ficou muito impressionada com os doces inovadores e caseiros, e percebi que tinha deixado meu temperamento falar mais alto. Eu não fazia ideia do tanto que você fez. Então, liguei pro Marcel, nos encontramos e conversamos um pouco.

Nina ficou tensa, mordendo o lábio.

– Tudo que você fez foi maravilhoso. Seus sabores são incríveis. E eu amo a ideia da fusão anglo-francesa. É muito sagaz.

– Bom, na verdade, não, porque estou copiando a...

– Na verdade, sim. Os sabores, as ideias, a interpretação. É tudo muito original. Sério, estou muito impressionado. Hoje de manhã, quando cheguei com o Marcel, havia alguns clientes bem descontentes do lado de fora, aparentemente esperando por algo chamado *suprême* de chocolate e caramelo.

– A gente deu sorte com esse. Fica bonito nas redes sociais.

– Não, vocês deram sorte porque é uma delícia. E você tinha razão, percebi que perdi completamente minha paixão, aquela criatividade. Você me inspirou a fazer algo diferente.

Nina deu a ele um sorriso acanhado.

– Ah, eu gostei de ficar testando, mas, mesmo assim, não deveria ter feito nada disso sem sua permissão.

– Bem, estou disposto a passar por cima disso. – A preocupação se esvaiu de seu rosto. – Você vai ficar? Apesar de tudo que eu disse ontem. Eu errei.

– Não, você estava certo. No passado, eu desistia muito fácil. Percebi que estava muito ocupada procurando a coisa errada. Achei que queria escapar da minha família, mas percebi que preciso da minha família perto de mim. Pessoas, amigos, uma forma de família. É aí que me dou bem. É por isso que eu luto. Eu já tinha decidido voltar quando Maddie e Bill me encontraram. Estava voltando pra te dizer que não ia a lugar nenhum sem você.

– O Marcel contou que você fez isso por ele. E os outros também.

– Bom, não só por ele, eu estava sendo egoísta também.

– Ele me contou sobre a esposa, a irmã e os sobrinhos.

– Talvez ele possa trabalhar pra você na hora do almoço.

– Não sei o que isso tem a ver comigo – disse ele. – O que você acha que é isso?

Sebastian ergueu os olhos para a placa.

O coração de Nina acelerou.

– Eu achei que era... um gesto, um pedido de desculpas.

– Bom, é isso, mas eu gostaria que você e o Marcel continuassem com a loja, embora eu queira me envolver... sabe, administrando questões práticas, como pagar as contas.

– E o Nick?

Nina se encolheu, mordendo o lábio. Os olhos de Sebastian ficaram mais serenos.

– Ele vai ter que se acostumar com a ideia. Mas, quando ele se der conta do que eu sinto por você, que temos um negócio juntos, que a gente... – disse ele, dando a ela um olhar esperançoso – ... tem um futuro juntos, ele talvez mude de ideia.

Nina sorriu com delicadeza.

– Eu conheço o Nick. Depois que ele esfriar a cabeça, vai pensar melhor e, quando se der conta de que...

Ela deu de ombros, sem querer presumir nada.

Sebastian pegou as mãos dela.

– Quando ele se der conta de que eu te amo e que esperei tempo demais. Quando a gente era adolescente, eu gostava de ser o herói, te defendendo quando seus irmãos se juntavam contra você, mas... naquele dia, quando você terminou o percurso do cross-country, cheia de lama e sorrindo de orelha a orelha, algo bateu, e eu soube. Era você. E então... – Ele suspirou. – A vida aconteceu. Eu estraguei tudo, me acovardei. Mas agora chega. Eu amo o Nick como um irmão, mas, quando ele se der conta...

Nina sentiu um calor percorrê-la diante daquelas palavras intensas.

– É, quando ele se der conta...

Nina não conseguiu dar forma às palavras que a enchiam de uma alegria borbulhante. Era como estar à beira de um precipício: um passo em falso, e todas as esperanças dela poderiam evaporar. Mas, por sorte, Sebastian veio em seu resgate.

– Quando ele se der conta de que eu te amo.

– E eu coloquei a mamãe contra ele.

Sebastian revirou os olhos.

– Eu sei... ser uma princesinha mimada às vezes tem suas vantagens. – Ela abriu um sorriso travesso e alegre. – Embora isso vá te custar alguma coisa.

– Vai, é? – perguntou Sebastian, desconfiado.

– Um beijo já é um bom começo.

– Ah, isso eu posso fazer – disse ele, com um sorriso lento iluminando seu rosto, uma covinha surgindo em uma das bochechas e os olhos brilhando de felicidade.

Quando ele tomou os lábios dela, houve uma celebração com gritos e muitas batidas na janela. Eles ignoraram o barulho e continuaram se beijando. Quando finalmente olharam para o povo desordeiro, Bill, Maddie, Peter, Jane e até Marguerite estavam comemorando e acenando, enquanto Marcel acenava com a garrafa de champanhe para eles.

– Acho que é a nossa deixa – falou Sebastian, colocando o braço ao redor dela e a guiando de volta até a confeitaria.

– Um brinde – disse Marcel, poucos minutos depois, com um raro sorriso. – À Nina e à Nina's!

– À Nina e à Nina's! – repetiram todos.

Epílogo

Houve uma celebração animada quando Nina colocou um pouquinho de chocolate amargo no último profiterole e o prendeu no topo da pirâmide. O croquembouche parecia maravilhoso, os bolinhos de choux recheados de creme se espiralavam em fileiras alternadas de recheios de creme de morango e creme simples, com cobertura de chocolate amargo e branco intercalados, com vários morangos cortados pela metade, o que fazia com que se parecessem com corações.

Era o último dia do curso, que fora adiado na semana anterior. E que semana tinha sido aquela. Dando um passo atrás, ela sentiu Sebastian fechando os braços ao redor dela, puxando-a contra si e dando um leve beijo na curva de seu pescoço, onde ele logo descobriu que fazia cócegas e a fazia se contorcer. Na última semana, ele aprendera muitas coisas sobre ela, e a maioria não podia ser mencionada em público.

– Vamos parar com essa safadeza aí! – gritou Maddie, lambendo o chocolate branco, antes de chegar ao lado de Nina. – O homem está apaixonado. Em algum momento ele saiu de perto de você essa semana?

– Além da viagem até a fazenda, não. – Nina não conseguiu evitar e deu um sorriso enorme. – Nem acredito que ele fez isso.

– E ficou tudo certo com o seu irmão?

– Sim, ainda bem. Felizmente, o Nick já estava começando a mudar de ideia. Acho que minha mãe deve ter falado algumas coisinhas. Mas acho que o Nick aprova de coração agora. Talvez só seja um pouquinho ciumento. – A voz de Nina falhou. – Eu teria me sentindo muito mal pelo Sebastian se... ele perdesse o Nick.

– Mas – Maddie lhe deu um cutucão forte – ele estava preparado pra isso, o que, pra mim, diz muita coisa.

– Mas eu não estava.

Ela o observou provocando Marguerite com gentileza; ela estava abanando uma toalha de pano para ele, com um sorriso maternal e carinhoso no rosto.

– O Sebastian precisa de pessoas, só que nem sempre ele entende isso.

– E, agora, um pouco de champanhe – exigiu Marguerite, requisitando Marcel e pegando a bandeja de taças, já pronta.

Enquanto Marcel enchia as taças com desenvoltura, todo mundo aguardava ao redor do glorioso doce, que de fato tinha sido resultado de um trabalho em equipe. Todos tinham dado ideias: Nina sugerira os recheios alternados; Maddie insistira que um deles fosse o "mágico" creme de morango de Nina; Bill queria chocolate branco, e Marguerite, amargo; e Peter e Jane tinham votado juntos por uma decoração com morangos.

Sebastian, de frente para ela, ergueu sua taça.

– Quero fazer um pequeno brinde a todos vocês. Não é segredo pra ninguém que eu não tinha a intenção de manter a confeitaria aberta, e não sei quantos de vocês sabem que, na verdade, eu não queria dar esse curso.

Maddie arfou, indignada, e Marguerite balançou a cabeça em reprovação. Ele deu um sorriso encantador para a senhora e piscou para Maddie.

– Mas foi… um grande privilégio conhecer todos vocês e ver o quanto a confeitaria passou a ser importante pra cada um. – Ele deu um sorriso torto. – Não costumo admitir que estou errado, mas… quero agradecer a todos por ajudarem a me mostrar a magia deste lugar. E por todo o trabalho incrível que vocês fizeram. Acima de tudo, quero agradecer à Nina, que trabalhou muito. – Ele sorriu para ela, olhando-a com uma intensidade que deixou a visão dela meio turva. – E por me devolver uma parte de mim mesmo.

Ele fez uma pausa, engoliu em seco e levou um instante antes de conseguir continuar.

– Uma sábia mulher me disse que estar com a pessoa certa é como a última peça do quebra-cabeça entrando no lugar certo. – Ele ergueu a taça na direção de Jane. – E ela tinha razão.

Nina arregalou os olhos e murmurou um "quando?" para Jane, que lhe devolveu um sorriso tranquilo e entrelaçou o braço no de Peter, puxando-o mais para perto.

Sebastian foi até Nina e parou na frente dela, o tom de voz baixando, e ela o ouviu, naquele timbre delicioso, que fazia os pelos da sua nuca se arrepiarem. Diante dela, parecendo completamente imóvel, ele prendeu seu olhar.

– Nina, você é a peça do quebra-cabeça que faz com que eu me sinta completo.

Tudo saiu de foco, menos o rosto amado e conhecido de Sebastian, enquanto, ao redor deles, ela tinha noção da poderosa algazarra de assovios, aplausos e taças brindando. Ele se inclinou para a frente e roçou os lábios dela, sussurrando:

– Eu te amo.

Abalada, Nina só conseguiu sorrir para ele porque a qualquer momento ia cair no choro. Ela colocou a mão no peito de Sebastian, que a cobriu com a dele e a segurou ali. Com a outra, ele ergueu a taça.

– A nós.

As palavras simples pareceram uma promessa.

– A nós – repetiu ela, ainda sorrindo como uma boba.

Os dois deram um gole, incapazes de desviar o olhar.

Ele tocou nos lábios de Nina com a própria taça.

– Amo seu sorriso. E – ele inclinou a cabeça, com uma expressão divertida surgindo no rosto – quero aquela foto de volta.

– Não achei que você fosse dar falta dela.

Nina deu risadinhas, descontraída e incrivelmente feliz.

– É claro que dei, é minha foto favorita sua – reclamou ele, antes de acrescentar, com aquela voz familiar. – Foi tudo o que eu tive durante todos esses anos pra continuar vivendo.

Aquilo realmente a derrubou, mas, por sorte, um beijo terno e demorado se provou a distração perfeita.

Agradecimentos

Todo ano, minhas amigas Shane e Jenny O'Neil organizam um quiz e um bolão de apostas para ajudar a Alzheimer's Society, e neste ano o prêmio principal do bolão era o nome do ganhador ser usado no meu livro seguinte. Dá pra imaginar a minha surpresa quando o bilhete premiado pertencia a um casal que se encontrava perto de mim no nosso time do quiz?! Um imenso muito obrigada a Peter e Jane Ashman, por me emprestarem seus nomes. Quero achar que os deixei orgulhosos e que concordem que o Peter e a Jane imaginários são tão adoráveis quanto os da vida real.

Também devo um agradecimento especial à minha querida amiga Alison Head, que comprou para mim o livro mais maravilhoso sobre as confeitarias parisienses, que foi inestimável, principalmente quando planejei minha viagem de pesquisa à cidade. Preciso agradecer ao marido-herói, Nick, que me acompanhou com toda a paciência a várias confeitarias no centro de Paris sem chiar, quando acho que ele, na verdade, teria apreciado muito mais uma cerveja bem gelada.

Conheci algumas pessoas muito queridas enquanto fazia pesquisas para este livro, sendo a mais notável a fabulosa Sophie Grigson, escritora e apresentadora de gastronomia, que conduz a faculdade temporária de culinária em Oxford. Graças a seu genial curso de Confeitaria Fácil, agora consigo fazer uma bomba de café maravilhosa, preparar creme de confeiteiro e aprontar deliciosas madeleines.

Sou eternamente grata à amiga autora Dona Ashcroft, minha parceira de escrita, que me incentivou muito e foi tão generosa com seu tempo enquanto eu tentava trabalhar questões da história, desvios de personagem e sofria daquela doença costumeira que aflige os escritores, a tal da "sou péssima nisso".

E um muito obrigada superespecial às duas pessoas que são mesmo a minha fortaleza, minha editora linda, Charlotte Ledger, e minha agente maravilhosa, Broo Doherty. Escrever pode ser uma profissão solitária, mas fazer um livro ganhar o mundo é um trabalho em equipe. Eu não conseguiria nada disso sem essas duas mulheres gentis, generosas e incrivelmente talentosas. Obrigada, meus amores.

Por último e sem dúvida nenhuma não menos importante, tenho que agradecer a todas as pessoas que leem minhas histórias, especialmente àquelas que tiram um tempo para me dizer o quanto gostam dos meus livros. Vou falar para vocês: quando estou trabalhando sem parar no meu laptop, e as palavras ficam se esquivando demais, suas mensagens gentis e as críticas encorajadoras são o que me mantém no caminho. Continuem enviando todas elas, e espero muito que tenham gostado de *A pequena confeitaria de Paris*.

Beijos,
Jules

Material bônus

Amou Alex, o escocês lindo?
Bom, continue lendo para dar uma
espiada exclusiva no próximo livro da série,
A pequena pousada da Islândia

Capítulo 1

Bath

– Receio que ainda não tenha nada, como eu disse na semana passada e na anterior. Você precisa entender que são tempos difíceis. A economia não está boa. As pessoas não estão passeando tanto.

Isso foi dito com um sorriso hipócrita que fingia compaixão e olhos pequenos como os de um tubarão, que se desviavam dos de Lucy, como se estar desempregada fosse uma beleza.

Tempos difíceis? Oras! Lucy estava escrevendo a porcaria de um livro sobre os tempos difíceis que viviam. Ela queria agarrar a consultora de recrutamento pelo pescoço e sacudi-la. Em vez disso, Lucy se mexeu no assento diante daquela mulher no pequeno escritório iluminado, com a mobília chique e o MacBook mais recente dominando a maior parte da mesa, tentando parecer tranquila em vez de completamente apavorada.

A outra mulher parecia observar o cabelo loiro sem vida de Lucy, que pendia em uma trança capenga e fina, e não conseguiu esconder uma expressão de curiosidade horrorizada. Lucy engoliu em seco e sentiu as lágrimas de sempre começarem a se acumular. *Tente você arrumar um cabelo que tem caído aos montes nas últimas três semanas*, pensou. Ela não ousava lavá-lo mais do que uma vez por semana, porque ver o ralo cheio de fios loiros parecia ainda mais terrível do que todas as outras porcarias que aconteciam em sua vida no momento. As coisas só podiam estar bem ruins quando até seu cabelo começava a abandonar o navio.

Lucy sentia seu lábio se curvando. Ai, meu Deus, a qualquer segundo ia começar a urrar como um animal selvagem. Ficava cada vez mais difícil tentar se comportar como um ser humano normal nos últimos tempos e, no momento, era um desafio a mais olhar para a mulher do outro lado da mesa, sentada ali em seu terninho vermelho-cereja e bem ajustado, com seu cabelo luminoso perfeito e unhas compridas pintadas com esmalte cor de ameixa. O epítome do sucesso. Essa era a figura de alguém que chegaria a algum lugar, que tinha uma carreira em ascensão, em vez de uma em queda vertiginosa pelas Cataratas do Niágara.

Com um suspiro, Lucy engoliu em seco com força e se obrigou a ficar calma. Nos últimos vinte minutos, lutara contra a tentação de agarrar a Pequena Srta. Profissional pela gola e implorar "deve ter um emprego em algum lugar para mim". Precisou colocar as mãos sob as coxas e respirar fundo enquanto escutava a mesma ladainha que ouvira no escritório dos últimos dez consultores de recrutamento: o mercado estava em baixa, as pessoas não estavam contratando, ninguém tinha uma carreira para a vida toda nos tempos atuais. E não precisavam contar isso para Lucy: ela descobrira esse fato inconveniente do jeito mais difícil. *Mas*, reclamou aquela voz persistente na sua cabeça, ela estava procurando um emprego na área de hotelaria. A reclamação ficou mais aguda e insistente: *sempre há vagas na área de hotelaria*.

– Talvez, se você conseguisse... – A mulher tentou lhe dar um sorriso de incentivo, o que não disfarçava sua enorme curiosidade – ... sabe, trazer referências mais recentes.

Lucy balançou a cabeça, sentindo o familiar nó de desespero ameaçando crescer e sufocá-la. A recrutadora tentou parecer gentil enquanto olhava disfarçadamente para o relógio. Sem dúvida, tinha uma entrevista marcada com um candidato infinitamente mais adequado. Alguém cujo currículo transbordava de recomendações do último chefe e não tivera seu constrangimento compartilhado com todo mundo na sua área de atuação.

– Tem que ter alguma coisa. – O desespero se estampava em cada palavra. – Não me importo de dar um passo atrás. Você viu quanta experiência que eu tenho. – Ela se ouviu proferindo as palavras fatídicas, as quais prometera a si mesma que não falaria, não importava como as coisas estivessem ruins. – Faço qualquer coisa.

A outra mulher arqueou a sobrancelha, como se quisesse que Lucy elaborasse melhor a parte sobre "qualquer coisa".

– Bom, praticamente qualquer coisa – corrigiu-se Lucy, de repente muito consciente de que "qualquer coisa" abarcava um monte de situações, vagas ou não, e a renda daquela mulher vinha de realocar pessoas.

– Boooom, tem uma coisa.

Ela deu de ombros com elegância.

Lucy começou a se arrepender do "qualquer coisa". A que estava se expondo? Ela não conhecia aquela mulher. Como poderia confiar nela?

– É… hã… é um grande passo atrás. Um contrato temporário que pode virar permanente. Com um período de experiência de dois meses. E fora do país.

– Não tem problema ser fora do país – respondeu Lucy, endireitando as costas.

Um período de experiência de dois meses era bom. Na verdade, fora do país seria maravilhoso demais. Por que não tinha pensado nisso antes? Um jeito de escapar por completo daquilo tudo. Uma fuga das risadinhas ardilosas dos ex-colegas pelas costas dela, os olhares furtivos de "é ela, sabe, a que…", os sorrisos secretos de "sabemos o que você fez" e as ocasionais olhadas de soslaio que a deixavam para morrer.

A recrutadora se levantou e foi até um canto do escritório para vasculhar uma pequena pilha de arquivos azuis em uma mesinha de faia atrás dela. Mesmo de onde estava, Lucy sabia que aquelas eram as sobras das sobras, as vagas que tinham sido colocadas na categoria "não vamos arrumar alguém para esses cargos nem em um milhão de anos". Com um puxão, uma pasta com as pontas dobradas foi retirada quase da base da pilha. Lucy sabia como aquele pobre arquivo se sentia: negligenciado e deixado de lado.

– Humm.

Lucy aguardou na ponta da cadeira, esticando o pescoço de leve para tentar ler as palavras que a recrutadora seguia com uma das unhas, descendo pela folha.

– Humm. Certo. Hummm.

Lucy apertou os dedos, feliz por estarem esmagados entre suas coxas e a cadeira.

Com um "tsc" meio disfarçado, a mulher fechou o arquivo e olhou com preocupação para Lucy.

– Bom, é alguma coisa. Qualquer coisa. – Sua expressão vacilou. – Você é qualificada demais. É em… – E ela disse algo que pareceu um espirro.

– Como?

– Hvolsvöllur – repetiu a mulher.

Lucy logo notou que ela tinha pesquisado a pronúncia.

– Muito bem – assentiu Lucy. – E onde exatamente fica…

Ela indicou o arquivo com a cabeça, supondo que, pela sonoridade, fosse algum lugar no Leste Europeu.

– Islândia.

– Islândia!

– Sim – falou a mulher, apressada. – É um cargo de dois meses de período de experiência em uma pequena pousada em Hvolsvöllur, que fica a apenas uma hora e meia de carro de Reykjavik. Começo imediato. Devo ligar para eles, enviar os detalhes sobre você?

As palavras dela saíram com um entusiasmo repentino e inesperado de bônus de comissão.

Islândia. Nunca pensara em visitar o lugar. Não fazia um frio absurdo lá? E ficava escuro quase o tempo todo. O clima ideal para ela era calor com mar morno. Uma hora e meia de carro até Reykjavik parecia uma coisa agourenta, uma mensagem subliminar para "no meio do nada". Lucy mordeu o lábio.

– Eu não falo o idioma de lá.

– Ah, não precisa se preocupar com isso. Todos falam inglês – respondeu a mulher alegremente, antes de acrescentar: – É claro que eles podem não querer você… você sabe. – Seu sorriso diminuiu, demonstrando uma empatia silenciosa. – Não quero que tenha muita esperança. Mas vou dizer a eles que você já tem uma boa experiência. É que… hã, referências recentes podem ser um problema. Você tem uma lacuna aqui.

– Talvez você possa dizer que eu estava em um ano sabático… ou anos – sugeriu Lucy, apressada.

A recrutadora assentiu, estampando o sorriso no rosto de novo.

– Vou ligar pra eles.

Ela se levantou da mesa, parecendo um pouco constrangida. Lucy desconfiou que, em geral, ela fazia as ligações pelo telefone na mesa, mas queria privacidade para tentar convencer o cliente a aceitar alguém com uma lacuna de três anos no currículo.

No último ano, Lucy fora a subgerente do principal hotel de uma grande cadeia em Manchester, subindo de cargo na empresa durante os dois anos anteriores, até ser demitida por comportamento inadequado. Lucy rangeu os dentes ao se lembrar da general sem coração do RH que tinha sido enviada pela sede na verdejante Surrey para executar o golpe fatal. É claro que eles não mandaram Chris embora.

Por um minuto, a autocomiseração ameaçou dominá-la. Incontáveis vagas, uma rejeição atrás da outra. Nem uma única entrevista. Toda vez que recebia outro não, ficava ainda mais desolada, como uma sombra que se espalha diante do sol que se põe. Sua conta bancária estava diminuindo cada vez mais. Logo, ela não teria onde dormir, e o fim da linha, ficar entocada no segundo andar da casa com terraço dos pais em Portsmouth, começava a se aproximar no horizonte. E ela não podia fazer isso de jeito nenhum. A mãe ia querer saber o motivo, o pai não aguentaria a verdade. Lucy mordeu o lábio, abrindo a ferida feia que ainda estava ali. Por alguma razão, começara a mastigar o interior da boca, algo que tinha se tornado um hábito horrível nos últimos meses e do qual não conseguia se livrar.

– É... é pra morar no trabalho? – perguntou, apressada, quando a outra estava prestes a sair da sala.

– Ah, meu Deus, é claro, ninguém em sã consciência olharia para essa vaga sem acomodação. – Os olhos dela se arregalaram de repente ao perceber que provavelmente tinha falado demais. – Volto já, já.

De um jeito bem elucidativo, ela pegou o arquivo e deixou Lucy sozinha no escritório.

– Tem certeza de que é a coisa certa a se fazer? – perguntou Daisy, melhor amiga de Lucy, balançando a cabeça com uma expressão de desconfiança ao olhar para a tela do computador. – Você é qualificada demais pra isso. Tem só 44 quartos. – Ela fez uma pausa. – E você odeia neve.

– Não odeio neve. É que não é tão legal quando deixa a cidade toda lamacenta e escura – protestou Lucy, pensando na neve da sua infância.

Ela amava a primeira vez que a neve caía no inverno, quando tudo era limpo e revigorante, implorando por pegadas virginais, guerra de bolinhas de neve e bonecos.

– Humm – resmungou Daisy, incrédula. – Você acabou de se acostumar com Manchester. O clima na Islândia é muito pior. Se bem que – ela enrugou a testa – parece bem legal.

Lucy assentiu. Legal era um eufemismo. De acordo com a galeria de fotos no site, o lugar parecia lindíssimo. O exterior, com telhados cobertos de relva e uma miscelânea de casas, era ofuscado de um lado por uma encosta coberta de neve riscada por sombras escuras de afloramentos íngremes, e, do outro, um litoral rochoso, onde ondas espumantes quebravam em uma praia estreita e cheia de cascalho. O interior lindamente fotografado mostrava paisagens maravilhosas de cada uma das janelas da pousada, diversas lareiras enormes e cantinhos aconchegantes arrumados com móveis que convidavam as pessoas a se aninharem e cochilarem em frente ao quentinho do fogo. Tudo parecia fabuloso. O que levantava a questão: por que o cargo de gerente geral ainda estava vago? Seu dente mordeu uma ferida aberta por dentro do lábio, e ela se contraiu.

Daisy suspirou, apreciando a ideia, mas a amiga interpretou como tristeza e lhe deu um olhar severo.

– Você não precisa aceitar. Sabe que pode ficar aqui o tempo que quiser. – Ela dirigiu à amiga um olhar gentil. – Não me importo mesmo. Adoro ter você aqui.

Por mais que fosse tentador ficar no apartamento fofo de um quarto de Daisy em Bath, Lucy precisava aceitar aquele emprego.

– Daisy, não posso ficar dormindo pra sempre no seu sofá e, se eu não for atrás desse emprego, provavelmente vou ficar aqui pra sempre.

Uma melancolia já bem conhecida ameaçou tomar conta de novo, puxando-a para baixo. Ela engoliu em seco, ignorando o pânico que batia asas como um pássaro dentro de seu coração, e olhou para a amiga. Como alguém admitia que não se achava mais capaz de realizar um trabalho? Ela estava dominada pela indecisão a cada esquina, sempre questionando o próprio bom senso.

Será que deveria ir atrás daquele emprego? A breve entrevista pelo Skype pareceu mera formalidade, uma rápida verificação para garantir que ela não tinha duas cabeças ou algo assim, conduzida por uma mulher que nem se dera ao trabalho de se apresentar e não parecia ligar se Lucy podia ou não dar conta do trabalho. O que foi ótimo, porque tudo que havia em Lucy fora arrancado dela e, se tivesse que se vender, ela ficaria intimidada na mesma hora.

Daisy colocou um braço ao redor dela, arrancando-a de repente de seus pensamentos.

– Não aceita. Vai aparecer outra coisa. Você pode criar seu próprio...

Lucy levantou a mão para deter uma das costumeiras citações enérgicas de Daisy e ergueu uma sobrancelha pertinente, ao que a melhor amiga teve a decência de responder com um sorriso fraco.

– Muito bem. – Daisy fechou as mãozinhas pequenas em punhos. – Mas, porr... poxa, é muito injusto. Não foi culpa sua.

– Daisy Jackson! Você estava prestes a falar um palavrão?

Uma covinha surgiu na bochecha da outra jovem quando ela sorriu como uma fadinha travessa.

– Talvez, quase. Mas isso me deixa tão revoltada. É muito... – Ela fez um som de "grrr".

– Viu, mais um motivo para eu ir embora daqui. Você tá fazendo sons de animais. Sou uma influência ruim. E foi minha culpa. A culpa foi só minha... e do Chris, por ser um babaca completo.

– Não foi culpa sua! Para de falar isso – pediu Daisy, a voz estridente de indignação. – Você não pode se culpar. A culpa é do Chris. Embora eu ainda não consiga acreditar que ele tenha feito isso. Por quê?

Lucy travou o maxilar. Elas já tinham falado sobre isso milhares de vezes nos últimos 62 dias e várias taças de prosecco, vinho, gim e vodca. Ponderações e álcool não tinham dado nenhuma resposta. Era culpa dela por ter sido muito, mas muito estúpida. Não podia acreditar em como tinha entendido tudo errado. Quatro anos, um apartamento juntos, trabalhando para a mesma empresa. Ela achou que conhecia Chris. Uma coisa era certa... nunca mais voltaria a confiar em um homem enquanto vivesse.

– Não importa por que ele fez. Tenho que seguir em frente e preciso de um emprego.

Lucy cerrou os dentes. Ir para a Islândia era uma ideia terrível, mas ela estava sem opções.

Capítulo 2

Paris

– Aqui está.

Nina deslizou uma xícara de café pela mesa na direção de Alex e entregou a ele um prato com um doce lindo.

– É por conta da casa. Quero sua opinião, é minha última invenção. Bomba de sorvete de framboesa. Talvez te anime – acrescentou ela, com um sorriso que trazia uma pitada de compaixão.

Alex sentiu um quê de arrependimento. Nina era um amor. Seus planos de conhecê-la melhor tinham sido completamente destruídos por uma reivindicação bem anterior. Era uma pena, mas ela era apaixonada desde sempre por Sebastian, seu amigo, e ele precisava admitir, olhando para Nina, que o amor correspondido tinha adicionado um brilho incrível ao rosto dela. Não dava para ficar ressentido com alguém que irradiava alegria. Ele mordeu um pedaço da bomba e soltou um gemido.

– Uau, que delícia, Nina! Uma delícia mesmo.

– Maravilha. Agora vai me contar o que tá acontecendo?

Alex revirou os olhos enquanto ela puxava uma cadeira e se sentava, ignorando o olhar ofendido de Marcel, gerente da confeitaria. Oficialmente, Nina administrava o local, mas sem dúvida quem mandava naquela relação de negócios era Marcel, controlando tudo e se intrometendo de maneira silenciosa e austera.

– Quem falou que tá acontecendo alguma coisa? – perguntou Alex, tentando parecer alegre.

– Eu sei muito bem perceber quando o peso do mundo está nos ombros de alguém. Dá pra ver que isso está mexendo com você – declarou ela, com um sorriso de sabedoria.

Ele olhou de um ombro para o outro, e ela deu uma gargalhada.

– Tô meio irritado. A inauguração do hotel novo tá atrasada, e o gerente contratado pra entrar no meu lugar já tá arrasando.

Alex estava prestes a assumir a gerência de um novo hotel boutique superchique e minimalista do outro lado de Paris. Só que, durante a reforma, os empreiteiros encontraram ossos nos porões. Ossos humanos. Por sorte, tinham pelo menos duzentos anos, mas ainda assim causaram um atraso colossal.

– Você pode tirar umas férias, então – sugeriu Nina.

– Era o que eu tinha em mente, mas meu chefe, em sua infinita sabedoria, decidiu me colocar num cargo temporário.

– Você não vai sair de Paris, vai?

A boca bonita de Nina murchou em um biquinho, e Alex sentiu mais uma daquelas pequenas pontadas de arrependimento. Os bonzinhos não se davam bem no final. Ele tinha mesmo perdido a chance com ela.

– Só por alguns meses. O Quentin quer que eu vá dar uma olhada num hotel que ele pretende comprar. Quer que eu avalie a viabilidade do lugar e faça um relatório com as minhas recomendações pra transformá-lo em um de nossos hotéis boutiques.

– Pra onde você vai?

– Islândia.

A boca de Nina se abriu em um pequenino "o".

– Achei que fosse em algum lugar na França, não em outro país. Bom, não parece tão ruim assim. A Islândia não é linda, cheia de todos os tipos de maravilhas naturais? Gêiseres borbulhantes, fontes termais e geleiras? Achei que, por ser escocês, você fosse gostar da ideia.

– Não tenho problema nenhum de ir pra Islândia. O que não é bom é o trabalho que o Quentin quer que eu faça.

– Entendi você dizer que precisa elaborar um relatório.

– Sim, mas isso inclui relatórios sobre o gerente geral atual e a forma como o local é administrado sem contar a ninguém quem sou eu. Não gosto disso. A última coisa que quero é ser um espião.

– James Bond – disse Nina, endireitando a postura. – Você tem o sotaque do Sean Connery. – Ela começou a fazer uma imitação tenebrosa do sotaque de Edimburgo que Alex tinha. – Ah, Moneypenny.

– Bom, isso deve significar que estou qualificado – brincou Alex, entretido com o entusiasmo de Nina e se sentindo temporariamente mais animado.

Ainda estava atordoado depois da reunião com o chefe, quando demonstrara certo desconforto sobre não dizer ao gerente do local o motivo para estar lá. A resposta do chefe tinha sido uma ferroada.

– O negócio é o seguinte, Alex: os bonzinhos não se dão bem no final. Isso aqui é um negócio, pura e simplesmente. Preciso de alguém que faça o relatório, com defeitos e tudo mais, sem dourar a pílula. É muito mais fácil se a equipe não souber quem você é. Não tenho ouvido coisas boas sobre a gerência do lugar. As avaliações mais recentes no TripAdvisor são chocantes. Com você lá, posso ter uma noção muito melhor. Você tem um olho bom e vai ser capaz de me dizer o que é preciso pra dar um jeito no lugar, como é a equipe e se mantenho ou demito todo mundo.

A parte do "os bonzinhos não se dão bem no final" não saía da sua cabeça. O que tinha de errado em ser bonzinho? Além do mais, ele sabia ser durão quando a situação exigia. Na semana anterior, expulsara um hóspede do restaurante do hotel por beliscar o traseiro de uma das garçonetes, enfrentara um entregador agressivo – que dera ré nos portões do hotel e deixara um rombo tão grande que daria para passar um rebanho de vacas por ali – e demitira o confeiteiro, que Alex flagrou arremessando uma frigideira no jovem faxineiro que mal saíra da escola.

– O Alex vai ser o James Bond – anunciou Nina quando Sebastian entrou e pôs os braços ao redor dela, dando um beijo confiante e preguiçoso nos lábios dela, ignorando por completo o amigo.

– Oi, linda, humm, você tem gosto de framboesa e delícias.

Ele lhe deu um segundo beijo, mais demorado, que fez Alex revirar os olhos.

Por fim, Sebastian soltou Nina e se voltou para o amigo. A boca de Alex se contorceu. Ele tinha entendido a mensagem em alto e bom som.

– Bond, James Bond?

Sebastian ergueu uma sobrancelha, fazendo uma imitação perfeita de Roger Moore.

– Nada a ver, a Nina tá exagerando em relação às minhas credenciais de agente secreto. Me pediram pra fazer um trabalho de reconhecimento. Quentin Oliver está pensando em comprar um local na Islândia e, como estou numa entressafra de hotéis no momento, ele quer que eu inspecione o lugar. Lá mesmo.

Sebastian morreria de rir se o amigo contasse que estava pensando em ir disfarçado de barman.

– Parece uma ótima ideia – falou Sebastian, com um sorrisinho repentino, que Alex só podia presumir que tinha muito a ver com a distância entre a Islândia e Paris.

Embora o amigo não precisasse se preocupar. Alex saíra de cena assim que percebera que Nina estava apaixonada por Sebastian desde os 18 anos. Por um instante, imaginou o que teria acontecido se tivesse lutado mais por ela, se achasse que tinha alguma chance. Será que tinha recuado para facilitar as coisas para Nina?

Enquanto pensava nisso, deu a Sebastian um largo sorriso. Talvez o melhor tivesse vencido. Nina amava Sebastian e fazia bem a ele. Quem sabe, bem até demais. Mas Alex nunca vira Sebastian tão confortável e feliz.

– Não tenho problema em ir pra Islândia. Como a Nina falou, tô acostumado ao clima do norte. É o elemento secreto que me incomoda um pouco.

– E por que não? – Sebastian deu de ombros. – Você precisa lembrar que isso é um negócio. É fácil ser implacável quando algo que você quer de verdade está em risco.

Será que Sebastian tinha uma sabedoria no olhar enquanto encarava Alex? Então, ele deu a Alex um sorriso carinhoso de aprovação.

– Não tem mais ninguém com quem eu ia querer trabalhar, cara. Sei por que o Quentin Oliver te pediu isso. É melhor que seja você. Você é íntegro e não atura merda de ninguém. Não tolera gente burra, isso é fato. Se o atual gerente for uma besta, vai mesmo ser tão difícil relatar isso? Você odeia gente encostada e pessoas que não trabalham duro como todo mundo. Se o cara for bom, ele não tem com o que se preocupar.

CONHEÇA OUTROS LIVROS DA AUTORA

O pequeno café de Copenhague

Em Londres, a assessora de imprensa Kate Sinclair tem tudo que sempre achou que quisesse: sucesso, glamour e um namorado irresistível.

Até que esse namorado a apunhala pelas costas e consegue a promoção profissional com que ela tanto sonhava. Com o coração partido e questionando tudo, Kate decide aproveitar uma oportunidade de trabalho para se afastar do ex.

Quando topa ciceronear um grupo de jornalistas e influenciadores pela linda Copenhague para atender ao pedido de um cliente importante, Kate não imagina os desafios que terá que enfrentar para conciliar tantos egos e exigências.

Ao mesmo tempo, enquanto conhece a capital do "país mais feliz do mundo", ela descobre as maravilhas da vida à moda dinamarquesa. Do costume de acender velas até os vikings simpáticos, altos e charmosos, passando pela experiência de comer o próprio peso em doces, a cidade ensina Kate a apreciar o significado das pequenas coisas. Agora só depende dela retomar as rédeas do próprio caminho e seguir em direção a seu final feliz.

A pequena padaria do Brooklyn

A vida da jovem Sophie Bennings parece bem encaminhada. Ainda que falte um pouco de paixão, ela tem um emprego fixo como colunista de culinária em Londres e aguarda pacientemente um pedido de casamento do namorado.

Só que, em vez de um anel de noivado, a surpresa que a aguarda é uma traição seguida de uma separação traumática. Sophie decide então aceitar uma proposta inesperada de trabalho do outro lado do Atlântico.

Ao chegar a Nova York, um relacionamento amoroso é a última coisa em sua mente. Até que ela é apresentada ao colunista Todd McLennan, que é delicioso e tentador como os cupcakes da linda padaria abaixo de seu prédio, no Brooklyn.

Ela sabe que, para seu próprio bem, é melhor manter distância. Mas conforme os dois se tornam mais íntimos, fica claro que a paixão pela comida não é o único interesse que eles têm em comum. Será que enfim, na cidade que nunca dorme, Sophie vai viver o amor com que sempre sonhou?

CONHEÇA OS LIVROS DE JULIE CAPLIN

DESTINOS ROMÂNTICOS

O pequeno café de Copenhague

A pequena padaria do Brooklyn

A pequena confeitaria de Paris

A pequena pousada da Islândia

Para saber mais sobre os títulos e autores da Editora Arqueiro,
visite o nosso site e siga as nossas redes sociais.
Além de informações sobre os próximos lançamentos,
você terá acesso a conteúdos exclusivos
e poderá participar de promoções e sorteios.

editoraarqueiro.com.br